覇王の後宮
天命の花嫁と百年の寵愛

はるおかりの

ポプラ文庫ピュアフル

JN122689

目次

覇王《はおう》の後宮《こうきゅう》

天命の花嫁と百年の寵愛

はるおかりの

第一章　龍と獅子の攻防

大広間は真っ白に染まっていた。いたるところに白布が飾りつけられているのだ。黄金の龍が巻きついた円柱も、極彩色《ごくさいしき》の龍が描かれた壁も、玉座《ぎょくざ》の下にもうけられた祭壇《さいだん》も、すべてが染めぬいたような純白だ。

大広間に集った皇族、群臣《ぐんしん》、妃嬪《ひひん》、奴婢《ぬひ》たちも一様に白い麻衣《あさごろも》をまとって、おなじ色の頭巾《ずきん》をかぶっている。

白は喪の色。だれもみな、喪に服しているのだ。この大烈《だいれつ》国に君臨した二人目の皇帝が世を去ってしまったので。

先帝、太宗《たいそう》・元威業《げんいぎょう》の皇太子・元世龍《せいりゅう》は棺《ひつぎ》のかたわら——東側の喪主席に坐《ざ》して、年老いた巫祝《ふしゅく》たちが読みあげる祭文《さいもん》を聴いていた。古い牙遼《がりょう》語で読みあげられる弔《とむら》いの言葉は呪言《じゅごん》に似ており、耳をかたむけていると術《じゅつ》にかかってしまうような心地がする。そのせいであろうか、眼前にしつらえられた父帝の棺はどこか現実味を欠いて見え、大喪《たいそう》そのものが夢のなかの出来事のように思われた。

——天下平定《へいてい》は父皇《ちちうえ》の悲願であったのに。

時は乱世である。天下は烈《れつ》、迅《じん》、成《せい》の三国に分かれ、それぞれが中原《ちゅうげん》の鹿をめぐってしのぎを削っている。

戦乱が戦乱を呼び、領土を奪い奪われる三者鼎立《ていりつ》の時代がかれこれ五十年はつづいており、いまだ天下は混迷のさなかに在《あ》る。父帝は血で血を洗う乱世を終わらせるべく、迅と成を滅ぼして海内《かいだい》を平らげるという大望を抱いていた。

享年三十七。牙遼族の初代族長、黒韃狼子《こくだつろうし》の再来と称えられる偉丈夫《いじょうぶ》で、百里先の敵将を震えあがらせるほど覇気《はき》にあふれていた父帝がかくもあっけなく、志半ばで崩御《ほうぎょ》してしまうなど、いったいだれが予測できただろう。

早すぎる死であった。儲《もう》けの君《きみ》たる世龍にはなんの準備もできていなかった。まだ十八になったばかりなのだ。皇位を継ぐのは遠い未来の話だと思っていた。

しかし、父帝は崩《ほう》じてしまった。

死者を生きかえらせることができない以上、世龍が覇業《はぎょう》を受け継ぐしかあるまい。乱世を制して万民を安んずるため、父帝の代わりに粉骨砕身しなければ。それが生前の戦功を讃《たた》えて武建帝《ぶけんてい》と諡《おくりな》された偉大な父に報いる唯一の道であろう。

香炉からたちのぼる煙を決然と睨《にら》んでいると、大広間の外で言い争う声が聞こえた。ひとつは散騎常侍《さんきじょうじ》・楊永賢《ようえいけん》のもの。もうひとつは高く澄んだ女の声だ。

「そこをおどきなさい」

玉がふれあうようなきらびやかな声色が操るのは尭語《ぎょう》。

はるか昔、六百年にわたって天下を治めた尭王朝、その支配層であった尭族の言語だ。

当世では成の公用語であり、支配民族が異なる烈や迅の宮廷でも用いられている。

「わたくしは大成皇帝《だいせい》が嫡女《ちゃくじょ》、安寧公主《あんねいこうしゅ》です。あなたがたの主君、烈帝《れってい》に嫁《とつ》ぐため生まれ育った祖国を離れ、遠路はるばる貴国にまいりました。夫婦の縁は婚約が成立したときに結ばれており、わたくしには夫の霊前に仕える義務があります。それを阻《はば》むとおっしゃるなら、わたくしはここで命を絶ち、黄泉路《よみじ》をくだって亡き夫にまみえます」

永賢があわてて止めたが、女はなおも大広間の扉を開けねば自死すると叫ぶ。

――妙な話だ。泣く泣く嫁いで来たくせに。

元一族に古くから仕えている巫女を月姫《げっき》と呼ぶ。月姫は月の霊力を用いて吉凶を占い、陰《いん》に陽《よう》に元一族を助けてきた。その月姫が「成の公主を娶《めと》れ」と父帝に進言した。成から嫁いでくる公主は伝説の瑞兆天女《ずいちょうてんにょ》だというのだ。

鳳凰を得た者が天下を得る、という言い伝えがある。

乱世になると、天帝は戦禍《せんか》に見舞われ塗炭《とたん》の苦しみをなめる民を憐れみ、鳳凰の化身《けしん》である瑞兆天女を地上に遣《つか》わす。瑞兆天女は天帝の愛娘で、その身にそなわった超常の力で時の英雄を助けて四海《しかい》を安寧に導《みちび》く。

彼女が加護《かご》を与えるのは心から愛した男であり、争乱の時代を制した覇王のそばには瑞兆天女が下生《げしょう》した姿で仕えていたと伝えられるが、それが事実か否かはたしかめようがない。いまや黴《かび》臭い昔語りとして細々と残っているだけだ。

父帝もさほど熱心に瑞兆天女を探していたわけではない。月姫が「瑞兆天女は成の公主に下生している。すぐさま娶らなければ、迅に先を越されてしまう」と再三《さいさん》にわたって進言したので成に求婚したのだ。

婚約が成立したのは昨年の秋。和親《わしん》の花嫁に選ばれたのが成国皇帝・史文緯《しぶんい》の嫡《ちゃく》公主であることは世龍も承知している。嫡公主、姓名は史金麗《きんれい》というが、封号《ほうごう》の安寧を冠して安寧公主と呼ぶのが通例だ。

生母は皇帝弑逆《しいぎゃく》をくわだて廃された皇后趙氏《ちょうし》。その出自ゆえに後宮ではほかのどの公主よりも粗末にあつかわれ、十九になるまで縁談がなかった。こたびの和親で異国に嫁ぐことが決まり、安寧公主は悲嘆にくれたという。使節《しせつ》は安寧公主が夷狄《いてき》に嫁ぎたくないと泣き叫び、幾度となく自害を試みたことを記録している。

夷狄。成の人間は異民族をそのような蔑称《べっしょう》で呼ぶ。

彼らは尭王朝の末裔《まつえい》を名乗る尭族であり、自国こそが天下を治めるべき正統な王朝であると自負し、自分たちと異なる文化や習俗を持つ国の人びとを蛮族《ばんぞく》と蔑《さげす》んでいる。烈を建てた牙遼族は、中原で尭が栄えた時代に北方で覇《は》をとなえた遊牧騎馬民族・豺奴《さいど》の流れをくんでいるから、成に言わせれば、烈は野蛮人の住処《すみか》以外の何物でもないのだ。

しかもこの国には、礼教《れいきょう》に縛られた人間には到底受け入れられない風習がある。

「お待ちください、安寧公主！」

扉がひらかれる音とともに、女を止めようとする永賢の声が響いた。大広間に舞いこむ風が得も言われぬ芳香を運んでくる。それは花の香りに似ていた。なんの花とも形容しがたい。はっとするほどあでやかな、それでいてこんこんと湧き出る碧水《へきすい》のように清らかなにおいが当人に先んじて祭壇までたどりついた。

端座《たんざ》したまま、世龍はふりかえった。とたん、鮮烈な赤に目を射られる。白が氾濫する大喪の場において、真紅の花嫁衣装をまとった女はあまりにも異質な存在だった。成の花嫁が顔を隠すためにかぶるという紅蓋頭《こうがいとう》を捨て去ったその姿は、時ならぬ雨に打たれた牡丹のように妖艶《ようえん》だ。

女は高く結いあげた黒髪をふり乱し、金歩揺《きんほよう》をせわしなく揺らして、紅の霞《かすみ》のごとき長い裳裾《もすそ》を引きずりながら駆けてくる。花嫁らしくつややかな化粧がほどこされた玉のかんばせは、白翡翠《しろひすい》の破片《はへん》を散らしたように涙に濡れていた。

「郎君《あなた》！」

女——安寧公主は腕にかけた赤い披帛《ひはく》をひらひらとなびかせ、力尽きて舞い落ちる蝴蝶《こちょう》さながらのしぐさで棺に歩み寄った。むろん、棺のふたは閉ざされている。安寧公主はそのふたにすがりつき、よよと泣きくずれた。

「どうして……どうしてわたくしを置き去りにしてお隠れになったのです！　せめてわたくしの到着まで待っていてくだされば……。あなたのために着飾ったこの姿をひと目見てくださっていたら、わたくしはどんなにか救われたでしょう」

すすり泣く声が弱々しくこだまする。

「天はなにゆえかくも残酷な仕打ちをなさるのでしょう。異国の英雄に嫁ぐため、二度と戻らぬ決意を胸に祖国を発ったというのに、わたくしの夫を黄泉の国へ連れ去ってしまうなんて。ひどい……冷酷すぎるわ」

ひとしきり泣きわめいたあとで、安寧公主は手にしていた簪《かんざし》を自分の喉《のど》に突きつけた。

「たとえ無慈悲《むじひ》な天に引き裂かれても、わたくしたちは二世を誓った夫婦です。夫亡きあと、おめおめと生きながらえるわけにはまいりません。あなたが黄泉路をくだって行かれるのなら、わたくしはあとから追いかけますわ。どうか今度はお待ちになって。すぐにまいりますから、あなたのおそばに――」

「落ちつかれよ、公主」

簪の切っ先が白い喉を貫《つらぬ》く前に、世龍は彼女の手を握った。

「わが国では殉死《じゅんし》を忌んでおります。なにとぞ父帝の霊前を血で汚されぬよう」

大刀《だいとう》を握り慣れた世龍の手のひらには、あきれるほど小さく、玻璃細工《はりざいく》のように繊細に感じられる敵国の公主の手。それは凍えたように震えていた。

「夫に殉じて死ぬこともできないなんて……では、わたくしはどうすればよいのです？仕えるべき夫を喪《うしな》ったみじめな女に、いったいどんな道が残されていると……」

「あなたと婚姻の約束を交わしたのは父帝です。父帝の崩御により、この婚約は無効となりました。あなたがわが国にとどまる理由はありません。長旅の疲れが癒えるまで逗留《とうりゅう》なさったのち、帰国なさるがよい」

世龍は永賢が言い聞かせているであろう道理を説いた。これはほかならぬ彼女のための措置《そち》だ。成で生まれ育った公主に牙遼族の慣習を強いるのは酷だろうから。

本来なら安堵《あんど》するところであろう。さりながら安寧公主は世龍の配慮をありがたがるふうもなく、よりいっそう声高に泣き叫んだ。

「そんな……夫の亡骸《なきがら》はこの地に葬《ほうむ》られるというのに、わたくしは夫のそばにとどまることも許されないのですか。それではわたくしは、夫を供養することもできないではありませんか。あまりに非情だわ……血も涙もない……」

安寧公主は棺のふたに突っ伏して泣く。その様子を見ながら、世龍はいぶかしんだ。

——なんだ、この女は。

夷狄に嫁ぎたくないと言って自害しようとした女が、なぜ父帝の死を悼《いた》むのだろう。そもそも父帝とは一度も会ったことがない。それどころか、姿すら見たことがないのだ。後世に伝えるため遺される皇帝の姿絵は皇宮から一歩も外に出ないのだから。

顔かたちさえも知らない北狄《ほくてき》の皇帝が死んだことで嘆き悲しむのは理屈に合わない。むしろ喜ぶはずではないのか。蛮人に貞操《ていそう》を汚されず、祖国に戻ることができると。

「帰国せよとお命じになるなら、いっそここで命を絶ちますわ……！」

安寧公主がなおも自害しようとするので、世龍は彼女の手から簪を奪い取った。

「烈の英雄豪傑《ごうけつ》は殉葬者を必要としません。彼らにかしずかれなくとも、己が足で九泉《きゅうせん》へ下ることができるからです。禁忌を犯して殉死することは、死者の御霊を辱めることになります。どうか短慮を起こされぬよう。父帝の名誉にかかわります」

言葉を選んで諭したが、安寧公主はますます泣き出した。まさしく涙の雨に降られるといった調子で、身も世もなく慟哭《どうこく》している。

なぜ安寧公主がかたくなに帰国を拒むのかわからない。

――烈に残れば、この女は俺のものになるのに。

家長の死を受けてあらたに家督《かとく》を継いだ者は、最初の婚姻によって結ばれた姻族関係を維持するため先代の妻妾《さいしょう》を娶るという牙遼族の故習《こしゅう》に従って、安寧公主は父帝の妃嬪たちとともに世龍に嫁ぐことになる。礼教の国たる成では、それは内乱《ないらん》――近親相姦と呼ばれる大罪。死んでも受け入れられない蛮習《ばんしゅう》であるはずだが。

――いったいなにを考えているんだ。

棺にすがりついて泣く安寧公主を、世龍は疑いの目で見ていた。

成では、夫が死ねば妻妾が殉死するのはめずらしくないらしいので、単なる義理立てからの行動とも解釈できるが、それにしては真に迫りすぎている。

天下唯一の文明国を自称する成の後宮で洗練された文物に囲まれて育った世間知らずの公主が、蛮国《ばんこく》の皇宮で大喪に乗りこみ、喪服に身を包んだ夷賊《いぞく》たちの面前で亡き夫のため自死しようとするとは、奇妙ではないか。

なにか裏がありそうだ、と怪しまずにはいられない。

彼女が本物の安寧公主なのかどうかも疑わしいというものだ。安寧公主が父帝の姿かたちを知らないように、こちらも安寧公主の容姿を知らない。成は烈を内側から乱すため、偽の公主を送ってきたのかもしれない。

よしんば彼女が本物だとしてもうさんくさいことに変わりはない。公主もまた、後宮の女だ。後宮の女はしばしば仮面をかぶる。邪悪な野心と醜悪な本性を隠すために。

「公主。どうぞお座りになって、われわれとともに父帝の冥福を祈ってください。皇后となるはずだったあなたが悼んでくだされば、御霊も慰められましょう」

世龍は宦官《かんがん》に命じて安寧公主のために敷物を用意させ、彼女の座席をもうけさせた。泣きくずれる安寧公主を支えて、そこに座らせる。

「つづけよ」

喪主の席に戻った世龍が命じると、ふたたび巫祝たちが呪言じみた祭文を読みあげる。

――この女の目的がなんなのか、いずれあばいてやる。

ただし、いまはそのときではない。父帝の霊前を騒動で汚したくはない。

遠からず化けの皮が剝がれるときが来る。どれほど厚い嘘の衣をかさねていても、真実はいつか、衆目《しゅうもく》の前に姿をあらわすのだ。


「すこし大げさだったかしら」

化粧台の前に座り、金麗は双鸞鏡《そうらんきょう》のなかで眉をくもらせた。花嫁衣装を脱ぎ、化粧を落として夜着《よぎ》に着替えたところだ。

「そんなことはありませんわ。烈の人間は激情家が多いと聞きます。成国式にそっと泣き濡れている程度では、悲しみが伝わりません。あれくらいでちょうどよいのです。その証拠に、公主さまの涙につられてもらい泣きしている者もおりましたわ」

髪をすいてくれている女官が琴を爪弾《つまび》くような美声で言った。

輿入《こしい》れに随行《ずいこう》してきたこの女官は姓名を江碧秀《こうへきしゅう》という。南方の異民族・何羅《から》族の出身で、年齢は金麗より一回り上の三十。目鼻立ちのくっきりした容貌と同様にめりはりのある体つきをしており、きっちりと結いあげた髪は燃えるように赤い。

「妃嬪《ひひん》の席にいた婦人ね。上座にいたから、上位の妃嬪でしょう。先帝の寵愛《ちょうあい》が厚かったのかもしれないわ。わたくしの空涙《そらなみだ》につられたわけではないでしょう」

「いいえ、公主さまに感化されて涙を流したに決まっています。惚れ惚れするほどすばらしいお芝居でしたもの」

手柄顔で微笑む碧秀をよそに、金麗は小さくため息をもらした。

「それにしてもわたくしは運が悪いわ。長旅のすえ、ようやく烈にたどりついたのに花婿が棺のなかだなんて。おまけに新帝がわたくしを帰国させるつもりだというから焦ったわ。成に追いかえされたんじゃ、こちらの計画が台無しよ」

「まったくですわね。烈には息子が亡父の妻妾《さいしょう》を娶《めと》る故習があるのに、新帝はどうして公主さまを追いかえそうとしたのでしょう。故習どおりに娶ればよいだけなのに」

「あちら側にも事情があるんでしょう。先代の烈帝はわたくしを娶る予定だったけど、皇太子は成との婚約に反対していたのかもしれないわ」

「ともあれ、公主さまの名演技のおかげでとんぼがえりは避けられましたわ。さすがはわが主と見込んだ御方。不測の事態も公主さまの機転にかかればそよ風にすぎませんわ」

「名演技というほどのものでもないわよ。あれはいわば苦肉《くにく》の策《さく》。破談を避けるには、烈の皇族や豪族《ごうぞく》の前でわたくしは先帝の皇后になるはずだった女だと印象付けるしかなかった。成の流儀では婚約した時点で嫁いだも同然だということをね。そうすれば安寧公主は先帝の寡婦《かふ》になり、烈に残る口実ができるから」

　烈の都・燕周《えんしゅう》に入ったとき、馬車の窓かけを開けて外の景色をながめながら不審に思った。街のそこかしこに犬のようなかたちの芻霊《すうれい》がつるされていた。首に白布が巻きつけられていたから、犬ではなく狼だろう。烈では葬礼のときに狼の芻霊を飾るのだ。

　だれかが死んだらしい、とあたりをつけた。

　それも都じゅうが喪に服すような要人が。真っ先に頭によぎったのは皇太子だ。金麗が成を出立するころ、皇太子はたびたび国境を侵《おか》す北方の異民族・烏没《うぼつ》の討伐《とうばつ》に出かけたと聞いた。烈帝・元威業《げんいぎょう》の皇長子《こうちょうし》は戦死している。皇三子である皇太子もおなじ末路をたどったのではあるまいか。

　皇太子の大喪《たいそう》にぶつかってしまったのなら、婚礼は延期されるだろう。牙遼族とて死者が出れば喪に服す。仕方ない。まずは大喪に参列しよう。皇宮に到着したら喪服に着替えなければならない。それから涙を流す準備もしておかなければ。夫の息子が死んだのなら、わが子を喪ったも同然。はらはらと涙を流すのが礼儀であろう。

　ところが、金麗を出迎えた宦官——散騎《さんき》常侍《じょうじ》の楊永賢《ようえいけん》と名乗った——は流暢《りゅうちょう》な尭《ぎょう》語で想定外のことを言った。

「先帝陛下が崩御なさったので、皇太子殿下が大喪をとりしきっていらっしゃいます」

元威業が死んだ。金麗の夫になるはずだった男が。

すくなからず驚いたが、喜びも失望もなかった。烈は成の敵国だが、金麗の個人的な仇《かたき》ではない。したがって烈帝が死のうが生きようが、金麗にとってはどうでもいいことだ。たとえそれが花婿でも。

家長の死後、後継者となる近親が先代の妻妾を娶るという習わしが烈にはある。成ではこれを獣婚《じゅうこん》、蛮婚《ばんこん》、乱倫婚《らんりんこん》などと呼んで蔑《さげす》んでいるが、烈では婚姻を継承するという意味で継婚《けいこん》と呼ぶらしい。元威業が死んだのなら、継婚により皇太子が父帝の后妃《こうひ》を娶るだろう。金麗は喪が明けしだい、新帝となる皇太子に嫁げばよいのだ。相手が代わるだけで、成と烈の政略結婚という事実は揺るがない。

そう踏んでいたのだが、永賢はなおも金麗を驚かせた。

「殿下は成の後宮でお育ちになった安寧公主にわが国のしきたりを強《し》いるのは忍びないとおっしゃっています。先帝陛下がお隠れになった以上、この婚姻は白紙に戻して、安寧公主にはすみやかにご帰国いただくのが最善の道かと」

皇太子は金麗を娶る気がない。どういうわけか「帰れ」と言っている。

――おくりかえされるなんて冗談じゃないわ。

金麗は大喪の場に案内しろと永賢に詰め寄った。永賢はのちほど皇太子が接見の場をもうけると説明したが、夫の大喪に出たいとせがんだ。その必要はないと永賢は言う。押し問答をくりかえし、金麗はなかば強引に客殿《きゃくでん》を飛び出した。

皇宮は、たいていの国で似通った造りになっている。ことに烈の皇宮は、尭制《ぎょうせい》を重んじた前王朝・西朱《せいしゅ》の皇宮をそのまま用いているので、おなじく尭制をしく成の皇宮内部を知っていれば、どこになにがあるのかは見当がつく。

金麗がとおされた客殿は皇宮の正殿《せいでん》である太極殿《たいきょくでん》の東に配置された東堂《とうどう》の一角。大喪会場となっている太極殿とは目と鼻の先だ。

金麗は紅蓋頭《こうがいとう》を脱ぎ捨て、わざと涙に濡れたおもてをさらして白で染めぬかれた大広間に駆けこんだ。夫になるはずだった先帝の死を嘆き悲しみ、殉死《じゅんし》をはかってみせた。烈では殉死が禁じられていることはもちろん知っていた。だれかが止めに入ることを予測したうえでそうしたのだ。そのだれかというのが皇太子であることも。

皇太子にはふたつの選択肢があった。

ひとつは金麗を大喪の場からつまみだすというもの。皇太子は金麗を娶りたくないらしいから、こちらを選ぶ可能性もあったが、その場合は泣き叫びながら連れ出されることで、参列者たちに皇太子の横暴を印象づける予定だった。まともな臣下がいれば、先帝の死を悼《いた》んでいる成の公主に対して乱暴すぎたのではないかと諫言《かんげん》するだろう。皇太子が多少なりとも賢明であれば、金麗に対する態度をあらためるはずだ。

もうひとつは金麗を大喪に参列させるというもの。心情的にはつまみだしたくても、王侯貴族の面前で事を荒立てたくないと思えば、こちらを選ぶだろう。皇太子は後者だった。戦場で発揮する豪胆《ごうたん》さだけでなく、不測の事態に直面した際、即座に利害を計算できる思慮深さも持ち合わせているらしい。

金麗は最後まで大喪に参列し、涙がかれるほど泣いて、女官たちに抱えられるようにして輿に乗せられた。皇太子はいかにも親切そうに金麗を気遣う言葉をかけたのち、長旅の疲れを癒すよう言い置いて立ち去った。

「皇太子は公主さまの麗しいお姿を見て翻意《ほんい》したのかもしれませんわ」

「それくらい単純な男だと、いろいろとやりやすくて助かるんだけど、どうかしらね。目算を立てにくいわ。ろくに調べられていないから」

金麗が烈の皇太子――昼間のうちに柩前《きゅうぜん》即位をすませているから新帝と呼ばねばならない――について知っていることは多くない。

姓は元、名は勠《りく》、字《あざな》は世龍。太宗・武建帝《ぶけんてい》の皇三子で、生母は迅《じん》の奴婢《ぬひ》であったという。幼いころから弓馬に慣れ親しみ、その腕前は兄弟のなかでも抜きん出ていた。八つにしてはじめて戦場に赴《おもむ》き、敵兵を多数射殺した。父帝に寵愛され、将来を嘱望《しょくぼう》される。二人の兄が早世してからは恩寵《おんちょう》がいや増し、十五のときに立太子された。同年、名族から妻を迎えるも、お産のおりにわが子ともども亡くしている。

烈の尺度で身の丈六尺七寸（約一九八センチ）の筋骨《きんこつ》逞《たくま》しい青年でありながら、女と見まがう美貌《びぼう》の持ち主。戦場では敵に侮られぬよう、いかめしい化け物の仮面をかぶっている。ひとたび軍馬を駆って征野《せいや》に出れば、鬼神《きしん》のごとく大刀《だいとう》をふるい、ほとばしる返り血で仮面が真っ赤に染まることから、朱面羅刹《しゅめんらせつ》と呼ばれ恐れられた。

人柄は勇猛果敢かつ質実剛健。軍法には厳格だが、度量が大きく寛容《かんよう》な面もあり、麾下《きか》たちには慕《した》われている――成で調べられたのはせいぜいこの程度だ。

「女人の好みがさっぱりわからないのが問題ね。妃を亡くしてから独り身を貫いていたらしいけれど、よほど一途なのかしら？」

「あるいは男色好みなのかもしれませんわ」

「どんな性癖があるにせよ、子をもうけるためには妻妾を迎えなければならないわ。皇太子だったのだから相手には困らないはずだし、さっさと再婚するのがふつうなのに、あえてやもめに徹していたのがどうも引っかかるわね」

さしあたって金麗が籠絡《ろうらく》すべき相手は夫――武建帝・元威業だと考えていたので、その息子である世龍の女の好みについては調べがついていない。

「元威業はか弱い女人を寵愛したそうだから、息子も似たようなものだと思っていたけど、親子で女人の好みが正反対という例もあるから判然としないわ。厄介なことになったわね。わたくしを娶りもせず勝手に死んだ元威業を怨《うら》むわ」

怨むといっても大喪の場で涙ながらに語ったように情感のこもった言いかたではない。計画がくるって迷惑している、といった意味合いだ。

「唐突な崩御でしたわね。病を得ていたという噂《うわさ》は聞きませんでしたが、長年、戦場に出ていたので、古傷があったのでしょうか？」

「古傷くらいあったでしょう。でも、それが死因につながったかどうかはわからないわ」

病死だったらしいが、永賢の口ぶりには歯切れの悪さが感じられた。

「死因は置いておくとして、状況が変わったことはたしかよ。臨機応変に行くしかないわ。こうなったら、元世龍を攻め落とすわよ。ここに残るためにはそうするしかない。わたくしには帰る場所などないのだから」

そうだ、金麗に帰る場所はない。祖国は捨ててきた。二度とふたたび戻るつもりはない。どうせ金麗を待つ者などいないのだ。母と兄が死んでしまってから、ずっと。


烈の皇宮・燕周宮《えんしゆうきゆう》の心臓部を中宮《ちゆうぐう》と呼ぶ。その要《かなめ》は即位、大喪、大朝会《だいちようかい》などの大規模な儀礼や祭祀《さいし》が執り行われる太極殿《たいきよくでん》だ。

太極殿の北側には壮麗な朱華門《しゆかもん》が、朱華門の先には皇帝の寝殿《しんでん》たる天慶殿《てんけいでん》がそびえ、皇帝はここで起居する。

中宮の東側に位置するのは東宮《とうぐう》、西側に位置するのは西宮《せいぐう》である。東宮は皇太子の居所、西宮は太上皇《たいじようこう》と皇太后の居所となっている。

一月の服喪期間中、新帝は東宮で暮らす。中宮に居を移すのは喪が明けてからだ。

「安寧公主の様子は？」

世龍は羊肉の串焼きにかぶりつきながら問うた。

東宮の正殿・令徳殿《れいとくでん》の一室で昼餉《ひるげ》をとっている最中である。成の王侯貴族がこの場にいれば「なんと野蛮な」と眉をひそめただろう。礼教では喪中の肉食を厳禁としている。なかんずく親の喪に服しているときには、どれほど体が欲したとしても肉の切れ端さえ口に入れてはならぬそうだ。

ご苦労なことだ、と世龍は思う。烈では喪中の肉食を禁じていない。もともと牙遼《がりょう》族には喪に服す習慣がなかった。葬儀当日にも肉と酒がふるまわれていたほどだ。部族間の争いが絶えない草原で、のんきに喪に服して肉食を断っていてはいざ襲撃《しゅうげき》を受けたときに敵を退《しりぞ》けられない。そのため、親が死んでも喪には服さず、たらふく肉を食べていたのだ。

前王朝・朱《しゅ》（成では西朱という）は尭族の王朝だったので、尭制がしかれていたが、いわゆる三年の喪に服すのは尭族に限った話で、牙遼族などの異民族はそれぞれの風習に従うことが許されていた。朱の支配下に在ることが長かったので、牙遼族でも喪に服すことがはじまり、すくなくとも葬儀から一月は酒色と音楽が禁じられるようになったものの、肉食は葬儀当日のみひかえればよいことになっている。

「泣き暮らしていると聞いたが、まだやっているのか？」

「ええ、そのようです」

散騎常侍《さんきじょうじ》・楊永賢《ようえいけん》が困ったような微笑を浮かべた。散騎常侍は皇帝に近侍《きんじ》し、諫言《かんげん》する散騎省《さんきしょう》の長。散騎省では詔勅《しょうちょく》の起草も行うので重い権能を持つ高官だ。官僚や宦官のなかでとくに有能な者が任じられる。永賢の場合は後者である。

齢《よわい》は四十の坂を越えたばかり。身の丈七尺（約二〇七センチ）の大男だった父帝にくらべれば体格では劣るものの、何度も戦場で武功を立てた経験を持つ。成ではありえないことらしいが、宦官が武人として活躍することは朱王朝時代からたびたびあった。功を立てさえすれば爵位を賜《たまわ》り、養子を迎えて世襲することも許される。

なお、永賢も食卓についている。これも成では見られないらしいが、烈では日常的に君臣が食事をともにする。

「御髪も結わず、化粧もなさらないばかりか、食膳にはお手をつけられず、喪服姿のままでひねもす経《きょう》をとなえていらっしゃいます」

「食事をとらないだと？　こちらで用意したものが口に合わないとでもいうのか？」

醬《み》漬《そ》けにして花椒《さんしょう》と馬芹《うまぜり》をまぶし、炭火でこんがり炙《あぶ》った羊肉。子どものころから食べ慣れている世龍にとっては美味だが、羊肉を食べる習慣のない江南《こうなん》生まれの安寧公主には下手物《げてもの》料理だ。

また、先方に言わせれば〝夫〟の喪中なのだから、肉食などできるはずがない。そこで成出身の料理人に粥を作らせたのだが、不満だというのか。

「いえ、料理の質にご不満があるわけでなく、夫を喪った悲しみのあまり、食事が喉をとおらないそうです」

「絵に描いたような貞女《ていじょ》だな。会ったことも見たこともない『夫』の死を悼んで、食事すらもできぬとは」

寝床でむせび泣く安寧公主の姿が目に浮かび、世龍はしかめ面になった。

「そもそもあの女は本物の安寧公主なのか？」

「間者《かんじゃ》によれば、まちがいなく本人だそうです」

安寧公主・史金麗《しきんれい》。父親は成の今上帝・史文緯《ぶんい》、母親は成の名族・趙家《ちょう》出身の皇后である。見目麗しく聡明な趙皇后は成帝に寵愛されており、皇長子《こうちょうし》を産んでいたので、安寧公主は蝶よ花よと育てられた。

成帝の掌中《しょうちゅう》の珠《たま》として贅を尽くした暮らしを送っていたが、その生活はある日突然、断ち切られるように終わってしまう。

皇帝弑逆《しいぎゃく》を謀《はか》った罪で趙皇后が廃妃《はいひ》されたのだ。

数年前から寵愛は歌妓《かぎ》あがりの妃嬪・夏氏《かし》に移り、皇帝の足は皇后の宮から遠のいていた。その偏愛ぶりは病的といってもいいほどで、夏氏が懐妊したおりには、生まれた子が男児なら趙皇后が産んだ皇太子は廃され、東宮の主はすげかえられるだろうと噂《うわさ》された。

失寵《しっちょう》した趙皇后は夏氏を怨《うら》み、夫の暗殺をもくろんだ。皇太子を即位させ、みずからは皇太后となって後宮を牛耳《ぎゅうじ》ることで、寵愛を奪った夏氏に復讐しようとしたのだ。

謀略はあかるみに出る。激怒した成帝は趙皇后を廃し、皇太子ともども死を命じた。趙一族は族滅《ぞくめつ》され、安寧公主は下級妃嬪・陰氏《いんし》に養育されることになった。

いまから十年前——安寧公主が十歳のころの出来事である。

母后《ぼこう》と兄太子の死を機に、幼い嫡公主の日常はがらりと変わった。日替わりでまとっていた綺羅《きら》はみすぼらしい奴婢《ぬひ》の衣になり、上等な調度《ちょうど》で飾られた金《きん》殿《でん》玉楼《ぎょくろう》は雨漏りのする雑魚寝部屋になり、食卓を埋め尽くす豪勢な料理は肉のかけらさえ入っていない薄粥になった。陰氏は自分の娘を溺愛するかたわら、安寧公主を疎《うと》んじて粗末にあつかい、婢女《はしため》たちとともに苦役に従事させたのだ。

この話を聞いたとき、「史文緯は黙認していたのか」と世龍は尋ねた。廃后《はいこう》の娘とはいえ、成帝にとっては血をわけたわが子だ。実の娘を婢女として働かせてよいものか。

成の後宮にもぐりこませている間者は、「史文緯は安寧公主のことなど思い出しもしなかった」と報告した。

「のちに皇后に立てられた夏氏がそのように仕向けていたのです。夏氏は趙皇后を怨んでいたので、趙皇后の遺児である安寧公主を故意に冷遇していたものと思われます」

安寧公主を養育していた陰氏は夏皇后の腰巾着《こしぎんちゃく》だそうだから、あり得る話だ。

昨年、烈が成に求婚した。成と烈は国境で干戈《かんか》を交えたばかり。激戦のすえ、成軍は一《いっ》敗地《ぱいち》にまみれている。求婚を突っぱねるわけにはいかず、成帝は和親《わしん》のために公主を嫁がせることにした。

花嫁候補として最初に名があがったのは夏皇后が産んだ九公主。芳紀《ほうき》まさに十六の娘盛りで、嫁ぐのにちょうどよい年ごろだ。けれども九公主がいやがり、夏皇后も断固として反対した。成帝は寵后《ちょうこう》と愛娘に望まぬ縁談を無理《むり》強《じ》いすることができず、宗室《そうしつ》の傍系《ぼうけい》から妙齢《みょうれい》の娘を選んで公主の身分を与え、和親の花嫁として送り出すことを考えた。

そんなとき、安寧公主を嫁がせてはどうかという噂が後宮で囁《ささや》かれるようになる。どうせまっとうな嫁ぎ先などない廃后の娘なのだから、蛮国《ばんこく》にくれてやっても惜しくはないというわけだ。渦中《かちゅう》の人となった安寧公主は夏皇后に泣きつき、夷狄《いてき》に嫁がせないでほしいと哀願《あいがん》した。すると、夏皇后は逆に安寧公主を和親の花嫁に推薦した。怨敵《おんてき》の娘を汚らわしい蛮人の慰み物にしてやろうという腹積もりだ。

こうして安寧公主は和親の花嫁となった。

当人の嘆きようは尋常ではなかったらしい。己の悲運を呪って涙にくれ、何度となく自死をはかった。にもかかわらず、烈に到着したとたん、大喪の場に駆けこんで夫の棺にすがりつき、身も世もなく慟哭《どうこく》してみせた。

「烈までの道中、毎日泣いてばかりいる安寧公主をなだめるため、わが国の女官たちが先帝のお人柄を話して聞かせたところ、興味をお持ちになり、しだいに先帝をお慕いするようになったとのことです」

輿入れのため、こちらで用意した女官たちを迎えに行かせている。彼女たちが父帝の人となりについて話すのを聞くうちに心が動いたというのは、ありえない話ではないが。

「たしかに父皇《ちちうえ》は不世出《ふせいしゅつ》の英雄だ。父皇の武勇伝を聞けば、たいていの女は胸をときめかせるだろう。だが、それは烈の女に限った話だ。尭王朝の末裔を標榜《ひょうぼう》する成室《せいしつ》の女にしてみれば、牙遼族の男は禽獣《けだもの》同然。豪傑《ごうけつ》であろうが匹夫《ひっぷ》であろうが、ひとしなみに野蛮人だろう。武勇伝を聞いたくらいで恋慕するはずがない」

「安寧公主が嘘をついているとお思いで？」

「俺の直感が言っている。あの女が見せる『顔』を信用するなと」

空の串を皿にほうり、世龍は餅《へい》に手をのばした。

肉料理、羹《あつもの》、餅、塩漬けの野菜。日常の食事はこれで完結する。質素倹約を旨《むね》とした太《たい》祖《そ》の遺命《いめい》により、宴以外で皇帝の食卓に山海《さんかい》の珍味《ちんみ》がならぶことはない。

「考えてもみろ。大喪の場に駆けこんできた異国の花嫁――喪服の洪水のなかに真紅の婚礼衣装でご登場だ。芝居がかった見事な演出だったな。敵ながらあっぱれだよ。おかげで俺はあの女を追い出すことができなくなった」

強《し》いて追い出そうとすれば、安寧公主はいっそう泣き叫んでみせただろう。そしてだれかが止めに入っただろう。たとえばそう、皇家の顔役を名乗っている叔父が進み出てくちばしを容《い》れてきたはずだ。

父帝の異母弟である元豪師《げんごうし》は国内有数の沃野《よくや》を所領に持ち、廟堂《びょうどう》では六官《りつかん》の長・大冢《だいちょう》宰《さい》の位を賜っている、もっとも有力な皇族。豪師が安寧公主を大喪に参列させるよう進言《しんげん》したなら、世龍は応じるよりほかない。

力業で豪師の諫言を退けることも不可能ではないが、そんなことをすれば竹《たけ》の園《その》を束ねる先帝の弟と真っ向から対立することになり、宗室につらなる年長者たちの反感を買ってしまう。これから柩前《きゅうぜん》即位しようとする世龍にとっては初手《しょて》のつまずきだ。

無用の失点を避けるため、世龍はみずから進んで安寧公主をその場にとどめた。おそらくはそれこそがかの女の目的だと知りながら。

「あの女の術中《じゅっちゅう》にはまったとしか思えぬ。食を断っているのも、なにかしらの意図があってのことだろう」

「主上《しゅじょう》は尭族の女人に不信感をお持ちのようで」

「尭族の女とひとくくりにするな。南人《なんじん》を信用できないだけだ」

南方に住む尭族を南人、北方に住む尭族を北人《ほくじん》と呼ぶ。北人はその居住地ゆえ、北方騎馬民族との混血が進んでおり、北の風俗になじんでいて、姿かたちが似通っている。現に永賢も北人だが、容姿だけを見れば牙遼族の男とさして変わらない。

かたや南人は異民族との通婚を避ける傾向がある。異民族の奴婢を使い、慰み物にしながら、異民族とのあいだに生まれた子どもを差別し、親族の一員として迎え入れない。尭王朝の末流《まつりゅう》であることを誇り、異民族を蛮族と見下す南人は傲慢《ごうまん》で厄介な存在だ。

「どうしても安寧公主を成におかえしになるおつもりですか」

永賢は芥子菜《からしな》の漬物を口に運び、探るような視線をこちらに投げた。永賢の卓子《つくえ》に用意された食膳も世龍とおなじ内容だ。料理や食器に臣下との差をつけないことも君臣の情義《じょうぎ》を重んじた太祖の遺訓《いくん》のひとつである。

「あの女を娶《めと》れと言うのか」

「先帝はそのおつもりでした」

「父皇はどうかなさっていたんだ。瑞兆天女など、迷信に決まっている。女ひとりを手に入れたくらいで天下が手に入るのなら苦労はない」

かねてから世龍は成との婚姻に反対していた。

成の公主など、どうせ権高《けんだか》な女に決まっている。牙遼族を夷狄と見下す、お高くとまった女を皇后として敬《うやま》うことはできないと再三にわたって父帝に訴えた。瑞兆天女なる干からびた昔話を真に受けて、利のない婚姻を結ぶべきではないと。

寺院の建立《こんりゅう》や寄進《きしん》に入れあげて軍備をおろそかにする史文緯の失政により、成の兵力は年々弱くなる一方なので、攻め落とすことはもはや難業ではなくなっている。姻戚になったところで、これといった益はないのだ。

成の公主に値打ちがあるとすれば、かの女が瑞兆天女であるという一点だけ。それとて眉唾物《まゆつばもの》だ。伝説はしょせん伝説。当てにできる代物《しろもの》ではない。

父帝はけっして迷信深い人物ではなかった。子どもだましの口碑《こうひ》に心酔していたわけではない。ただ、すこしばかり弱気になったのだ。

二年前、恩礼五姓《おんれいごせい》のひとつであった陶《とう》家が迅と内通して謀反《むほん》を起こした。

恩礼とは建国に貢献した士人《しじん》一族をいう。いずれも北人で、陶氏、祭《さい》氏、霍《かく》氏、楊《よう》氏、氾《はん》氏の五姓である。王朝の転覆《てんぷく》を狙った陰謀はあばかれ、陶家は誅滅《ちゆうめつ》されたが、処刑をまぬかれた残党が迅に逃げこみ、余燼《よじん》がくすぶる結果となった。

建国の功臣が敵国と内通したという事実が父帝の自信を削《そ》いだのだと思う。そうでなければ、とうの昔に錆《さ》びついた伝説を本気にして南人公主を娶ろうなどとは考えまい。

「天帝に遣わされて下生《げしょう》するだの、愛した男を加護するだの、馬鹿馬鹿しい。苔の生えた俗伝《ぞくでん》に惑わされて高慢ちきな南人公主のご機嫌取りをしていては、天下の笑い者になる」

皇帝の娘――公主を迎えた場合、皇后に据《す》えるのが道理だ。

一妃嬪なら寵愛しなければよいだけの話だが、国母《こくも》たる皇后には嫡妻《ちゃくさい》として敬意をはらわねばならない。皇后を軽んじることは後宮の秩序を乱すことにつながるからだ。

いったん立后《りっこう》すれば容易には廃せない。

皇帝の一存で位階《いかい》を上下させられる妃嬪とちがって、廃后には廟堂《びょうどう》を納得させられるだけの〝罪状〟が不可欠となる。史文緯が趙皇后を廃したときのような大事件でも起こらない限り、安寧公主から鳳冠《ほうかん》をとりあげることはできないのだ。

遠からず頭痛の種になることは目に見えている。厄介事を抱えこむのはごめんだ。

「高慢と決めつけるのは早計《そうけい》では？　まずは交流なさってみてはいかがです」

「婚礼衣装で大喪に駆けこんでくるほど計算高い女だぞ。交流するまでもなかろう」

餅を平らげ、世龍は碗いっぱいの酪漿《らくしょう》を飲み干した。

「あの女が烈にとどまりたがるならなおさら追い出さねばならぬ。どういう目的で居座ろうとしているのか知らぬが、烈にとっては災厄にちがいない」

すでに先手を打たれた。これ以上、狡猾な女狐《めぎつね》の術中に陥《おちい》ってはいけない。

西宮《せいぐう》は万寿殿《ばんじゅでん》。それが金麗にあてがわれた仮の宿だった。

聞けば、ここは西朱《せいしゅ》時代に皇太后が暮らした殿舎《でんしゃ》だという。

西朱最後の天子・恭帝《きょうてい》が太師《たいし》・元獲戎《げんかくじゅう》に禅譲《ぜんじょう》して烈王朝がひらかれてからは皇太后が立ったことはないので――歴代皇后は夫の存命中に崩御《ほうぎょ》しているのだ――、女主人を迎えるのは二十六年ぶりだそうだ。

長らく無人だったわりにくまなく清掃が行き届いているのは、恭帝の皇后であった元獲戎の姉が革命のおり、万寿殿で自害した西朱最後の皇太后・公羊《こうよう》氏をしのんで、姑の生前同様、奴婢《ぬひ》たちに仕えさせていたからだという。

要するに曰く付きの殿舎なのである。

――元世龍はよほどわたくしを娶《めと》りたくないのね。

先帝の妃嬪たちはいまも中宮《ちゅうぐう》の奥に置かれた後宮で暮らしている。喪が明ければ彼女たちは白い衣を脱いで新帝の花嫁として大婚《たいこん》に臨《のぞ》み、やはり後宮で起臥《きが》することになる。金麗は先帝と婚約していたのだから、彼女たちと同等に遇《ぐう》されるべきだ。嫡室《ちゃくしつ》に内定していることを考えれば、皇后の居所・昭陽殿《しょうようでん》に迎えられてもいい。

華燭《かしょく》の典《てん》をあげていない点が問題だというなら、東宮に置けばよい。じき後宮に入るのだから、服喪期間中、新帝に従って東宮で暮らすのは道理にかなっている。

さりながら世龍は金麗を西宮に押しこめた。新王朝に膝を屈することを潔《いさぎよ》しとしなかった亡国の皇太后が天命を呪って毒酒をあおったという、忌《い》まわしい殿舎に。

――さっさと出て行けということでしょう。

どうやら世龍は金麗を昭陽殿に入れたくないらしい。喪中の肉食をはばかる南人の気風《きふう》に配慮して粥を用意してくれたが、丁重なのは体裁《ていさい》だけで顔を見せにも来ない。関心が薄いというより意図的に無視しているふうだ。

かといって、こちらから会いに行くのはためらわれる。亡夫の喪に服している寡婦《かふ》が男を訪ねることはふしだらな行いだと礼教《れいきょう》は口を酸っぱくして戒《いまし》めている。礼教の国から来た公主が大喪の場で流した涙も乾かぬうちに婦道《ふどう》にそむくわけにはいかない。そんなことをすれば、金麗が烈に残る根拠自体が揺らぐ。夫が眠る地にとどまりたいと言った手前、貞女《ていじょ》の仮面をかなぐり捨てるのは時期尚早だ。

さりとて、西宮と東宮の隔《へだ》たりは大きい。これほど遠ざかっていては偶然出会うこともないから色目を使う機会さえなく、新帝籠絡《ろうらく》計画は早くも暗礁《あんしょう》に乗りあげた。

――訪ねてこないなら訪ねさせてやるわよ。

この程度の逆風でへこたれる金麗ではない。世龍が進んで訪ねてこないのなら、訪ねずにはいられない状況を作り出せばよいのだ。

そこではじめたのが断食である。

「先帝のことを思うと、とても食事が喉をとおりません。こうして生きていることが心苦しいのです。先帝のおそばにまいることができればよいのに……」

出された粥に口をつけず、身じまいもせず、ひもすがら涙にくれて経をとなえる。婢女《はしため》生活のおかげで餓えには慣れている。水さえあればしばらくは生きられるものだ。それにできれば、食を断って衰弱するほうがいい。寝床から起きあがれなくなるくらいに。金麗が臥《ふ》せっているという知らせはほどなく世龍の耳に入る。彼は聞き流すだろうが、そのうち看過《かんか》できなくなる。

なぜなら彼の天敵が先んじて金麗を訪ねるからだ。

「どうか思いつめられぬよう」

春霞《はるがすみ》のような帳《とばり》のむこうから落ちついた低い声がかけられた。

「公主はまだお若い。世をはかなむには早すぎます」

流麗な尭語《ぎようご》を操るのは皇叔《こうしゆく》・元豪師《げんごうし》。

封地《ほうち》の名を冠して広王《こうおう》と呼ぶこともあるが、国の柱石《ちゆうせき》たる大冢宰《だいちようさい》の任についているので、そちらで呼ばれることのほうが多い。

年齢は先帝よりひとつ下の三十六。少年のころから先帝とともに戦場を駆け、数々の武功を立てた堂々たる偉丈夫《いじようぶ》という世評にたがわず、男盛りの巨軀《きよく》には泰然《たいぜん》とした威風がみなぎっており、頑強な肉体を覆った麻衣《あさごろも》が神々しい戦装束に見えるほどだ。

それでいて苦み走った男ぶりは女好きがするもので、左目に黒革の眼帯をつけているのも危険な色香を感じさせる。

碧秀が女官たちから聞き出してきた話によると、その容貌は言わずもがな、情け深く気さくな人柄でも、宮廷の女人たちを魅了しているらしい。

第一印象からすれば、下馬評《げばひょう》も案外侮れないと思う。

大柄な体つきに反して言動は粗野《そや》ではなく、立ち居振る舞いには大人《たいじん》の風格がただよい、成の人びとが見てきたように語る〝最果ての野蛮人〟の想像図とは似ても似つかない。ただし、心証なるものがはなはだ当てにならないことは自明《じめい》の理《り》だ。人は他人に見せたい自分を演じることができる。金麗がそうしているように、相手もまた、同様のことをしているかもしれない。

――皇族の重鎮《じゅうちん》であり、朝廷の重鎮でもある。皇帝になっていてもおかしくないわね。

先帝とはなにかと反目《はんもく》しがちだったという。そのせいか、玉座に野心があると噂されている。甥の即位に不満を持っており、簒奪《さんだつ》の機会をうかがっていると。先帝の崩御が唐突すぎたことも不穏な風聞《ふうぶん》が飛び交う一因となっているのだろう。

世襲王朝が歴史に登場して以来、君主の死は諍《いさか》いの温床であった。だれもが渇《かつ》してやまない至尊《しそん》の位。わけても皇帝の近親は玉座の側近くにいるがゆえに野望を抱きやすく、いかな名君であろうとも骨肉《こつにく》の争いからは逃れられない。

年がら年中、仏を拝んでいる父帝ですら皇族に命を狙われたことがあるのだから、礼教に囚われない牙遼《がりょう》族の男が鍛えあげた赤銅色の胸板のうちに猛獣のごとき大望を飼っていたとして、なんのふしぎがあろうか。

あまつさえ、奴婢の母から生まれた世龍とちがって豪師の生母は勲貴《くんき》八姓《はっせい》の出身。勲貴八姓とは烈の建国に貢献した武人一族で、慕容《ぼよう》、呼延《こえん》、賀抜《がばつ》、爾朱《じしゅ》、乞伏《きっぷく》、叱羅《しつら》、赫連《かくれん》、阿鹿《あろく》の八姓をいう。

これに恩礼《おんれい》四姓を合わせ、勲貴恩礼といえば、十二名族とも称される、宗室に次ぐ権門《けんもん》である。母方の親族がいない世龍とは対照的に強固な後ろ盾があり、政治的な立場は盤石《ばんじゃく》で、年若い新帝を圧倒するほど声望《せいぼう》が高い。豪師にしてみれば、万乗《ばんじょう》の位はほんのすこし手をのばしさえすれば届く距離にある至宝なのだ。

裏をかえせば、世龍の玉座は――即位して間もない皇帝にはありがちなことだが――堅《けん》牢《ろう》な城壁で守られているとは言いがたいということ。

なればこそ、世龍は豪師の動向に目を光らせているはず。豪師が金麗を見舞ったと聞けば、心中おだやかではいられまい。

「若さなど、いったいなんの役に立つでしょう。仕えるべき夫がこの世にいらっしゃらないのに。いまとなっては髪をくしけずることすらいとわしく思いますわ。どれほど着飾ったところで、見せるべきかたが現世《うつしよ》にはいらっしゃらないのですから……」

「悲観なさってはいけません。先帝とて、公主があとを追われることを望んではいらっしゃらないでしょう。一度は婚約した仲であればこそ、御身の幸福を願っていらっしゃいますよ。どうか先帝のご聖意《せいい》をおくみになって、気をしっかりお持ちください」

豪師は真情《しんじょう》のこもった言葉つきで金麗を慰撫《いぶ》した。

――予想どおり熱心にかき口説くのね。

豪師が先陣を切って見舞いに来ることは予測していた。成との婚約は先帝の遺志。金麗を娶る者は先帝の志《こころざし》を継ぐ者だ。玉座を狙う野心家が見逃すはずはない。

「幸福なんて考えられませんわ。夫亡き女に未来があるとはとても思えませんもの……」

哀れっぽく見えるよう、金麗は手巾で顔を覆った。

「成ではそうかもしれませんが、ここは烈です。遺された妻妾《さいしょう》には命をまっとうする義務があります」

「……その義務のために、寡婦が夫の親族に嫁ぐのですか？」

「成の礼制でお育ちになった公主には異界の出来事のように思われるでしょう。されどこれは、寡婦を保護する措置なのですよ。草原では争いが絶えません。ささいな諍いから部族同士が互いを滅ぼすまで殺し合うこともあるのです。そんな環境では夫を亡くした婦人が天寿《てんじゅ》をまっとうすることなど不可能です」

だから再婚が必要なのだ、と豪師は熱っぽく語った。

「夫と血縁のない他部族の男が寡婦を娶れば、その再縁は軋轢《あつれき》のもとになりますが、花婿が亡き夫の親族であれば、もともと身内ですから利害が対立することもありません。婚姻関係が維持され、子は一族の一員として遇され、すべてがまるくおさまります」

「ですが、それは……不義《ふぎ》ではございませんの？　夫の……息子に嫁ぐなんて」

「礼教では禽獣《きんじゅう》の習いと言っていますね。公主が忌避感《きひかん》を抱かれるのは無理もありませんが、おそらくは誤解があります。われわれとて相手かまわず娶るわけではないのですよ。むろん、自身の生母は避けます。母親と臥所《ふしど》を分け合うのは、まさしく禽獣の行いですからね。亡き父の息子、つまり自分の兄弟を産んでいる妻妾も同様です。彼女たちは義妻《ぎさい》と呼んでほかの妻妾と区別し、けっして共寝《ともね》はしません。娘しか産んでいない者のみです。親族の方策です。実際に娶るのは子を産んでいない者、娘しか産んでいない者のみです。親族の妻妾を保護するのは同族の男のつとめですし、子にとっても赤の他人を父とあおぐより、亡父の近親をそうするほうがずっと心安い。身内での再婚は一族の結束を強め、弱き者を守る最善の策。後ろ暗いものなど、みじんもございません」

「成では、寡婦の再婚自体が好ましくないと思われていますわ」

貞女は二夫《にふ》にまみえず。遺児を立派に育てあげ、舅姑《きゅうこ》には夫の生前と変わらず孝養《こうよう》を尽くす。それが守節《しゅせつ》の道だと教えられる。

夫とのあいだに子がなく、仕えるべき舅姑もいなければ、寡婦は夫に殉じて死ぬべしと高唱《こうしょう》する学者もいるほどだ。仏道に心酔し、病的なほどに殺生を厭《いと》う父帝は寡婦の殉死を禁じたが、再婚を勧めてはいない。やむを得ず再婚する場合は、亡夫のため三年の喪に服したあとでなければならないと律令《りつりょう》でさだめている。

「わが烈では、寡婦があたらしい夫を持つことは不義とは呼ばれません。できるだけ早く再婚するよう勧められます。子孫繁栄こそが人の道。生きている者は命をつないでいかなければならないのです」

「烈では、貞節は美徳ではないのですか？」

「わが国でも貞節は重んじられます。しかし、それは死者に操《みさお》を立てることを意味しません。夫婦の縁はつねに現世で結ばれ、夫婦の絆《きずな》は現世ではぐくまれるものなのです。死者を悼む気持ちが生者の命を縛る鎖になってはいけないとわれわれは考えています」

かみ砕いて道理を説きながら、豪師は再婚を受け入れるよう強く勧めてきた。

——新帝がわたくしを拒んだから、さっそく横取りしようとしているのね。

豪師は数年前に王妃を亡くしており、四人の側妃《そくひ》を持つのみである。一国の公主を娶るなら嫡室の席は空けておかねばならないから、あつらえむきだ。

——夫として最適かどうかはわからないけれど、悪くない相手だわ。

男の見目《みめ》にこだわりはないが、見栄えがよいのはけっこうなことだ。権力は持っていたほうがよく、位は高いほうが好ましい。雄々しい面構えから察するに精力にも瑕瑾《かきん》はなさそうだ。花婿候補のひとりとして及第《きゅうだい》点《てん》をつけておくことにする。

「わたくしの身の上を案じてくださる大冢宰のご厚情には感謝いたしますが、いまはなにも考えられないのです。悲しみで胸が張り裂けそうで……」

金麗が泣きじゃくると、豪師は「そうでしょうとも」と鷹揚《おうよう》にうなずいた。

「お体をいたわることが最優先です。くれぐれもご自愛ください」

その日の夕刻、本命の獲物が罠《わな》にかかった。

「食事をなさっていないそうですね」

帳のむこうから若い男の声が響いた。身にまとっているのはやはり白い麻衣。黒髪を編んで垂らし、衣と同色の鉢巻《はちまき》をまいている。

十八という弱年ながら、すみずみまで鍛えぬかれた長軀《ちようく》はもはや少年のそれとはいえない。はじめて見たとき、獣のようだと思った。風を切り裂いて駆ける悍馬《かんば》よりもっと荒々しく、月にむかって咆哮《ほうこう》する猛虎よりもっと優美な、誇り高き肉食獣。喪服を着ていても隠せない満々たる覇気のせいだろうか、大喪の場で手をつかまれたときは自分が矢で射貫《いぬ》かれた兎になったような心地がした。

新帝、元世龍。人と狼が交わって生まれたといわれる黒韃狼子《こくだつろうし》の血をひく草原の貴公子が遠路はるばる見舞いに来たのは雀色時《すずめいろどき》のこと。世龍は供の者も連れずに万寿殿《ばんじゆでん》の表門をくぐり、赤い実でいっぱいの籠《かご》を持って金麗の寝間に入ってきた。

「父帝のために悲しんでくださる、その御心はうれしく思いますが、食事をなさらないのはお体に毒です。もしかしたら、果物ならすこしは召し上がっていただけるかもしれないと思い、私が手ずからもいできました。甘酸っぱく、ご婦人が好まれる味です。私の妹はこれが大好きで、この時期には毎日食べていますよ」

世龍は寝台のそばにひかえている碧秀に籠を手渡した。彼が言う妹とは同母妹の薇薇《びび》だろう。碧秀の調べによれば、十二歳の勝気な少女で、兄である世龍をいたく敬愛しており、兄と戦って互角《ごかく》以上の武勇を誇る若者でなければ嫁がないと公言しているという。

「どうぞ、公主さま」

碧秀は赤い実をひとつ取って碗の水で洗い、手巾で念入りに拭いてから金麗にさしだした。ちょうど金麗の手のひらにすっぽりおさまるほどの大きさだった。つややかな紅の肌には弾けんばかりの瑞々しさが閉じこめられ、格子窓からさしこむ夕陽を浴びて燃えるように輝いている。

「まあ、きれいな果物。李の一種でしょうか？」

「桃の仲間ですね。滋養があり、疲れを癒してくれるので、こちらでは千里桃《せんりとう》と呼ばれています。これを食べれば千里を駆けることができるという意味です」

世龍は籠から千里桃をひとつ手に取り、ぽんと口にほうってみせた。

「種はないので丸ごと食べられますよ。さあ、召しあがってみてください」

口辺にやさしげな笑みを刻み、しきりに勧めてくる。先に食べてみせたのは毒味だろう。拒むのは非礼にあたる。金麗はそっと唇をひらいて、千里桃の赤い果皮に歯を立てた。たちまち新鮮な果汁があふれてきて、甘い香りが口いっぱいにひろがる。

「おいしい。烈にはこんなにおいしい果物があるのですね」

「お気に召していただけたのなら、毎日採ってきましょう」

「そんな、いけませんわ。わたくしのことで主上をわずらわせるわけにはまいりません」

「いずれ私の妻になるかたのためです。苦にはなりません」

「……妻？　わたくしが、あなたの？」

「それがわが国のしきたりですから。父帝と婚約なさった安寧公主は、遺された妃嬪たちとともに玉座を継いだ私の花嫁になる。すでに散騎常侍《さんきじょうじ》の楊永賢《ようえいけん》から説明があったはずですが。帰国なさらないということは、われわれの伝統を受け入れてくださったのだろうと解釈して、そのつもりでおりましたが、私の勘違いでしょうか」

思いがけない言葉に戸惑いつつ、金麗は涙ぐむ演技をした。

「もちろん、烈のしきたりは存じておりますわ。先祖代々受け継がれてきた慣習だと……ただ、理解が追いつかなくて……わたくし、混乱していますの。先帝……元威業《いぎょう》さまに嫁ぐ心づもりで祖国を旅立ったものですから……」

ごめんなさい、と詫びながら手巾で顔を覆う。

「こちらこそ申し訳ない。性急すぎました。父帝の後宮に入るために嫁いでいらっしゃった公主が混乱なさるのは無理もないことです」

なれど、と世龍はしかつめらしい顔つきでつづけた。

「しきたりでは、喪が明ければ時を移さず婚礼をあげることになっています。服喪は一月ですから、来月にはまた花嫁衣装をお召しになっていただくことになります。成では女人の再婚は三年の喪が明けてからということですが、こちらではそのような措置は取りません。一月後にあなたを娶《めと》ります。なにとぞご理解ください」

「さっすが俺の公主さま！　すっかり新帝を骨抜きになさったようで！」

慇懃《いんぎん》に暇乞《いとまご》いをして世龍が立ち去ったあと、高らかにお追従《ついしょう》を言う声が響いた。

すらりとした長身を円領《まるえり》の袍《ほう》で包み、後頭部に二本の帯を垂らした幞頭《ぼくとう》をかぶって、おしろいを塗ったような白皙《はくせき》のおもてにへらへらと締まりのない笑みを浮かべているその青年――といっては語弊《ごへい》があるが――は成から随従《ずいじゅう》してきた宦官《かんがん》の来宝姿《らいほうし》だ。

もともとは夏皇后の側仕《そばつか》えで、年齢は金麗より三つ上の二十三。その名のとおり絵に描いたような美しい姿をしているが、持って生まれた秀麗な眉目《びもく》を武器に夏皇后に取り入り、夜となく昼となく女主人のご機嫌取りをしては金銀財宝を賜《たまわ》って、さらには主の威光を笠に着て方々で私腹を肥やしていた、宦官の見本のような宦官である。

「ま、とーぜんですけどね！　公主さまの美貌《びぼう》をひと目見れば、男ならだれだって魂を抜かれてのぼせあがってしまいますよ。惚れない男は男じゃないってくらいで」

うんうん、と宝姿は千里桃をむしゃむしゃ食べながらひとりでうなずく。

「男じゃない俺でも公主さまを見ていると、ぽーっとしちゃいますもん。夷狄《いてき》の男ならなおさらですよ！　公主さまみたいな絶世の美女を見たのは生まれてはじめてなんじゃないかなあ。北の粗野な婦人を見慣れていたら、天女さまだと思ってもふしぎじゃないですよ。一日も早く婚礼をあげたくて仕方ないって様子でしたし、公主さまが寵愛を独占してしまうことになりそうですね！　まさに〝六宮《りくきゅう》の粉黛《ふんたい》、顔色《がんしょく》なし〟で！」

宝姿の甘言《かんげん》を真に受けるつもりはない。宝姿は夏皇后に仕えていた太鼓持ちの筆頭だった。彼の口から出る言葉はことごとく空世辞《からせじ》である。

――どうして急に態度を変えたのかしら？

大喪では帰国を促《うなが》しておきながら、いまになって掌《たなごころ》をかえしたのはなぜか。

宝姿が言うような色めいた理由ではあるまい。なにか裏がありそうだ。

この日を境に、世龍は毎日見舞いに来るようになった。訪ねてくるのは決まって日暮れ時で、滋養があるといわれている食べ物を手土産に持ってくる。かならず目の前で彼が毒味してみせて金麗に勧め、食べるのを見届けてから帰っていく。

――わたくしに餓死されては困るということね。

金麗は飢え死にする気などさらさらないが、世龍はこちらの目的を知らない。金麗が本気で食を断っているのか否か判別がつかないから、座視《ざし》できなくなったのだろう。

成の公主が烈の皇宮で餓死したら事である。烈の武力をもってすれば成の機嫌をそこねることなど恐れずともよいが、同胞たちにつけ入られる隙《すき》を作るのは思わしくない事態だ。賓客《ひんきやく》として迎えた金麗をむざむざ餓死させれば、豪師率《ひき》いる宗室の面々はここぞとばかりに世龍を責める。いらぬ失点を避けるため、ねんごろな見舞い客を演じはじめたのだ。

にわかに手のひらをかえして金麗を娶《めと》る意思があると言ったのも、断食をやめさせるためなら合点《がてん》がいく。

つまるところ、彼が金麗を後宮に入れる気があるのかどうかはっきりしないという点に変わりはないのだ。娶ると明言されたからといってぬか喜びするのは楽観が過ぎるだろう。宝姿が言うほど、世龍は御《ぎょ》しやすい男ではなさそうだ。

とはいえ、こちらも攻めないわけにはいかない。豪師も夫として悪くない相手だが、目《もっ》下《か》、彼は一皇族にすぎない。金麗は皇帝に嫁ぎたいのだ。世龍が玉座に在る限り、彼がもっとも有力な花婿候補である。打算でもなんでもいい。きっかけは作った。これからすこしずつ距離をつめていかなければ。彼の警戒心をやわらげ、甘言と色香で惑わして手懐け、思いのままに操るのだ。この胸に燃える、大志のために。

手始めに、金麗は世龍を訪ねることにした。贈られた千里桃が熟していたので菓子を作って持っていく。西宮の表門を出る際、門衛《もんえい》に引きとめられた場合にそなえて言い訳まで用意していたが、とくに咎《とが》められずすんなり通ることができた。東宮の表門をくぐるときも同様で、泣き落としで開門させる必要すらなく、拍子抜けした。

――わたくしが訪ねてくることを予期していた……？

世龍が金麗を西宮から出さぬよう門衛に厳命していたら、金麗はまず西宮の表門で足止めされることになる。その気配がなかったことはかえって金麗を不安にさせた。

釈然《しゃくぜん》としない気持ちを抱えながら、碧秀を連れて回廊《かいろう》をわたっていく。

回廊には朱塗りの円柱が行儀よくならび、虹のように湾曲した梁《はり》がかかっている。梁に描かれているのは東を守護するといわれる蒼龍《そうりゅう》。その周りを飛びまわっているのは琅玕《ろうかん》をくわえた仙鳥《せんちょう》だ。桁《けた》や束《つか》など、架構のすみずみまで文様と彩色で飾り立てる様式は南方のものだから、祖国の宮殿を歩いているような錯覚《さっかく》に陥《おちい》る。

「安寧公主」

うしろから声をかけられ、金麗は立ちどまった。ふりかえると、喪服姿の青年がこちらへやってくるのが見える。背丈は世龍よりやや低いくらい。牙遼《がりょう》族の男にしてはいくらか細身だ。端整な容貌はどこかあどけなく、甘ったるい目じりには陽気な媚《こび》がにじみ、華やかな口もとは親しげな微笑のために無邪気にゆるんでいる。青年というよりは少年といったほうが適当かもしれない。事実、彼は金麗より四つ下の十六歳だ。

先帝の皇六子、元炎魁《えんかい》。生母は数年前に崩御した慕容《ぼよう》皇后。昌国《しょう》に封じられているので昌王《しょうおう》と呼ぶ。炎魁も見舞いのために何度か西宮を訪れている。その回数は豪師よりも多く、ひどく熱心に金麗を気遣っているふうだった。

「公主が東宮にお入りになるのを見かけたので追いかけてきました。もう出歩いて大丈夫なんですか？　お加減は？」

「ええ、だいぶよくなりましたわ。ご心配をおかけして申し訳ございません」

「それはなによりです。顔色もあかるくなったようですね」

炎魁が顔をのぞきこんでくるので、金麗は白麻を張った団扇《うちわ》で彼の視線を防いだ。

「いやですわ。ごらんにならないでくださいませ。病みあがりでやつれていますから」

「あ、すみません。喪中に男が女人をまじまじと見るのは、成では失礼にあたりますか？　俺はどうも礼教にうとくて、尭族の礼制がよくわからないんです」

気を悪くしないでください、と炎魁は屈託《くったく》なく笑う。

「病床にいらっしゃるときも儚《はかな》げでお美しかったですが、こうして陽光の下でお目にかかると、大輪の花みたいにあでやかだなあって思っていただけなんです」

「まあ、お世辞がお上手ですこと」

「世辞なんか言いませんよ。公主の前でその必要はないですから。成には美人が多いと聞いていましたが、ほんとうに天女のような美姫《びき》がいらっしゃるなんて驚きました。父皇《ちちうえ》もさぞや無念だろうなあ。江南《こうなん》一の美女と婚約したのに、公主の艶姿《あですがた》を見ることもなく黄泉《よみ》路《じ》を下ってしまったんですから……」

言いさして、炎魁はうろたえた。金麗が涙ぐんだせいだろう。

「ああ、泣かないでください。悲しみを呼び戻したいわけじゃないんです。父皇は公主をお迎えすることを心待ちにしていらっしゃったから、つい……。でも、いまとなっては九《きゅう》泉《せん》にいらっしゃる父皇も公主の行く末を案じておられますよ。公主には良縁を得て幸せに暮らしていただきたいと願っているはず。だから気に病まないでくださいね」

ええ、と金麗は手巾で涙を拭《ぬぐ》った。

「わたくしったら、みなさまにご心配ばかりおかけしていますわね。主上にもお心遣いをいただきました。これからそのお返しにお菓子を持って行くところですの」

「菓子！　ひょっとして公主手製の？　いいなあ。俺にはくださらないんですか？」

「昌王には後日さしあげますわ」

「三兄はずるいなあ。俺だってお見舞いに行ったのに、真っ先にお返しをもらうなんて」

炎魁が不満そうにぼやくので、金麗は団扇の陰で囁《ささや》いた。

「昌王のお立場を考えてのことですわ。主上よりも先にお返しをわたしてしまっては、口さがない者たちによからぬ噂《うわさ》を立てられてしまいます」

　なるほど、と炎魁はうなずく。

「三兄の面目《めんもく》をつぶしてはまずいですね。外面はいいですが、三兄は短気なところもあります。なにせ、十八にもなってまだ父親になっていない。一人前の男であることを証明しないうちに許婚《いいなずけ》が弟と親しくなるのは面白くないでしょう」

　父でなければ男ではない、という古言が烈にはある。子をもうけてはじめて男は男たり得るという意味だ。礼教の教えにある「不孝《ふこう》に三有り、後無《のちな》きを大と為す（親不孝の最大のものは子を持たないこと）」と同義であろう。

「主上はお若く壮健《そうけん》でいらっしゃいますから、喪が明けて後宮をお持ちになれば吉報が絶えないようになるでしょう」

　どうだか、と炎魁は嘲《あざけ》りもあらわな笑みをもらす。

「実は、三兄には男として欠陥《けっかん》があるという噂があるんですよ」

「……殿方として？」

「ひらたく言えば、子をなせないのでは……と」

「そんなことはありえないでしょう。主上は亡き太子妃とのあいだに御子をなしていらっしゃったはずですわ。不幸にして死産であったそうですが……」

「噂では、あれは虚偽の懐妊だったそうですよ。三兄を喜ばせるため、太子妃は懐妊を偽ったのだと。死産として処理する予定で産み月にあたる時期に薬を飲んだものの、薬の量が多すぎたために落命《らくめい》してしまったとか」

「まあ、それは……。いくら夫を喜ばせたいからといって懐妊を偽るのは……」

「そうせざるを得ない状況だったんでしょうね。大昔、牙遼族の男は、妻妾《さいしょう》を娶ってから一年経っても身ごもらない場合、その女を殺していました。懐妊できない女に価値はないからです。さすがに当世《とうせい》ではそこまでしませんが、いまでも昔気質《むかしかたぎ》の男は一年以内に身ごもらない妻妾を虐待したり、冷遇したりするんです」

「主上は太子妃を冷遇なさっていたのですか？」

「表向きは大事にしていましたよ。勲貴《くんき》八姓から迎えた毛並みのいい花嫁ですからね。でも、人前での態度が内実とおなじとは限りません」

回廊の外でだれかが聞き耳を立てているかのように、炎魁は声をひそめた。

「太子妃亡きあと、何度も縁談を勧められたのに、三兄はかたくなに継室《けいしつ》を娶らなかった。それどころか浮いた話もまったくなかったんです。若く健康な男が女人を遠ざけるのは不自然だ。まるで自分の恥をさらさないよう、あえて避けているみたいだと思いませんか？妻妾を娶れば子ができるはずですからね。三兄が人並みなら」

意地悪く口の端をあげ、中庭に反射する日ざしに目を細める。

「三兄の後宮で悲劇が起きないことを祈るばかりです。異国から嫁いできてくださった公主が不幸に見舞われるのは見たくありませんから」

「主上は英明《えいめい》なおかたです。成の公主であるわたくしに無体《むたい》なことはなさらないでしょう」

「表立ってはね。裏ではわかりませんよ。後宮ではときおり悲惨な事件が起こります。三兄の母、楚氏《そし》は毒殺されたんです。同様の悲劇がくりかえされない保証はない」

「……わたくしが子を孕《はら》まなければ、主上はわたくしを殺すと？」

「そうならなければいいんですが……太子妃の末路を思うと心配です。もし身の危険を感じることがあったら、俺に相談してください。俺は公主の味方だ。力になりますよ」

金麗が青ざめたせいか、炎魁は仮面をつけかえるように笑顔を見せた。

「いやな話はここまでにして、気分直しに散歩でもしませんか。東宮の中庭ははじめてでしょう。江南では見られない花もありますよ」

「でも、主上にお菓子を……」

「三兄はあとまわしでいいですよ。どうせ政務中ですから。さあ、行きましょう」

炎魁は金麗の肩を抱いていささか強引に連れ出す。強く拒むこともできたが、下手に騒ぎたてたくない。いざとなれば切り抜けられると踏んで、ついて行くことにする。

「六弟！　公主をどこに連れていくんだ！」

回廊の階《きざはし》をおりたところで、野太い声が背中に投げかけられた。表門のほうから屈強《くっきょう》な体躯《たいく》の青年が大股で歩いてくる。肩を怒らせて荒々しく喪服の裾をさばく姿は、地面を蹴って突進してくる猛牛のようだ。

先帝の皇五子、栄王《えいおう》・元勇飛《ゆうひ》。年齢は世龍よりひとつ下の十七歳。生母は勲貴八姓のひとつ、賀抜《がばつ》家出身の妃嬪で、十年近く前に出家して尼寺《あまでら》に入ったという。背丈は世龍におよばないが、がっしりとした双肩と太い首は牙遼族の青年らしいものだ。眉間にしわを寄せたいかめしい顔つきのせいか、とうに二十歳は超えているように見える。

「大声を出すなよ、五兄。公主が怖がっていらっしゃるだろ」

炎魁は守るように金麗を抱き寄せた。

「おまえが無理やり連れ出そうとするから怯《おび》えているんじゃないのか」

「無理やり？　とんでもない。粗暴なおまえとちがって、俺は女人のあつかいに慣れているんだ。公主は大喪のあとからずっと部屋にこもっていらっしゃったから、気晴らしに庭を案内してさしあげようとしていたんだよ」

「庭を案内するのに肩を抱く必要があるのか」

勇飛は火を噴くようなどんぐり眼で炎魁を睨《にら》みつける。

「公主がふらつかれたので支えたんだ。いちいち勘繰《かんぐ》るなよ」

「成の礼法では、喪中は夫婦であっても接触を避けると聞くぞ。夫婦でもない男女ならなおさらだ。公主は戸惑っていらっしゃる。その手を離せ」

「戸惑ってなどいらっしゃらないが？　そうでしょう、公主」

「公主になれなれしくするな。三兄に嫁ぐかただぞ。誤解されかねない行為はひかえろ」

「神経質がすぎるぞ、五兄。男女がならんでいるだけで不埒《ふらち》な関係だと決めつけるのはやめろよ。公主は貞淑《ていしゅく》なご婦人なんだ。おまえの母親のように夫以外の男とねんごろになるはずがないだろう。この世の女人はすべて賀抜氏みたいな淫婦《いんぷ》というわけじゃないぞ」

「口をつつしめ、六弟」

勇飛がにわかに殺気立つ。炎魁は小馬鹿にしたふうに鼻先で笑った。

「ほんとうのことを言っただけだろ。おまえの母親は不義密通《ふぎみつつう》を――」

「黙れと言っているのがわからぬか！」

勇飛が炎魁の胸ぐらをつかんだとき、回廊をわたってくる人影が視界に入った。喪服姿の世龍だ。女人と見まがう端麗な面輪《おもわ》は状況を察して険しい色を帯びていた。

「いったいなにを騒いでいる」

「三兄！　六弟が公主に不埒な行いをしていたので咎めたところ、六弟は妄言《もうげん》を吐いて俺を貶《おとし》めたんです」

「妄言じゃないだろ。周知《しゅうち》の事実だぞ、おまえが不義の子だってことは」

「貴様っ！」

「五弟、公主の前で荒事はひかえよ」

世龍にたしなめられ、勇飛はふりあげたこぶしをおろした。恨めしげに炎魁を睨みつけたまま、いかにもしぶしぶ胸ぐらから手を離す。

「六弟、おまえもだ。公主から離れろ」

「三兄も勘繰るんですか？　べつに他意は――」

「他意はなくとも公主の名節《めいせつ》にかかわる行為はひかえなければ。成の礼制に従えとは言わぬが、尊重せよ。胡人《こじん》と呼ばれるわれわれにもその程度の度量はあるはずだ」

「はいはい、わかりましたよ。公主は三兄のものですからね」

不平たらしい口ぶりで言って、炎魁は金麗の肩から手を離した。

「公主はだれのものでもない。不遜《ふそん》な物言いをするな」

「へえ、だったら俺が欲しいと言えば譲《ゆず》ってくださるんですか？」

「それが不遜だというのだ。公主を品物のようにあつかうな。無礼な態度をあらためねば成の随従《ずいじゅう》たちにそしられるぞ。牙遼族の男は世評どおりの禽獣《けだもの》だと」

「三兄のおっしゃるとおりだぞ、六弟。おまえの下劣なふるまいは烈の恥だ」

「ふたりして俺をいじめないでくださいよ。ただの戯言《ざれごと》なのに」

「戯言であろうとも発言には気をつけろ。おまえの失言は烈の失言となるのだ」

かたくるしいなあ、と炎魁はうんざりしたふうにため息をつく。

「真面目すぎますよ、三兄は」

「おまえが軽率すぎるのだ。皇家の一員として分別のある言動を心掛けよ」


「無作法な弟たちで申し訳ない」

炎魁が立ち去ったあと、世龍は金麗に向きなおってねんごろに詫びた。

「さぞや驚かれたでしょう。兄として弟たちを十分に指導できず、恥じ入るばかりです。のちほどよく言い聞かせておきますので、どうかご容赦《ようしゃ》ください」

丁重に揖礼《ゆうれい》され、金麗はあわてて止めた。

「まあ、いけませんわ。帝位にいらっしゃるかたが一公主に頭をさげられては」

「当然のことです。六弟は公主の名節に傷をつけかねない愚行を働いたのですから」

「誤解ですわ。昌王は階《きざはし》でふらついたわたくしを支えてくださっただけなのです。昌王のお手をわずらわせてしまい、心苦しく思っています」

「さようでしたか。ふらつかれたとは心配ですね。まだ具合が？」

「いいえ、体調はだいぶよくなりましたわ。先ほどは段差につまずいてしまいましたの。わたくしは祖国で婢女《はしため》のような身なりをしていましたので裾の長い衣に慣れないのです」

ここで炎魁を非難しても得るものはない。波風を立てないよう、ごまかしておく。

「時期が時期ですから、こちらからお訪ねすべきかどうか迷ったのですが……」

絹団扇でおもてを隠しつつ、金麗は見舞いの返礼に菓子を持ってきたと話す。

「……わたくしがこしらえたものですので、お口に合うかしら」

恥じらうふりをすると、「ぜひいただきたい」と世龍は笑顔で応じた。

「では、さしあげますわ。政務のお邪魔でしょうから、わたくしはこれで」

「せっかく東宮までお運びくださったんです。あちらの亭《あずまや》で一息つきませんか。飲み物をさしあげましょう」

世龍は側仕えの宦官に飲み物を持ってくるよう命じる。ついで金麗を促《うなが》し、白木蓮が咲く小道を歩いていく。彼は炎魁とちがって金麗に指一本ふれない。過剰なほど折り目正しい態度は彼の本心を隠すのに一役買っているのではないかと思われた。

丸屋根をいただく亭《あずまや》に入り、勧められるまま金麗は石椅子に座った。

「これはどのような菓子ですか？」

金麗が食盒《おかもち》のふたを開けて皿をとりだすと、世龍は興味深そうに見やった。白磁の皿に盛られているのは、狐色をした満月形の菓子だ。

「酥餅《パイ》ですわ。豚脂《とんし》を練りこんだ生地に千里桃の蜜煮を包みましたの」

「それはうまそうだ。さっそくいただきます」

「いけません、三兄。まずは毒味をさせるべきです」

皿に手をのばそうとした世龍を、かたわらに座した勇飛が声高に止めた。

「公主が手ずからこしらえてくださったものを毒味するなど、礼に反しよう」

「礼よりも三兄のほうが大事です。玉体《ぎょくたい》に万一のことがあってからでは間に合いません」

勇飛は雄々しい眉をひそめて金麗を見ている。敵国の公主を警戒するのは至極当然のことだ。無警戒らしい世龍のほうが違和感を抱かせる。

――栄王が割って入ることを想定していたのではないかしら。

金麗を警戒していないふうを装いつつ、勇飛に指摘させることで最終的には毒味をとおす。一見して自然な流れのようだが、作為的なものを感じた。

「栄王のおっしゃるとおりですわ。君王《くんのう》のお体はなによりも大切です。どうぞ、お調べになってください。やましいことはありませんから」

では、と勇飛が酥餅を手にとった。ぱくりとひと口で食べる。

「どうだ？　うまいか？」

「甘いです」

ぶっきらぼうに答えたきり、勇飛は黙る。世龍は苦笑した。

「語彙《ごい》が乏しいせいでどんな味かわからぬな。食べてみるしかなさそうだ」

「いましばしお待ちください。毒の作用があとから出るかもしれません」

「まるで毒が入っているかのような言いかたをするな」

「入っていないと証明されるまでは疑うべきですよ。史文緯《しぶんい》は公主を使って三兄を亡き者にしようともくろんでいるかもしれない。慎重になりすぎるということはありません」

「いい加減にしろ、五弟。公主に無礼ではないか」

世龍が声を荒らげるので、金麗は「かまいませんわ」と微笑んだ。

「お疑いなら、わたくしが毒味しましょう」

酥餅をひとつ手にとって小さくかじれば、香ばしい生地がさくさくとくずれ、なかから千里桃の蜜煮がとろりとあふれてくる。

「よかったわ。生地がちゃんと層になっています。実は、これは亡き母がよくこしらえていたお菓子ですの。母は酥餅を作るのが上手でしたわ。母が作った生地を炉《ろ》で焼きあげると、薄絹をかさねたような美しい層が出来上がるのです。わたくしも母の真似をして何度も作りましたが、失敗ばかりで……」

世龍の視線を感じて、金麗ははっとしたふうに言葉を打ち切った。

「ごめんなさい。おしゃべりが過ぎましたわ。母のことになると、つい……」

「私も子どものころに母を亡くしているのでお気持ちはわかります。公主の母君は濡れ衣を着せられたのでしょうから、複雑な思いを抱えていらっしゃるでしょう」

「……どうして濡れ衣だと？」

「公主のお人柄を見ていればわかります。あなたの母君であらせられるかたが皇帝弑逆《しいぎゃく》をくわだてる毒婦とは到底思えない。どこの国でも後宮では諍《いさか》いが絶えません。亡き趙《ちょう》皇后も邪《よこしま》な者の奸計《かんけい》に陥《おとしい》れられたのでは……」

金麗が涙をこぼしたせいか、世龍は言葉尻を濁《にご》した。

「失言でした。つらいことを思い出させてしまいましたね」

「いいえ……。わたくしは当時幼くて、なにが起きているのか理解できませんでしたの。うろたえて泣くばかりでした。母と兄を救うこともできず……」

「ご自分を責めてはいけません。時として人生には思わぬ不幸がふりかかります。だれしも天命に抗《あらが》うことはできず、結局は受け入れるしかないのです」

世龍がしきりに金麗を慰めているところに、胡服《こふく》姿の宦官が飲み物を運んできた。金麗には茶、世龍と勇飛には白湯だ。牙遼族の男は茶を好まぬらしい。

「思わぬ不幸といえば……亡き太子妃――呼延《こえん》妃のこと、うかがいましたわ」

塩気の強い茶を飲みくだし、金麗はさりげなく話頭《わとう》を転じた。

「何事もなければ子宝に恵まれ、おふたりは仲睦まじく連れ添っていらっしゃっただろうと思うと……わが事のように胸が痛みます」

手巾で目じりを拭うふりをしつつ、世龍の表情をうかがう。

「主上が再婚なさらなかったのは、呼延妃を忘れていらっしゃらないからでしょう。おふたりが結ばれた連理《れんり》の契《ちぎ》りに感銘を受けましたわ」

「呼延氏はすばらしい婦人でした。淑《しと》やかで、つつましく、あたたかい心の持ち主で……。私には過ぎた妃だとつねづね思っていたほどです」

白湯をひと口飲み、世龍は憂《うれ》わしげに吐息をもらした。

「共白髪《ともしらが》までと誓った仲でしたが……私たちは幽明境《ゆうめいさかい》を異《こと》にしてしまった。無情な天をどれほど呪ったことか。皇太子という立場上、再婚は避けられないとわかっていました。妻を娶り、子をもうけてこそ、一人前の男になれるのだと。悲しみに溺れず、前に進めと父帝にも再三諭されていましたが、なかなか決心がつかず、己のつとめから目をそらして時をやり過ごしていました。……われながら未練がましい男だと思います」

「情け深くていらっしゃるのですわ。薄情な殿方ならすぐに後妻を娶っていたはず。でも、主上は時間をかけて呼延妃をしのんでいらっしゃったのですね」

公主はおやさしい、と世龍はほろ苦い微笑を見せた。

「父帝が崩御なさったとき、戦慄《せんりつ》しました。これから負う重責が私を震えあがらせたのです。偉大な父帝に代わって群臣《ぐんしん》を率いなければならない。烈の民と国土を守らなければならない。天下平定という父帝の遺業《いぎょう》を受け継がなければならない……」

真情のこもった声音がわずかにかすれた。

「なにより、父帝が遺した後宮を……妃嬪たちを娶らなければならない。情けなくも、私にはそれがいちばんの重責のように思われたのです。呼延氏を喪って以来、長らく女人から遠ざかっておりましたので、戸惑いのほうが大きかった。しかし、しきたりは守らなければなりません。皇帝には後宮が必要だ。宗室の子孫繁栄のために妃嬪を迎えなければ。それが世の理《ことわり》なのだと自分に言い聞かせていたときでした」

あなたがあらわれた、と世龍はまっすぐな目で金麗を射貫《いぬ》いた。

「大喪《たいそう》の場で、あなたをはじめて見て驚きました。呼延氏と瓜二つでいらっしゃるから」

「わたくしの顔立ちは呼延妃に似ているのですか？」

「いえ、容姿の問題ではありません。公主のたたずまいがどことなく呼延氏を思い起こさせるのです。淑やかで、つつましく、それでいて気丈《きじょう》でいらっしゃるところが」

「気丈でしょうか、わたくし……」

「異国の大喪に単身駆けこんでいらっしゃったではありませんか。芯《しん》の強い婦人であることはわかります。公主をひと目見るなり、狼狽《ろうばい》しました。あたかも呼延氏が舞い戻ってきたようで。こんなことを言っては不快に思われるかもしれませんが、公主と結ばれることが私のさだめなのだと感じています。われわれには宿世《すくせ》の縁があるのかもしれないと」

「……もし、先帝が崩御なさらなければ、わたくしたちは義理の母子でしたわ」

「その未来は過去のものです。あなたは私の花嫁だ。すぐに受け入れてもらえなくてもかまいません。受け入れてもらえるよう努力するのは私の役目ですから」

世龍は酥餅を手にとり、はにかむように目じりをさげた。

「すこしはうぬぼれてもいいでしょうか。成の礼制では、喪中の男女の接触は禁じられている。それなのに公主は禁を犯して私に菓子を届けてくださった。私のことを憎からず思ってくださっている証《あかし》と好意的に解釈していますが、まちがっていますか」

「はしたないことだとは承知していましたが、主上が毎日おいしい果物を届けてくださるので、どうしてもお礼をしたくて……」

恥じらいを装って、金麗は絹団扇でおもてを隠した。

「そのお気持ちをうれしく思います」

世龍は誠実な青年そのものの顔で酥餅を頰張った。人好きのする笑顔の持ち主だ。身ごもれないからと、妻を虐《しいた》げる男には見えない。すくなくとも表面上は。

――手ごわい相手だわ。

どんなに目をこらしてみても、彼が見せる表情からは本心を読みとれない。かといって、彼の言葉をうのみにする気にもなれない。亡き妻に雰囲気《ふんいき》が似ているからと、異国から嫁いできた公主にいきなり好意を抱くほど単純な男とは思えないのだ。快《こころよ》い台詞を囁きながらも酥餅を口にしたのは最後であることが彼の用心深さをうかがわせる。

元世龍――油断ならない相手だ。罠にかけるつもりが、逆に罠にかけられてしまうかもしれない。こちらの目的を悟られぬよう、警戒を強めなければ。

東宮、令徳殿《れいとくでん》。皇太子の執務室からは真夜中でも明かりがもれている。昼間片づけきれなかった奏状《そうじょう》が山と積まれた書案《ふづくえ》にむかい、世龍は黙々と筆を動かしていた。

「遅くまでご苦労なことだな」

声をかけられてはじめて世龍は顔をあげた。人が入ってくる気配は感じていたが、あえて無視していた。刺客《しかく》のたぐいではないとわかっていたからだ。

格子窓に切り刻まれた月光のなかに喪服姿の女が立っている。否《いな》、女と呼ぶほどの年齢ではない。見たところ、せいぜい十五、六だ。

杏仁形の目、すっきりとした鼻梁《びりょう》、桜桃の唇。月の美貌《びぼう》を写しとったかのような玉のかんばせは、右目の下に浮かびあがったふしぎな青い花模様と、背中に流れる白銀の髪のせいで、この世のものとは思われない妖しい美しさをたたえていた。

青い花は月の宮殿・広寒宮《こうかんきゅう》に咲くといわれている翠燭花《すいしょくか》。かたちは桔梗《ききょう》に似ている。刺青でもなければ化粧でもない。白銀の髪とともに月姫《げつき》の力を証明する印だ。

当代の月姫は姓名を虞玫玉《ぐまいぎょく》という。先祖代々、月姫を輩出《はいしゅつ》する虞家の令嬢である。

「訪ねてくるときは先触れくらい出したらどうだ」

馬鹿なことを申すな、と少女らしからぬ落ちついた声音が言った。

「月姫は帝がいる場所ならどこにでも立ち入ることができる。月姫を遠ざけることは、そなたら元氏一門の命運を危うくすることだからだ。先触れなど出す必要がない」

「父皇《ちちうえ》はあなたを遠ざけなかったが、唐突に崩御なさった」

淡々と言いかえすと、玫玉は返答に窮《きゅう》した。

「……あれはたしかにこなたの落ち度だ。先帝の未来を占うことができなかった。胸騒ぎがしたときにはもう遅かった」

「占うことができなかった、か。物は言いようだな」

「どういう意味だ」

「占えなかったことにした、とも解釈できる。そのほうが好都合だったと」

「妙な勘繰《かんぐ》りをするな。月姫は帝を守るために在る。先帝に危機が迫っているとわかっていたら、こなたは即座に助言していた」

「どうだろうな。あなたは叔父上と懇意《こんい》だから」

またしても黙り、玫玉は不平そうに「ふん」と鼻を鳴らした。

「生意気になったものだ。幼いころは素直で愛らしかったのに」

「俺はもう餓鬼《がき》じゃない。一人前の男だ」

「それは重畳《ちょうじょう》。一人前の男ならば、女人の口説きかたくらい心得ておろうな」

つかつかとこちらに歩み寄り、玫玉はいかにも無遠慮なしぐさで書案に腰をおろした。

銀煙管《ぎんきせる》をとりだし、燭台《しょくだい》の炎で煙草《たばこ》に火をつける。

「言っておくが、昼間のような口先だけの口説き文句ではだめだぞ。女人を虜《とりこ》にする真心のこもった言葉を囁《ささや》かなければ」

「月姫どのは盗み聞きが趣味か」

「なにをいまさら。こなたは帝のおわすところにはどこでも赴《おもむ》くことができると申したであろう。そなたが下手くそな弁舌で安寧公主を口説き落とそうとしていたので、笑いをこらえるのに苦労したわ。十八にもなってもっとましなことを言えぬのか。せっかくきれいな顔をしているのに、宝の持ち腐れだな」

「文句を言いに来たのなら相手をしている暇はない」

「あいにく、こなたもそこまで暇ではない。今夜は忠告に来たのだ」

銀煙管をくわえたまま、玫玉は灯影越しに世龍を見やった。

「瑞兆天女に愛されよ。さもなければ天下平定は夢で終わる」

「またそれか」

「安寧公主に会ってきたのだ。実を言えば、会ってみるまではこなたも半信半疑だった。卜占《ぼくせん》によれば安寧公主が瑞兆天女であるはずだが、その気配が感じられるかどうか自信がなくてな。だが、会ってみて確信した。あの小娘は本物だ」

「小娘という齢でもあるまい」

「こなたから見れば小娘だ。そなたが小童《こわっぱ》であるのと同様にな」

月姫は月姫に選出された時点で外見が年をとらなくなる。玫玉が月姫になったのは二十年前。実年齢は三十六だ。

「余計なことを言ったのではないだろうな」

「安心せよ。当たりさわりのないあいさつをしてきただけだ。安寧公主が本物の瑞兆天女であることは、わが国にとって吉兆にちがいない。迅《じん》に先を越されなくてよかった。あとはそなたの働きしだいだぞ。安寧公主の心を手に入れよ。それが先帝の悲願であった天下平定を成し遂げるための第一歩だ」

「俺は南人の女を手に入れたいのではない。大業《たいぎょう》をなしたいんだ」

「大業のために瑞兆天女が必要なのだ。瑞兆天女を手に入れずに天下は得られぬ。天下に覇をとなえたければ、まずは安寧公主をものにせよ。わかっておろうが、肉体を手に入れるだけでは意味をなさぬ。伝説はこう言っている。『瑞兆天女は心から愛する男に天帝の加護をもたらす』と。瑞兆天女の愛情を勝ち取ることが天下の覇者となる条件なのだ」

　たかが女と侮《あなど》るな、と攻玉は柳眉《りゅうび》をつりあげた。

「女のために亡びた英雄は数知れぬ。ならばひとりの女を得たおかげで偉業《いぎょう》を成し遂げる者がいてもよかろう。前者になるのは愚かだが、後者にならぬのもまた愚かだ」

「元世龍は、女の助力なしには乱世を鎮《しず》められぬ男だと言いたいのか」

「つまらぬ体面にこだわるなと申しているのだ。天帝が瑞兆天女を地上に遣わしたのなら、それを利用して覇業《はぎょう》をなすがよい。天命は受けるべきときに受けなければかえって禍《わざわい》となる。そなたが瑞兆天女をものにできぬなら、ほかのだれかが手に入れてしまう。天下の主となる好機をみすみす他人に譲ってやるのか。そなたがとるに足らぬと打ち捨てた女はいつの日かそなたを滅ぼす男とともにそなたの眼前にあらわれるぞ。そのときになって己の愚かな選択を悔やんだところで後の祭りだ」

「譲れるものなら譲りたい」

世龍は筆を置いた。椅子の上で胡坐《あぐら》をかいて書案に頬杖をつく。

「あの女はどうも虫が好かぬ。ほんの寸刻でもそばにいるのは不快だ。猿芝居ばかりして、本心をちらとものぞかせない。薄気味の悪い女だ」

昼間、菓子を持って訪ねてきた安寧公主を思い出すと、おのずと表情が険しくなる。

下心があるなら早晩、東宮を訪ねてくるだろうと踏んでいたが、予想どおりだった。あの女は礼教がありがたがる貞女などではない。名節《めいせつ》を重んじる烈婦《れっぷ》が喪中に〝亡夫〟の息子――わが子ならいざ知らず、赤の他人だ――を訪ねるはずがないのだ。

安寧公主は世龍に取り入ろうとしている。手弱女《たおやめ》のふりをして探りを入れ、色香で骨抜きにしようともくろんでいるのだろう。

問題はその目的だ。世龍をたぶらかしてなにをしようというのだろうか。祖国のため、烈の機密《きみつ》を盗みたいのか。世龍を亡き者にしたいのか。はたまた世龍の息子を産み、その子を後継者にすることで内側から烈を乗っ取る腹積もりなのか。

いずれにせよ、世龍を利用としようと画策《かくさく》していることはたしかだ。

「あんな女狐《めぎつね》を娶《めと》るなど、考えただけでも身の毛がよだつ。いつ寝首《ねくび》をかかれるかわからぬぞ。だれが好き好んで狐狸《こり》の輩《ともがら》を寝床に招き入れると――」

「それはよい。実によいぞ」

世龍の声をさえぎり、玫玉は笑みまじりに紫煙《しえん》を吐いた。

「なにがよいのだ」

「そなたが恐れているからだ」

「あの女をか？　馬鹿な。俺はあの女を追い出したいだけだ。あんなうさんくさい女、公主でなければとっくに始末している」

「教えてやる、勠坊《りくぼう》。そなたが感じているのは嫌悪ではない。予感だ」

「予感？」

玫玉は銀煙管をくわえて由《よし》ありげに目じりをさげた。

「己が生涯を捧げることになる女を前に、尻込みしているのだ。なぜならば、かの女はそなたの心をくまなく奪い尽くしてしまうので」

「ありえぬ。この俺が女に心を奪われるなど」

「虚勢《きょせい》を張っていられるのもいまのうちだ。いずれわかるときが来る。だれもみな、天命には抗《あらが》えぬ。逃げたところで無駄なのだ」

たっぷり時間をかけて紫煙をくゆらせ、玫玉はどこか切なげに微笑んだ。

「こなたがそうであったように」

幼き日の金麗は〝幸福〟というものを知っていた。

仲睦まじい父帝と母后《ぼこう》、賢くやさしい兄太子。父母に愛され、兄に慈《いつく》しまれて、のびのびと暮らしていた。なんの憂《うれ》いもなかった。絶望の味も怨憎《おんぞう》の味も知らなかった。不幸とは書物に散見される単語でしかなかった。

思えば、あの恵まれすぎた環境は毒だったのだ。生まれたときから幸いを貪《むさぼ》りすぎて、金麗は魯鈍《ろどん》になってしまった。なんの根拠もなく思いこんでいた。いま手もとにある福運《ふくうん》は永遠に自分のたなうらにおさまっているのだろうと。

知らなかったのだ。幸福とは砂上《さじょう》に築いた楼閣だということを。

ある日、なごやかな一家団らんの風景から、父帝が消えた。

「今日も父皇《おとうさま》はいらっしゃらないの？」

金麗が無邪気に尋ねると、母后はなにかを隠すように微笑んだ。

「ご公務がお忙しいのよ」

兄も同様のことを言って金麗をなだめたが、女官たちはしきりに噂《うわさ》していた。

「主上は片時も夏美人《かびじん》を手放さないわ。皇后さまのことはお忘れになったみたい」

はじめは嘘だと思った。父帝が母后を忘れるはずはない。ふたりは互いをいたわり、信頼し合い、けっしてほどけることのないかたい絆《きずな》で結ばれていた。後宮にどれだけ美姫《びき》がひしめいていようとも、母后は父帝の最愛の人でありつづけるはずだった。

——だって、おふたりはとこしえの愛を誓っていらっしゃるのよ。

いつだったか、父帝は母后に「そなただけを永久に愛する」と言った。天子のつとめとして妃嬪を召すことはあるけれども、心からの愛情を捧げる女人は母后ただひとりだと。

その言葉を聞いたとき、金麗はむっとして父帝の袖《そで》を引っ張った。

「父皇が愛する女人は母后《おかあさま》だけなの？　わたくしのことは？」

わたくしだって女人よ、と唇をとがらせると、父帝は笑って金麗を抱きあげた。

「余《よ》が愛する娘はおまえだけだよ」

文人らしい繊細な面輪《おもわ》に浮かんだあたたかな微笑。見慣れた父帝の笑顔に亀裂《きれつ》が走った。あっと声をあげる間もなく、床に叩きつけられた皿のように粉みじんに砕け散る。

気づけば父帝の姿は消えていた。

「父皇！　どこにいらっしゃるの？」

金麗は父帝を捜して左右を見まわした。遠くに母后と兄がいた。ふたりともこちらに背中をむけている。金麗は駆け足でふたりのそばに行き、兄の龍袍《りゅうほう》の袖を引っ張った。

「ねえ、父皇がいらっしゃらないわ。どこに……」

つづきが言えない。兄が咳きこんだからだ。いつもはやさしい言葉をかけてくれるその口から鮮血がほとばしる。毒々しいほどの色彩が金麗の目を射貫《いぬ》いた。

「お兄さま……!?　母后！　たいへんだわ、お兄さまが……」

またしても視界が朱《あけ》に染まる。母后が血を吐いたのだ。

「母后!?　どうしたの……!?」

兄が、母后が、立てつづけに倒れた。糸が切れた傀儡《くぐつ》のように。金麗はふたりのそばにうずくまった。泣き叫んでいるうちに、どんどん血だまりがひろがっていく。

「父皇!! 母后を、お兄さまを助けて!!」

声を限りに叫ぶ。どうせ父帝には聞こえないとわかっているのに。


「いかがなさいましたか、公主さま」

碧秀に声をかけられ、金麗は寝床から起きあがった。結わずにおろした髪をかきあげて息を吐く。水中から飛び出してきたかのようだ。全身に冷や汗がにじんでいる。

「なんでもないわ。悪い夢を見ただけ」

悪夢なんてひさしぶりに見た。疲れているのだろうか。

――無理もないわね。気がやすまらないんだから。

成の後宮にいたとき以上に神経が張りつめている。祖国でも周りは敵だらけだったが、いまは敵国に身を置いているのだ。気を抜くことができる時間などない。

「お顔色が悪いですわ。もしや、お加減が……」

柳眉《りゆうび》をひそめた碧秀が白湯をさしだす。金麗は茶杯《ゆのみ》を受けとり、ひと口飲んだ。

「大丈夫よ。すこし気が弱くなっているんだわ。いけないわね、こんなことでは。これから元世龍を籠絡《ろうらく》しなければならないのに」

「烈帝の心はすでに公主さまにかたむいているようですが」

「いいえ、ちがうわ。あの男はわたくしに惹《ひ》かれてなどいない。直感でわかるのよ。むしろ遠ざけたがっている。わたくしを追い出したくてたまらないんだわ」

　碧秀に茶杯をかえし、金麗は膝を抱えて体をまるめた。

「……わたくしもできることならそうしたいわ」

「どういうことですか？」

「あの男が嫌いだということよ。そばに寄りたくないわ。だれだって餓えた獣のそばに近寄りたくはないでしょう」

「呼延《こえん》妃亡きあと、独り身を貫いていたようですから、それなりに……」

「そういうことじゃないの。春情云々《しゅんじょううんぬん》ということじゃない。いっそそのほうが気楽だわ。どんなかたちであれ、早く子をもうけるに越したことはないんだから」

　艶めいたまなざしで見られているだけなら、心が凍りつくはずはない。

「ちがうのよ。色めいたものじゃなくて、なんというか、殺意のような……でも、殺意とは言い切れないような……わたくしにとっては致命傷になるようなものを感じるわ」

「体が大きいからでしょうか。牙遼《がりょう》族の男はとくに大柄ですから」

「体格のせいではないわね。大冢宰《だいちょうさい》だっておなじくらい大柄だけど、なにも感じないわ。昌王《しょうおう》や栄王《えいおう》に対してもそう。楊常侍《ようじょうじ》のことも怖いとは思っていないわ。元世龍だけなのよ。わたくしを……このわたくしを怯《おび》えさせるのは」

　成の後宮では次から次に襲いかかる艱難辛苦《かんなんしんく》に耐えてきた金麗がいまさら男ごときに怯えるというのはおかしな話だ。男なる生きものには端《はな》からなにも期待していない。利用できる限り利用するだけ。信じないし、頼りにもしない。裏切られる前にこちらから裏切る。いや、それは裏切りにすらならない。はじめから心を許していないのだから。

「あの男にはなにかあるわ。なにかたくらんでいる。それをつきとめなければ……」

物音が聞こえて、瞬時に四肢《しし》を強張《こわば》らせた。格子窓のむこうからだ。ここは二階で、窓の外には露台《ろだい》がしつらえられている。物音は露台から聞こえた。

碧秀が慎重な足どりで様子を見に行く。ややあって巻子《かんす》を持って戻ってきた。

「露台にこちらが落ちていましたわ」

金麗は巻子を受けとり、さっとひらいた。燭台《しょくだい》の明かりを頼りに紙面に目を落とす。書かれているのは尭語《ぎょう》だ。書き手の人となりを感じさせる、端正な筆致だった。

「なにが書かれているのです？」

碧秀の問いに、金麗は晴れやかな笑みをかえした。

——簡単なことよ。先にしとめればいいんだわ。

餓えた獣が襲いかかってくる前にその心臓を射貫《いぬ》いてやればいい。食われさえしなければ、こちらの勝ちだ。

「遠乗りに行きませんか」

世龍が誘ってきたのは、翌日の夕刻のことだった。

「明朝、日の出を見に出かけませんか。草原の果てからのぼる朝日は燃える宝玉のようですばらしいですよ」

「せっかくのお誘いですが、わたくしは馬に乗ったことがありませんの」

金麗が尻込みするふうを装うと、「かまいませんよ」と世龍はさわやかな笑顔を見せた。

「私の馬に同乗なさればよい。ご安心ください、落としはしませんから」

「でも……喪中に男女が連れだって出かけてよいものでしょうか？　先帝の服喪期間に軽率な真似をしたと、群臣《ぐんしん》にそしられないかしら……」

「喪中の礼節は、わが国ではさほどうるさくないので群臣も非難しないでしょうが、ご心配なら人目を忍んで出かけましょうか。胡服《こふく》をお召しになり、夜明け前にこっそり出立すれば、見とがめられることはないでしょう」

恥じらうそぶりを見せつつ、金麗は合意した。もとより誘いに乗る手はずだったのだ。

卯の初刻（午前五時）に起き出し、用意されていた胡服に着替える。身支度をすませるころには世龍付きの宦官がやってきたので、彼に連れられて部屋を出た。

宮城《きゅうじょう》の正門である赤龍門《せきりゅうもん》を開けると目立つため、西宮の西に位置する白掖門《びゃくえきもん》をとおることになっている。

回廊《かいろう》をわたり、いくつかの月洞門《くりぬきもん》をくぐって待ち合わせ場所に行くと、白掖門のそばで青馬を従えた世龍が待っていた。簡素な胡服の上に喪服である白い麻衣を羽織っている。

金麗も同様の身なりなので、皇帝と次期皇后とは思われまい。

世龍が先に騎乗し、手をさしのべる。金麗はその手につかまって鞍上《あんじょう》にのぼり、横向きに腰を落ちつけた。

「しっかりつかまっていてください」

世龍が微笑むので、金麗はうなずいた。黄金の鋲《びょう》が打たれた朱塗りの門扉がひらかれ、ふたりを乗せた馬は騎乗した護衛の武官たちを引きつれて宮城の外、内城《ないじょう》へ出る。

内城には大小の役所と官吏たちの住居がたちならんでいる。

夜の残り香が濃い時分のこと、煉瓦《れんが》で舗装された街路はいまだ夢のなかだ。立ちこめる薄闇の帳《とばり》をかき分けながら馬は街路を南へ駆けていく。

金麗は世龍にしがみついて鞍上の揺れに耐えていた。馬は疾駆《しっく》しているのではなく、軽やかに駆けているだけだが、騎乗ははじめてなので戸惑いは隠せない。金麗の不安を感じとってか、世龍は手綱を操る両腕で危なげなく体を支えてくれている。体格差のせいで、金麗は世龍の腕のなかにすっぽりおさまる恰好《かっこう》になっていた。

やがて、残月に照らされた甍《いらか》の波のかなたに堅牢《けんろう》な城門が見えてきた。内城の正門、炎《えん》駒門《くもん》だ。炎駒門から一歩外に出れば、そこは外城《がいじょう》である。

外城は内城をぐるりと取り囲んでおり、寺院や民家がひしめいている。

泥のように眠る街路をとおりぬけた先にあるのは、外城の正門、積陽門《せきようもん》。天を貫かんばかりにそびえ立つ城壁と鋼鉄の門扉に守られた外城のむこうには、さえぎるもののない広《こう》大無辺《だいむへん》な草原がひろがっている。

積陽門をくぐり、外城から出た瞬間に、馬の足どりが浮きあがるように軽くなった。手厳しい草原の風が彼らの背中に見えない翼を与えたのだろう。

夜はしらじら明けようとしていた。

夜闇の底に沈んだ緑の広野が東の果てから生じた曙光《しょこう》に照らされ、暁《あかつき》の絵筆で染めあげられていく。月が死に、太陽が生まれるその情景は、飽きもせずくりかえされる人間《じんかん》の営みを思わせ、いっそ不吉なほどに美しかった。

いくつかの小川を越えたところで、世龍は馬を止めた。体の重さを感じさせない動作で先んじて下馬《げば》し、金麗の腰を抱いて地面におろす。

「なんて素敵な眺めかしら……」

金麗は明けゆく夜に見惚れているふりをした。

「主上がおっしゃっていたとおりですわ。あの朝日は燃える紅玉のよう。こんなに美しい日の出は生まれてはじめて見ましたわ」

声を弾ませ、ふりかえる。暁光《ぎょうこう》を浴びた世龍の面輪《おもわ》は、金麗を鞍上からおろしてくれたときとは打って変わって峻厳《しゅんげん》に張りつめている。こちらに放たれる眼光は研ぎ澄まされた刃物のようで、朱面羅刹《しゅめんらせつ》と恐れられる猛将の片鱗《へんりん》をうかがわせた。

「主上？　どうかなさいましたの？　ひょっとしてわたくしの顔になにか？　どうしましょう。あわてて身じまいをしたものだから、眉を描き忘れたのかしら……」

「猿芝居はよせ、安寧公主」

鞭打つような低い声音が降る。金麗は故意にびくりとした。

「観客はいない。芝居はするな」

「お芝居？　なんのお話ですか？」

「とぼけても無駄だ。おまえは風評が語るようなか弱い公主ではない。そういうふりをしているだけだろう。ほんとうにか弱い女ならば、異国の葬儀に――それも夫になるはずだった男の葬儀に花嫁姿で駆けこんでくるはずがない。あれは計算ずくの行動だった。おまえは俺がおまえを娶《めと》らず帰国させるつもりだと知って、勲貴恩礼《くんきおんれい》の面前で芝居を打ったんだ。容易におまえを追い出せなくなるように」

殺気立ったまなざしが金麗をまっすぐに射貫《いぬ》いていた。

「そこまでして烈に残りたい理由はなんだ？　亡き夫の息子に嫁ぎ、南人が忌み嫌う禽《きん》獣《じゅう》の交わりを結んでまでこの国に居座って、おまえはなにを得る？　目的を言え。さもなければ、ここでおまえを殺す」

まあ怖い、と金麗は肩を震わせてみせる。

「でも、きっとご冗談ですわね？　だって英邁《えいまい》な主上が成の公主であるわたくしに無体《むたい》な真似をなさるはずがありませんもの」

「おまえが真実、成から嫁いできた安寧公主であればな。あいにくだが、身代わりを用意させてもらったぞ。ここでおまえが死んでも、安寧公主は存在する。病がちだと言って引きこもっておけば、だれも疑いはしない。南人の女は部屋にこもって外に出ないものだからな。人相《にんそう》を知っている者はすくない。真贋《しんがん》のすりかえは簡単だ」

俺が知りたいことを話さないなら、と世龍は地鳴りめいた声でつづける。

「ここでおまえを殺し、俺は何食わぬ顔で皇宮に戻り、喪が明ければ偽の安寧公主を娶る」

「成からの随行員は？　わたくしがいないことに気づくはずですわ」

「気づいた者から病に倒れていくだけだ。華北《かほく》と江南《こうなん》では気候がちがう。そのせいで体調をくずすことはよくある。なかには死ぬ者もいるだろう。安心しろ。みな、手厚く葬《ほうむ》ってやる。代わりの者を仕えさせるので、安寧公主に仕える奴婢《ぬひ》の頭数は変わらぬ」

世龍は腰に帯びた環首刀《かんしゅとう》を抜きもせず、柄《つか》に手をかけることさえしなかった。その必要がないからだ。

金麗を殺すことなど、彼にとっては赤子の手をひねるようなもの。刃物どころか、両手を使うまでもない。片手でほんのすこし金麗の首を絞めあげれば、寸時《すんじ》もせぬうちに骨が粉々に砕けるだろう。そして、それを防ごうとする者はだれもいない。

護衛の武官たちは外城を出たあたりで姿が見えなくなった。積陽門の近辺にとどまっているのだろう。彼らが金麗を守るために随行したわけでないことは明白だ。

金麗は孤立している。そばにいる者は世龍ただひとり。

大声で叫んだところで、その叫喚《きょうかん》は茫々《ぼうぼう》とした朝空に吸いこまれて消えてしまう。全力で逃げても助かる見込みはない。無辺際《むへんざい》の草原に逃げ場があるはずもない。ましてやここは世龍にとって慣れ親しんだ庭。数歩と離れぬうちに捕まって児戯《じぎ》のごとく殺されるのが落ちであろう。

「ここで屍《しかばね》をさらしたくなければ洗いざらい話せ。言っておくが、骸《むくろ》を葬る気はないからな。捨て置けば、獣どもが始末してくれる。五百年前の牙遼《がりょう》族はそうやって死者を葬ったものだ。古礼にのっとって見送ってもらいたいなら、猿芝居をつづけろ。俺は気が短いので、最後まで見物するつもりはないが」

「もし真実を話せば？」

「命だけは助けてやる。ひざまずいて命乞いする女を嬲《なぶ》り殺しにする趣味はない」

どうする、と世龍が返答を迫る。

「猿芝居をつづけるか、白状して命乞いをするか。好きなほうを選べ」

黎明《れいめい》の滴《したた》りが端麗な容貌に複雑な陰影《いんえい》を刻みつけている。怒気《どき》をあらわにしているわけではないが、全身にみなぎる冷徹《れいてつ》な害意は獲物に襲いかからんとする猛獣のそれだ。

「命乞いなんかしないわよ」

暁を背に、金麗は挑《いど》むように世龍を見かえした。

「自分の立場がまだわかっていないようだな」

「その台詞、そっくりおかえしするわ」

怯《ひる》みはしない。女牆《じょしょう》から身を乗り出し、敵兵の胸を射貫こうと狙いをさだめる勇敢な弓兵のように決然と対峙《たいじ》する。

確信があるのだ。朝日がのぼりきる前に、この男は金麗の軍門《ぐんもん》に下ると。

「追いつめられているのは、わたくしじゃない。あなたよ、元世龍」

安寧公主——史金麗の表情が変わった。仮面をつけかえるかのごとく、あざやかに。

「それがおまえの素顔か」

世龍が視線を鋭くすると、金麗は賢《さか》しらな小鳥のように小首をかしげた。

「さあ、どうかしら。素顔なんて忘れたわ。わたくしにはいくつもの顔があるの。必要に応じて使いわけているわ。でも、それはわたくしだけじゃない。あなたもでしょ。心にもない甘い台詞を囁《ささや》き、似合いもしない微笑をふりまいて、熱心にわたくしを口説く芝居をした。妙だと思ったわ。大喪《たいそう》ではわたくしを追いかえそうとしたのに、急に翻意《ほんい》したのはなぜなのか。だけど、すぐに合点《がてん》がいった。あなた、わたくしを油断させたかったんでしょう。草原《ここ》に連れ出すために」

「……なぜ俺がおまえをここに連れ出すと？」

「孤立させたかったんでしょ？　大喪ではわたくしの芝居にまきこまれて、あなたはわたくしを追い出せなくなった。だから策をろうしたのね？　わたくしが芝居できないように、観客から遠ざけた。だれもいない草原でふたりきりになり、わたくしを脅《おど》せば本音を引き出せると踏んだんでしょう」

「気づいていたのについてきたのか」

そうよ、と金麗はこともなげに言う。

「仮面越しに話していてもらちがあかない。そろそろお互いに腹を割って話すときだわ。だけど、皇宮では人目があってなかなかうまくいかない。あなたも敵が多い立場ですものね。継承したばかりの玉座を狙う者が大勢いるなか、弱みは見せられない。感謝してほしいものだわ。あなたの立場を慮《おもんぱか》って、こんなところまでついてきてあげたんだから」

こちらを見かえす瞳に臆《おく》する気色《けしき》はない。異国の——それも南人が蔑《さげす》む夷狄《いてき》の男とふたりきりだというのに、主の意を解さない鈍重《どんじゅう》な従者でも見るような目つきで世龍を射貫いている。図太い女だ、と世龍は腹のなかで毒づいた。

「だったら、さっさとおまえの魂胆《こんたん》をさらせ。なぜ烈に残ろうとする。なにが目的だ」

「烈の皇后として生きること」

「それはわかっている。おまえは最初から俺に色目を使っていた。俺の皇后におさまり、なにをする腹積もりだったんだ？　祖国のため、俺を殺したいのか？　それとも俺を籠絡《ろうらく》し、烈を内側から操ろうと画策していたのか？」

「どちらも手段になり得るけれど、目的じゃないわ」

「迂遠《うえん》な言いかたは嫌いだ。直截《ちょくせつ》に言え」

「いいわよ。察しの悪いあなたでもわかるように簡潔にまとめてあげる」

逆光が女の白い顔に妖しい陰影を刻みつけていた。

「わたくしの目的は生きること」

「……なんだと？」

「人生をまっとうすることよ。だれにも虐《しいた》げられず、だれにも脅《おびや》かされず、長く豊かに生きること。素敵な夢でしょう。この乱世において、もっとも贅沢な生きかただわ」

「けむにまこうとして、でたらめを言っているのなら――」

「でたらめですって？」

金麗は蛾《が》眉《び》をつりあげた。それはあざやかな怒気の発露《はつろ》だった。追いつめられた獲物が決死の反撃を試みる瞬間の無《む》垢《く》な殺気。その激烈な表情に、世龍は幾分気おされた。

「わたくしが出まかせを言っているように見えるのなら、あなたの目は節《ふし》穴《あな》ね」

「おまえのほうこそ、どうせなら真実味のある出まかせを言え。こともあろうに南人の女が人生をまっとうするために烈に嫁いできたなどと、ふざけた話は……」

「べつに烈じゃなくてもよかったわよ。烈が求婚してきたから烈に嫁いできただけ。成の後宮から出られるなら、嫁ぎ先はどこでもよかったの」

なぜそこまで、と言いかけて息をのむ。

「成の後宮では婢女《はしため》あつかいされていたそうだな。その暮らしがいやになったのか。夷狄に嫁いだほうがましだと思うくらいに」

「わたくしは十歳まで蝶よ花よと育てられたのよ。箸より重いものを持たない暮らししか知らなかった。だけど、母后が弑逆《しいぎゃく》の罪を着せられてお兄さまともども死を賜《たまわ》り、わたくしは後宮の底辺まで落ちたわ。当時、わたくしは愚かで、わたくしの助命を嘆願《たんがん》してくれた夏《か》氏《し》をいい人だと思っていた。だから助けてほしいとすがったの」

「おまえの助命を嘆願した？　夏氏は廃后趙氏《ちょうし》を怨《うら》んでいたのではなかったのか？」

「怨んでいたわよ。もっとも逆恨みだけど。母后は穏和なかたで妃嬪たちにもやさしくなさっていた。怨みを買うような人柄ではなかったわ。でも、夏氏は母后を憎んでいた」

卑賤《ひせん》の出身であった夏氏は歌妓《かぎ》として入宮《にゅうきゅう》し、なみなみならぬ寵愛を受けて後宮の位階を駆けあがり、妃嬪の筆頭・左娥英《さがえい》にまでのぼりつめた。

しかし、そこで頭打ちだ。名族出身の趙氏が鳳冠《ほうかん》をいただいて後宮に君臨している限り、歌妓あがりの妃嬪が皇后の椅子に座ることはない。立后《りっこう》では寵愛の多寡《たか》よりも氏素性《うじすじょう》が重視されるからだ。

「夏氏は母后が目障りで仕方なかった。母后がいれば、自分は一生左娥英で終わる。天寵《てんちょう》を受けて皇子を産んだけど、自分の息子が立太子されることはない。いつの日か父皇が崩御してお兄さまが即位すれば、母后は皇太后になる。かたや夏氏は左太娥英《さたいがえい》となって落飾《らくしょく》し、退宮《たいきゅう》させられるのよ。強欲なあの女はそれが耐えられなかったんでしょうね。だから策をろうして母后から鳳冠を――それだけじゃない――命まで奪った」

「おい待て。趙氏は寵愛される夏氏を妬《ねた》んで、史文緯《しぶんい》の暗殺をもくろんだのでは……」

「それは夏氏が用意した筋書きよ」

十年前、史文緯は重い病の床に臥《ふ》した。太医《たいい》では原因がわからず、宮廷に仕える巫師《ふし》が巫蠱《ふこ》による病だと言った。呪詛《じゅそ》がこめられた木偶《でく》がどこかに隠されているはずだと。部屋を調べてみると、史文緯がいつも身につけていた香り袋から呪言《じゅごん》を書きつけた木偶が見つかった。その香り袋は趙氏が夫のために手ずから縫ったものだった。

「木偶と香り袋を焼き払うと、父皇の病はたちまち癒えたわ。回復した父皇は母后をきびしく問いつめた。母后は無実を訴えたけれど、母后付きの女官がある証言をした」

女官は趙氏が香り袋に木偶を入れるところを見たと言った。

「皇后さまは左娥英さまに寵愛を奪われたことを怨んでいらっしゃいました。怨憎《おんぞう》のあまり、主上の死を願っていらっしゃったのです。主上が崩御なされば、皇太子さまが即位なさり、ご自分は皇太后となって左娥英さまを断罪できるからと……」

女官の証言を聞いた史文緯は激怒し、皇帝弑逆《しいぎゃく》をくわだてた罪で趙氏を投獄した。

「かたちだけの捜査が行われたわ。はじめから結論は決まっていたのよ。夏氏が手をまわしていたの。次々に証拠や証人が見つかった。母后がいくら無実を訴えても無駄だった。父皇の側近は夏氏の息のかかった者たちばかりだったから。だれもかれもが誣告《ぶこく》して母后の罪を言い立てた。父皇は手もなく騙されて、母后を廃したわ。お兄さまも廃太子《はいたいし》となり、母后ともども死を命じられた。趙家は族滅《ぞくめつ》され、老人から赤子まで殺された」

わたくしも殺されるはずだったのよ、と金麗は情動を抑えた声でつづけた。

「父皇は怒りのあまりわれを忘れていた。母后が産んだ子など見たくもないと言い放って、わたくしにも死を賜ろうとしたの。母后はわたくしだけは生かしてほしいと哀願《あいがん》していたけれど、父皇は聞く耳を持たなかった」

そんなとき、夏氏が史文緯に懇願《こんがん》したのだ。金麗を殺さないでほしいと。

「安寧公主はまだ幼いのです。母親の罪に連座《れんざ》して死を賜るなんて残酷すぎます」

涙ながらに金麗の助命を嘆願する夏氏に心動かされ、史文緯は処刑される罪人の名簿から金麗を外した。

「趙氏を憎んでいたのに、なぜ夏氏はおまえの助命を嘆願したんだ？」

「わたくしを苦しめるためよ」

巫蠱事件が落着したのち、金麗は美人陰氏《いんし》にひきとられた。美人は二十七世婦《せいふ》の第二位で、いわゆる下級妃嬪だ。陰氏は冷酷な女で、嫡公主として栄華を味わってきた金麗を蛇《だ》蝎《かつ》のごとく忌み嫌っており、金麗の持ち物を奪い取って自分の娘である十三公主に与え、金麗には婢女の衣をまとわせて十三公主の側仕えにした。

「そのころ十三妹《まい》はたった五つだったけど、陰氏そっくりの性悪な子でわたくしをいじめるのが楽しくてしょうがないみたいだったわ。これ見よがしにわたくしの襦裙《じゅくん》や宝飾品を身につけたり、わたくしが大事にしていた人形や陶器を壊したりしただけでなく、しょっちゅうわたくしを呼びつけて用事を言いつけたの。真冬なのにきれいな蝴蝶を捕まえてこいとか、明日までに鳳凰の刺繍を仕上げろとか、西域《さいいき》の書物に記されている菓子を作れとか。わたくしがそれは無理だと言えば、陰氏に言いつけてわたくしを鞭打たせるのよ。逆らっても罰を受けるだけだから、懸命に言われたとおりの仕事をしようとしたわ。どんなにがんばっても十三妹は満足してくれなかったけれど。結局は陰氏に怒鳴られて叩かれ、食事をぬかれ……もっとたいへんな仕事を言いつけられる羽目になるのよ」

労働を知らない手はあっという間に傷だらけになり、粗末な食事しか与えられないため体は痩せ細り、趙氏が毎日すいてくれていた黒髪は枯穂《かれほ》のように艶を失くした。

「過酷な暮らしに耐えられなくなって、わたくしは夏氏に助けを求めた。さっきも言ったように、夏氏のことを命の恩人だと勘違いしていたから」

陰氏と十三公主に虐げられていると哀訴《あいそ》する金麗に、夏氏は憐憫《れんびん》のまなざしを向けた。

「亡き趙皇后に対して主上のお怒りが強すぎるので、当面はどうしようもないけれど、いずれ折を見てわたくしがあなたをひきとりましょう。それまではつらくても耐えるのですよ。いつかきっと状況はよくなります。陰美人だって人の情を持ち合わせているはず。実の母親だと思ってまめまめしく仕えてごらんなさい。あなたが心から孝養《こうよう》を尽くせば、陰美人もあなたを可愛がるようになるでしょう」

幼い金麗は夏氏の言葉を信じ、朝から晩まで一生懸命に働いた。

「慣れない労働で体じゅうが痛んだけれど、我慢して仕事をこなしたわ。いつの日か陰氏がわたくしの真心をわかってくれて、同情してくれると期待して」

期待は裏切られた。どれほど誠意を尽くそうとも、陰氏は金麗を悪罵《あくば》しつづけ、仮借《かしゃく》なく鞭打たせ、あてつけるように十三公主を溺愛した。

「ある日、十三妹がなにかを燃やしていたの。それが母后手製の手巾だと気づいて、わたくしは大急ぎで火のなかから拾いあげたわ。母后の形見はもうそれしか残っていなかったのよ。これだけは手もとに置かせてほしいと、陰氏の足もとにひれ伏して懇願した。陰氏はどうしたと思う？　わたくしから手巾をとりあげ、目の前で火にくべたのよ」

手ひどい仕打ちに耐えかねた金麗はふたたび夏氏に助けを求めに行った。

「殿舎《でんしゃ》を訪ねたけれど、夏氏はちょうど留守だった。陰氏の殿舎に戻りたくなくて後宮の庭園をあてもなく歩いたわ。その道すがら、夏氏の声を聞いた。夏氏は庭園を散策していたの。そばにいたのは腹心の女官と宦官だけ。だから本音が出たのね」

夏氏は宦官から「陰美人が朝な夕な安寧公主をいじめている」という報告を受けて喜んでいた。陰氏に金麗を虐げるよう指示していたのは、ほかならぬ夏氏だったのだ。

「あの娘、顔立ちが趙氏にそっくりね。見るだけで吐き気がする」

忌ま忌ましげに言い放ち、夏氏は柳眉《りゅうび》を逆立てた。

「趙氏のとりすました目つき……お高くとまった物言いは忘れようとしても忘れられないわ。趙氏は私を見下していた。私に寵愛を奪われたのに平然としていたのがその証拠よ。私がどれほど主上に愛されても嫉妬《しっと》するそぶりさえ見せなかった。たかをくっていたんだわ。卑しい歌妓にすぎない私に、名門生まれの自分が負けるはずはないと。ああ、恨めしい。思い出すと腸《はらわた》が煮えくりかえるわ」

「御心をお静めください、皇后さま」

立后式を数日後にひかえた夏氏におもねって、中年の女官が猫なで声を出した。

「趙氏が誇っていた家門もいまや逆臣一族として史籍《しせき》に名を刻みました。あの女は未来永劫《えいごう》、天子弑逆をくわだてた毒婦と悪罵されつづけるのです。かたや皇后さまは主上より鳳冠を賜り、正式に国母《こくも》の位におつきになる。史書には皇后さまの御名がきらめき、後世の人びとからとこしえに賛辞を受けるでしょう。廃后となって死んだみじめな女など、皇后さまが御心を悩ませるほどの値打ちはございません」

媚びへつらう女官の顔を盗み見、金麗は棒立ちになった。その女官こそ、趙氏が香り袋に木偶を入れるところを見たと誣告した人物だった。長年、趙氏に仕えていた女官のひとりで、厚遇されていたにもかかわらず、夏氏と内通して主を裏切ったのだ。

「ええ、そうね。私はあの女に勝ったわ。皇帝弑逆の嫌疑をかけられて捕らえられたときの趙氏のまぬけ面、いま思い出しても噴飯《ふんぱん》ものだわ。馬鹿みたいに目をまるくして、呆然《ぼうぜん》としていたわね。自分が陥《おとしい》れられるなんて夢にも思わなかったんでしょうよ」

「投獄されてもはじめのうちは平静を装っていましたわ。じきに疑いは晴れると信じて」

「そこが趙氏の愚鈍《ぐどん》なところよ。あの甘やかされた深窓《しんそう》のご令嬢はなあんにも知らなかったわ。疑惑は生まれるものではなく、作られるものだということも。外戚《がいせき》として栄華を謳《おう》歌《か》していた趙氏一門には敵が多いということもね」

「主上でさえも趙家を疎《うと》んじていらっしゃいました」

「当然だわ。だって私がそうなるように仕向けたんだもの」

夏氏は自慢げに言った。夜ごと史文緯に趙家の悪行を吹きこんでやったのだと。

「この世のなかでいちばん罪深いもの、それが愚かさよ。罠《わな》にはめられているのにじき疑いが晴れると信じることも、自分の立場が永遠に揺るぎないものだと思いこむことも、夫の情をたのんで助けを待つことも、愚劣《ぐれつ》のきわみだわ。趙氏はみずから滅んだのよ。己の無知にそそのかされた結果、鳳冠を奪われ、息子を亡くして、命すらも失った。ほかのだれでもない、愛する夫の命令でね。空前絶後《くうぜんぜつご》ではなくて？　これほどの笑い話は」

さんざん高笑いしたあとで、夏氏は悔しそうに口をゆがめた。

「でも、ちょっと後悔しているわ。趙氏をあっさり死なせたのは性急すぎたかもしれない。幽閉したまま生かしておいて、死にたくなるほど苦しめてやるほうがよかったかしら」

「いいえ、始末しておいて正解でした。生かしておけば主上が旧情《きゆうじよう》を思い出され、趙氏に恩情をおかけにならないとも限りませんから」

それに、と女官は毒気もあらわに含み笑いをした。

「趙氏は死にましたが、安寧公主は生きております。愛娘であった安寧公主を虐げてやれば、趙氏はあの世でのたうちまわって苦しむでしょう」

その様子を思い浮かべたのか、夏氏は呪わしい恍惚《こうこつ》に頬を染めた。

「趙氏と瓜二つのご面相《めんそう》が恐怖と涙でぐちゃぐちゃになっているのを見るのは愉快だわ。襤褸《ぼろ》を着て汚泥《おでい》のなかを這いつくばる姿は生まれながらの奴婢《ぬひ》みたい。いいえ、奴婢そのものよ。実の娘にあれほど奴婢の衣が似合うのだから、あの女、前世では罵声と汚物にまみれて酷使される下賤《げせん》の者だったんでしょうねえ」

やさしい笑顔の奥に隠されていた夏氏の悪意を知り、金麗は衝撃を受けた。それは足もとの地面が崩れ落ちる感覚に似ていたという。

「化け物にでも出くわしたみたいにその場から逃げ出したわ。行く当てなんかなくて、やみくもに歩きまわった。気づけば雨に降られていたわ。春先の冷たい雨だった」

趙氏の廃后事件が起きたのは一年前の夏。昨年の春にはすべてふだんどおりだったのだ。金麗には母后がいて、兄太子がいた。父帝とは疎遠《そえん》になっていたが、母と兄に愛されていたので肉親の情には餓えていなかった。毎日満腹になるまで食べ、絹の衣をまとい、錦の褥《しとね》で眠った。手には傷ひとつなく、黒髪はつややかに照り輝いていた。自分がどれほど恵まれているのか知らなかった。恵まれていればこそ、憎まれるということも。

「つぶてのような雨に体じゅうを鞭打たれていると、急に笑いたくなった。おかしくてしょうがなかったの。怨敵《おんてき》を命の恩人だと思っていたなんて」

はからずも夏氏に教えられたと金麗は述懐《じゅっかい》した。

「他人を信用する。それは後宮において致命的な愚行だということをね」

史文緯は夏氏の本性にまったく気づいていないらしい。

「父皇は夏氏に心酔しているの。夏氏を菩薩《ぼさつ》の生まれ変わりだと思いこんでいるのよ。これにもからくりがあるわ。夏氏がとある高僧に賄賂《わいろ》を贈り、こう言わせたの。『菩薩が下生《げしょう》して後宮で暮らしている』とね。高僧はもっともらしい口説《くぜつ》をならべて、菩薩の体の特徴が夏氏のそれとそっくりかさなるとほのめかした。父皇はすっかり真に受けて、ますます夏氏に傾倒《けいとう》するようになった。夏氏の讒言《ざんげん》をうのみにして趙家を疎んじ、母后とお兄さまを躊躇《ちゅうちょ》せず殺したのはそのせいよ。夏氏こそが父皇に毒を盛り、あたかも母后の巫蠱によって病に臥したかのように見せかけた黒幕だったなんて、夢にも思わずにね」

「さぞや史文緯を怨んでいるんだろうな」

「いいえ、これっぽっちも。男なんて端《はな》からその程度のものだもの、怨む値打ちもないわ。だれより母后を愛しているという言葉も、夏氏が父皇の目にとまってからは嘘になった。明け暮れ仏を拝んでいるくせに、色に惑って信義《しんぎ》を忘れる。男が口にする〝愛〟ほど当てにならないものはないわ。父皇はわたくしを思い出しもしなかったけれど、それも怨むほどのことではない。あれほど愛していたはずの母后を殺し、後継者と見込んでいたお兄さまに死を賜った冷酷な皇帝が、死にぞこないの娘に情けをかけるはずはないもの」

夏氏に復讐することも考えた、と金麗は淡々と言う。

「暗殺は難しいけれど、不可能ではなかった。おなじ後宮にいるんだもの、いつか機会がめぐってくるわ。だけど、夏氏を殺しさえすれば大団円《だいだんえん》というわけではないのよ。復讐のあとでわたくしが裁かれれば元も子もないわ。わたくしには母后の血が流れている。子をもうけずに死んだら、母后の血は途絶えてしまう。『親不孝のもっともはなはだしいものは子をもうけないこと』というでしょ。わたくしは母后の血を絶やしたくない。だから生きなければならない。生きて子をもうけなければならないの」

さりながら、廃后の娘を娶る男などいない。ましてや婢女あつかいされていた公主を好んで欲しがる者などいるはずもない。たとえ奇跡が起きて物好きな男があらわれたとしても、夏氏が妨害して縁談を不首尾《ふしゅび》に終わらせるだろうから、結果は変わらない。

「夏氏はわたくしをあえて生かしたのよ。憂さ晴らしをするために。わたくしが陰氏に虐げられるさまを見物するのがなにより楽しみだったの。たやすく手放すわけがないわ。それどこか、一生手放さないつもりだったでしょうね」

夏氏の弄《もてあそ》び物として死にたくなければ、自力で嫁ぎ先を見つけるしかない。

「太平の世なら希望はなかったわね。皇帝に縁談を下賜《かし》されない限り、廃后の娘が良縁を得られる機会はない。乱世に生まれて運がよかったわ。乱世なら公主が政略で他国に嫁ぐこともある。わけても成は烈と迅という新興の強国に圧迫されていて、干戈《かんか》を交えるたびに国土を削りとられ、国威《こくい》は夕陽にさらされた槿《むくげ》のように衰えていっている。王朝の延命のため他国と同盟を結び、その証《あかし》として公主を嫁がせる下地はととのっていた」

烈から婚姻の申しこみがあったと聞いて渡りに船だと思ったという。

「弱小国ではなくて、烈という北西の覇者《はしゃ》だったことは僥倖《ぎょうこう》だった。どうせ嫁ぐなら大国がいいに決まっているわ。弱小国に嫁いでも夏氏から逃れられない。嫁ぎ先が成の干渉を絶えず受けているなら、わたくしの生活は祖国にいたころとたいして変わらないでしょう。運よく夏氏と縁が切れたとしても、嫁入り先が滅びてしまう恐れだってあるわ。烈帝の求婚が僥倖だっていうのはそういうわけ。武力で成を圧倒する烈なら夏氏の干渉を退けてくれるでしょうし、さしあたって滅びる心配もないわ」

史文緯が烈に嫁がせる宗室の娘を探していると聞き、金麗は噂《うわさ》を流した。

「烈の花嫁にはわたくしが選ばれるのではないか、とね。そのあとで夏氏に会いに行き、わたくしを夷狄に嫁がせないでと泣きついた。なぜそんなことをしたか、わかる？」

夏氏は金麗を虐げることを生きがいにしている女だ。金麗がいやがることならなんでもする。夷狄に嫁ぎたくないと泣き叫ぶなら、喜んで嫁がせるだろう。

「婚姻が決まってから自死を試みたのも夏氏を欺《あざむ》くためか」

「嫁ぐことが決まったとたん飛びあがって喜んだら、夏氏に怪しまれるでしょう。あの女は鼻がきくのよ。夏氏に疑われないよう、わたくしは蛮国《ばんこく》に捧げられる憐れな花嫁らしく泣き暮らし、夷狄に貞操《ていそう》を汚される前に死ぬと言って騒ぎを起こした」

そこから先はあなたも知っている展開よ、と金麗は歌うように言葉をつむぐ。

「わたくしは腹を割って話したわ。今度はあなたの番よ、元世龍。あなたはどうしてわたくしを追い出したいの？　わたくしのなにが不満？　わたくしは見てのとおり絶世の美女よ。年はあなたより二つ上だけど、年上の女も悪くないでしょ。年下の女が欲しければあとから娶ればいいわ。長年の婢女生活に耐えたくらいだから、体は丈夫よ。月事《つきのもの》に乱れはないし、子を孕《はら》むのに申し分ない環境だわ。それでも不満だというの？」

「おまえは南人だ」

「それが？」

「南人を皇后に据《す》えたくない」

「なぜ？」

「南人は鼻持ちならぬ。尭《ぎょう》族以外の民族を見下し、傲慢《ごうまん》にふるまう。牙遼族を蔑む権高《けんだか》な女を皇后として敬《うやま》うことはできない」

「なんだ、そんなこと」

　さも愉快そうに、金麗はころころと笑う。

「要するに、わたくしが恐ろしいのね？」

「だれもそんなことは言っていない」

「言っているわよ。あなたはわたくしが自分の手に負えないかもしれないと尻込みしているんだわ。くだらない。朱面羅刹《しゅめんらせつ》と恐れられる男が女ひとりに怯《おび》えるなんて」

　言いかえそうとしたとき、金麗がつかつかと近づいてきた。世龍の胸にようやく届く背丈で挑《いど》みかかるように睨《にら》みあげ、だしぬけに花咲くような微笑をこぼす。

「手っ取り早い解決策を教えてあげましょうか」

「なんだ」

「あなたがわたくしを御《ぎょ》せばいいの。南人皇后をうまく手なずけて、思いどおりに従わせればいいのよ。まさかできないとは言わないわよね？　あなたは百の戦場を駆けぬけてきた。わたくしを乗りこなすことくらい、造作《ぞうさ》もないのではなくて？」

「挑発するな。おまえの命運が俺の手中にあることに変わりはないんだぞ」

「だといいわね。でも、残念でした。さっき言ったでしょう？　あなたの魂胆を見抜いたうえでついてきたんだって。なんの備えもせずに同行したと思うの？　わたくしが無事に戻らなければ、わたくしの配下があなたの敵に事の次第を知らせに行くわよ」

「俺の敵だと？」

「あなたには敵が多い。栄王《えいおう》はあなたに心酔しているようだから、目下のところ敵対はしてないけど、大冢宰《だいちょうさい》や昌王《しょうおう》とは折り合いが悪いみたいね？　わたくしが行方不明になったと知れば、ふたりはどう動くかしら？」

はったりだろうと言いかけて口をつぐむ。この女は用意周到《しゅうとう》だ。こちらの事情を承知していたなら、事前に手を打っていてもおかしくない。

「無理強《むりじ》いはしないわ。あなたにわたくしを乗りこなす自信がないのなら、ほかをあたることにする。わたくしとしてはだれに嫁いでもいいのよ。わたくしを皇后に据えて厚遇してくれる皇族であれば、だれでもね」

「叔父上か六弟に嫁ぐというのか」

「そうすれば、あなたとは敵同士になるわね。わたくしを娶る者は先帝の遺志を継ぐ者。わたくしともども、烈王朝の玉座を受け継ぐことになる。わたくしなしに玉座を継ぐことはできない。だって、わたくしは瑞兆《ずいちょう》天女だから」

絶句した世龍に見せつけるように、金麗は婀娜《あだ》っぽく唇をほころばせる。

「先帝は天下を得るため、わたくしを欲しがった。わたくしの夫になれば天下平定が近づくと考えた。わたくしを娶らないということは、先帝の御遺志を無視するということ。あなたはそれでよくても、周りの者は？　皇家は、勲貴《くんき》八姓《はっせい》は、恩礼四姓《おんれいしせい》は、納得するかしら。月姫《げっき》の助言を軽んじて勝手な行動をする新帝に臣従《しんじゅう》してくれるの？」

「いったいだれだ。おまえに内情をもらしたのは」

　腹立たしさをこめて問うたが、金麗は妖艶《ようえん》な微笑ではぐらかした。

「だれであろうと、国を思う者にはちがいないわ。わたくしが大冢宰や昌王のもとに嫁げば、骨肉《こつにく》の争いは避けられない。先帝の御遺志を継いでわたくしを娶った者は、かならず玉座を要求する。彼はあなたを引きずり降ろし、後釜《あとがま》に座ろうとするでしょう。あなたはそれがお望み？　先帝の大喪から日も浅いのに混乱を招きたいの？　内輪《うちわ》もめで国力を浪費しているうちに迅が攻めてくるわよ。天下平定どころか烈の存続も危うくなるわ。最悪の結果になったとき、あなたはどうやって弁解するの？　九泉《きゆうせん》におわす先帝に」

　返答に窮《きゆう》した世龍の胸に、金麗が指を突きつけた。

「腹をくくりなさい、元世龍。烈王朝の玉座を受け継ぎ、先帝に代わって覇業《はぎよう》をなしたいと願うなら、あなたが選ぶべき道はひとつしかないのよ」

　血が逆流する思いだ。いちいち理にかなっているからいっそう憤《いきどお》ろしい。

「安寧公主だの瑞兆天女だの、つくづくおまえには似合わない呼び名だ」

「じゃあ、なにが似合うというの」

「おまえなど毒婦で十分だ」

「いいわよ。好きに呼んでちょうだい。取引が成立すれば、それで満足よ。で、どうするの。わたくしを娶るの、娶らないの。さっさと決めて」

「おまえを娶る。皇后に据えてせいぜい厚遇してやる。もっとも愛しはせぬぞ。おまえのような毒婦、見るだけで反吐《へど》が出る」

「わたくしだってあなたみたいな図体《ずうたい》のでかい男は好みじゃないわ。見るだけで暑苦しいもの。愛していただかなくてけっこうよ。嫡室《ちゃくしつ》の体面さえ守ってくれればいいの。可愛がりたい女がいれば、好きなだけ愛でていなさい。ただし、鳳冠は譲らないわよ。忠告しておくけど、わたくしは簡単に排除できる女じゃないわ。ほかの女を皇后に据えたくなって邪魔になっても、あっさり退場してあげないから。殺そうとするなら死にものぐるいで抵抗するわ。どうしても死が避けられない場合は、あなた自身も、あなたの大事なものもみんな道連れにしてやる。わたくしを敵に回すと怖いわよ。覚悟しておきなさい」

さて、と金麗は蝴蝶《こちょう》のように軽やかに身をひるがえした。

「話はすんだわ。帰りましょう」

「待て」

世龍は馬のほうへ行こうとする金麗の腕をつかんだ。なぜそんなことをしたのかといえば、なにかしら意趣《いしゅ》返しがしたかったからだ。出会ったときから、この女にはふりまわされてばかりいる。多少なりとも反撃しなければ沽券《こけん》にかかわる。

「馬を買うときは試し乗りをするものだ」

どれほどふてぶてしくとも、しょせんは生娘《きむすめ》だ。男に強引に迫られれば恐怖を感じるはず。ましてや、ここは悲鳴をあげてもだれも助けに来ない、孤立した場所で――。

「いいわよ」

期待は裏切られ、あっさりとした答えがかえってきた。

「好きなだけ試して」

「は!?」

「なにを驚いているのよ。あなたが試したいと言ったんじゃないの」

「まだ婚礼もあげていないんだぞ」

「遅いか早いかの問題じゃない。たいしてちがいはないわよ。わたくしとしては早く身ごもったほうが好都合だから、願ったり叶ったりよ」

眉ひとつ動かさず、いけしゃあしゃあと言ってのけるので、世龍は唖然《あぜん》とした。

「……わかっているのか？　俺は『いまここで』と言ったんだぞ」

「そう聞こえたわね」

「朝っぱらからこんな場所で、という意味だぞ」

「わかってるわよ。何度もおなじこと言わないで」

「わかってるならすこしは拒《こば》め」

なるほどそういうこと、と金麗は訳知り顔でうなずく。

「抵抗する女を力ずくでものにするのが好みなのね？　だったら、どうしてほしいのか具体的に注文をつけてちょうだい。きゃーっと叫んで逃げてほしいの？　めそめそ泣き出してほしいの？　震えてうずくまってほしいの？　お望みの拒みかたを言って」

「……おまえ、ほんとうに生娘なのか？」

落ちつきすぎている。南人が蔑む夷狄の男に迫られているのに怯む様子すら見せないとは。祖国で経験を積んでいなければ、ここまで平然としていられないのではないか。

「気になるなら調べてみれば？」

「そういう話ではなく……戍に恋人がいたんじゃないのかと聞いているんだ」

「後宮で暮らしていたのに恋人なんかいるわけがないでしょう。烈ではどうだか知らないけど、戍の後宮にいる男は皇帝だけって決まってるの。それ以外の男みたいな見た目をしているのはもれなく宦官なのよ。わたくしは人一倍みすぼらしくして、いつも汚物まみれになっていたから、宦官ですら寄りつかなかったわ」

「烈に嫁いでくる道中なら機会はあっただろう」

「婚約中に不義密通を犯して、わたくしになんの得があるの？　わたくしは自分に利益がないことはしない主義なの。烈帝と床入りするときに生娘であることを証明しなければならないのに、そこらのつまらない男に体を許したら大損じゃない。花嫁にとって貞操はいちばんの売り物なのよ。買い手に引きわたされる瞬間までは、傷ひとつつけるわけにはいかないの。そんなことは常識でしょう」

あきれかえったと言わんばかりにため息をつく。

「話が横道にそれているわ。あなたはわたくしの乗り心地をたしかめたいんだったわね？ここでかまわないから、とっととすませてちょうだい。拒んでほしいとか、叫んでほしいとか、要望があるのなら先に言って。お望みどおりにしてあげるから」

「……喪中だということを忘れていないか」

「忘れてないけど、わたくしには関係ないわ。先帝の喪中に色欲を貪《むさぼ》って非難されるのはあなたよ。わたくしはだれが見ても被害者だもの。あなたに襲われてなすすべがなかったと言えばいいわ。だれがわたくしを責めるというの？　この細腕であなたの腕力に勝てるとでも？　せいぜいわたくしが誘惑したと難癖《なんくせ》をつけるくらいでしょ。その程度の中傷は何度か自死を試みることでかわせるわ。気まずい立場になるのはあなたよ。服喪中の規則を破ったことで、あなたは大冢宰や昌王から非難されるでしょうけど、それくらいは自分でなんとかするのね。そこまでは面倒を見切れないわ」

「……もういい」

脱力してしまった。金麗の腕から手を離し、愛馬のほうへむかう。

「もういいってなに？　試し乗りは？」

「しなくていい。というか、したくない」

「どういう意味？」

「おまえじゃその気になれない」

「ちょっと、なによそれ。わたくしに欲情しないってこと？　困るわ。あなたのことは心底どうでもいいけど、あなたの子種には用があるのよ。いざというときに役に立たないんじゃ、なんのために結婚するのかわからないじゃない」

金麗は駆け足で世龍を追い越し、憤然《ふんぜん》と立ちはだかった。

「わたくしに欲情しなさい。仮にも男を名乗るなら、それを証明して」

睨めば情欲を引き出せるとでも思っているのか、力いっぱい睨みつけてくる。燃え盛る朝日に照らされた玉のかんばせは天女の面輪と称するにふさわしいが、色っぽい気分になる代物《しろもの》ではない。どちらかといえば全身に殺気をみなぎらせた女獅子《めじし》のそれだ。

「悪いが、女獅子に欲情する趣味はない」

「はぁ？」

いまにも牙《きば》をむいて飛びかかってきそうな彼女の横を通りすぎ、騎乗する。

「帰るぞ」

鞍上から手をさしのべる。金麗は手のひらを叩きつけるように荒っぽくつかまり、世龍の前に腰を落ちつけた。来るときとちがって横乗りではなく、しっかりと鞍《くら》に跨《またが》る。

「嫁入り道具に精力剤を入れておいて正解だったわ」

「……なんだって？」

花びらのような唇から思いもよらない単語が飛び出し、世龍はぎょっとした。

「成から持ってきたの。牙遼族の男は精力が強いと噂で聞いていたからいらないかしらとも思ったんだけど、あらゆる可能性にそなえておくのが信条だから、いざ床入りするときに花婿が頼りない場合を想定して、子種を絞り出す策として効果てきめんの媚薬《びやく》を手に入れておいたのよ。ちなみに丸薬《がんやく》だけでなく膏薬《こうやく》と薫物《たきもの》も持ってきたわ」

二の句が継げなくなった世龍の腹を、喪服姿の女獅子が肘《ひじ》で小突く。

「あなた、見掛け倒しね。屈強な体つきをしているから精力剤を使うことはなさそうねと安心していたのに、わたくしを相手にして欲情できないなんてとんだなまくらだわ。先が思いやられるわね。丸薬と膏薬と薫物をいっぺんに使わなきゃいけないかも」

「……自分に原因があるかもしれないとは思わぬのか」

「まったく思わないわ。わたくしには魅力しかないもの。その気になりさえすれば、どんな男でも骨抜きにして思いのままに操ることができる。もし、わたくしに籠絡されない男がいるとしたら、問題があるのはわたくしではなく、その男よ。かわいそうに致命的な欠陥を抱えているのね。わたくしの魅力を感じとる能力がないという悪病《あくびょう》を」

「たいした自信だな……」

「生きているだけで値打ちがあるんだから、自信を持つのは当然のことよ」

「奇天烈《きてれつ》な理屈だ」

「単純明快な道理よ。生き残るには才気と運が要る。生き残ってきたということは、どちらも手にしているということ。自分を誇る根拠としては十分すぎるわ」

金麗が大威張りで言い放つので、世龍は噴き出した。

――難業《なんぎょう》だな、この女を御《ぎょ》するのは。

南人だからではない。史金麗という女だから厄介なのだ。

前途多難だと思いながらも、心はなぜか浮き立っている。さながら前世から待ちわびていた好敵手《こうてきしゅ》と予期せぬ場所でめぐり会ったかのように。

第二章　兎狩り

成国後宮では左右娥英《がえい》が妃嬪《ひひん》の最上位だったが、烈国後宮では三妃《さんひ》がこれにあたる。いずれも花の名を冠し、蘭貴妃《らんきひ》、蓉貴妃《よう》、薔貴妃《しょう》という。

この下にいるのが六夫人《りくふじん》だ。やはり花の名を冠して、桃《とう》夫人、梅《まい》夫人、榴《りゅう》夫人、桂《けい》夫人、槿《きん》夫人、梔《し》夫人と呼ぶ。

六夫人の下には九嬪《きゅうひん》がいる。梨娥《りが》、梨婉《りえん》、梨姫《りき》、杏娥《きょうが》、杏婉《きょうえん》、杏姫《きょうき》、棠娥《とうが》、棠婉《とうえん》、棠姫《とうき》。

これらは定員が一名ずつと決まっている。

九嬪の下には花人《かじん》、芳衣《ほうい》、蕾女《らいじょ》がいるが、定員はない。蕾女までの位が妃嬪と呼ばれ、蕾女よりも下の位は女官にわりふられる。その下は官位を持たぬ宮女だ。

建国から三十年に満たない若輩者の烈が整然とした後宮制度を持っているのは、初代皇后であった武興神皇后《ぶこうしんこうごう》・楊氏《ようし》の手腕によるものらしい。

前王朝・西朱《せいしゅ》の帝室に生まれ、のちに太祖《たいそ》・武興帝となる元獲戎《げんかくじゅう》に嫁いだ彼女は、自身が石女《うまずめ》であったせいか、後宮の管理に心血《しんけつ》を注いだ。

西朱では皇帝が気ままに妃嬪を召していたが、神皇后はそれこそが後宮の不和の主因であると憂い、龍床《りゅうしょう》に侍《はべ》る妃嬪を太祖に選ばせず、みずから指名した。戦のため皇宮を空けがちな太祖は神皇后に夜伽《よとぎ》の采配《さいはい》を一任していたので、妃嬪は皇帝に色目を使うよりも先に皇后の歓心を買おうとしたという。

後宮において皇后の威光は皇帝に勝《まさ》っていたといえるが、太宗《たいそう》・武建帝《ぶけんてい》――先帝の御代になるといささか事情が変わってくる。

先帝の嫡室《ちゃくしつ》であった武建慈《じ》皇后《こうごう》・慕《ぼ》容《よう》氏は神皇后ほど夫の信頼を勝ち得ていなかったようで、夜伽の記録には世龍の生母である楚《そ》氏の名が頻繁《ひんぱん》に登場している。ほかの妃嬪も召されてはいるが、楚氏ほど寵愛された者はない。

十五歳で先帝の寵姫となり、二十五歳で不慮《ふりょ》の死を遂げるまで六度の懐妊を経験していることが君寵《くんちょう》の厚さを物語っている。寵愛を独占していたのなら夏氏のように皇后の座を狙っていたのではないかと思ったが、そうではないらしい。

「母后《ははうえ》は慎み深く物静かなかたで、つねに慈皇后を立てていらっしゃった」

楚氏――世龍の即位にともなって武建貞《てい》皇后に追尊《ついそん》されている――について、世龍はかく語った。身内のひいき目だろうと聞き流していたが、碧秀が事情通の後宮女官たちから仕入れてきた話によれば、おおむね事実ということだ。

「おおむね」と含みを持たせたのは、天寵《てんちょう》が目に余るほど楚氏に集中していたために慈皇后の妬心《としん》は筆舌《ひつぜつ》に尽くしがたく、彼女に仕えていた女官らはいまも楚氏を快《こころよ》く思っていないせいだ。彼女たちの口からは楚氏の悪評が矢継ぎ早に飛び出してくるが、主の悋気《りんき》を反映したものなので割り引いて聞く必要がある。

さて、これからは金麗の時代だ。金麗は神皇后と慈皇后の中間をとりたい。

西朱時代のように夜伽を皇帝の嗜好《しこう》にゆだねようとは思わないが、一から十まで管理しようとも思わない。北人《ほくじん》の神皇后ならまだしも、南人《なんじん》の金麗が厳格に夜伽を管理して妃嬪たちを締めあげれば反発を食らう。とりわけ上位の妃嬪は勲貴《くんき》恩礼《おんれい》の出身だから、むやみやたらに対立するのは賢明とはいえない。

かといって世龍の裁量《さいりょう》に任せた結果、楚氏のような寵妃があらわれるのも困る。それが夏氏のような悪女であれば言うにおよばず、たとえ寵妃の人となりが善良で、鳳冠《ほうかん》への野心がなかったとしても、安心はできない。

自分の主や親類縁者を皇后の位に押しあげて甘い汁をすすろうともくろむ者はどこにでもいる。金麗を引きずりおろすために寵妃を利用しようとたくらむ者もいるかもしれない。瑞兆《ずいちょう》天女の伝説が味方してくれたとしても、烈において金麗が異物であることは変わりない。南人皇后への反感は世龍だけのものではないだろう。有力な実家の後ろ盾があった慈皇后とちがい、寵愛のかたよりは金麗の致命傷になりかねない。皇后の地位を保つためには、寵《ちょう》のゆくえから片時《かたとき》も目を離せないわけだ。

手綱を締めすぎず、ゆるめすぎない――言うは易《やす》く行うは難《かた》しである。

まず、妃嬪の人柄を知ることからはじめるべきだろう。どんな策をこうじるにせよ、敵を知らなければ勝つものも勝てない。

手始めに、金麗はささやかな茶宴《さえん》をもよおした。場所は西宮《せいぐう》内にある庭園。愛らしい薄紅の花を咲かせる林鐘《りんしょうばい》梅の林のそばに座席をもうけ、三妃、六夫人、九嬪を招き、成国特産の銘茶と手のこんだ宮廷菓子をふるまった。

昼下がりの茶宴は金麗のねんごろなあいさつからはじまった。南人は気位《きぐらい》が高く、華北《かほく》の人びとを見下していると認識されているから、愛想よくふるまうのが肝要《かんよう》である。金麗は友好的な微笑みを絶やさず、茶菓をすすめ、妃嬪たちに話題を提供して、とどこおりなく茶宴を進めていく。

なお座席はひとりひとりに案《つくえ》と牀《しょう》を配置し、背後に屛風《びょうぶ》を置く尭制《ぎょうせい》にのっとった形式ではなく、大きな長卓《ちょうたく》をみなで囲んで座る牙遼《がりょう》式にした。

「ほんとうに残念ですわ。婚礼が延期になったなんて」

金麗の左隣で桃花茶《とうかちゃ》を飲んでいた三妃の筆頭、蘭貴妃《らんきひ》が心底残念そうにつぶやいた。出身は勲貴八姓のひとつ呼延《こえん》家。先代主の娘で、当主の姪《めい》にあたる。字《あざな》は凌花《りょうか》という。きらきら輝く瞳と愛嬌《あいきょう》にふちどられた朱唇《しゅしん》が印象的な、そこにいるだけでぱっと場が華やぐ美姫だ。

十六歳で先帝に嫁いでおり、現在は二十四歳。年齢のわりには童顔で、春爛漫《らんまん》にも似た圧倒的な華やかさは娘盛りのそれである。先帝とのあいだに公主をひとり産んでいるらしいが、とても六歳の娘がいる母親には見えない。

「婚礼衣装を着るのを楽しみにしていたのに。もうすっかり準備をすませていたんですから。まさか月姫《げっき》さまの卜占《ぼくせん》で延期になるなんて思ってもいませんでしたわ」

大婚《たいこん》（皇帝の結婚）が吉日に行われるのは烈でも変わらない。ちがうのは吉日を選ぶト占を月姫が行うことだ。月姫によれば、婚礼をあげるにふさわしい吉日は四月初頭だという。よって大婚は二月後まで延期となった。

「安寧公主の花嫁姿を拝見するのも楽しみにしておりましたのよ。成では花嫁がきれいな赤い絹で顔を隠すのでしょう？　なんといったかしら、あの赤い絹……」

「紅蓋頭《こうがいとう》ですわ、蘭貴妃」

「そう、紅蓋頭でしたわね！　名前も素敵だわ。玉の光沢を帯びた真紅の絹にあでやかな文様が刺繍されていると耳にしましたわ。わたくし、成の服飾が大好きですの。だって華麗で繊細で、惚れ惚れするほど美しいのですもの。成の職人を雇っていろいろ作らせていますわ。ほら、ごらんになって。この衫《ひとえ》もそうですのよ」

　凌花は衫の大袖をひろげてみせた。躑躅色《つつじいろ》のなめらかな生地には印金《いんきん》であらわされた春《しゅん》花三傑《かさんけつ》がきらめきわたっている。印金は布帛の上に型を置き、金箔や金泥で文様をかたどるもの。春花三傑は春の花のなかでもとくに美しいとされる梅、牡丹、海棠《かいどう》を集めた意匠《いしょう》。前者は成で流行している最新の装飾技法、後者は成の伝統的な吉祥文様だ。

「まあ、なんて精巧《せいこう》な印金でしょう。祖国の後宮で見たものより洗練されていますわ」

　金麗が大げさに世辞を言うと、凌花は満足そうに朱唇をほころばせた。

「うれしいわ、安寧公主に褒めていただけるなんて。でも、こんな衫は見慣れていらっしゃるのでしょうね。江南《こうなん》では服飾文化が花ひらいていますもの。緻密《ちみつ》な衆芳錦《しゅうほうきん》、軽やかな琳珪羅《りんけいら》、薄霞《うすがすみ》のような仙霞紗《せんかしゃ》、あざやかな夾纈《きょうけち》染めや﨟纈《ろうけち》染め、可愛らしい花卉《かき》文や小《しょう》花文《かもん》、画聖《がせい》が描いた絵のような文様を作り出すつづれ織り！　どれも天帝の宮殿にしかないような逸品ばかり。安寧公主はたくさんお持ちなのでしょう。ぜひ見せてくださいませ。衣装だけでなく宝飾品も！　わたくし、宝玉に目がないのです！　音に聞こえた成の翡翠はいくつか手に入れましたが、安寧公主ならもっとすばらしいものをお持ちでしょうね？　楽しみだわ。それからお化粧も教えていただかなくちゃ。成では花鈿《かでん》というものが流行しているのですってね。わたくしも真似しているのですが、単純な図案ばかりで飽きてきましたの。安寧公主なら、もっと精緻《せいち》な図案をご存じでしょう？　金箔や螺鈿《らでん》を貼りつける方法もあるのですって？　いったいどうやって貼りつけているのです？　お化粧といえば、眉の描きかたも教えてくださいね。成の后妃はどういう眉を描いているのかしら？　噂《うわさ》によれば、成の后妃は爪を花で染めるそうですわね？　どの花を使えばいいのです？　わたくしも牡丹や薔薇で試してみましたが、いまひとつうまく染まらないのです。花の種類がまちがっているのかしら？　やりかたがまちがっているのかしら？　そういえば、安寧公主の唇は艶がありますわね。どの臙脂《べに》を使っていらっしゃるの？」

質問に答える前にべつの話題がはじまるので、相づちを打つ暇さえない。

「おしゃべりが過ぎますわ、蘭貴妃。すこしは落ちつかれてはいかが」

かたい口調で言ったのは金麗の右隣に座す蓉《よう》貴妃だった。姓は不蒙《ふもう》、字は雪朶《せつだ》。かつて西域《さいいき》で栄華を誇った蠟円《ろうえん》の王女だ。

八年前、祖国が烈に滅ぼされ、服従の証《あかし》として先帝の後宮に入った。年齢は二十六。切れ長の目と高い鼻梁《びりょう》を持つ美貌は冷ややかな夜の静けさを孕《はら》んでおり、ふせたまつげは雪肌に濃い影を落としている。

すらりとした長身に大袖の衫とひだをつけた長裙《ちょうくん》をまとっているが、どちらも白練りであるうえ模様もないため、喪服のように見える。頭にかぶっている帷帽《いぼう》は屋内でもできるだけとらないそうだ。蠟円の風習で、禍《わざわい》を除ける意味があるという。

「落ちついていられないわ。だってひさしぶりだもの、こんなに楽しいこと。喪中はなあんにもできなくて退屈だったから、ちょっとくらいはしゃいでもいいでしょう」

「不謹慎ですわ。喪が明けてから数日しか経っていないのに、そんな派手な色の衣をまとうなんて……」

雪朶は非難がましい視線を送ったが、凌花は鈴を鳴らすような声で笑い飛ばした。

「喪が明けたら、ふだんの生活に戻るのが世の習いよ。いつまでも悲しみにひたってはいられないわ。蓉貴妃、あなたも華やいだ装いをしたほうがよいわよ。喪服みたいな衣を着ていないで、春らしくあざやかな衣をお召しなさいな。これから主上に嫁いで御子を産まなければならないのだから、女ざかりの美しさを磨いておかなくちゃ」

「わたくしはもう年増ですから……御子はなせませんわ」

「やあね、そんなこと言わないの。わたくしより二つ年上というだけでしょう。十分若いわよ。それに主上は御年十八の壮健な殿方だわ。きっと御子を授けてくださるわよ。暗い顔をしないで、あかるく笑っているべきだわ。悪いことのあとにはよいことが起こると決まっているの。ほがらかに過ごしていれば、かならず福運《ふくうん》がめぐってくるわよ」

「わたくしは福運とは無縁なのです。先帝とのあいだにも御子をなせませんでした。先帝はわたくしを大事にしてくださったのに……石女《うまずめ》であるばかりに御恩をお返しすることができず、ふがいなさに身を焼かれる思いですわ」

雪朶はか細い声を震わせ、玻璃《はり》細工のような細面を手巾で覆った。

「一度流産したくらいで石女だなんて、大げさだわ。太医《たいい》が言うには、子が流れることはそうめずらしくないらしいわよ。流産を経験した女人がふたたび懐妊することもね。あなたは流産してからふさぎこんでばかりで、夜伽を避けていたでしょう。二度目の懐妊がなかったのはあなたの体の不具合のせいではなくて、単純に身ごもる機会がなかったからよ。龍床《りゆうしよう》に侍《はべ》りさえすれば、すぐに福を授かるわ」

「いいえ、無理ですわ。わたくしは天に見放された忌《い》まわしい女なのです。わたくしのせいで蠍円が亡び、わたくしのせいで先帝の御子が流れ……わたくしがいるところには不幸がふりかかってしまうさだめなのです。本来なら、みなさまとともに後宮で暮らすことなど許されませんわ。先帝に殉《じゆん》じて、九泉《きゆうせん》までお供できたらどんなによかったか……」

「くさくさするのはおやめなさい。春のさかりに涙は似合わないわよ」

凌花がしきりに慰めるが、雨だれのような嗚咽《おえつ》はいっこうにやみそうにない。

「ねえ、薔《しよう》貴妃。あなたもなにか言ってあげて」

「なにを？」

雪朶のとなりで胡坐《あぐら》をかいている薔貴妃が藤の花の鶏蛋糕《カステラ》を片手に問うた。恩礼四姓の祭《さい》家の出身で、字は小燕《しょうえん》。年齢は世龍とおなじ十八。一年前に入宮し、何度か龍床に侍ったが、懐妊には至らなかったという。

身にまとっているのは大袖衫《おおそでさん》でも襦裙《じゅくん》でもなく胡服だ。年ごろの娘らしい花模様ではなく、向かい合う天馬が織り出された錦で仕立てられているから男物だろう。

恩礼四姓出身なら北人だから尭族なのだが、褐色の肌と彫りの深い顔立ちは尭族のそれではない。母親が勲貴八姓の生まれらしいので、そちらの特徴を受け継いでいるのだろうか。癖の強い赤みがかった髪を頭頂部でひとつにくくって無造作に背に流した姿は、化粧っ気のない面立ちとあいまって彼女を凛々しい青年のように見せている。

「決まってるでしょう、元気が出るようなことをよ。蓉貴妃ったら、いつまでも過去のことを引きずって鬱々《うつうつ》としているんだから。前向きになりなさいって言ってあげて」

「鬱々としたければすればいいじゃないか。とことん鬱々とすればそのうち飽きるだろ」

鶏蛋糕を貪《むさぼ》るのに忙しいらしく、小燕の返答はにべもない。

「だめよ。人間は前向きに生きなくちゃいけないの。うしろを向いていたって、なにも楽しくないわ。面白いものはいつだって前にあるのよ。あ、そうそう！　面白いと言えば、あたらしい小説を手に入れたの。わたくしは読んでしまったから、蓉貴妃に貸してあげるわね。とってもとっても素敵な恋物語よ。胸がときめいて、熱くなって、最後には幸せな気持ちでいっぱいになるわ。いやなことなんかいっぺんに忘れられるわよ」

早口でまくしたて、凌花は金麗にむきなおった。

「安寧公主は恋愛小説がお好きかしら？　わたくしは大好きですの。いろんな国の恋物語を集めていますわ。尭語で書かれているものもたくさん持っていますから、今度お見せしますわね。どういうお話がお好き？　わたくしが好きなのはやはり大団円《だいだんえん》ですわ。男女が運命的に出会い、惹かれ合い、ふりかかるさまざまな困難を乗り越えて結ばれる……何度読んでも胸がどきどきして、心を揺さぶられて、涙が出ますの。なかでもいちばんのお気に入りは『彩鳳伝《さいほうでん》』ですわ。ひょっとして安寧公主もご存じ？　あら、ご存じないのですか。では、話の筋をかいつまんでお教えしますわね。女主人公は遠い国の姫君ですの。名を彩鳳といって、春の陽光のような晴れやかな美姫で、両親に慈《いつく》しまれ、民に愛されて、幸せに暮らしています。けれど、あるとき、彩鳳の美貌に目をつけた邪悪な魔物にさらわれてしまうのですわ。魔物は彩鳳を檻《おり》に閉じこめ、自分だけのものにしてしまいます。彩鳳は悲嘆にくれ、泣き暮らしているのですが、魔物が檻の鍵を閉め忘れた日、勇気をふり絞って逃げ出しますの。夜陰《やいん》に乗じて駆け出した草原で、彩鳳は恐ろしい獣と遭遇《そうぐう》します。獣が彩鳳に襲いかかろうとした絶体絶命の瞬間、暗がりを突き破って矢が飛んでくるのです。矢は獣に命中し、彩鳳は命拾いしました。そして顔をあげ、矢を放った人物を見て息をのむのです。淡い月明かりのなかに、その青年はすっくと立っていました。逞《たくま》しい体つきの眉目秀麗な若者でしたわ。彩鳳は一瞬で心を奪われ……」

女主人公になりかわったかのように恍惚《こうこつ》とした表情で語ったかと思うと、ひと目で恋に落ちたふたりが魔物の奸計《かんけい》によって引き裂かれる場面では切なげに柳眉《りゅうび》を引き絞り、青年が彩鳳の機転で窮地《きゅうち》を脱する場面では誇らしげに笑みをこぼす。

幾多の苦難のすえ、魔物を滅ぼしたふたりがみなに祝福されて婚礼をあげる場面になると、感涙にむせんで何度も声をつまらせる。

感情移入しやすい性格なのだろう。表情がころころ変わっていく。

「素敵ですわね。ぜひわたくしも読んでみたいですわ」

恋愛小説にはみじんも興味がないが、適当に話を合わせておいた。

ほかの妃嬪たちにも話をふり、会話をかさねていく。彼女たちが発するささいな言葉から後宮の勢力図を読みとらなければならない。だれが寵愛され、だれが厚遇され、だれが疎《うと》んじられ、だれが粗略《そりゃく》にあつかわれていたか、後宮の内情を探らなければ。

むろん妃嬪の発言をうのみにはしない。のちほど裏をとるつもりだ。事実と確認できたこともできなかったこともしっかり記憶しておく。こうした地道な努力でかき集めた知見は、金麗が世龍の後宮に皇后として君臨する際に大いに役立つだろう。

「ところで、安寧公主」

梅花の蜜漬けをはさんだ酥餅《パイ》を口いっぱいに頰張りつつ、小燕が身を乗り出す。

「主上にうかがったんだが、烈に来るまで馬に乗ったことがなかったってほんとか？」

ええ、と金麗がうなずくと、小燕はぎょっとしたふうにのけぞった。

「嘘だろ!?　馬に乗らずにどうやって狩りをするんだ！　驢馬《ろば》にでも乗るのか!?」

「やあね、薔貴妃。成の女人は狩りなんかしないのよ。わたくしが読んだ成の恋愛小説では、女主人公は一日じゅう部屋にこもって読書したり、刺繍したり、絵を描いたり、お菓子を食べたりしていたわ。出かけるといっても庭を散歩するくらいだったわよ」

「それは小説のなかの話だろ。現実で一日じゅう部屋にこもっていられるわけ——」

「蘭貴妃のおっしゃるとおりですわ。成では、良家の婦女子は邸《やしき》から出ないものですの。馬に乗って出かけるのは殿方だけです。わたくしも主上の愛馬に同乗させていただくまでは、馬にふれたこともありませんでしたわ」

「馬にふれたこともなかった!?　よくそれで生きてこられたな！　二十年も！」

よほど仰天《ぎようてん》したのか、小燕はなかばむせながら言った。

「烈の女人は馬術をたしなむそうですね？　幼いころから稽古《けいこ》をはじめるとか」

「あたしは赤子のころから馬に親しんでいるわ」

棘《とげ》のある甲高い声が響いた。声の主は金麗のむかい側の席で退屈そうに頬杖をついている少女。世龍の同母妹、薇薇《びび》だ。

十二歳の少女らしいあどけない曲線でかたちづくられた花顔《かがん》にはおしろいを塗っておらず、眉も自然のままだが、唇にはしっかり臙脂《べに》をさしている。

まとう衣は若緑に染めた筒袖の衫と連珠対鳥文《れんじゆたいちようもん》の半臂《はんぴ》。桃紅色《とうこうしよく》と柑子色《こうじいろ》の絹を交互につなぎ合わせた間裙《かんくん》を腰高に穿《は》き、幅の狭い披帛《ひはく》を腕にかけている。

髪型は中央でわけて左右で束ね、それを棒状に折り曲げ、真ん中を帯で結ぶ双丫髻《そうあけい》。古くは南北の未婚女性が結ったものだが、昨今の成ではもっぱら婢女《はしため》が結う。烈ではいまだ古式ゆかしい髻《もとどり》が公主にも好まれているようで、花と金鈿《きんでん》で可憐に飾られている。

なお、今日は妃嬪の集まりなので長公主《ちょうこうしゅ》（皇帝の姉妹）である薇薇は招いていない。にもかかわらず、彼女がここにいるのは、偶然とおりかかったからだ。

「世龍兄さまが赤子のあたしを背負って馬に乗せてくれたのがはじまり。それからずっと馬に乗ってるわ。あたしの乗馬歴は十二年ってこと。だけど、自慢するほどのことじゃないわ。烈ではそれがふつうだから。童女も老婆も身重《みおも》の婦人でさえも、みんな馬に乗るのよ。あなたみたいに二十歳にもなって馬に一度も乗ったことがない人なんかいないの」

あーあ、と薇薇は侮蔑《ぶべつ》もあらわにため息をついてみせた。

「世龍兄さまがかわいそう。馬にも乗れないみっともない女人を皇后に迎えなきゃいけないなんて。しかも世龍兄さまより二つも上の年増だし、背丈が低くて見栄えがしないわ。世龍兄さまにはもっとふさわしい女人がいるはずなのに、とんだ災難よね」

妃嬪たちが気まずそうに目交《めま》ぜするのにもかまわず、聞こえよがしに悪口を言う。薇薇の毒舌は茶宴がはじまったころからのべつ幕なしにつづいていた。

茶や菓子の味にもいちいちけちをつけてくるが、金麗は柳に風と受け流している。こうなることは予見していたので驚きはない。薇薇は世龍をたいそう慕っているから、兄の花嫁になる敵国の女が小憎らしくてたまらないのだ。たまたま近くをとおりかかったという体《てい》で茶宴に乗りこんできたのも、金麗にいやみを浴びせるためだろう。

「齢《よわい》と背丈はどうしようもありませんが、馬術はいま稽古しているところですの」

金麗はみなに茶のおかわりをすすめ、笑顔をふりまいた。

「長公主さまのようにとはいかないでしょうが、人前で恥をかかない程度には乗りこなせるよう、つとめますわ」

「とーぜんだわ。烈の皇后が馬に乗れないなんて物笑いの種よ」

薇薇はいかにもまずそうに桜桃餡の揚げもち——これで五つ目である——を食べた。

「馬術だけじゃなくて、射術の稽古もしなさいよ。烈では宮廷の女人も狩りに行くの。立后式の一月後には皇后が鹿を狩る儀式があるわ。もちろん騎射《きしゃ》でよ。へっぴり腰で馬にしがみついてへなちょこ矢を射ているようじゃ、世龍兄さまに恥をかかせることになるわよ。死ぬ気で稽古するのね。世龍兄さまの顔に泥を塗ったら、あたしはあなたを皇后と認めないわ。なにがなんでも烈から追い出してやるから、そのつもりでいてちょうだい」

敵愾心《てきがいしん》を燃やす幼い瞳に睨《にら》まれ、金麗は「がんばりますわ」と微笑をかえした。

「あなたはわたくしを寵愛すべきだわ」

金麗が世龍にそう言ったのは、草原の対峙《たいじ》のあとで皇宮へ帰る道すがらのことだった。

「わたくしを娶《めと》ると決めたのなら、あなたと敵対する者たちを牽制《けんせい》するためにもあなたはわたくしと仲良くしなければならない。だれの目にもあきらかなほど仲睦まじくして、玉座を狙う敵につけ入る隙《すき》を与えないようにするのよ。もしわたくしたちの関係が冷え切っていたら、皇族のだれかがわたくしをあなたから引き離そうとするでしょう。わたくしの奪い合いが起これば、宗室内の不和は廟堂《びょうどう》までひろがるわよ。余計なもめ事にわずらわされたくないなら、見せかけだけでかまわないから、わたくしを寵愛しなさい」

理屈はとおっている。はなはだ不本意《ふほんい》ではあるが、金麗の策を受け入れることにした。

――この俺が南人女の言いなりになる日が来るとは。

ふつふつとわいてくる不満を腹のなかに押しこんで、世龍は毎日欠かさず暇を見つけて金麗と会っている。会ってなにをしているのかといえば、婚約中の男女が経験するようなたわいないことだ。食事をともにしたり、庭を散策したり、一緒に出かけたり。とりわけ時間を割くのが射術と馬術の稽古《けいこ》だ。これも金麗の希望だった。

「烈の皇后になるんだから、弓馬に親しんでおかなければならないわ」

「だったら薔《しょう》貴妃に習え。婦人としては一流の腕前だ、ど素人のおまえにも手取り足取り教えてくれるだろうよ」

世龍がぞんざいな返事をすると、金麗は「馬鹿ね」と蛾眉《がび》をつりあげた。

「あなたが手ほどきしてこそ、熱愛ぶりを見せつけられるのよ。他人にやらせたんじゃ意味がないわ。面倒くさがらずに、わたくしに稽古をつけなさい。手取り足取りね！」

またしても反駁《はんばく》できず、結局は女獅子《めじし》の言いなりになるしかない。

不承不承《ふしょうぶしょう》ながら稽古をつけることにしたが、意外にも馬術には素質があるようで、すこしばかり指南《しなん》すると、たちまちこつをつかんだ。気性がおだやかな馬を選んでやったことも功を奏したのか、順調に慣れていっている。

問題は射術で、こちらはたいへんまずい。初日は一本も射ることができなかった。的を射るどころではない。彼女が弓をひきしぼると、なぜか矢が飛ばないのである。

「前世で弓矢に怨《うら》まれるようなことをしたんじゃないか？」

ことごとく的の手前で落ちた矢の山を見おろして世龍があきれると、金麗は「教えかたが悪いのよ」とえらそうに言い張った。猫をかぶっていたころのしおらしさは毛ほどもないが、やる気は人一倍あるようだ。来る日も来る日も懸命に稽古に打ちこむ。

「いいぞ。ずいぶん上達したな。的に届くまであとすこしだ」

例によって的に届かず地面に転がった矢を見やり、世龍はなおざりに褒めた。

「的が遠すぎるのよ」

金麗はふんぞりかえって文句を言ったが、方形の的は一丈（約三メートル）先に置かれている。初心者は二丈の距離からはじめるものだから、その半分である。的までの距離は近いところからはじめて、徐々に遠くへのばしていくのが稽古の定石《じょうせき》とはいえ、これではあまりに近すぎる。が、それでも鏃《やじり》は的にかすりもしない。

「つべこべ言わずに稽古をつづけろ。上達するには体でおぼえるしかない」

わかってるわよ、と金麗はむきになって弓を引く。あらん限りの力で弓を怒張《どちょう》させ、矢を射放つが、弦がまぬけな声をあげてたわみ、矢を地面に吐き出すだけだった。

「この弓、壊れてるんじゃないの？　べつの弓にするわ」

「勝手にとりかえるな。おまえの手力にはその弓がちょうどいいんだ」

「じゃあ、矢がつり合ってないのよ」

「矢は弓力に見合ったものをえらんでいる。それより軽いものなら矢飛びがますます落ちつかなくなるし、重すぎるものなら矢飛びはいっそうにぶくなるぞ」

「あなたの言うちょうどいい弓矢を使っているのにちっとも飛ばないじゃない。何度やってもだめなのは、道具が正しくないからだわ」

不満そうに唇をねじ曲げつつも、金麗はあたらしい矢を弓につがえる。その危なっかしい所作《しょさ》を見るに見かねて、世龍は彼女の背後にまわった。意気込みすぎて前のめりになった体を包みこむようにしてゆがんだ姿勢を正し、弓手《ゆんで》を強く押し出させ、うしろになる馬手《めて》は強く握り固めさせる。十分に弓を引きわけたのち、断ち切るように矢を離させた。すると鏃《やじり》は鋭く空を突き抜け、的の中心に勢いよく突き立つ。

「こつさえつかめばこのとおりよ。われながら器用よね。わたくしって、すこし稽古すればなんでも人並み以上にこなせちゃうの。天与《てんよ》の才が有り余っているから」

金麗が肩をそびやかすので、世龍は苦笑いした。

「いまのは俺が射たんだ。おまえは手をそえていただけだろう」

「負け惜しみはやめて。見てたでしょ。わたくしが射たの」

「じゃあ、ひとりでやってみろ」

世龍が体を離すと、金麗は「いいわよ」と威勢よく言い放った。箙《えびら》から矢をとり、ぎこちない手つきで矢つがえをし、弓をひらいてひきしぼり、矢羽根を離す。案のごとくすっとんきょうな弦音が響き、矢は吐き出された果物の種のように地面に落ちた。

「負け惜しみは言うなよ。みっともないぞ」

「ふん、笑いたければ笑いなさいよ。いまにできるようになるんだから」

「的に近づきすぎだ」

「いいのよ、これくらいで。初心者なんだもの」

「的は近ければいいってものじゃない。ある程度、距離がないと危ないぞ」

世龍が肩をつかんで的から引き離そうとすると、金麗は痛そうに顔をしかめた。

「どうした？　そんなに強くつかんではいないが……」

あわてて手を離す。女の体にふれるときの力加減くらい心得ている。いままで女を乱暴にあつかって怪我をさせたことなどない。しかし、今回はちがったようだ。金麗はつかまれたほうの肩を何度もさすっている。南人の女は体がもろいのだろうか。

「大丈夫か？　まさか、骨が折れたんじゃないだろうな……？」

「わたくしは玻璃《はり》細工じゃないの。ちょっとつかまれたくらいで骨が折れたりしないわ」

「じゃあ、なんで痛がってるんだ？」

「昨夜、稽古しすぎたのかしら。肩だけじゃなくて、あちこち痛いのよ」

「昨夜？　稽古は昼間しかしていないだろう？」

「昼間はあなたに稽古をつけてもらってるけど、夜はひとりでやってるのよ。一日も早く射術に慣れなきゃいけないから。立后式の一月後には狩りが行われるって聞いたわ。皇后が獲物をしとめるのが慣例だって」

「その件なら案ずるな。獲物は俺がしとめておく。おまえが射たことにすればいい」

「なによそれ。ずるじゃない」

「形式をととのえればいいんだ。馬にも弓矢にもふれたことのない南人の女を皇后に迎えるんだから、しきたりどおりに進めようとは端から考えていない」

本音を言えば、弓馬を習う必要はないのだ。大切なことは、成の公主を皇后に迎えたという事実。彼女がこちらの風習になじまなくてもかまわない。後宮に入って子を産んでくれさえすれば、それ以上望むことはない。

「ふーん。あなた、わたくしをのけ者にしておくつもりなのね？」

金麗は女帝のような目つきで世龍を睨《にら》みあげた。

「あなたの魂胆《こんたん》は読めてるわ。わたくしがいつまでも烈に適応せず、異邦人《いほうじん》のままでいることを望んでいるんでしょ？」

「異邦人のままもなにも、おまえは南人だろうが」

「南人に生まれたからって、こちらの水に慣れることができないとはいえないわ。わたくしが烈の習俗になじめば、烈の官民《かんみん》はわたくしを南人とは思わなくなる。皇后として慕うようになるかもしれない。きっとそうなるわ。わたくしは名望を集め、後宮を束ね、ひとつの大きな勢力としてあなたの朝廷に影響をおよぼす。あなたはそれを危惧《きぐ》しているんでしょう。わたくしに力を持たせたくないのよ。気持ちはわかるわよ。わたくしが名実ともに烈の皇后になったら、あなたはわたくしの顔色をうかがわなければならなくなるもの。だから、わたくしをかたちだけの皇后にしておきたいんだわ」

「邪推《じゃすい》するな。俺は南人のおまえが弓馬に親しむのは難しいだろうと気遣って――」

つづきは言えなかった。金麗に胸を小突かれたからだ。

「あなたって嘘が下手ね。どんなに言葉をつくろっても本音が顔に出てるわよ。どうりで指南に熱が入らないわけだわ。言っておくけど、あなたの思惑どおりにはならないわよ。わたくしは弓馬をしっかり身につけて烈の習俗になじむ予定なの。烈に嫁いだからには、ここに根を下ろして自分の居場所を作る。烈の官民を味方につけてあなたに匹敵《ひってき》するほどの権勢《けんせい》を手に入れるわ。そのためなら骨身《ほねみ》を惜しまない。あなたがしぶしぶ指南してくれなくても、自力で弓馬をものにしてみせる。十年後にはだれもがこう言ってるわよ。『皇后さまは烈でお育ちになったみたいだ』って」

鼻息荒く言うや否や、こちらにくるりと背を向けてふたたび矢をつがえる。思い切り弓をひらくものの、痛みのせいか肩が震える。強がってはいてもつらいのだろう。

「意気込みは買うが、無理はするな。いままで弓矢にふれたこともなかったんだから、急にできるはずがないんだ。すこしずつ体を慣らしていけばいい」

「余計なお世話よ」

力任せに弓手を押し出して矢を放つ。やはり飛ばない。金麗が苛立ったふうに箙から矢を引き抜こうとするので、世龍は彼女の手をつかんでやや強引に止めた。

「今日はもう十分だ。夜稽古もひかえて肩をやすめておけ」

「いやよ。まだはじめたばかりだもの」

「これは命令だぞ。従わなければ罰する」

「あなたがわたくしを罰する？　そんなことできるはずないわ」

「できるとも。おまえがいやがることをしてやる」

「わたくしがいやがることがなんなのかわかるの？」

……わからない。たいていの女は荒っぽく迫ればいやがるが、金麗に言わせれば「願ったり叶ったり」だそうだ。婢女《はしため》生活に耐えていたくらいだから、空腹や苦痛にも慣れているし、虫や汚物にも慣れっこだろう。

——弱点というものはないのか？

まじまじと見つめてみたが、勝ち誇ったような小憎らしい顔でにんまりしている金麗にそれらしいものは見当たらない。

「ほらね。あなたにはわたくしを罰することなんてできないのよ」

金麗が小馬鹿にしたふうに鼻先で笑う。この女の笑いかたはいちいち癪《しゃく》に障る。

「罰として、しばらく弓の稽古は禁止だ」

世龍が弓をとりあげると、金麗は苛立たしげに手をさしだした。

「かえして」

「だめだ」

「かえしてったら」

「悔しかったら取りかえしてみろ」

金麗は背伸びをして弓を取りかえそうとしたが、世龍が手をあげてしまえば兎のように飛びはねようとも到底届かない。むっとして唇をねじ曲げ、金麗は世龍の足を踏みつけようとする。世龍がすかさず避けたので不首尾《ふしゅび》に終わった。返す刀で今度は脛《すね》を蹴りつけてくる。予測していたので難なくかわしたが、むきになった金麗がふたたび蹴りを繰り出した際、勢い余ってうしろ向きに転びそうになった。あわてて抱きとめる。

「引っかかったわね」

金麗はにやりとして弓を奪い取った。気負いすぎたかまえで的に向かって立つ。箙から矢を抜き、おぼつかない手つきで矢つがえをして弓をひらこうとするので、世龍は背後から彼女の体を包むように抱き、不恰好に力んだ姿勢をととのえた。

「なにもかもいっぺんにおぼえなくていい。時間はたくさんあるんだ」

「でも」

「長く豊かに生きるつもりなんだろう？　だったら焦りは禁物だ。徐々に前進しろ。呼吸をととのえて、まずは肩の力を抜くんだ。焦らないほうがうまくいく」

「あなたもそうやっておぼえたの？」

「おぼえる必要はなかったぞ。赤ん坊のころから射法に親しんでいたからな」

「襁褓《むつき》のなかで射術を学んだっていうの？」

「襁褓どころじゃない。俺は弓矢を握って生まれてきたんだ」

「嘘だわ。絶対嘘」

「ほんとうだとも。疑うなら絵を見せてやろうか？　記録したものがあるから」

「赤ん坊のあなたが弓矢を握っているの？」

「そうだ。これくらいの小さいやつをな」

世龍が人差し指と親指で赤子の手におさまる程度の長さを示すと、金麗は噴き出した。

「信じられないわ。あなたが赤ん坊だったたっていうことも現実味がないんだもの。生まれたときからその図体《ずうたい》だったたって言われたほうが納得できるわ」

「俺だって生まれたときは母后の腕のなかにすっぽりおさまっていたんだぞ。だれだって最初は赤子だ。産声をあげたときは右も左もわからない。それでも一日ごとに成長していく。時間が育てていくんだ。すこしずつ、確実に」

程よく四肢の力みがやわらいだところで、金麗の弓手と馬手を手のひらで包んで前後の均衡をとりつつ、ゆっくりと弓を引きひらかせる。

「鏃は見るな。目は的を射貫《いぬ》いたままだ。弓手の中指で鏃の冷ややかさを感じ取れ。弓がいっぱいに引き満ち、骨節がかねあって、もっとも力が充溢《じゆういつ》する瞬間、放て」

そっと体を離す。金麗はやや斜めから的に向かい、真剣な面持ちで射るべきものを見ていた。しばし待ち、断ち切るようにして射放つ。鏃は勢いよく的に突き立った。

「できたわ！」

金麗は飛びあがって叫んだ。

「見たでしょう!?　今度こそわたくしが射たのよ！」

陽光が照らす笑顔に作為《さくい》じみたものはない。おそらくはこれが彼女の素顔なのだろう。

「なによ。なにか文句があるの」

「べつに」

「だったらなんでわたくしを見て笑っていたのよ」

「笑ってないぞ」

「笑ってたじゃない。人の顔を見てにやにやと」

そうかな、と口もとをさわってみる。いささか締まりがないようだ。

「どうせ目の前の的に当てて喜んでることを嘲《あざ》笑《わら》ってたんでしょ。ふん、好きなだけ嘲《あざけ》っていればいいわ。せいぜい優越感にひたっておくことね。これは第一歩よ。これからどんどん上達するわ。いまにあなたよりもうまくなってみせるから」

くるりと的に向きなおって矢をつがえ、弓をかまえる。勇ましげな背中を見ていると、頬がゆるんでしまう。なぜそうなるのかは、わからないけれども。

夜、金麗が夕餉《ゆうげ》をすませて射場に出かけようとしたとき、客人が訪ねてきた。

「太医《たいい》を連れてまいりました」

散騎常侍《さんきじょうじ》・楊永賢《ようえいけん》は折り目正しくあいさつし、用件を述べた。

——宦官にしては品がよすぎると思ったら、朱室《しゅしつ》の出身だったのね。

宦官には多かれ少なかれ卑屈《ひくつ》なところがある。どんなに上等な衣をまとっても肌身にしみついた小ずるさや敗残《はいざん》の臭気を隠しきれないのだ。彼らの大半が貧民や捕虜《ほりょ》出身であることを考えれば無理からぬことであろう。

しかし、永賢には出自を恥じる気色がない。言葉遣いにも目線にも媚がなく、端然《たんぜん》とした立ち居振る舞いは高潔さを感じさせる。初対面のときには彼自身に宦官だと言われるまで名門出身の武官だろうと思いこんでいたほどだ。烈には宦官らしからぬ宦官がいるのかと驚いたが、永賢の出自について調べてきた碧秀の報告を聞けば胸に落ちた。

「楊永賢は恭帝《きょうてい》の皇子で、西朱《せいしゅ》最後の皇太子だそうですわ」

百五十年つづいた帝室《ていしつ》に生まれ、東宮の主の座にのぼりながら、祖国の滅亡にまきこまれて男の肉体を失い、宦官として新王朝に仕える身の上の労苦は察するにあまりあるが、彼の挙措《きょそ》から香ってくるのは亡国の悲哀ではなく、歴史ある高貴な血筋だ。

「太医？　呼んでいませんわ」

「主上のご厚意です。昼間、安寧公主が肩の痛みを訴えていらっしゃったので」

「たいしたことはありませんわ。太医の診察を受けるほどでは」

「成のご婦人はお体が繊細でいらっしゃるとうかがっております。連日、射術の稽古をなさっているので、ご負担がかかっているのでは。ぜひ診察をお受けください」

むげに追いかえすわけにはいかないので診察を受けることにする。太医というので男だろうと予想したが、四十がらみのふくよかな女人だった。

女太医はまず脈診《みやくしん》し、金麗の衣を脱がせて体をくまなく触診した。

そのあいだ、永賢は屏風《びようぶ》のむこうで待っていた。宦官なのだから立ち会ってもかまわないが、金麗の公主としての体面をはばかったようだ。女太医はかなり肩に負担がかかっているので、しばらくは弓の稽古をやすんだほうがよいと言った。筋肉の疲労に効くという膏薬《こうやく》を碧秀に手わたし、塗りかたを教える。

「お待ちください、楊常侍。すこしお話が」

金麗は女太医を連れて退室しようとした永賢を呼びとめた。女太医を先に帰し、人払いをしてから、あらためて口をひらく。

「楊常侍には感謝しています」

「いえ、私はなにも。太医を遣《つか》わされたのは主上ですから……」

「そのことではなく、先日の文のことです。あれは楊常侍のお心遣いでしょう？」

「さあ、なんのことか」

「わたくし、矢を射るのは下手ですが、耳はよいのです。楊常侍が飼っていらっしゃる鷹《たか》と、あの晩、露台《ろだい》から飛び立った鳥の羽音がおなじでした」

嘘八百である。羽音を聞きわけられるほど、鳥に精通してはいない。

推理してみたのだ。文の送り主は世龍が金麗を草原に誘い出すことを知っていた。世龍はだれかれかまわず自分の考えを話す軽薄な男ではない。文の主は彼のそば近くにおり、信頼されている人物であろうと推察できる。散騎省の長をつとめる永賢は、その官名が示すとおり四六時中《しろくじちゅう》、世龍のかたわらに侍《はべ》っており、世龍には永賢を警戒するそぶりがない。世龍の行動をいち早く察知《さっち》できる者は、彼以外にはいないだろう。

「楊常侍のおかげで事がうまく運びました。この御恩は忘れませんわ」

金麗が揖礼《ゆうれい》すると、永賢は恐縮したふうに答礼した。

「感謝されては、かえって心苦しくなります。あくまで主上の御為にしたことですから」

「わかっています。わたくしの夫は主上でなければならない。ほかのだれかであっては、廟堂《びょうどう》に波風が立ちますものね」

「もちろん、それも大きな理由ですが、より重要なのは安寧公主が瑞兆《ずいちょう》天女でいらっしゃるということです」

「その瑞兆天女というものは、牙遼族に語りつがれる伝説なのですか？」

実を言えば、半信半疑だ。瑞兆天女なるものを耳にしたことがないので、自分がそうだといわれてもそれがどんな意味を持つのか判然としない。世龍との交渉の際、思い切って話に出してみたけれども、本心から信じて口にしたわけではなかった。

「成では語りつがれていないようですね。二百年以上、太平がつづいたので忘れられてしまったのでしょう。烈では……いえ、烈の建国以前から華北の各地で語られていました。月姫朱王朝末期より、太祖皇帝はとりわけ熱心に瑞兆天女を探していらっしゃいました。月姫さまに幾たびも占わせていらっしゃったのですが、いっこうに見つからず……まだ時が満ちていなかったのでしょう。安寧公主がお生まれになる前の話ですから」

「わたくしは、ほんとうに瑞兆天女なのでしょうか？」

はい、と永賢はいささかのためらいも見せず首肯《しゅこう》した。

「月姫さまがそうおっしゃっていますので、まちがいないかと」

「なにか証《あかし》があるのでしょうか？　たとえば、体に特徴があるというような」

「肉体的な特徴はないとうかがっております。ただ、瑞兆天女の力が発現《はつげん》する際には、そのおかたの御髪が黄金色に染まると古くから言い伝えられています」

天界における瑞兆天女は輝く黄金の髪を持つ美女。下生《げしょう》しているため、人間の女と変わらぬ姿をしているが、女神の力を放つときは本来の姿に戻るという。

「わたくしが主上のおそばにいれば、烈のためになるのですね」

「正確に言えば『そばにいる』だけでは足りません。安寧公主には主上に好意を抱いていただきたいのです。瑞兆天女は愛する男を加護し、その者が大業《たいぎょう》をなすことを助けるといわれています。逆に言えば、愛していない男には恩恵をほどこさないということです。主上に嫁いでいただくのは当然のこととして、主上を慕っていただくことが不可欠です」

どうか、と永賢は過剰なほど慇懃《いんぎん》に首《こうべ》を垂れた。

「烈のため、天下平定のためにお力をお貸しください」

「俺は前々から気づいてましたよ。公主さまは天上から遣わされたおかただろうって」

永賢が退室するなり、宝姿は待ってましたとばかりに空世辞《からせじ》を吐いた。

「ひと目でわかりました。だってこの世のものとは思えない神々しいお美しさですからね！　天女が下生なさったお姿だと聞いて腹に落ちましたよ！　すごいなあ。瑞兆天女かあ。公主さまの御心しだいでだれが天下を取るのか決まるってことですね！」

「真に受けないで。きっと縁起担ぎのようなものよ。烈の人は迷信深いんでしょう」

「いやいや、物堅《ものがた》い楊常侍があんなに確信を持っておっしゃるんですから、迷信なんかじゃありませんよ。どうりで主上が公主さまを熱心に口説くわけだ。もっとも、公主さまのたぐいまれな美貌に惹かれていらっしゃるのもまちがいなさそうですけどね！　お姿が美しいだけでなく、天女の生まれ変わりなんてなあ。こんなにありがたいことはないですよ。主上はお幸せですねえ！　公主さまほどすばらしい女人はこの世のどこにも――」

耳がただれるようなおべっかを聞き流しつつ、金麗は寝支度《ねじたく》をした。

――天下のために元世龍を愛してほしいだなんて、おかしな話だわ。

世龍を愛せるとは思えない。だがそれは彼に欠陥《けっかん》があるせいではなくて、金麗がそうしたくないからだ。男を愛するなんてごめんだ。ひたむきに父帝を愛した母后の末路を思えば、男というものに心を捧げる気には、到底なれないのだ。

遠乗りに行こうと薇薇《びび》に誘われたのは、西宮の馬場で稽古をしていたときのことだ。

「すこしは乗れるようになったんでしょ？　だったら、こんな狭苦しい場所を行ったり来たりしたってしょうがないわ。外に出て、草原を駆けてみなくちゃ」

断る理由はない。乗馬にも慣れてきたし、そろそろ草原に出てみたいと思っていた。また、誘いを突っぱねて薇薇の機嫌をそこねたくなかった。

世龍に嫁ぐのなら、彼の同母妹である薇薇とは良好な関係を築かねばならない。いまのところは嫌われているので、親しくなるきっかけが欲しかった。

「喜んでお供させていただきますわ」

金麗が二つ返事で受けると、薇薇はすぐに出かけようと急かした。

「大勢でぞろぞろついてこないで。あたしの護衛がいるから大丈夫よ」

金麗には護衛の武官がつけられている。世龍が手配した烈の武官たちだ。彼らが金麗に随行《ずいこう》しようとしたが、薇薇は迷惑そうに追い払った。

――主上を慕っている薇薇長公主《ちょうこうしゅ》がわたくしに危害をくわえるはずはないわよね。

金麗が瑞兆天女であることは薇薇も知っている。金麗にもしものことがあれば、敬愛する兄が窮地《きゅうち》に陥《おちい》るのだ。幼い薇薇にもその程度の道理はわかるはず。

かくて金麗は薇薇と連れだって出かけた。

赤子のころから馬に親しんでいると豪語《ごうご》するだけあって、薇薇の乗馬姿は颯爽《さっそう》たるものだ。どこかかたい、少女らしい青さのある肢体《したい》が地面でそうするよりもいっそうしなやかに伸び、誇り高い女王のごとく鞍上に君臨している。彼女が跨《また》る白馬は主を信頼しきっており、さながら薇薇の手足であるかのように無駄のない動きで駆けていく。

金麗は彼女のややうしろから栗毛の馬に跨って追いかけた。

物慣れない金麗を気遣ってか、薇薇は歩調をゆるめてくれている。おかげでさほど遅れをとらずについていくことができた。小気味よい揺れを感じながらいくつもの城門をくぐり、外城《がいじょう》から出る。とたん、すがすがしい風が頬を打つ。

藍で染めたような空と輝く翡翠色の大地。力強い色彩の対比がつづく世界に飛びこむと、なにかを脱ぎ捨てたような解放感が胸に満ちる。烈に礼教《れいきょう》が根付かないのは草原のせいだろう。果てしない大空の下、広大無辺《こうだいむへん》な緑野に身を躍らせれば、小難しい礼法や徳目《とくもく》は取るに足りないちっぽけなものにしか思えなくなってしまうのだ。

「ここからは容赦《ようしゃ》しないわよ。ついて来なさい」

薇薇が馬腹を蹴って駆け出した。あっけにとられているあいだにどんどん彼我《ひが》の距離がひらいていく。金麗は負けじと追いかけた。

薇薇は金麗の手並みを見たいのだろう。あるいは胆力《たんりょく》を試しているのだろうか。いずれにせよ薇薇相手に手弱女《たおやめ》の仮面は通用しない。早々に音《ね》をあげてしまえば、南人は軟弱だと嘲笑われるだけだ。彼女に気に入られるには、必死でついていくしかない。

幸いなことに薇薇は素直な気性だから、下手なりに努力するところを見せれば、いくらか態度をやわらげてくれるはず。

きらめく蛇のように地面を這《は》う無数の小川を飛び越えて、馬は翼が生えたように駆けていく。結い髪を風にもてあそばれつつ、金麗は激しさを増す馬上の揺れにかろうじて耐えていた。世龍が選んでくれた栗毛の去勢馬は気性がやさしく、馬場ではおだやかに金麗を乗せてくれたが、青々とした緑野では天性《てんせい》を思い出すのか、ひとたび走り出すや否や、金麗のことなど忘れたように疾駆《しっく》する。

気をぬけばふり落とされそうだ。それでもなんとか体勢を保っていると、前方に森が見えはじめた。森といっても、成の禁苑《きんえん》で見たような美しくととのえられた緑の憩い場ではない。嵐の夜に忽然《こつぜん》と出現したかのごとく荒々しい空気をまとっており、煮詰められた濃緑の堆積《たいせき》がどっしりと大地に腰を落ちつけている。

「あの森でひと休みするわよ！」

鞍上で器用にふりかえった薇薇が弾んだ声を放った。返事をしようにもできない。下手に口をひらけば、舌を嚙《か》みちぎってしまいそうだ。ふり落とされないよう、無我夢中でしがみついているうちに、馬がすこしずつ減速していくのを感じた。

金麗が指示を出したのではない。そんなことをしている余裕はない。馬のほうで勝手に速度を落としていくのだ。見れば、薇薇を乗せた白馬は森の入り口でとまっていた。薇薇はひらりと下馬し、ちらりとこちらを見やったのち森に入っていく。馬は前方を駆けていた白馬に合わせて減速したのだろう。金麗が指示を出すまでもなく、自然な動作で歩幅を狭めていき、ゆるやかな足どりで白馬のそばに立ちどまった。

骨まで軋《きし》むような振動がようやくおさまり、生きかえった心地がする。金麗は肩で息をしながら、どうにかこうにか鞍からおりて地面にしゃがみこんだ。

「そんなところでぼーっとしてると置いていくわよ！」

木立《こだち》のむこうから薇薇が叫んでいる。すぐに追いかけますわ、と返事をするのがやっとだった。男相手ならか弱いふりをして同情をひき、こちらの調子に合わせるよう仕向けることもできるが、薇薇にその手は使えない。根性骨《こんじようぼね》があるところを行動で示さなければ、烈の習俗になじもうとしていることを認めてはくれないだろう。

自分を鼓舞《こぶ》して立ちあがり、森に足を踏み入れる。鬱蒼《うつそう》と茂る樹木の種類はわからない。成で好んで庭木に用いられる梧桐《あおぎり》に似ているが、でこぼこした木肌や縦横無尽《じゆうおうむじん》にからまりあう太い枝は、天を貫かんばかりの樹高とあいまって甲冑《かつちゆう》姿の武人を思わせる。廟堂《びようどう》にならぶ群臣《ぐんしん》のように行儀よくとりすました梧桐の立ち姿とは対照的だ。

「長公主さま！　待ってください！」

獣道《けものみち》としか思えない雑然とした小道のはるかむこうに薇薇の背中があった。幾度か叫んでみたが、声が届かないのか、薇薇はずんずん森の奥へ分け入っていく。置いていかれると思い、金麗は駆け足になった。

――牙遼族の女人はいったいどういう体をしているのよ？

馬で疾走《しつそう》したあと、休憩もせず飛ぶように速く歩いていくのだから、成の女人とは体の造りがちがうのだろう。とはいえ、八つも年下の少女に置いてけぼりを食らうとは情けない。草原には慣れていないが、長年の婢女《はしため》生活で足腰を鍛えている。負けじ魂も人一倍だ。

薇薇が金麗を試すつもりでいるのなら、這ってでもついていってやる。

陽光は百千《ももち》の枝に濾《こ》されて降り注ぎ、草の絨毯《じゅうたん》に覆われた地面をまだらに染めあげている。ときおり吹く風がさわやかな緑のにおいと楽しげな小鳥の歌声を運んできた。実にのどかな景色だが、前に進むことだけを考えて足を動かしている金麗にはひとかけらの安らぎももたらしてはくれない。

前方に気をとられて足もとがおろそかになっていたせいだろう。地面のくぼみを思い切り踏んでしまい、つんのめった。地面に投げ出された体をすぐさま起こす。右足首に激痛が走った。転んだ拍子にくじいてしまったのだ。

痛みをこらえ、やっとのことで立ちあがってみたものの、歩こうとすると疼痛《とうつう》で息がとまりそうになる。なお悪いことに、薇薇の背中は木立のかなたに消えてしまっている。右足をかばいながら懸命に追いかけても、彼女と合流する前に道に迷う恐れがある。やむをえない。こうなったら森の入り口までひきかえそう。下手に動いて状況を悪化させるより、馬と一緒に薇薇を待つほうが賢明だろう。

「安寧公主！」

左手側から聞きおぼえのある声が飛んできた。木立の陰から出てきた青年は、昌王《しょうおう》・元炎魁《えんかい》だった。成長途中の長軀《ちょうく》は龍戯《りゅうぎ》珠文《しゅもん》の錦で仕立てられた翻領《ほんりょう》の胡服で包まれ、腰には短い帯状の飾りを複数垂らした革帯《かくたい》を締めて、箙《えびら》と弓嚢《きゅうのう》をつるしている。

「こんなところでなにをなさっているんですか？」

「昌公主さまと遠乗りにまいりました。昌王はここでなにを？」

「狩りをしに来たんですよ。手持ち無沙汰《ぶさた》だったものでね。でも、矢を射なくてよかった。危うく公主を野兎とまちがえてしまうところでしたよ」

人懐っこく微笑んで、炎魁は金麗の足もとに目を落とした。

「足をどうかなさったんですか？」

「くじいてしまいましたの」

「それはたいへんだ。すぐに皇宮に帰って太医《たいい》の診察を受けたほうがいいですよ」

「ええ。ですが、長公主さまが森の奥へ行ってしまわれたので、お戻りを待たなくては」

「薇薇ならほうっておいていいですよ。自分で戻ってこられますから」

返答を待たず、炎魁は金麗を軽々と抱きあげた。

「安心してください。俺が責任をもって送り届けますよ」

糖蜜をかけたような笑顔を向けられ、金麗は恥ずかしがるふうを装って目をふせた。

――狩りをしに来た、というのは嘘ではなさそうね。

金麗は「長公主」としか言わなかったのに、炎魁は即座に「薇薇」と言った。長公主は薇薇ひとりではない。都に住んでいる者だけでも十数名はいて、金麗は薇薇以外の長公主とも交流している。一緒に遠乗りに来たのが薇薇だと瞬時に言い当てたのは、あらかじめ知っていたからだろう。弓を引くときに用いる決《ゆがけ》が炎魁の親指にはめられていないことも、彼の〝狩り〟が野生の獣を狙ったものではないことを裏付けている。

──わたくしたちのあとをつけていた？　それとも、薇薇長公主と示し合わせていた？

この疑問は、炎魁に横抱きにされたまま森の入り口まで来たとき、おのずと氷解《ひょうかい》した。

いつの間にか陰りはじめた日輪《にちりん》の下、そこにいるはずの武官たちの姿がない。金麗が森に入る直前まではたしかにいたのに、それぞれの馬ごといなくなっている。

──獲物はわたくしだったのね。

森の入り口で待ちかまえていた馬車を見て、なにもかもを理解する。

炎魁が狙っていた〝野兎〟は──金麗だったのだ。


──そのうち、遠乗りにでも連れて行ってやるか。

政務が一段落して椅子の背にもたれた世龍は、格天井《ごうてんじょう》を見あげてそんなことを考えた。

金麗は連日、馬場で稽古に精を出している。そろそろ馬場の外に出てもいいころだろう。ふたりで連れだって出かければ〝寵愛〟の演出にも役立つ。

──傲慢《ごうまん》だが、骨のある女だ。

出会った当初は得体の知れない女だと忌避《きひ》する気持ちが強かったが、金麗の目的を知り、烈の習俗になじもうと努力する姿を見ていると、いくらか悪感情がやわらいできた。鼻っぱしらが強く、あつかいにくくて仕方がないけれども、ふしぎと嫌悪の情はわいてこない。身がまえていたほど悪辣《あくらつ》な性格ではないのかもしれないと思いはじめている。

──あの女が語る本音とやらを全面的に信じたわけではないが。

異国の大喪で大芝居を打ったほどだ。猫をかぶるのはお手の物。偽りの本心を打ち明けることでほんとうの目的をうまく隠したとも考えられる。気を許してよい相手だと判断するのは軽率だろう。もうすこし様子を見なければ。

「ああ、永賢か。ちょうどよいところに来たな。これから西宮に行って公主に会ってくる。夕餉《ゆうげ》はあちらでとるから――」

「安寧公主が皇宮にいらっしゃいません」

あわただしく執務室に入ってきた永賢が青い顔でそう言った。

「昼間、薇薇長公主とお出かけになったきり、お戻りになっていないと側仕えの女官が申していいます。念のため皇宮内をくまなく捜しましたが、どこにもお姿がありません」

「薇薇も帰っていないのか？」

「いえ、長公主さまは後宮にお戻りになっています」

空腹を訴えて料理人を急かし、夕餉をとっている最中だという。

「公主につけていた護衛はどうした？　遠乗りに随行したまま戻らないのか？」

「それが……長公主さまのご命令で退けられ、随行しなかったと」

思わず舌打ちする。薇薇を呼べ、と命じた。待っているあいだ、格子窓の外を見やる。けぶるような雨が格子で区切られた視界を暗く染めあげている。日中の蒼天《そうてん》は雲隠れしたらしい。残照《ざんしょう》のかけらさえ見当たらない夕景色は胸が悪くなるほど陰鬱《いんうつ》だ。

「公主になにをした？」

世龍は夕餉の途中で引っぱり出されて不満たらたらの薇薇を詰問《きつもん》した。

「なにって、一緒に遠乗りに行ったのよ。森に入って泉のそばで待ってたけど、安寧公主は来なかったわ。しょうがないから呼びに行くために入り口まで戻ったら、あの人、どこにもいなかったの。森に興味がなくて先に帰ったんだと思ったわ。あたしはひとりでそのへんをぶらぶらしたけど、天気がくずれそうだったから帰ってきたのよ」

「公主は戻っていない」

「ふーん、そうなの。ここがいやになって逃げ出したのかしらね？　祖国が恋しくなって帰ったのかも。まあ、どっちでもいいでしょ。あんな女、いなくなったって――」

世龍が視線に力をこめると、薇薇は後ろめたそうに顔をそむけた。

「公主の護衛を退けたということは、はじめからよからぬ目的のために誘い出したんだな。森に置き去りにして、獣に襲わせる計画だったのか？」

「そ、そんなことしないわ！　あたしは、ただ……あの女がいなくなればいいと思っただけ。だって南人だもの！　世龍兄さまは最近、安寧公主とやけに親しくしているけれど、よくないことだわ。成から嫁いできた女なんか、悪い女に決まってる。世龍兄さまをたぶらかして烈を乗っとるつもりなんだわ。月姫さまはあの女が瑞兆天女だと言うけど、なにかの間違いよ。瑞兆天女どころか疫病神《やくびょうがみ》だわ！　さっさと追い出さなきゃ……」

「公主はどこだ？」

真っ向から薇薇を見おろし、世龍は低く問うた。

「無駄話をしている暇はない。公主の身に何事かあれば、俺の玉座が危うくなる。俺の玉座が危うくなれば、おまえの立場もきびしいものになるのだぞ」

「あ、あたしは関係ないわ。あの女がいなくなればせいせいするわよ。だって……」

「おまえが認めようが認めまいが、公主は瑞兆天女だ。瑞兆天女を失った俺に勲貴《くんき》恩礼《おんれい》が従うと思うか？　大冢宰《だいちょうさい》を筆頭とした皇族がこの元世龍に臣従してくれると思うのか？　おまえは俺を玉座から追い落としたいのか？　同胞《はらから》であるおまえ自身を道連れに？」

　薇薇は目を白黒させて言い訳を探していた。

「公主の居場所を言え。いまから追いかければ、間に合うかもしれぬ」

「……居場所なんか知らないわ。炎魁兄さまが連れて行ったから」

「なんだって？　六弟が？」

　世龍は薇薇に詰め寄った。

「六弟が公主を連れ去ったのか？」

「あたしが安寧公主なんかいなくなればいいのにってぼやいていたら、炎魁兄さまが手を貸してやるって言ったの……。森に連れて行けば、そのあとは引き受けるって」

「六弟に引きわたしたんだな？　事もあろうに瑞兆天女を」

「そういうつもりじゃなかったわ！　炎魁兄さまは安寧公主をどこかに逃がしてやるって言っていたもの。べつにいいじゃない。殺すわけじゃないんだし、成に帰るのも、よそで暮らすのも彼女の自由で、あたしたちには関係ないことだから……」

最後まで聞かず、世龍は部屋を飛び出した。

――あの女のことだ、うまく立ちまわっているはず。

炎魁は外面こそいいが、こらえ性がない。金麗が意のままにならない場合、手荒な真似をしかねない。したたか者の金麗なら、なんとかやり過ごすだろうが……。

いや、やり過ごしていてほしい。どのようなかたちであれ、彼女が無事でいてくれればよいのだから。胸にきざした奇妙な感情に背中をおされ、世龍は厩《うまや》へ急いだ。


「またなの!?」

金切り声が耳をつんざき、金麗はびくっとした。顔をあげてみるまでもなく、声の主がだれなのかわかっている。美人・陰氏《いんし》。それが皇帝弑逆《しいぎゃく》の濡れ衣を着せられて廃され、死を賜《たまわ》った母后《ぼこう》の代わりに金麗の養育を任された妃嬪の名だった。

「何度、割れば気がすむの!?」

「ごめんなさい……」

「『ごめんなさい』ですって!?　なによ、その口のききかたは！　婢女《はしため》の衣を着ているのなら、婢女らしい物言いをなさい！」

申し訳ございません、と金麗は恐怖でひくつく喉から涙声を絞り出した。粉みじんに割れて床に散らばった茶杯《ゆのみ》の破片《はへん》を拾い集める。昨日は合子《ごうす》、一昨日は小皿、その前は花瓶。割りたくて割っているのではない。慎重な手つきで運んでいると、陰美人付きの女官に足を引っかけられて転ばされてしまうのだ。

「おまえ、わざとやっているわね？　わたくしのことが嫌いだから、不注意を装ってわたくしの持ち物を壊しているのでしょう！」

ちがいます、と金麗は必死で首を横にふった。

「嘘おっしゃい。おとなしそうな顔の裏で、わたくしを怨《うら》んでいるんだわ。なんて憎たらしい子なの。母親が大罪を犯して処刑されたから、憐れに思って面倒を見てやっているのに、おまえには恩を感じる心というものがないのね。まるで禽獣《けだもの》だわ」

陰美人は破片を拾う金麗の手を踏みつけた。鋭利な磁器のかけらが皮膚に突き刺さっても悲鳴をあげてはいけない。泣き叫べば、なおいっそう痛めつけられるだけだ。

――いつかきっと、左娥英《さがえい》さまがわたくしを救い出してくださる。

夏《か》左娥英は折を見て金麗を引きとると約束してくれた。その日まで辛抱《しんぼう》しなければならない。どんな暴言を吐かれても、どんな仕打ちを受けても、耐えぬかなければ。

「禽獣に言葉は通じないわ。体でおぼえさせるしかないわね」

陰美人の命令で金麗は板の上にうつ伏せにされ、女官に鞭打たれた。何度も何度も、執拗《しつよう》に。金麗は歯を食いしばって、絶えず襲ってくる激痛を受けとめる。ぎゅっと閉じたまぶたの奥から苦しみと悲しみがないまぜになった涙があふれ、頬を濡らしていく。

――左娥英さまが、いつかきっと……。

かすかな希望だけが金麗をこの世につなぎとめていた。

ぱちぱちと炎が爆《は》ぜる音に耳朶《じだ》を撫でられ、金麗はゆるゆると目を覚ました。まぶたをあげて周囲を見まわせば、ごつごつとした岩肌が視界に飛びこんでくる。岩肌はほの暗い空間を包む武張《ぶば》った手のひらのようにひろがり、ところどころ苔むしている。洞窟《どうくつ》のなかだろうか。息を吸うと、湿っぽい空気が肺腑《はいふ》にすべりこんできた。

皮製の敷物の上に寝かされている。地面の硬さが伝わってきて、お世辞にも寝心地がいいとはいえない。起きあがると、全身がぎしぎし軋《きし》むような感じがした。

「気がついたか」

低い声が反響し、はっとしてそちらを見た。焚火《たきび》のむこうに世龍がいる。見慣れた胡服姿ではない。筋骨逞しい上半身を惜しげもなく炎にさらしている。

「……なんなの、その恰好《かっこう》」

「他人のことより自分の心配をしろ」

世龍が顎をしゃくってみせる。金麗はなにげなく自分の体を見おろし、反射的に両手で胸を隠した。裸だった。上から下まで、ものの見事になにも身につけていない。

「誤解するな。ずぶ濡れになっていたから、衣を脱がせただけだ」

「……どうしてわたくしの居場所がわかったの」

金麗は寝ているあいだ着せかけられていたらしい布をひきよせて体を覆った。

「薇薇が森で六弟におまえを引きわたしたと言ったので、すぐに追いかけた。轍《わだち》をたどっていったら、川べりの道で不審な動きをしている六弟を見つけた。おまえが森で足をくじいたので都へ連れて帰ろうとしたら、馬車が川に転落したそうだ」

「だいたい合ってるわ。行き先は都じゃなかったみたいだけど」

馬車は燕周《えんしゅう》から遠ざかっていた。所領《しょりょう》にでも連れて行く計画だったのだろうか。

「川岸でおまえを見つけたが、雨脚が激しいので、ここに避難させた。よく生きていたな。あんなところから落ちたらふつう死ぬぞ」

「わたくしは強運の持ち主なのよ。殺されたって死なないの」

勝気に言いかえしたが、馬車が転落するときの不穏な浮遊感を思い出して体が震えた。ちょうど雨が降っていた。道がぬかるんでいたせいで車輪が均衡《きんこう》をくずし、馬車ごと川に落下してしまったのだ。全身を車内の壁に叩きつけられ、呼吸がとまったところまではおぼえているが、その後のことは記憶にない。

「悪かった」

「なぜあなたが謝るの」

「薇薇と六弟の軽挙を予見できなかった。俺の手落ちだ」

すまない、と世龍は炎のむこうで首《こうべ》を垂れた。心から詫びているらしい真摯《しんし》な態度にこそばゆさをおぼえて、金麗は視線をそらす。

「わたくしがうかつだったのよ。薇薇長公主と出かけるなら、万全の備えをしておくべきだった。嫌われているのはとっくにわかっていたんだから。せっかく誘ってくださったんだし、仲良くなるいい機会だと思って、ほいほいついて行ったのが馬鹿だったわ」

「いずれにせよ、俺の目が行き届いていなかったことは事実だ。今後は同様のことが起きないよう注意する。六弟にもこれまで以上に警戒しなければ」

「そうね。目下《もっか》わたくしはあなたの持ち物よ。他人に横取りされないよう、目を光らせておくことね。いざとなれば、わたくしはあなたを裏切るわ。あなたよりも自分の命が大事だから。わたくしに裏切られたくなければ、わたくしを守りなさい」

「死にかけたくせに、ふてぶてしさは健在だな」

「これしきのことでしおらしくなるわけないわ。生き残ることはわかっていたの。現にあなたが助けに来たじゃない。わたくしが強運の持ち主である証拠よ」

強気に言い放つと、世龍は「そうか」と苦笑いした。

「ところで……背中の傷痕はなんだ？　川に落ちたときに怪我をしたのかと思ったが、最近のものではなさそうだ」

「陰氏に鞭打たれたときの傷よ。子どものころ、よく粗相《そそう》をして罰を受けたの」

「妃嬪が公主にそこまでするのか」

「公主といっても、廃后の娘よ。鞭打ったってだれも非難しないわ」

金麗は自分の体を抱くように膝を抱えた。

「傷物だからって返品はきかないわよ。見苦しいけど、我慢して。背中なんか見なければいいでしょう。見なくても夜伽に支障はないはずだわ」

決まりが悪くてとげとげしい口調になる。素肌に醜い傷痕がある女など、さぞや興ざめだろう。ただでさえ世龍は金麗に食指《しょくし》が動かないらしいから、できれば床入りまで見られたくはなかった。傷物の花嫁をつかまされたと世龍が不平を鳴らすのを予期して身をかたくしていたが、彼の口から発せられた台詞はべつの怒りを孕《はら》んだものだった。

「娘を守りもしないとは、史文緯《しぶんい》は冷酷な男だな」

見さげ果てたやつだ、と憤《いきどお》ろしげに吐き捨てる。

「父皇《おとうさま》だけじゃないわ。男はみんな冷酷でしょ」

「『男はみんな』とひとくくりにするな」

「あなただって南人南人ってひとくくりにするじゃない」

世龍は押し黙った。苦虫を嚙《か》みつぶしたような顔で炎を睨んでいる。

「お互いさまね。わたくしたちは打算で結ばれた仲だもの。利害が一致している限り、協力するというだけ。相手のことをどう思おうが自由よ」

焚火の息遣いが互いのあいだに横たわった気づまりな沈黙を際立たせた。

「いい機会だから断っておくわ。わたくしにはあなたが望むような働きはできないわよ」

「俺が望むような……？　なんのことだ」

「あなたはわたくしに愛されたいんでしょ。瑞兆天女の加護を受けて、天下を平定するために。その志は買うけど、残念ながら協力はできないわ。わたくしはあなたを愛さない。あなただけじゃなくてほかのだれも。母后《おかあさま》のように失敗したくないの。愛したあげくに裏切られて捨てられるなんてごめんだわ。母后の末路を見て、男を信じるのがどれほど愚かなことか痛感《つうかん》した。おなじ過《あやま》ちはけっしてくりかえさないと誓ったわ」

父帝を愛した瞬間から、母后《ぼこう》の悲劇ははじまっていた。あふれんばかりの寵愛を注がれ、甘い喜びに溺れたために錯覚《さっかく》してしまったのだ。この幸せは永遠につづくものだと。

――寵愛ほど頼りにならないものはないのに。

三千の美姫がひしめく後宮。自分よりも若く美しい女があとからあとから入宮してきて、ときには微笑で、ときには涙で皇帝を惑わす。そんな場所に身を置きながら、夫の心をいつまでもつなぎとめておけると考えるほうがどうかしている。

寵愛は得たら失うもの。幸福を貪《むさぼ》っている暇があったら、遠からずやってくる凋落《ちょうらく》にそなえて策をこうじておくべきだった。母后は自衛を怠《おこた》った。夫を信じて待つよりほかになにもしなかった。その結果、なにもかもを失った。

後宮という豪奢《ごうしゃ》な檻のなかでは、戦うすべを知らない者から順に滅びていく。己の無策ゆえに彼らは陥《おとしい》れられ、虐げられ、みじめな骸《むくろ》をさらすのだ。

「わたくしに親切にしても無駄よ。やさしくしたって見返りは得られないと忠告しておくわ。わたくしの心はわたくしのもの。だれにも明け渡しはしない」

裏切られたくなければ、信じなければいい。愛情が冷めることを恐れるならば、愛されることを求めなければいい。多くを望まないことだ。多くを失いたくなければ。この手につかんでいないものは、奪われることもないのだから。

「わたくしに瑞兆天女の力を期待しないで。そんなもの、あげられないから。覇業《はぎょう》をなしたければ、あなた自身の力でどうにかするのね」

「むろん、そのつもりだ。瑞兆天女の力など、端から当てにしていない。おまえを娶《めと》るのは、おまえをほかの男に奪われては厄介なことになるからだ。俺のそばにいて、象徴になってくれればいい。瑞兆天女がそばにいるというだけで箔《はく》がつく」

「それくらいならいいわ。やってあげる」

ほっとすると、香ばしいにおいに気づいた。世龍が獣の肉を焼いていたらしい。食べるかと聞かれたのでうなずく。断るはずがない。食事はできるときにしておかなければ、いざというときに体が動かなくなる。

熱いから気をつけろと言って、世龍が串焼き肉をさしだした。金麗はいそいそと受けとり、こんがり焼けた肉を吹き冷ます。丁子《ちょうじ》と胡椒の香りが食欲をそそる。ひと口かじると、肉汁が口内に満ちた。鶏肉に似たやわらかい食感に舌鼓《したつづみ》を打つ。あっという間にたいらげてしまい、もう一本要求した。思っていた以上に空腹だったようだ。

「これからは安心しているがいい」

薪《たきぎ》を火にくべながら、世龍はぶっきらぼうに言った。

「俺は、史文緯とはちがう。だれにもおまえを鞭打たせはしない」

力強い声が胸に響く。じわじわとしみいるように。動揺を悟《さと》られまいとして茶化した。

「あなた以外には？」

「なんで俺が例外なんだ」

「だってわたくしの素肌を見ても欲情しないいんだもの。一風変わった性癖《せいへき》の持ち主にちがいないわ。女を鞭打つのが好きなのではなくて？」

「好きじゃない」

「じゃあ、どういうのが好きなの？　わたくしほどの美女の裸を見てもなんともないんだから、ふつうじゃないんでしょ」

「この状況を見ろ。春情《しゅんじょう》をもよおしている場合か」

「わたくしはかまわないわよ。いっそ寝てるあいだにすませてくれていたら、いろんな手間がはぶけて助かったわ」

　世龍は長いため息をついた。

「おまえは自分を大事にしようという気がないのか」

「だれよりも大事にしてるわよ。自分より大切なものなんかないわ」

「おまえが大事にしているのは命だけだろう。命のためなら、ほかのものはなんでも粗末にあつかう。自分の体を使い勝手のいい道具のように思っている」

「命が最優先なんだから当然でしょ。命がなければ、体は単なる肉塊《にくかい》よ」

「体と命は切っても切れないものだ。命を大事にするなら、おなじように体も大事にしろ。自分の体が粗末にあつかわれるのを受け入れるな。おまえの体はおまえの命同様に、大切にあつかわれなければならないんだ」

真率《しんそつ》そのもののまなざしで射貫《いぬ》かれて言葉につまり、笑顔をとりつくろった。

「つまり、欲情したけど、わたくしに配慮して我慢したってことね」

「は？」

「えらいわ。褒めてあげる。わたくしだって、最初はちゃんとした寝床がいいわ。得体のしれない生きものがいそうな湿っぽい場所じゃなくて」

「……おまえはよほど俺を欲情させたいらしいな」

「あなたはわたくしの夫になるのよ。男としてつとめを果たしてくれなければ困るわ。とりあえず安心したわよ。薬を使わずにすむなら、それに越したことは……」

世龍が立ちあがってこちらに近づいてきた。すみずみまで鍛えあげられた巨軀《きょく》が迫ってくるので、われ知らず身がまえる。彼を獣のようだと思ったのは正しかった。日に焼けた素肌がむき出しになっているせいで、彼の一挙手一投足《いっきょしゅいっとうそく》にあらわれる筋肉の躍動《やくどう》がありありと見える。炎のしずくを弾いて雄々しく輝く肉体は、強靱《きょうじん》な四肢《しし》で草原を駆けめぐり、圧倒的な膂力《りょりょく》であまたの生きものを従わせる、高貴な野獣のそれだった。

なんなのよ、と言う前に世龍は金麗のそばにかがみこんだ。真剣な面持ちで顔をのぞきこみ、こちらに手をのばしてくる。見るからに力がみなぎった大ぶりな手が迫ってきて目を閉じそうになった。怯えを悟られたくなくて睨むように見つめかえしつつも、頰にふれられた瞬間、やけどしたようにびくっとしてしまう。

「さっきから気になっていた。顔に泥がついていたぞ」

「えっ？　どこ？」

「取ってやった」

そう、と胸をなでおろすと、世龍がにやりとした。

「勘違いしただろう」

「なにを？」

「とぼけても無駄だ。あけすけな物言いをするが、口で言うほど男に慣れていないな」

「慣れてるわけないでしょ。わたくしは後宮育ちなのよ。男とかかわることなんかないんだから慣れようがないわ」

本音を言えば、男とかかわりたくはない。結婚などしたくないし、床入りは想像しただけでも怖気《おぞけ》立つ。それは生殺与奪《せいさつよだつ》の権を譲り渡す行為だ。結婚すれば夫に隷従《れいじゅう》せざるをえなくなる。床入りすればこの体は夫の玩弄物《がんろうぶつ》となる。心以外のものは全部奪われてしまうと知りながら、恨めしいことに結婚も床入りも避けることができない。

女には庇護者《ひごしゃ》が必要だ。とりわけ乱世では男に所有されない女が生きのびる道はない。割り切るしかないのだ。男の慰み物になることも、受け入れるしか――。

「それなら、俺で慣れてくれ」

大きな手のひらがそっと頭に置かれ、金麗は目を見ひらいた。

「俺はおまえが接する最初の男だからな」

「……最初ということは、二番目がいるの」

「いるかもしれない。俺が若くして死ねば、次代の皇帝がおまえを娶る」

「あなたが長生きすれば、最初だけですむわね」

「そうだな」

「じゃあ長生きして。わたくしが再婚しなくてすむように。二番目だの三番目だの、相手にするのが面倒くさいわ。あなただけで十分よ」

努力する、と世龍は笑いふくみにうなずいた。

「いつまでそうしているつもり？　わたくしの頭はあなたの手を置く場所じゃないわよ」

「おまえはつくづく文句が多いな」

「わたくしの体は繊細にできているの。岩みたいな手をのせられたんじゃ、首が折れるわ」

世龍が手を引っこめるので、あたたかい重みが遠ざかる。ほっとすると同時に、なぜか喪失感に襲われた。まるでずっとそうしていたかったみたいに。

世龍は焚火のむこうに戻って胡坐《あぐら》をかいた。串焼き肉を手にとって黙々と食べはじめる。

金麗もしばし無言で食べていたが、思いきって口をひらいた。

「言い忘れていたけど……」

なんだ、と低い声が響く。彼が視線をあげないことに、奇妙な安堵《あんど》をおぼえた。

「……ありがとう。助けに来てくれて」

燃えるように頰が熱いのは、焚火に近すぎるせいだろう。

「いいんだ」

ぱちぱちと炎が爆ぜる。その音が高鳴る鼓動《こどう》をかき消してくれればよいのだが。

「おまえが無事でよかった」


「順調のようですね」

世龍が決裁した奏状《そうじょう》を手渡すと、永賢は如才《じょさい》ない笑みをかえした。

「ああ、穏州《おんしゅう》の水害もようやくおさまってくれた。救荒《きゅうこう》もうまくいっているし……」

「政務のことではなく、安寧公主の件です。おふたりが順調に絆《きずな》をはぐくまれているご様子なので安堵しています」

「そう安堵されても困る」

どういう意味ですか、と永賢が小首をかしげる。世龍は次の奏状をひらいた。

「公主は俺を愛す気がないそうだ」

「いまはまだ、主上をさほどご存じないからでしょう。時間が経てば――」

「そういうことじゃない。公主は史文緯《しぶんい》の命令で母を亡くしている。冤罪《えんざい》だったのにな。いまだに名誉は回復されず、趙《ちょう》氏は廃后のままだ」

母親の轍《てつ》を踏むことを恐れる金麗の気持ちは、理解できる。

「男の非情を目の当たりにした経験が公主をかたくなにしているんだろう」

無理もないことだ、と思う。史文緯はかつての愛妻を情け容赦なく打ち捨て、陰《いん》氏に虐げられるわが娘を守りもせず放置した。女の園たる後宮で、夫たる資格も父親たる資格もない冷血漢《れいけつかん》を唯一の男として見て育ってきたのだ。男という存在に抱く感情は親しみやあこがれではなく、忌避感や敵愾心《てきがいしん》でしかないだろう。

「俺は瑞兆天女の力など眉唾物《まゆつばもの》だと思っているからかまわぬが、たとえ伝説をたのんで公主の愛情を求めたとしても、取りつく島もないな、あれほど強情では」

あきらめるのは早いですよ、と永賢は励ますように言った。

「主上が安寧公主の御心をときほぐしてさしあげればよいのです」

「無茶を言うな。俺にそんな技量はないぞ」

「人の心をときほぐすのに技量は要りません。真心さえあれば十分ですよ。私の場合もそうでした。わが妻が赤心から愛情を注いでくれたおかげで、私は救われたのです」

訳知り顔で微笑む永賢には反駁《はんばく》のしようがない。彼の場合はたしかにそうだったのだ。

永賢は朱《しゅ》王朝最後の皇太子である。

恭帝《きょうてい》付きの婢女《はしため》が産んだ皇子だったが、その才質《さいしつ》を父帝に愛され、ほかに男子がいなかったこともあってわずか五つで立太子された。

恭帝は廟堂《びょうどう》の要職を占める元氏一門に危機感をつのらせていたものの、意志薄弱で政柄《せいへい》をとる能力がなかった。それゆえ、いとし子の永賢に期待をかけ、大権《たいけん》の奪還を夢見ていたが、太師《たいし》・元獲戎《かくじゅう》と敵対する高官たちが次々に廟堂を去ってからは、朱室《しゅしつ》の落日を受け入れざるをえなくなった。

失意の果てに恭帝は永賢を去勢《きよせい》させた。新朝《しんちょう》の太祖《たいそ》となる獲戎が前朝《ぜんちょう》最後の皇太子を敵視せぬよう、愛息が天寿をまっとうできるようにとの親心からなした非道だった。

朱の滅亡からほどなくして、永賢はかねてから婚約していた太祖の娘・香娘《こうじょう》――世龍の伯母にあたる――と婚儀をあげた。永賢を慕う香娘が望んだ結婚だったが、夫婦仲は冷え切っていた。

父親が新王朝の皇帝となったために香娘の身分は公主になり、永賢のそれは駙馬《ふば》（公主の夫）となった。皇子に生まれ、皇太子の位にまでのぼりながら祖国を失い、宦官の身で駙馬となる。恭帝の悲願を果たすべく日夜、学問に励み、朱室の中興《ちゅうこう》を志していた彼にとって、これ以上の屈辱《くつじょく》はなかった。

駙馬として厚遇されながら、永賢は自堕落《じだらく》な生活を送り、故意に太祖の怒りを買う行為をくりかえした。祖国だけでなく、男の肉体をも失った彼には絶望しか残っておらず、死に急いでいた。あるとき、太祖を侮辱《ぶじょく》して逆鱗《げきりん》にふれ、投獄された。太祖は永賢を処刑せよと命じたので、側近たちはこぞって諫言《かんげん》した。

「革命から日が浅く、いまだ廟堂は落ちつきません。わけても禅譲《ぜんじょう》後、順命公《じゅんめいこう》に封じられた恭帝が十日と経たずに薨去《こうきょ》したため、暗殺ではないかと噂されており、だれもが疑心《ぎしん》暗鬼《あんき》になっています。一日も早く朝廷を安定させるためにも、恭帝の遺児《いじ》である楊永賢には寛大《かんだい》な裁《さば》きを下し、新帝の聖徳《せいとく》を世に知らしめるべきです」

群臣の忠言を太祖は聞き入れなかった。

これこそ永賢が望んだ展開だった。あたらしい王朝はとかく不安定である。前朝の遺臣《いしん》や遺民《いみん》を多く抱えているせいで、国家転覆《てんぷく》の危機に常時さらされている。ささいな火種で玉座の持ち主がふたたび替わることもあるのだ。その可能性に永賢は賭《か》けた。自分の死が朱王朝再興の礎《いしずえ》となることを願い、処刑の日をいまかいまかと待った。

待ち焦がれた日は来なかった。投獄されてからものの数日で釈放《しゃくほう》されてしまった。なんの罰も受けないままに獄房を出た永賢は、その足で太祖の執務室に駆けこんだ。なぜ処刑しないのかと色をなして詰め寄る亡国の皇太子に、太祖は冷徹な目をむけた。

「香娘がおまえの助命を嘆願したからだ」

永賢を処刑するなら、自分にもおなじ刑罰を与えてほしいと香娘は訴えた。

「私はあのかたに嫁いだ夜に覚悟を決めました。この先なにがあっても、夫と天命をともにすると。あのかたが死ななければならないなら、私もここで死ぬさだめです」

永賢の処刑を免じてほしければ夫に代わって杖刑《じょうけい》八十を受けよ、と太祖は命じた。杖刑は背中や臀部《でんぶ》を杖で打つ刑罰。打ちどころが悪ければ重傷を負うし、回数が多ければ命を落とす。八十という数は死罪にひとしかった。

「なぜこんなことをしたんだ!?」

永賢は邸《やしき》に戻り、香娘を問いつめた。香娘は皇宮で杖刑を受けてきており、寝床に臥《ふ》せっていた。女人であることを考慮して一日二十回ずつでよいと太祖は多少の恩情をかけたようだが、それでも十五歳の少女の体にはたいへんな負担であった。

「どうして私のために自分を犠牲にするんだ？　ひょっとして罪滅ぼしのつもりなのか。父親が背負った簒奪《さんだつ》の罪を、亡国の皇太子である私に――男ですらなくなった私にその身を捧げることで、娘のおまえが償おうというのか」

「そんなこと思ってないわよ」

「じゃあ、なぜなんだ？　罪悪感のせいじゃないなら、どうして」

「うるさいわね！　いちいち言わなきゃわからないの⁉」

背中の痛みのせいか、胸に巣くった悲しみのせいか、香娘は声をあげて泣いた。

「あなたが死ぬのがいやだからよ！」

泣きじゃくる香娘を前にして、永賢は途方に暮れたという。

「私にとっては千載一遇《せんざいいちぐう》の好機でした。傍観《ぼうかん》していれば、香娘は杖刑を受けつづけます。いずれ彼女は致命傷を負って死ぬ。そうすれば、怨敵《おんてき》の娘を怨敵自身の手で殺させたことになるわけです。これは最高の復讐ではないかと思いました」

まんじりともせずに夜を明かした永賢は、朝日がさすよりも早く皇宮に参内した。太祖に謁見《えっけん》し、香娘の代わりに残りの杖刑を受けたいと申し出るためだ。

懇願は聞き入れられ、永賢は杖刑六十を受けた。

半死半生《はんしはんしょう》になった夫を、香娘は懸命に看病した。自分の怪我をおして付きっきりで世話をしてくれる彼女に、永賢は何度となく見惚れたそうだ。

「天女のようだと思いました。伝説が語る瑞兆天女のように美しいと。私の瑞兆天女は私に天下をもたらしてはくれませんでしたが、天下より得がたいものを与えてくれました」

それはなにかと尋ねると、永賢はまぶしいものを見るように目を細めた。

「人が生きていくのに欠くべからざるものです」

傷が癒えるころには、ふたつの心は結ばれていた。それから二十年以上経ったいまも、ふたりは仲睦まじく暮らしている。

「史文緯の非情が安寧公主をかたくなにしてしまったのなら、主上のあたたかい御心で古傷を癒してさしあげればよいのではありませんか」

「瑞兆天女の加護を得るために？　そこまでしなければならぬのか」

「加護の件を置いておくとしても、夫婦仲がよいことに越したことはありません。主上とて、安寧公主の御心が凍りついたままでは、お気持ちが晴れないでしょう。末永く夫婦として暮らしていくのですから、互いの心に垣根《かきね》はないほうがよいかと」

身をかたくして「だれも愛したくない」と言い切る金麗には、心苦しいものを感じた。鞭打たれた傷痕も痛々しく、虐げられるわが子を放任していた史文緯には憤りをおぼえた。彼女を娶ると決めたからには、二度とあのような目に遭《あ》わせないつもりだ。

さりながら、彼女の心を求めるのは気が咎《とが》めた。その感情は南人への敵意や男としての矜持《きょうじ》などではなくて、ほとんど罪悪感だった。

瑞兆天女の加護を得るために金麗を利用することが後ろめたいのだ。天下を得るために彼女の心を奪おうとするのは、史文緯が趙氏を寵愛し、のちに打ち捨てたことと同等の卑劣な行為ではないのか。彼女の白い背中にまた傷を増やしてしまうのではないか。そう思うと、金麗の心にはあまり踏みこまないほうがいいという気がする。

利害が一致しているだけの関係とはいえ、世龍はいたずらに金麗を傷つけたいわけではない。彼女はもう十分に辛酸《しんさん》をなめてきた。今後の人生からは、痛ましい傷痕以外のものを得てほしいと思う。

「そろそろ射場に行かれては？　安寧公主が稽古《けいこ》をなさっていますよ」

永賢に勧められて執務室を出る。射場へむかう足どりは自分でも驚くほど軽い。これでは浮き立っているみたいではないか。そんなはずはないと表情をひきしめる。

──上達ぶりを見たいだけだ。

稽古をはじめた当初は目も当てられなかったが、すこしずつ腕があがってきている。どんな分野であれ、成長していくものを見るのは心弾むことだ。

他意はないと言い訳じみたことを考えながら、射場に足を踏み入れ、立ちどまる。

いつものように金麗は稽古に励んでいた。的までの距離は一丈五尺（約四・五メートル）に伸びている。もっともそれは、毎日稽古を見ている世龍が一丈先の的に命中させられるようになった彼女に課したあらたな目標なので、立ちどまる理由にはならない。

世龍を足止めしたのは、金麗のそばに立つ大冢宰《だいちょうさい》・元豪師《ごうし》だった。

鉄紺色の袍《ほう》をまとった長軀《ちょうく》は金麗に寄り添い、ふだん世龍がそうしているように、両手でふれながら彼女の姿勢をととのえ、正しいかまえをとらせている。金麗は真剣な面持ちで豪師の助言に耳をかたむけていたが、ふいに蕾《つぼみ》がひらくように唇をほころばせた。豪師が冗談を言って笑わせたらしい。親しげに笑い合うふたりをながめていると、腹の底から苛立ちがわき起こってきた。豪師が肩や手にふれているのに、金麗はいやがるそぶりも見せない。なぜいやがらないのだろうか。男に慣れていないはずなのに。

――洞窟《どうくつ》で俺が頬にふれたときは、狩られる兎みたいに怯えていたくせに。

あの夜、金麗はあきらかに怖気《おじけ》づいていた。莫連女《ばくれんおんな》を気取って軽口を叩きながら、世龍のささいな動作にいちいちびくついていた。

それは川に落ちて死にかけた体験のせいでもあろうし、衣を着ていなかったせいでもあろう。だが、最大の原因は彼女が男に慣れていないということだ。男とふたりきりで夜明かしするのは人生初の経験だったから、あれほどまでに身をすくめていたのだ。

金麗の心中を慮《おもんぱか》って、世龍はできる限り距離をつめないようにしてひと晩過ごした。彼女は足をくじいていたから、翌朝、洞窟を出る際には抱きあげなければならなかったが、それも迎えの馬車に乗せるまでのこと。その後は稽古以外で金麗の体にふれないよう心がけている。

――稽古のためなら、男にふれられてもかまわぬのか。

金麗がだれよりも頻繁《ひんぱん》に接している男はむろん世龍だ。彼女にとって世龍は烈の男のなかでいちばん心安い相手ということになる。

けれども豪師はちがう。金麗が断食をしていたころこそ、しょっちゅう見舞いに行っていたが、このところは最低限のあいさつしかしていない。その程度の相手が肩や手にふれてくるのに、彼女は怯えないばかりか、晴れやかな笑顔すら見せているのだ。いったいどういうつもりなのだろうか。

——もともとそういう女だ。

金麗は「長く豊かに生きる」という野望を達成するため、自分に都合がいい伴侶《はんりょ》を求めている。さしあたり、世龍がもっとも条件に合致《がっち》しているので親しく付き合っているだけで、状況が変われればすぐにほかの男に乗りかえるだろう。だが、それを非難するのは間違いだ。彼女は世龍に手の内を明かしているのだから、むしろ正直だといえる。

世龍は騙されているわけではない。裏切られたわけでもない。にもかかわらず、胸の奥がざらつく。毒でも飲んだみたいに。

「上手になったでしょう」

金麗が鞍上からひらりとおりて世龍をふりかえった。ふたりで草原を駆けてきたところだ。金麗は馬術にだいぶ慣れたらしい。烈に来るまで馬にふれたこともなかったとは思えないほど、馬と体を調和させることができるようになってきている。

「調子に乗るな。慣れてきたころがいちばんしくじりやすいんだぞ。馬術の楽しみを知ったのはけっこうだが、気をゆるめず、はじめて騎乗したときの緊張感を忘れるな」

はいはい、と雑な返事をして金麗はすたすた歩いていく。世龍は愛馬をその場に残し、飛びはねながら遠ざかる彼女の背中を追いかけた。むかう先には薇薇が金麗をおびきよせた森がひろがっている。あの森の奥には美しい泉があると話したら、金麗はいたく興味を持った。行ってみたいと言うので、連れてきたのだ。

燦々《さんさん》と降りそそぐ陽光が森をつらぬく小道にあかるい樹影を落とし、さわやかな風が枝から枝へとわたって青葉の香りを運んでくる。うららかな春の情景は心をなごませてくれるはずなのに、どういうわけか世龍はくさくさしていた。

「近ごろ、叔父上と親しくしているな」

「射術を教えてくださるのよ。さすがは大冢宰ね。教えかたがお上手だわ」

「俺よりもか？」

「かもね。あなたはちょっと細かすぎるわ。こうしろああしろと指示が多くて」

「おまえのために指導してやってるんだ。ありがたいと思え」

はいはい、と金麗はぞんざいに答え、ご機嫌な足どりで世龍のとなりを歩く。

「忠告しておく。叔父上とは近づきすぎるな。あのかたは野心をお持ちだ。おまえに親切にするのは下心があるからだろう。六弟同様、警戒を怠《おこた》るな」

「気を許してはいないけど、あからさまに避けるわけにはいかないわ。相手は朝廷の重鎮《じゅうちん》なんだもの。お互いの思惑はどうであれ、表立って敵対するのは賢明とは言えないわよ。すくなくとも表面上はにこやかに付き合わなくちゃ」

「その〝にこやか〟が過剰なんじゃないかと言ってるんだ」

「過剰？　なんのこと？」

「叔父上に肩や手をさわられても、おまえはへらへらしているじゃないか」

「愛想よくしてるのよ。稽古をつけてくださるかたに失礼な態度はとれないでしょう」

「失礼なのはむこうだ。射術を教えるのに、あんなにべたべたさわる必要があるか？」

「あなただってさわるじゃない」

「俺はいいんだ。おまえを娶《めと》る男だから。しかし、叔父上はだめだ。自分の妃に接するように気安くおまえの体にふれるべきでは――」

「ふうん、そういうこと」

片方の眉をつりあげ、金麗は由《よし》ありげな視線を投げてよこした。

「あなた、わたくしが大冢宰になびかないか案じているのね。心配しなくていいわよ。わたくしは損得《そんとく》を計算するのが得意なの。当面はあなたのそばにいたほうが得。だって皇帝ですものね。不測の事態が起きて大冢宰が皇位につくことになれば話はべつだけど、あなたが玉座に在る限り、わたくしがほかの男になびくことはないわ」

「……おまえには損得勘定《かんじょう》しかないのか」

「ほかになにがあってほしいのよ？　身を守るには自分にとってなにが得でなにが損か、即座に判断しなきゃいけないわ。それが処世術というものよ」

予想どおりの答えだ。あきれるほど計算高いのだ、この女は。

「そうそう。聞いておきたいことがあるのよ。あなた、先帝の妃嬪のなかでだれが好み？」

「なんだ、いきなり」

「あなたの女人の好みを把握《はあく》しておきたくて。後宮を正しく治めるには均衡が大事よ。寵愛がひとりに集中しないようにしたいの。あなたはお気に入りの美人を毎晩龍床《りゅうしょう》に侍《はべ》らせたいだろうけど、寵のかたよりは諍《いさか》いの温床《おんしょう》になるわ。完璧とはいかなくても、後宮の平和のため、可能な限り天寵《てんちょう》の均衡を保ちたいのよ。あなたの好みがわかれば、妃嬪のほうでそれに合わせることもできるから、ひとりが寵愛を独占することは……」

「そんなことより、自分が俺を欲情させられるか心配したほうがいいんじゃないか」

「は？　その問題はもう片付いたでしょ。できるって言ったじゃない」

「言ったおぼえはないが」

「嘘よ。言ったわ。わたくしの裸を見て欲情したけど、あの状況だから我慢したって」

「おまえが曲解《きょっかい》しただけだ。俺はおまえに春情《しゅんじょう》をもよおしたなんて一言も言ってない」

「じゃあ、なにも感じないの？　いまのわたくしを見ても？」

金麗は世龍の前に立ちはだかり、両手を腰に当てて睨《にら》みあげてきた。ほっそりとした肢《し》体《たい》を折枝花文《せっしかもん》の袍で包み、柳腰《やなぎごし》を強調するように革帯《かくたい》を締めている。上半分を結いあげた髪には翡翠の簪《かんざし》をさしているだけで絹花もつけていないが、華麗な宝飾品などなくても薄化粧をほどこした花顔《かがん》の瑞々しい美しさは見る者の目を奪って余りあった。

世龍がつとめて平然とした顔でみじんも興味が持てないというふうを装っていると、金麗は不満げに眉をひそめ、肩にかかった髪をうっとうしそうに払った。

「裸もだめなら、胡服もだめってわけ。花嫁衣装は？　喪服は？　襦裙《じゅくん》は？　なんともなかったの？　ほんとうに面倒くさい男ね。いったいなにが好みなのよ？」

「すぐに答えを言っては面白くない。それくらい、自分で考えたらどうだ」

「まだやってない恰好といえば男装くらいね。いいわよ。今度見せてあげる」

「おまえが男装しても似合わぬだろうな」

「どうして？」

「背が低すぎる」

子ども相手にそうするように大げさな動作で腰をかがめて彼女と目線を合わせる。世龍の笑みにからかいの色を見てとり、金麗は柳眉《りゅうび》を逆立てた。

「背が高いくらいで威張らないで。わたくしだってあなたを見おろすことはできるわよ」

「へえ、どうやって？」

見てなさいと言い放って、金麗はきびすをかえした。手近な大木につかつかと歩み寄り、太い幹に飛びついてのぼりはじめる。

「おい、なにをするんだ？」

「あなたを見おろすのよ」

「危ないぞ」

「平気よ。成の後宮でもよく木登りしていたもの」

「成の公主が木登りだと……？」

「必要に駆られてね」

言いながら、金麗は幹のくぼみや枝の根もとに足をかけてするするとのぼっていく。

「陰氏に引きとられてから、わたくしは婢女《はしため》たちと雑魚寝部屋で寝起きしていたんだけど、毎晩疲れて床に入っても全然安眠できなかったわ。だってそこらじゅうに夏氏の手下がひそんでいるんだもの。寝ているあいだになにをされるかわからないでしょ。だから寝床では寝たふりをするだけにして、ときどき木にのぼって木の上で睡眠をとっていたのよ」

地面から一丈ほどの高さの枝に腰を落ちつけて、金麗はこちらを見おろした。

「ここから見ればあなたのほうが小さいわよ。わたくしを見あげる気分はどう？」

「悪くないな」

「悔しかったらあなたものぼってきなさい」

「せっかくだが、遠慮しておく」

「木登りできないの？　無理もないわね。その図体《ずうたい》で木にのぼったら枝が折れるわ」

「いや、そういうことじゃない」

「負け惜しみはみっともないわよ」

「知らないようだから教えてやるが、その木には毒虫がいるんだ。猛毒を持つ虫で、ほんのすこし刺されただけであっという間に死ぬ」

「えっ!?　毒虫!?」

「ほら、そこにいるぞ！　気をつけろ！」

「どこよ!?」

「そこだ！　おまえがいま手でさわっているところだ！」

「手ってどっちよ!?」

「右だ！　いや、左手のほうにもいるぞ！」

世龍が指さすと、金麗はぱっと両手を離した。うろたえたせいで体勢をくずし、悲鳴とともに落ちてくる。黒髪をなびかせて舞いおりてきた金麗を危なげなく抱きとめれば、花の束を受けとめたかのようにかぐわしいにおいが舞いあがった。しばし無言で見つめ合う。こらえきれずに世龍が笑い出すと、金麗の頬にかっと朱がのぼった。

「よくも騙したわね！　毒虫がいるなんて嘘をついて！」

悔しそうにじたばたする金麗を地面におろし、世龍は腹を抱えて笑う。

「落ちてくるときのおまえの顔！　あんなに愉快なものはひさしぶりに見た」

「下劣な男ね！　か弱い女を騙して喜ぶなんて！」

「なにがか弱いだ。するすると猿のように木にのぼっていたくせに」

「ふん、物を知らないわね。いまどきのか弱い女は木ぐらいのぼれるのよ」

金麗は腹立たしげに背をむけてずんずん歩いていく。

「あわてると転ぶぞ」

「転ばないわよ。子どもじゃないんだから」

鼻息荒く言っていたが、地面から顔を出していた木の根につまずいて転ぶ。

「だから注意しろと言っただろう」

手をさしのべると、金麗が表情を強張《こわば》らせた。みるみる青ざめていく。その視線が背後に向けられているので、世龍は瞬時に殺気立ってふりかえった。

「隙ありっ！」

うしろから金麗に小突かれる。どうやら担《かつ》がれたらしい。

「背中をとったからわたくしの勝ちよ」

「なんの勝負だ」

ふりかえると、金麗が得意満面でこちらを見あげていた。

「なんだっていいでしょ。勝負は勝負よ。潔く負けを認めることね」

「背中をとれば勝ちなのか？」

「べつにそういうわけじゃないけど。驚かせたほうの勝ち」

へえ、と気のない返事をしたあとで、はっと表情を変えて金麗の肩を指さす。

「右肩に毒虫がいるぞ！」

「稚拙《ちせつ》ね。おなじ手には引っかからないわよ」

「ほんとうだ！　見てみろ！　早く払いのけないと毒針で刺されるぞ！」

「馬鹿馬鹿しい」

「動くな、じっとしていろ。そいつは飛ぶときに人を刺す。落ちついて、できるだけ動かないようにして、袖《そで》で払いのけろ」

「騙されないわよ。どうせ虫なんかいないんだから」

ぶつぶつ言いながらちらりと右肩を見やる。その瞬間、世龍はわっと大声を出して彼女の肩を叩く。びくっとした金麗が驚いた顔で世龍を見あげることしばし。

「今度は俺の勝ちだな」

「あなたはいちいち手口が汚いのよ」

「お互いさまだ」

世龍が肩を揺らすと、金麗は唇をねじまげた。いやな人ね、と捨て台詞を残して駆け足で森の奥へむかう。一定の距離をあけてあとを追いつつ、世龍は奇妙な衝動《しょうどう》に駆られた。彼女の背中を抱きすくめて、腕のなかに閉じこめてしまいたいような。


泉は森の奥深くにひっそりとたたずんでいた。いびつな楕円《だえん》を描く輪郭は名も知らぬ草花に彩られ、翡翠を溶かしたような水面が日ざしにきらめいている。

「先帝の崩御には疑義《ぎぎ》があると聞いたけれど、事実なの？」

泉のほとりに腰かけた金麗がなにげなく切り出すと、世龍は渋い顔でとなりに座った。

「永賢が話したのか」

「噂を小耳にはさんだのよ」

碧秀が天慶殿《てんけいでん》勤めの奴婢《ぬひ》に探りを入れて調べてきた。先帝の身のまわりの世話をしていた宦官たちによれば、先帝は刃物で殺されたという。

「なるほどな。泉に行きたいと言ったのは、俺から話を聞き出すためだったのか」

「人目につく場所では話しづらいでしょう？」

世龍は答えなかった。鷹《たか》のような険しい目つきで水面を睨《にら》んでいる。

「女官たちが言っていたわ。先帝は一騎当千《いっきとうせん》の猛将だったって。そんなかたが暗殺されるなんて、よほど腕の立つ刺客《しかく》に襲われたのね」

「目的を達成したという意味では腕の立つ刺客といえるが、刺し傷そのものが致命傷になったわけではない。刃物に塗られていた毒が直接の死因だ」

猛獣を射殺すときに使う毒物だと世龍は語った。

「めずらしい毒じゃない。烈の人間ならだれでも手に入れられるものだ。同様に犯行に使われた短刀もありふれたもので、手掛かりにはならなかった」

「下手人《げしゅにん》は見つかっていないの？」

「怪しいやつは見つかった。あいにく、捕らえたときにはもう死んでいたが」

後宮勤めのある若い宦官が高楼から飛び降りて自害していた。

「そいつは迅《じん》の宮廷に仕えていた宦官だった。先の戦のおりに李虎雷《りこらい》に随行し、烈の捕虜《ほりょ》になって後宮に配置されていたんだ」

迅国皇太子・李虎雷。世龍とも幾度となく干戈《かんか》を交えている、烈の天敵だ。

「敵国の宦官を皇帝の側近くに置くのは危険すぎるんじゃない？」

「本来ならな。だが、あいつは元一族の遠縁《とおえん》の生まれで、子どものころ、戦禍《せんか》に見舞われて迅の捕虜にされたんだ。烈ではもう死んだと思われていたが、実は生きていて迅で宦官になっていた。その数奇《すうき》な境遇を憐れんだ父皇《ちちうえ》はあいつを後宮勤めにした」

迅の宮廷に身を置くうちに、敵方に寝返ったのだろうか。

「単独犯だったの？　共犯者はいなかった？」

「不明だ。いちおう死んだ宦官の持ち物から、父皇を弑逆《しいぎゃく》するのに使われた毒物が発見されたが、どうも判然としない」

「どうして？」

「あいつは事件直後に自害した。それが腑《ふ》に落ちぬ。捜査の手が迫り、追いつめられて自害したならわかるが、まだ捜査もはじまっていないのになぜ死ぬ必要があったんだ？」

迅が送りこんだ刺客ならば、もうしばらく様子を見てもよかったはずだ。烈の宮廷の混乱ぶりを虎雷に知らせることもできたし、ほかの要人を暗殺することもできた。先帝の弑逆が最大の目的だったとしても、幕引きがいささか早すぎるのではないか。

「まるで下手人に仕立てあげられたみたいね」

疑わしい経歴の持ち主が混乱のさなかに不審死を遂げる。自分に疑惑の目を向けたくない者にとっては都合がよすぎる展開だ。

「当日は中宮《ちゅうぐう》の一角で火災が起きており、ふだんより人の出入りがあわただしかった。父皇の執務室に出入りした人数もはっきりしていない」

「最初に異変に気付いたのは？」

「永賢だ。火災の顚末《てんまつ》について報告に来たところ、父皇が倒れているのに気づき、急いで太医《たいい》を呼んだ。そのころすでに毒が回っており、父皇は言葉を話せなくなっていた。太医が駆けつけてきたときには意識がなかったそうだ」

意識が戻らないまま、事件から七日後に先帝は崩御した。

「執務室に出入りしたことが明確にわかっている人間を片っ端から尋問したが、決定的なものはなにも出なかった」

「疑わしい者は死んだ宦官だけというわけね」

「ところが妙なことに、あいつが執務室に入ったのを見た者はいない。父皇は用心深いかただった。皇家につらなる生まれとはいえ、一度は迅に仕えた宦官を易々と信用なさるはずはない。人気のない場所で不用意に近づいてきたら警戒するはずだ」

先帝は背後から刺されていた。刺客に背中を向けていたのだ。駿馬《しゅんめ》に跨《また》がり、鮮血が飛び交う戦場を駆けてきた先帝が殺意を持つ相手に無警戒というのは不自然だ。

「六弟は父皇の暗殺が迅の奸計《かんけい》だったのならすぐにでも報復すべきだと息巻いたが、確証がない以上、軽々には動けない。戦うにしても時機《じき》をうかがわなければならぬ。一昨年の陶《とう》家の謀反《むほん》で迅とは衝突したばかり。迅とのいざこざに乗じて北辺《ほくへん》が騒がしくなっているし、父皇、祖父皇《そふうえ》の御代におさめた領土でも火種がくすぶっている。おいそれと戦端《せんたん》をひらくことができる時局ではない。それでなくとも、戦続きで民は疲弊《ひへい》している。戦費捻《ねん》出《しゅつ》のため、さらなる賦税《ふぜい》を課して民の暮らしを脅《おびや》かすわけにはいかぬ。乱世を終わらせ、民を救うための天下平定なんだ。私憤による戦で民を虐げては本末転倒《ほんまつてんとう》になる。弔《とむら》い合戦は避けねばならない。当面は民心を慰撫《いぶ》し、富国《ふこく》につとめるべきだ」

「冷静なのね。父親が殺されたのに」

「そうならざるを得ない。俺よりもかっかしている連中がいるからな。六弟派の勲貴恩礼《くんきおんれい》は李一族の首を取って父皇の霊前に捧げるべきだと気炎《きえん》をあげている。建国以来の宿敵である迅を攻め滅ぼすことが父皇を弔う唯一の道だとな。幸い、叔父上がさしあたり出兵はひかえるべきだと言っているので、なんとか抑えこんでいるが……」

水面できらめく陽光が秀麗な横顔に複雑な陰影を刻みつけている。

「考えても詮無いことだが、『父皇がご存命であれば』といまでも思う。皇位を受け継ぐのが早すぎたと痛感せずにはいられない。勲貴恩礼も父皇にはおとなしく臣従していた。それほどのご威徳《いとく》をお持ちだったからな。陶家の離反が呼び水になって勲貴恩礼が瓦解《がかい》してもおかしくなかったが、最悪の事態を避けられたばかりか、君臣の結束はいっそう強まった。あれこそ君徳《くんとく》のなせるわざだろう。俺におなじ芸当ができるかといえば、自信はない。自分の未熟さが骨身にこたえる。叔父上の野心を知りながら、結局、叔父上を頼らざるを得ないのが口惜《くちお》しい。われながら腹立たしいことだが、青二才の俺には、勲貴恩礼を束ねる力はないというのが現状だ。せめて父皇があと十年ご健在であれば、父皇のおそばでもっと学ぶことができた。父皇を超えることはできなくとも、近づくことはできたはずだ。堂々たる七尺の玉体《ぎょくたい》にみなぎるご威徳の一端を身につけることだって……」

金麗なら、父帝が殺されてもさして心動かされることはないだろう。母后への父帝の非情な仕打ちが親子の情を断ち切ってしまったから。

だが、世龍はちがう。彼は先帝を慕っている。

皇帝として、父親として、深く敬っている。それは側仕えたちの証言だけでなく、彼自身の言葉の端々からも察せられる。崇敬する父親が不審死を遂げたのなら、血眼《ちまなこ》になって下手人捜しに奔走し、復讐のために全力を尽くそうとしていてもふしぎではないのに、世龍は冷徹に情勢を俯瞰《ふかん》し、血気にはやる者たちをなだめる側に回っているのだ。

「……おまえにこんな話をしても仕方ないな」

世龍は自嘲《じちょう》するようにふっと唇をゆがめた。

「俺の旗色《はたいろ》が悪くなれば、おまえは叔父上なり六弟なりに乗りかえるんだろう。非難はしない。好きにするがいい。乱世ではだれもが生き抜くのに必死だ。女のおまえが自分を守ってくれない男を見限って、強い庇護者《ひごしゃ》を求めるのは理《り》の当然で……」

金麗が立ちあがったせいか、世龍はつづきを打ち切った。怪訝《けげん》そうにこちらを見あげる彼の頭に、金麗はそっと手のひらをのせる。

「……なんだ？」

「ねぎらってあげてるのよ。あなたががんばっているから」

「がんばっている？　なにを？」

「いろんなことを。先帝を喪ったばかりでまだ気持ちの整理もつかないでしょうに、先帝が遺してくださった国と民を守るため、心を砕いている。自分の感情を押し殺して」

敬愛する父親を喪うことがどれほどの痛みをともなうのか、金麗は知らない。ただ、想像することはできる。金麗もまた、慕わしい母后を喪ったから。

悲しみに身をゆだねてしまえたらどんなに楽だろう。憤りをぶつける場所があればどんなに救われるだろう。

されど、世龍は安直《あんちょく》な道を選べない。激情のままに行動したら、先帝から受け継いだものを失ってしまう。胸のうちで苛烈《かれつ》な嵐が吹き荒れていても、おもてに出してはいけない。情動を絞め殺し、泰然とかまえて、大所高所《たいしょこうしょ》から群臣を、万民を、天下を見晴るかす。それが葛藤《かっとう》をともなう苦行であることは察しがつく。

「感情に流されるのはたやすいけど、事をなすには時を見なければならない。あなたがやっていることは正しいのよ。でも、正しいことってすごく息がつまるわ。正しさなんてかなぐり捨てて、感情のままに行動したくなることもある」

金麗は幾度となく夏氏を殺そうとした。母の仇《かたき》を討ちたいという気持ちを抑えるのに難渋《なんじゅう》した。しかし、短慮を起こさなかったからこそ生きて成を出ることができたのだ。

「身を焼くような衝動をやり過ごさなければならないのよね。ひとりで耐えるのは苦しいでしょう。せっかく夫婦になるんだし、これからはわたくしがときどきこうしてねぎらってあげるわ。ああ、だめ。黙って。どうせ、おまえにねぎらわれてもうれしくないとかなんとか言うつもりなんでしょうけど、そんなこと言わないの。ねぎらってくれる人がいるって、ありがたいことなのよ。わたくしにはいなかったわ。碧秀に出会うまで」

母后と兄の死後、突然はじまった婢女《はしため》生活に耐えながら、同時に孤独にも耐えなければならなかった。碧秀と出会わなければ、いまもなお孤独にさいなまれていただろう。

南方の異民族・何羅《から》族の娘として生まれた彼女は成軍に村を襲撃《しゅうげき》されて捕虜《ほりょ》になり、奴《ぬ》婢《ひ》として後宮にほうりこまれた。愛する夫と子を奪った成の兵士を怨《うら》み、復讐するため出世しようと努力していたが、南蛮《なんばん》出身ゆえに差別され、冷遇されていた。

碧秀が陰氏に仕えるようになったとき、金麗は警戒した。夏氏の手下ではないかと疑ったのだ。碧秀は親しくなろうとして話しかけてきたが、金麗はおろおろしたふうを装って距離を置いた。他人と関わり合いになることを、なにより恐れていた。

ある晩、いつものように木にのぼって枝の上で仮眠をとっていたら、下が騒がしくなって目が覚めた。宦官たちが碧秀を取り囲んでいた。集団で辱《はずかし》めようとしていたのだ。金麗はとっさに小石を投げ落として不届き者どもに命中させ、自分の血を混ぜた水をまき散らして脅《おど》かした。妖鬼《ようき》が出たとでも思ったのか、宦官たちは一目散《いちもくさん》に逃げた。

「おまえにも人並みに義侠心《ぎきょうしん》というものがあるらしいな」

面白がって笑う世龍に、金麗は「そんなおきれいなものじゃないわよ」と言いかえす。

「うるさくて迷惑だし、単純に見ていられなかったの。碧秀が愚かすぎて」

危ないところを助けられたことに碧秀はいたく感謝していたが、金麗は彼女に冷ややかな目をむけた。宦官たちは以前から碧秀の美貌に目をつけて口説いていた。碧秀が彼らを全員袖《そで》にしたので、彼らは徒党《ととう》を組んで碧秀を襲ったのだ。

金麗に言わせれば、碧秀の行動は愚行そのものだった。

遅かれ早かれ逆恨みされることはわかっていたのだから、有力な宦官とねんごろになって後ろ盾を得るなどの対策を取るべきだった。自衛を怠《おこた》った結果、己を危険にさらす羽目になったのだ。碧秀が成の軍兵を怨んでいることにはとっくに気づいていたから、復讐したければまずは自分の身を守れと助言した。

「それがきっかけで主従の縁を結んだわけか」

「縁って言葉は嫌いだわ。感傷的すぎるもの。契約を結んだといったほうが正確ね。わたくしたちはお互いを利用することにしたのよ。生きのびるために」

あの晩以来、碧秀は金麗をいじめるようになった。ほかの婢女や女官が眉をひそめるほどに手ひどくいびり、痛めつけるのである。傍目《はため》には蛮族の女として蔑《さげす》まれることでたまった鬱憤《うつぷん》を廃后の娘にぶつけているように見えたが、真の目的はその逆だった。

「碧秀が率先してわたくしを虐げるから、わたくしをいじめる役は彼女が一手に引き受けることになったわ。見物人は手を出すまでもないの。傍観《ぼうかん》するだけで事足りるのよ」

即座にわかった。碧秀は自分を守るために汚れ役を演じているのだと。事実、碧秀が先んじていじめるようになってから、ほかの婢女や女官からのいやがらせや折檻《せっかん》は目に見えて減った。金麗は碧秀に合わせ、虐げられる役を演じればよかった。

「人前でこそ碧秀は鬼の形相《ぎょうそう》でわたくしにつらくあたったけれど、ふたりきりのときはわたくしを気遣ってくれたわ。怪我の手当てをしてくれ、痛みに耐えたことをねぎらってくれた。だれかにねぎらわれるなんてひさしぶりだった。夏氏の本性を知ってからずっと怨みだけが生きるよすがだったの。いつか復讐してやると自分を奮《ふる》い立たせていなければ、一日をやり過ごすこともできなかった。どこもかしこも傷だらけだったわ。体以上に心が。夏氏の悪意に対抗するため、この身に宿した怨毒《えんどく》がわたくしを蝕《むしば》んでいた」

すさんだ心に、碧秀のねぎらいの言葉がしみいった。

「とくべつなことを言われたわけじゃないわ。よく耐えましたねとか、つらかったでしょうとか、そういうことよ。弱った人間にかける台詞としてはごくありふれたもの。だけど、わたくしにとっては黄金の言葉だった。自分によりそってくれる人がいると思うと、すこし気が楽になったの。悲惨な現状はなにひとつ変わっていないのに、碧秀にねぎらいの言葉をかけられた瞬間から、なにかが変わったのよ」

煮え立つ怨憎《おんぞう》に身を任せなかったのは、ひとえにそのためだ。

「あなたには楊常侍《ようじょうじ》だけでなく、優秀な配下が大勢いるでしょうから、わたくしなんて必要ないかもしれないけど、ねぎらってくれる人が多くて困るということはないわよ。ひとりくらい増えても問題ないはずだわ。いちおう夫婦になるんだから、お互いに……」

射貫《いぬ》くように見つめてくる瞳に気づいて、金麗は視線を外した。

「……なによ、その目つき。わたくしにねぎらわれるのがそんなに不服《ふふく》？」

「いや、そういうわけじゃない」

「頭にさわられるのがいやなの？　自分は人の頭に手をのせるくせに。頭がだめなら、肩でも叩いてあげるわ。これなら文句ないでしょ」

ぽんと肩を叩くと、その手をつかまれた。武骨な手のひらをじかに感じてどきりとしたが、狼狽《ろうばい》を悟《さと》られたくなくてすまし顔をしておく。

「おまえの手は小さいな」

「小さくて悪い？」

「悪いとは言っていない。愛らしいと言いたかったんだ」

「愛らしい？　あなたの口から出てくる言葉とは思えないわね」

「俺が愛らしいと言ってはいけないのか？」

「ちっとも似合わない言葉だわ、その図体《ずうたい》には」

「悪かったな。俺もふだんは愛らしいなどと言うことはない。だが、おまえを見ているとなぜか言いたくなるんだ」

つかまれた手が熱い。やけどしそうなほどに。

「……いつまで握っているつもり？」

離して、と言おうとしたが言えなかった。突然、抱きすくめられたからだ。それは甘い抱擁《ほうよう》とは似ても似つかない、飛びかかられるといったほうが適切な荒っぽい抱きかただった。衝撃《しょうげき》で息がつまった直後、金麗は地面に組み伏《ふ》せられていた。目の前に世龍の長軀《ちょうく》が迫り、その重量に押しつぶされそうになって、当惑《とうわく》が舌をまごつかせる。

「なっ、なんなのよ、いきなり。こんなところで……」

「静かにしろ」

うなるような声で命じられ、身がすくむ。ぎこちなく強張った視野の端に世龍の左腕が映った。胡服の袖が裂けている。鋭利なもので引き裂かれたみたいに。

次の瞬間、視界が大きく揺れた。世龍に横抱きにされたのだ。

なにかが立てつづけに風を切る。ひとつは木漏《こも》れ日を貫き、ひとつは幹《みき》に突き立ち、ひとつは枝葉を射落とす。それらの正体が飛矢《ひし》だと気づいたときには、金麗の体は強烈な浮遊感に包まれていた。

まるで背中に目があるかのような敏捷《びんしょう》な身のこなしで、世龍はひっきりなしに襲い来る飛矢を避け、獣道《けものみち》を駆けていく。矢音《やおと》が雨つぶてのように降ってきた。日ざしをまとった鏃《やじり》の群れが幹に突き刺さり、枝をかすめて青葉を散らす。

「ここでじっとしていろ」

金麗を岩陰におろし、世龍は来た道をひきかえした。つづけざまに矢のいななきが鳴り響く。鏃がどこかに突き刺さる音も。

心臓が早鐘《はやがね》を打つ。金麗は肩をすぼめ、暴れまわる鼓動をおさえようと胸に手をあてた。歯の根が合わない。膝が震えて立っているのもやっとだ。危うく死ぬところだった。おびただしい矢に射貫かれて。

――慣れるしかないわ。

烈の皇帝はあらゆる方面から命を狙われている。皇后になれば、金麗にも火の粉が飛んでくることは避けられない。そんなことは百も承知で嫁いできたのだが、いざ命が脅かされる現場に直面すると、身震いがとまらなくなる。

――あの人は朱面羅刹《しゅめんらせつ》よ。簡単に討《う》ちとられるはずがない。

世龍のことが気になったが、武器を持たない金麗が心配したところで彼の助けにはならない。たとえ手もとに弓矢があっても、射術を習いはじめたばかりの素人がなんの役に立つというのか。

下手に行動を起こすよりも足手《あしで》まといにならないように身を隠すほうが得策《とくさく》だ。刺客の視界に入ったら人質《ひとじち》にされかねない。世龍にとって金麗はかけがえのない女でもなんでもないが、瑞兆天女は大業《たいぎょう》をなすために有用な駒《こま》。たやすく奪われるわけにはいかないから、金麗を守るために彼は自分を危険にさらすかもしれない。

呼吸を落ちつけようと試みたとき、背後で小枝を踏む音が響いた。はっとしてふりかえる。毛皮の衣をまとった大男が環首刀《かんしゅとう》をひっさげて近づいてきた。金麗は弾かれたように走り出した。男から遠ざかることだけを考えて死にものぐるいで獣道を駆ける。

地を這う木の根を飛び越え、小さな水たまりを踏み、灌木《かんぼく》の枝に胡服の裾が引っかかりそうになりながらも先を急ぐ。逃げきれないことはわかっていた。屈強な男に追いかけられて無事に逃げおおせられるとは思えない。どこかに身を隠さなければ。世龍が戻ってくるまで息をひそめていられる場所を探さなければ。

草藪《くさやぶ》を突き進み、ゆるい傾斜を駆けおりてひらけた空間に出た刹那《せつな》、血の気が引いた。行きどまりだった。三方を巨大な岩に囲まれ、獣道らしいものすらない。

男が追いついてくる。金麗はじりじりとあとずさった。やがて背中が岩肌にぶつかる。地面を踏みしめる足音が目の前に迫った。男が環首刀をふりあげる。日ざしに洗われてぎらりと光った刀身が自分にふりおろされようとしていた。金麗は思わず目を閉じた。死を覚悟したとき、まなうらに浮かんだのは母后と兄の顔だった。

予期した衝撃は来ない。その代わり、すさまじい打撃音と男のうめき声が耳をつんざいた。ついで重いものが地面に倒れる音がする。

「大丈夫か？」

耳になじんだ声がふり、金麗はおそるおそる目をあけた。世龍が環首刀を片手にこちらを見ている。刀身からは鮮血が滴《したた》り落ちていた。地面に転がっている男の死体を見るや否や、金麗はへなへなとその場に座りこんだ。

「……生きてるわ」

「怪我は？」

首を横にふり、あっと声をあげて世龍を見る。

「あなた、怪我をしたでしょう。腕を射られて……」

「かすり傷だ。大事ない」

世龍は血を払い落として環首刀を鞘《さや》におさめ、こちらに手をさしのべた。その手につかまって立ちあがろうとするが、足に力が入らない。情けないことに腰がぬけてしまったらしい。なんとかしようとしていると、世龍に抱きあげられた。

「無理しないで。腕が痛むでしょう」

「大事ないと言っただろう。おまえこそ、ほんとうに怪我をしていないのか」

腰がぬけただけよ、と金麗はぼそぼそと言った。

「毒矢だったかもしれないわ。ほら、さっき言ってたじゃない。猛獣を殺す毒があるって。もし、それが塗られていたら……」

「これはちがう。毒は塗られているが、毒性の弱いものだ」

「なぜわかるの」

「件《くだん》の毒矢に射られたことがある。すぐに腕がしびれて使い物にならなくなった。あれとくらべれば単なる矢傷と変わらぬ」

初陣《ういじん》のときのことで、軍医が適切な処置をしたので事なきを得たという。

「適切な処置って？」

「べつの毒を飲ませる。十日ほど血を吐いて高熱にうなされるが、しだいに毒が中和《ちゅうわ》されて回復する」

「先帝は適切な処置を受けられなかったの？」

「間に合わなかったんだ。この毒は乾燥すると毒性が落ちる。鏃に仕込んだ毒はある程度、時間が経っているから弱毒化しているが、父皇を弑《しい》した短刀は毒を塗ったばかりで、きわめて毒性が強かった。火災による混乱で処置が遅れたのも災《わざわ》いした」

応急処置として毒物が入りこんだ箇所の肉を削ぎ落す荒療治も行われるが、先帝の場合、背中を深く刺されていたので、それも不可能だった。

「気をつけろ、公主」

金麗を抱いて獣道をひきかえしながら、世龍は声をひそめた。

「連中が狙っていたのはおまえだ」

「三兄！　ご無事ですか!?」

勇飛が息せき切って執務室に入ってきたとき、世龍は奏状《そうじょう》をひろげていた。

「練兵《れんぺい》から戻ったら、三兄がお怪我をなさったとうかがいました！　毒矢で狙われたそうじゃないですか！　床に臥《ふ》していらっしゃると思っていたのに、政務などなさっているとは！　早く寝間にお入りください！　よくよくお体をやすめなくては――」

「大声を出すな。頭に響く」

書面に目を落としたまま言うと、勇飛は熊のような手で口を覆った。

「申し訳ございません、三兄。心配のあまり、つい……」

「案ずるな。毒消しの薬を飲んだので、軽い頭痛がしているだけだ」

「起きていらっしゃってよいのですか？　安静になさるべきでは」

「もともと毒性が弱いものだった。森の泉で傷口を洗ったからしびれも残っていない。奏状に目をとおすのに支障《ししょう》はない」

勇飛はいったん胸をなでおろしたが、寸刻《すんこく》もせぬうちにまなじりを裂いた。

「迅の鼠輩《そはい》どものしわざにちがいありません。やつら、戦場では三兄に勝てないから、卑《ひ》怯《きょう》な手口で三兄を亡き者にしようともくろんでいるんです」

「狙われたのは公主だ。俺じゃない」

「え？　安寧公主ですか？」

「まちがいない。毒矢は公主を狙って放たれたものだ。すんでのところで俺がかばったので大事には至らなかったが、公主がまともに射られていれば命が危うかった」

毒性が弱いといっても毒は毒だ。不測《ふそく》の事態が起きたときのため、幼いころから毒物に体を慣らしている世龍にはさしたる影響がなくても、華北の毒物に慣れていない金麗にとっては命取りになりかねない。あまつさえ彼女は小柄だ。毒が回るのも速い。矢傷を受けていれば、一刻を争う事態になっていただろう。

「しかし、なぜ迅が安寧公主を……」

「迅かどうかはわからぬ。刺客《しかく》は烏没《うぼつ》の者だった」

瑞兆天女の伝説は各地の部族に語りつがれているが、一様におなじ内容というわけではない。瑞兆天女の貞操《ていそう》を奪えば天下を取れると解釈している部族もいるし、瑞兆天女を捕まえれば天下を平定できると解釈している部族もいる。北方の異民族・烏没では瑞兆天女を殺せば天下が手に入ると語りついでいるようだ。

「烏没が瑞兆天女を狙って襲ってきたと？」

「その可能性もあるし、手先として使われただけとも考えられる。烈の人間が背後にいるかもしれぬ。勲貴恩礼《くんきおんれい》にも瑞兆天女に懐疑的《かいぎてき》な者はいる。南人を蛇蝎《だかつ》のごとく嫌う者も」

開戦を望む者が迅のしわざに見せかけるために起こした事件なのかもしれない。現に、襲撃《しゅうげき》に使われた矢は迅軍のものだった。ほんとうに迅が黒幕なら、わざわざ用意した烏没の刺客に自軍の矢を持たせるだろうか。

「なんにせよ、安寧公主をかばって三兄がお怪我をなさるのは本末転倒ではありませんか？　瑞兆天女は夫を加護するもので……」

「〝夫〟ではなく〝愛する男〟だ。いまのところ、俺はそのどちらでもない」

「しかし、三兄がお怪我をなさったことは由々《ゆゆ》しき事態です。三兄の身になにかあったら、天下平定どころか、烈の存続すら危ぶまれます」

「俺になにかあったときは、おまえがあとを引き継いで父皇の悲願を果たせ」

「とんでもない。俺にその資格はありません」

勇飛はきっぱりと言い切った。

「俺は……出自に疑義《ぎぎ》があります。玉座にはふさわしくない。そのことを考えるだけでも恐ろしくなります。封土《ほうど》を賜《たまわ》り、王を名乗っているだけでも心やましくていたたまれないのに、これ以上の地位にのぼるようなことがあれば、罪に罪をかさねることに……」

勇飛の母、賀抜《がばつ》氏は父帝の一人目の蘭貴妃だったが、いまではその名を口にするのもはばかられる存在になっている。

九年前、不義密通を働いて離縁されたからだ。相手は賀抜家に仕える武官。彼の前身は下僕で、賀抜氏の父親に仕えていた。

ふたりは幼いころから親しく、ひそかに想い合っていた。

身分ちがいと知りながら主家《しゅか》の令嬢と心を通わせた下僕は愛しい女人の夫となるため、戦場に出て功を立てた。やがて賀抜氏の父親に目をかけられるようになり、武官の位を得て順調に出世していったが、ふたりの恋が実ることはなかった。

十七歳になった賀抜氏は太祖の命令で皇家に嫁いだ。

花婿は当時、皇太子であった父帝。とくべつに寵愛されたわけではなかったが、勲貴八姓出身の妃嬪として厚遇され、ほどなくして勇飛を産んだ。

秘密の恋は賀抜氏の入宮とともにいったん途絶えていたが、のちに再燃《さいねん》したようだ。賀抜氏は父帝が戦で皇宮を空けていた時期に身ごもり、不義密通が発覚した。後宮の女主人であった慈《じ》皇后《こうごう》・慕容《ぼよう》氏は賀抜氏に堕《だ》胎薬《たいやく》を飲ませた。さらに死を賜《たま》うよう父帝に訴えたが、父帝は恩情をかけ、死罪を免じて賀抜氏を尼寺送りにした。

母親の不義によって、勇飛は立場が危うくなった。勇飛の父親は父帝ではなく、下僕あがりの武官ではないかという噂がまことしやかに囁《ささや》かれた。賀抜氏と武官はそろって否認したが、どんな言葉も姦通《かんつう》という事実の前では無力であった。

勇飛の処遇をめぐり朝議《ちょうぎ》は紛糾《ふんきゅう》したが、父帝はあくまで賀抜氏の不義はここ数年の出来事だったと言い、勇飛をこれまでどおり息子としてあつかうと宣言した。綸言《りんげん》は撤回《てっかい》されず、勇飛はほかの皇子たちとわけへだてなく遇され、冠礼《かんれい》（成人）を迎えると封土と王位を与えられた。

勇飛に対する父帝の言動が実の息子に対するそれであったので、当初は不義の子ではないかと疑っていた人びとも態度をあらためるよりほかなかった。

むろん、あらためなかった者もいた。その筆頭が慈皇后だ。もともと賀抜氏とそりが合わなかったことも手伝って、慈皇后は勇飛を不義の子と蔑《さげす》み、傍目《はため》にもわかるほど冷遇した。炎魁が露骨《ろこつ》に勇飛を軽んじるのは母親たる慈皇后の影響だろう。

「おまえの出自に疑義などない」

世龍は席を立ち、勇飛の肩をつかんだ。

「父皇はおまえを息子と認めていらっしゃった。だれがなんと言おうが、それが事実だ。後ろ暗いことはみじんもない。胸を張って名乗れ。この元世龍の血を分けた弟だと」

「三兄……」

柄《がら》にもなく唇を震わせ、勇飛はしかとうなずいた。

「俺を弟と認めてくださる三兄のため、犬馬《けんば》の労《ろう》を尽くしてお仕えいたします。どうか三兄は末永くご壮健であらせられますよう」

勇飛を送り出したあと、世龍は早くやすむよう促《うなが》す永賢に急かされて寝室に入った。

「おやすみになる前に包帯をとりかえたほうがよいかと」

拒む理由もないので、頼むと返事をした。係の者が来るのを待つあいだ、革帯《かくたい》をはずして袍《ほう》を脱ぐ。甲冑《かっちゅう》をまとう場合をのぞき、着替えには側仕えの手を借りない。

中衣《じゅばん》を脱いで裸の肩に夜着《よぎ》を羽織ったとき、小柄な宦官が寝間に入ってきた。若竹色の袍をまとい、幞頭《ぼくとう》をかぶった姿は天慶殿《てんけいでん》に仕える宦官のそれだが、せわしい歩きかたのせいか、寝台脇の方卓に洗面器を置く慎重な手つきのせいか、どことなく見覚えがあるようなないような、妙な感じがした。

ふと父帝の死が頭をよぎり、世龍は宦官の手をつかんだ。

「ちょっと、なにするのよ。痛いじゃない」

玉がふれあうような声が聞こえてきて目を見ひらく。

「公主なのか？」

「ほかにだれに見えるのよ」

宦官に扮《ふん》した金麗は賢《さか》しらな顎をそらして世龍を睨《にら》みあげた。

「なんだ、その恰好は」

「もう忘れたの？　男装を見せてあげるって昼間約束したじゃない。まあ、宦官服だから正確には男装とはいえないけど、似たようなものだからかまわないでしょ」

「こんな夜更けになんの用だ」

「包帯をとりかえにきてあげたのよ。この官服は楊常侍が貸してくれたわ。包帯のとりかえかたは太医に習ってきたから大丈夫よ」

「おまえの仕事じゃないだろう」

「わたくしはあなたの皇后になるのよ。夫の怪我の手当てくらいできてあたりまえだわ。ほら、突っ立ってないでさっさと座りなさい」

金麗に胸を小突かれ、世龍は寝台に腰をおろした。金麗はとなりに座り、世龍の左腕にまかれていた包帯をてきぱきとほどいていく。燭台《しょくだい》の明かりが傷口を照らすと、あたかも自分の腕が痛むかのように蛾眉《がび》をくもらせた。

「すごく痛む？」

「腕がねじり切れそうなほどに痛い」

「……そんなに？」

金麗が息をのんだので、世龍は思わず噴き出した。

「嘘だよ。すこしばかり熱がこもっている感じがするだけだ。戦場では何度も毒矢による負傷を経験してきたが、今回のはそのなかでいちばん軽い」

「ほんとうかしら。虚勢《きょせい》を張っているんじゃないでしょうね？　男の面子《メンツ》とやらのために痛くないふりをしているのなら、やせ我慢はやめて素直になりなさい」

「やせ我慢なんかしてない」

「怪しいわ。あなたは嘘つきだから」

信用がないな、と世龍は肩を揺らす。

「この程度の怪我は放っておいても治る。俺が心配しているのはおまえのことだ」

「昼間の襲撃がわたくしを狙ったものだったから？」

「今後はいままで以上に注意しなければならない。外出はひかえろ」

「遠乗りには行けないのね」

「弓の稽古も当分やすめ。射場は見晴らしがよいから、刺客にとっては恰好の狩場だ」

「なにもできないじゃない。つまらないわ」

「意外だな。命がいちばん大事なおまえなら、率先してひきこもると思っていたが」

「命は惜しいけど、退屈が好きってわけじゃないのよ」

金麗は不平そうに唇をとがらせた。彼女はもともと活発な性格なのだろう。成では女人は乗馬や武芸に親しまないから、生来の素質を活かす場がなかったのだ。

烈に嫁いでようやく持って生まれた気性を解放することができたのに、不穏な事件のせいでまたしてものびのびと暮らす機会を奪われてしまうとは、不憫《ふびん》なことだ。

「下手人を捕らえるまでだ。しばらく我慢してくれ」

わかったわ、と金麗はしぶしぶうなずいた。壊れやすい細工物をあつかうように丁寧に傷口を洗い、清潔な包帯を巻いたあと、ひどく言いにくそうにつぶやく。

「……ごめんなさい」

「なぜおまえが謝る」

「わたくしのせいであなたが怪我をしたから……」

「おまえのせいじゃない。森に連れ出した俺がうかつだった。怖い思いをさせてすまない」

気丈《きじょう》にふるまっているが、恐ろしかったはずだ。成の後宮では、武器を持った男たちに襲撃されることはさすがになかっただろうから。

「謝らなくていいわ。ちっとも怖くなかったもの」

「そうか？　腰がぬけて立てなくなっていたぞ」

「全速力で走ったから疲れたのよ」

「俺が馬に乗せてやったときも震えていた」

「肌寒かったのよ。風が冷たかったから」

ほがらかな春の陽気で、あたたかい風が吹いていた。彼女が震えていたのも、青ざめていたのも、寒さのせいではないとわかっていたが、あえて追及はしなかった。

「まだ寒そうだな」

怖がらせないようにやんわりと彼女の肩を抱く。金麗は一瞬、体を強張《こわば》らせたが、おとなしく世龍の腕のなかにおさまっていた。

「江南《こうなん》生まれだから華北《かほく》の気候に慣れていないの。でも、じきに慣れるわ。ここで暮らしていけば、こちらの風にもなじんで……」

膝の上で握りしめられていた小さな手に、世龍は自分の手のひらをかさねた。

「寒いときは言ってくれ。あたためてやるから」

「……余計なお世話よ。自力であたたまるからご心配なく」

金麗は世龍の腕のなかからするりと逃げ出した。

「手当てはすんだから帰るわ。あなたも早く寝なさい。楊常侍に聞いたわよ。寝室にまで奏状《そうじょう》を持ちこむことがあるんですってね。今夜はさっさと寝床に入るのよ。弱い毒でも体に悪いことに変わりはないんだから。しっかりやすんで――」

最後まで言わせず、柳腰《やなぎごし》を抱き寄せて膝の上に座らせる。

「せっかく男装を見せに来たのに、感想を聞かなくてよいのか？」

「どうせなんともないって言うんでしょ。聞かなくてもわかってるわよ」

金麗が膝の上からおりようと身じろぎする。世龍は細腰をとらえたまま体を反転させ、たおやかな肢体《したい》を褥《しとね》に横たえた。

「……なに、これ」

「見てわからないか？」

「ひょっとして……もよおしたの？」

「もっと色っぽい言いかたをしてくれ」

「男装でもよおすのなら、あなた、男色《だんしょく》の気があるのね。男色が悪いとは言わないけど、ほどほどにしたほうがいいわよ。子孫繁栄には女人との房事《ぼうじ》が欠かせないわ。男色で精力を使い果たして肝心なときに役に立たなくなったら本末転倒よ。精力は無尽蔵《むじんぞう》じゃないの。使いかたは大事よ。気ままに浪費してはいけないわ」

起きあがろうとした金麗の両手を褥に縫いつけるようにして押さえる。

「あのね、衣は男物だけど、わたくしの体は女のものよ」

「知っているぞ。洞窟《どうくつ》で見たからな」

「だったら手を離して」

「いやだと言ったらどうする？　大声をあげて助けを呼ぶか？」

「呼ばないわよ。面倒くさい」

「面倒くさいってなんだ。襲われそうになっているんだぞ。抵抗しないのか」

「よほど抵抗されたいらしいわね」

あきれたと言わんばかりに金麗はため息をつく。

「いつもなら付き合ってあげるけど、今夜はだめよ」

「なぜ」

「自分が怪我人だということを思い出して。怪我人に必要なのは房事じゃなくて休息よ」

「俺はそんなにやわじゃない」

「はいはい、そうでしょうね。だけど、用心に越したことはないわ。万が一、行為の最中に容体《ようだい》が急変したら事よ。腹上死《ふくじょうし》でもされたら大迷惑だわ。下手したらわたくしが殺したと疑われるじゃない。あなた、わたくしに皇帝殺しの罪を着せたいの？」

「……おまえと話していると情欲が失せるな」

「それはけっこうね。怪我人に情欲は厳禁よ。死にたくなかったらやすみなさい」

期待した反応が見られず落胆《らくたん》しつつ、世龍は彼女から離れて褥の上で胡坐《あぐら》をかいた。金麗はそそくさと起きあがって寝台からおりようとする。その背中を呼びとめたのは、一矢《いっし》報いたくなったからだろうか。あるいは単に離れがたかったからだろうか。

「怪我人を甘やかしてくれる気はないか」

「その図体で甘えたいの？」

「いやならいい」

わざとすねたような言いかたをしてそっぽを向くと、金麗がふりかえった。

「しょうがないわね。わたくしを守って怪我をしたんだし、とくべつに甘やかしてあげるわ。どうしてほしいの？　寝かしつけてあげましょうか？　子守歌を歌ってほしい？」

「そばに来てくれ」

世龍が手招きすれば、金麗は素直に近づいてきた。寝台にのぼり、招かれるままにそばに寄る。世龍は罠《わな》にかかろうとする兎を見守る狩人《かりうど》のように忍耐強く息をひそめていた。ふたりの距離が十分に縮まるのを待って金麗を抱き寄せる。甘やかな香りが舞いあがった。さながらひとかかえの春の花を抱きしめたかのように。

「覚悟しておけ」

抗《あらが》う隙《すき》を与えず唇を奪い、こぼれんばかりに見ひらかれた瞳をのぞきこんだ。

「怪我が治ったらこの程度ではすまぬぞ」

「……大婚《たいこん》がすんだら、でしょ」

「あと一月も待てない」

二度目の口づけは一度目より甘く香った。

「すぐにでもおまえを手に入れたい」

また唇を奪おうとしたら、なよやかな手のひらに阻《はば》まれた。

「……こういうことはよくないわ」

「なにがよくないんだ？　『願ったり叶ったり』じゃなかったのか？」

「……けじめをつけたほうがいいと思うの。皇帝の体面を守るためにも」

「体面など気にしない」

「気にするべきよ。皇帝の名誉はなによりも大切だわ。それに……急ぐことでもないでしょう。大婚をすませてからでも遅くはないわよ」

急に逃げ腰になった金麗をより強く抱き寄せる。

「なぜ逃げる？　俺にふれられるのがいやなのか？」

「……そういう問題じゃないわ」

「おまえはしきりと俺に欲情するかと尋ねるが、自分はどうなんだ？　俺に魅力を感じるか？　抱かれてもいいと思うほどに」

「……そんなこと重要じゃないわよ。あなたは情欲を抱かないと事をなせないけど、わたくしの場合は春情《しゅんじょう》がなくてもつとめは果たせるもの」

「それは困る。女のかたちをした木偶《でく》を抱いても面白味がない」

「面白味なんかいらないでしょ。わたくしたちは政略で結ばれるのよ。お互いにつとめを果たしさえすればいいわ。それ以上のものは不要よ」

鼻先がふれあうほどの距離で見つめ合っているのに、金麗はどこまでもかたくなだ。

「よし、わかった。大婚までにおまえを口説き落とそう」

「は？　どうしてそうなるのよ」

「木偶を抱くのはいやだ。おまえが言う『それ以上のもの』がなければ、夫のつとめを果たせない」

「あなたね、どこまでわがままなの。注文が多すぎるわよ」

勝気な瞳が恨みがましい視線を放ってくる。世龍は心なしか上気した彼女の頰に指を這《は》わせ、低く囁《ささや》いた。

「俺を甘やかしてくれるんだろう？」

返答の代わりに、金麗は世龍の胸を力任せに小突いた。ついで、つかみそこねた風のようにひらりと逃げ出す。今度は引きとめない。ただ、その残り香を余すことなく肺腑《はいふ》におさめ、彼女が巻いてくれた包帯にふれた。

――史金麗……おまえは、俺の天命なのか？

玫玉《まいぎょく》が言っていた。だれもみな、天命には抗えないと。

もしそれが永久不変の真理ならば、すべては筋書きどおりなのだろう。天が仕掛けた巧妙な罠に導かれて、世龍の心がかの女にかたむいてしまうことも。

第三章　月の宴

物憂い午後。金麗は長椅子の肘掛けにもたれ、冊子本の頁《ページ》をめくっていた。読んでいるのは蘭貴妃・呼延凌花《こえんりょうか》から借りた『彩鳳伝《さいほうでん》』。借りたというより、強引に押しつけられたといったほうが正しいが。「ぜひ感想を聞かせてくださいね！」と念押しされているので読まなければならない。

身の安全のために外出をひかえるようになってからというもの、手持ち無沙汰《ぶさた》で仕方ない。馬とふれあうこと、弓矢に親しむことがすでに日常の一部になっていた。体を動かしていれば雑念に囚われたり鬱屈《うっくつ》としたりする暇はないし、適度な疲労は健全な心身を保つよい薬だ。しかるに一日じゅう屋内で過ごしていると、体が疲れない代わりに心が乱れて落ちつかない。あれこれと考えなくてよいことを考えてしまう。

「今日は主上がお見えになりませんわね」

茶を運んできた碧秀が扉のほうを見やった。

「来なくていいわよ。昨日も来たんだから」

「昨日は早々に追いかえしてしまわれたでしょう」

「話すことがないもの」

「おふたりがともに過ごされることは〝寵愛〟の演出に役立ちますわ」

「ほどほどでよいわよ。数日置きに会えば十分だわ」

あの夜以来、世龍は足しげく金麗のもとに通ってくる。これまでも仲睦まじさを演出するため頻繁《ひんぱん》に会っていたが、近ごろは過剰といってもいいほどだ。

顔を見せない日はなく、訪ねてくるときは決まって手土産を持ってくる。めずらしい菓子や独特の細工物、烈の画聖《がせい》が描いた狩猟の絵や尭語《ぎようご》に訳された胡人の詩集などをさしだしては、金麗の関心をひこうと試みる。生活に必要なものはそろっているのだから余計なものは持ってこなくていいと言っているのに「女を口説きにいくときは手土産を欠かさないのが牙遼《がりよう》族の礼儀だ」などと抗弁《こうべん》して、手ぶらではやってこない。

──口説く必要なんかないのに。

きっと面白がっているのだ。本気であるはずがない。よしんば本気だったとしても、ほんの一時の気まぐれだ。男が語る愛情は嵐のようなもの。嵐は永遠にはつづかない。いつか過ぎ去ってしまうのだ。思うさまもてあそんだ大地を残して。

──愛情は要らない。夫婦の体裁《ていさい》さえととのえれば十分よ。

恋愛小説が物語るような、愛し愛される関係にはあこがれない。一度でもそんな関係になってしまえば、日々恐怖におののくことになる。蜜月の終焉《しゆうえん》にいつ襲われるのかと、戦々恐々《せんせんきようきよう》とする羽目になってしまう。

こまやかに語り合った情愛が冷め、骨身を突き刺す敵意にさらされ、煮えたぎる怨憎《おんぞう》さえ差し向けられて、かつては甘い言葉を囁いてくれた唇に死を宣告され、絶望の淵で息絶えた母后の轍《てつ》は踏まない。

母后が犯した最大の過ちは父帝を愛したことだ。父帝が注いでくれる寵愛を尽きせぬものだと勘違いしたことだ。幸せな日常も、甘やかな逢瀬《おうせ》も、あたたかい心遣いも、うたたの夢だと知っていたなら、腸《はらわた》を断つ苦患《くげん》とは無縁でいられただろうに……。

――わたくしは、母后のようにはならない。

かたく誓っているのに、どういうわけか、世龍と会うと当惑してしまう。

襲撃《しゅうげき》の夜、大きな手に肩を抱かれたとき、恐ろしさで身がすくんだ。彼の腕力を恐れたのではない。寝間で男とふたりきりという状況にうろたえたのでもない。自分を包んでくれる頼もしいぬくもりがあまりに心地よかったからだ。一瞬、なにもかもゆだねてしまいそうになった。この腕のなかから出たくないという思いが頭をよぎった。彼から離れるのがもうすこし遅かったら、二度と出られなくなっていたかもしれない。

あれから故意に世龍を避けている。

彼に会うのが怖い。世龍が金麗に向けてくれる好意は真実らしく見える。あたかも誠実そのもので、終生《しゅうせい》変わることがないかのように。

いっそ見るからに嘘とわかるものであれば気楽だった。それなら彼が望むまま、暇つぶしの遊びに付き合うこともできた。

だが、世龍の声にも、表情にも、言葉にも、ささいなしぐさにさえ真情が感じられるから、金麗はどうしようもなくすくんでしまうのだ。気を抜けば信じてしまいそうになる。

元世龍という男は、父帝とはちがうのではないか、と。そんなことはありえないのに。もし彼が宗室と縁もゆかりもない庶民であれば、信じてもよいかもしれない。地位も権力もない、ただの純朴な男であれば心をひらいたかもしれない。

あいにく、世龍は皇帝だ。彼を愛してしまえば、後宮に侍《はべ》る三千の美姫が金麗の恋敵になる。勝ちつづけることはできない。いつの日か世龍は金麗に飽きて、ほかの女人に目移りするようになる。そのときが来たら、金麗は身を焼くほどに後悔するだろう。彼に心奪われるべきではなかった、と。

「おや？　露台《ろだい》で物音がしますよ」

大あくびをしていた宝姿が億劫《おっくう》そうに露台をふりかえった。

「なんだろう、あの奇妙な影は……ひょ、ひょっとして幽鬼《ゆうき》じゃないですかね？　女官たちが噂してましたよ。この部屋の付近では西朱《せいしゅ》の皇太后が化けて出るって」

「真っ昼間から幽鬼が出るものですか。羽音が聞こえるので、鳥が羽休めに来たのでは」

様子を見てきなさい、と碧秀が宝姿の肩を小突く。

「やだなあ。もし幽鬼だったら……」

「幽鬼ではありませんから安心なさい」

碧秀に急かされ、宝姿はおっかなびっくり格子窓を開け、そろりと露台を見やる。

「うわっ、化け鳥がいますよ！」

「狗鷲《いぬわし》ですわよ。この羽根の色は主上の飼い鳥でしょう」

「いやいや、こんな馬鹿でかい鷲がいるはずないですよ！　妖怪のたぐいじゃないですかね。足に変なものをさげてますし」

「籠でしょう。なにか運んできたようですわ。受け取って来なさい」

「ええっ!?　俺が!?」

「こういうことは宦官の仕事です。ほら、さっさと行きなさい」

碧秀が強引に宝姿の背中を押す。宝姿はいかにも腰が引けた様子で露台に出た。

露台では降りそそぐ陽光を弾きながら狗鷲が羽ばたいている。

宝姿がおずおずと近寄ると、狗鷲は足につかんでいた籠の持ち手を離した。落ちてきた籠が宝姿の両腕におさまるのを見届け、ひらりと翼をひるがえして空に舞いあがる。

「あ、千里桃《せんりとう》が入ってます。それから文《ふみ》も」

部屋に戻ってきた宝姿が文をさしだす。金麗はそれを受けとり、文面に目を落とした。

「ん？　なんですか、その文字。尭語じゃないですね」

「牙遼語ですわよ。学びはじめたばかりなので自信はありませんが、おそらく……」

金麗が視線を投げると、碧秀は黙った。

部屋にこもりがちになってから、暇つぶしに牙遼語を学んでいる。烈で生涯を過ごすためには必須の知識なので、牙遼語の教師をつけてくれないかと世龍に頼んだのだ。

牙遼語は尭語とは文字が全然ちがうから苦戦しているが、文に書いてあったのは金麗にもわかるように平易な単語をならべただけの文章だった。

『顔を見せてくれ』

大らかな筆跡は世龍のもの。勉強になるだろうからと、世龍は簡単な牙遼語でつづった短い文を日に何度か寄越してくるのだ。

「異国語を学ぶときは、恋人からの文を読むのがいちばん効果的らしいぞ」

永賢の入れ知恵だろう。わたくしに恋人なんかいないわよ、と言いかえしておいた。

「この千里桃、よく熟れててうまいですよ。公主さまもおひとついかがです」

「なにが『おひとついかが』ですか。なぜあなたが公主さまに先んじて食べるのです」

「毒味ですよ。大事なお役目ですからね。念入りに調べておかないと」

「いくつも食べる必要はありません。公主さまの分がなくなるでしょう」

碧秀が宝姿から籠を奪い取った。小ぶりの千里桃をとりだし、水で洗ってから金麗にさしだす。金麗は真っ赤に熟れた果肉をかじり、うつむいた。

「お口に合いませんか？」

心配そうに尋ねてくる碧秀に微笑みかける余裕もない。食べかけの千里桃を持ったまま、金麗は露台に飛び出した。

「公主！」

広い中庭から快活な声が飛んでくる。そちらを見おろすと、狗鷲を腕にのせた世龍が手をふっていた。文字のように大らかな笑顔に目を射貫《いぬ》かれ、胸がざわめく。まるで百年ものあいだ待ち焦がれていたみたいだ。こうして彼と相まみえる瞬間を。

「いい天気だぞ。散策しないか」

「外出は禁止なんでしょう」

「中庭を散策するくらいならいいだろう」

「また毒矢が飛んでくるかも」

案ずるな、と世龍はほがらかな笑い声を放つ。

「俺が守ってやる」

音を立てて心が揺れる。髪をととのえ、臙脂《べに》をさしなおして、おりて行こうか。彼とならんで中庭を歩こうか。ふたりで春の花をながめ、たわいない話をしようか。

それだけだ。ありふれた日常の一幕。なにも起きはしない。金麗の生きかたを変えるほどのことは、なにも。

傷口にしみる塩水のような迷い。その痛みを引きずりつつ、金麗は首を横にふった。

「せっかくのお誘いだけれど、お断りするわ。読書に夢中なの。ちょうど佳境《かきょう》に入ったところなのよ。邪魔しないで」

ひらりときびすをかえして部屋に戻る。立ったまま残りの千里桃を食べた。

「疲れたからすこし眠るわ」

寝室に入り、馬で草原を駆けたあとのように勢いよく寝台に腰かけ、仰向けに倒れる。胸に手をあてた。どうしようもなくそこがうずくので。

——わたくしの心は、わたくしのものよ。

だれにもわたさない。わたしてはならない。どんなことがあっても、けっして。

永遠のものはない。人の心は移り変わる。今日の風はあたたかく頬を撫でてくれても、明日の風は冷ややかに肌を刺すかもしれない。一瞬に身をゆだねるのは愚かなこと。うたかたの夢は無償ではない。その代償《だいしょう》を支払うときが、いずれやってくるのだ。


「心ここにあらずですね、主上」

永賢の声で世龍はわれにかえった。鞍上である。右手に弓を、左手に矢を握っている。歩射《ほしゃ》ではふつう左手を弓手《ゆんで》、右手を馬手《めて》とするが、騎射《きしゃ》においてはどちらの手で弓を持っても射放つことができるようにしておかねばならない。

歩射ならみずからの足で自在に体勢を変え、標的を体の左側に置くことが可能だが、騎射の場合は馬首をひるがえさなければならないのでそれが難しい。よって馬上の射術では弓手と馬手を入れかえて矢を放つ射技を習得せねばならない。さすれば敵が左右どちらにあらわれても対処できる。

「そう見えるか？」

「集中なさっていたら、私が騎射で主上に肉薄《にくはく》することはできません」

おなじく鞍上で弓を持つ永賢が百歩（約一五〇メートル）先に置かれた的を見やる。

「矢飛びがぶれていらっしゃいました。おそらく命中はしていないでしょう」

馬腹を蹴り、的までの距離を半分ほどつめる。なるほど、的にはいくつもの矢が突き立っていたが、どれも中央を射そんじている。

「騎射に長けていらっしゃる主上が射そこなうとはめずらしいことです。よほど御心が乱れていらっしゃるのではありませんか」

「……まあ、そうかもしれぬな」

「なにかお悩みでも？」

「……公主に避けられている気がする」

吐息まじりの言葉を吐き、世龍は燦々《さんさん》と降りそそぐ陽光に目を細めた。

「会いに行ってもすぐに追いかえされる。以前は公主から会いに来てくれることもあったが、それも絶えてひさしい」

「原因に心当たりはございませんか？」

「……ある」

苦い後ろめたさが世龍にしかめ面をさせた。

おまえを口説き落とすと宣言した晩、金麗を抱きよせて口づけした。思えば、あれがよくなかった。顔を合わせるたび、金麗が天敵から逃げる兎のような警戒心を見せるようになったのは、あの行為のせいだろう。実を言えば、また口づけしたい気持ちはあるのだが、金麗に拒まれる予感がするので自制している。

「乱暴にしたわけじゃない。十分に気遣っていた……はずだ。むろん、この道の達人を自称するほど経験豊富ではないので、不手際《ふてぎわ》があったのかもしれぬが……」

「安寧公主にお尋ねになりましたか？」

「尋ねてはみたが、はぐらかされてしまう。どこがまずかったのか教えてくれぬ」

その話はしたくないとばかりに話題をそらされてしまうのだ。

「南人は口づけを嫌うのだろうか？」

「さあ、そんな話は寡聞《かぶん》にして存じませんが」

「公主は嫌うようだ」

「相手に喜ばれない行為はひかえるしかないでしょうね」

それが正論ではあるが、と世龍はため息をついた。

「これから夫婦になるのに口づけもできないというのは、なにかまちがっていないか？」

「主上のお考えではそうでしょう。されど、安寧公主にとっては、口づけをしないことこそが正常なのかもしれません。夫婦は他人ですから、考えかたの違いはどうしても出てきます。お互いがお互いの主張を押し出すだけでは円満にはなれません。敵同士ではないのですから、どこかで妥協《だきょう》するしかないでしょう。ときには譲歩《じょうほ》なさることです」

「譲歩か……」

今後、口づけはしないと誓いを立てなければならないのだろうか。できることなら、そんな誓いは立てたくないのだが。

「まずは相手の立場になってお考えになってみては。安寧公主は主上のことをどのようにお思いになっているでしょうか」

「……あいつは俺を種馬《たねうま》だと思っている。俺自身には興味がなく、俺と子をなせればそれでいいとのたまう。俺が春情《しゅんじょう》をもよおしさえすれば事はなせるので、自分が俺に対して好意を抱く必要はないと。まったく、恐ろしく利己的《りこてき》な女だ」

そんな女を口説き落とそうと悪戦苦闘《あくせんくとう》している世龍は、どうかしているのだろう。

「あいつに言わせれば、口づけをして子ができるわけではないのだから、する意味がないんだろう。判断基準が身ごもるか否かにしかないんだ。懐妊に直結しない行為には価値を見出さない。無駄なことはしたくないとばかりに避けようとする」

世龍も彼女を娶《めと》ると決めたばかりのころはそれでいいと思っていた。政略で結ばれた者同士、互いの義務を果たすことさえできればいいのだと。

しかしいまでは、彼女との関係を義務的なものですませたくないと思っている。政略で結ばれた夫婦だとしても、互いに心から寄り添うことはできるはずだ。

「なぜ安寧公主は子をなすことに拘泥《こうでい》なさるのでしょうか」

「自分の立場を確固たるものにするためだろう。后妃が後宮で己の地位をたしかなものにする最善の策は、世継ぎを産むことだからな」

「安寧公主はなぜご自分の立場を守ることに心を砕かれるのでしょう」

「皇宮で生きる者はだれだって保身に走る。ましてや公主は母親が廃后になり、嫡公主の位を奪われて、婢女《はしため》同然にこき使われていたから……」

腹に落ちた。金麗がなぜ過剰なほど利己的にふるまうのかが。

——俺が史文緯《しぶんい》のようになりはしないかと恐れているんだ。

出会って日が浅い男を気楽に信用できるほど、金麗は生易しい環境で育っていない。実の父が旧情《きゆうじよう》を忘れ、かつての愛妻を冷酷に打ち捨てるさまを目の当たりにしてしまったのだ。自分もおなじ悲劇に見舞われるのではないかと怯えて当然だろう。

——どうすればいいんだ。

いったいどうすれば、彼女の心の氷をとかすことができるのだろうか。世龍は史文緯とはちがうと理解してもらえるだろうか。

的を睨《にら》む世龍のもとにはせ参じる者がいた。散騎省《さんきしよう》の次官、永賢の副官たる散騎侍郎《じろう》だ。上官とおなじく宦官である彼はうやうやしく揖礼《ゆうれい》して口をひらいた。

「慕容《ぼよう》将軍ら、重臣がたが謁見《えつけん》を求めていらっしゃいます」

「またか」

勲貴《くんき》八姓出身の将軍たちが迅討伐《とうばつ》の勅命《ちよくめい》を下してほしいと連日のように詰めかけている。父帝の崩御だけでなく、金麗襲撃も迅の差し金にちがいないので、一刻も早く討伐すべきだというのだ。

事件の真相がわかるまで軽率な行動はするなと再三命じているが、先朝《せんちよう》の功臣は唯々《いい》諾々《だくだく》と青二才の主君に従ってはくれない。彼らはすぐにでも迅を攻めて武功をあげたいのだろうし、慎重を期す世龍にもどかしさを感じているのだろう。

——目下、迅は上り調子だ。勢いづいた敵と戦うべきではない。

迅の皇太子・李虎雷《りこらい》が東方の異民族を退けて太祖《たいそ》・天崇帝《てんすうてい》以来の失地《しっち》を回復し、返す刀で南部の皇族が起こした反乱を鎮圧《ちんあつ》したという一報が聞こえてきたばかり。

虎雷は勝勢《しょうせい》に乗じて烈と一戦交え、華々しい軍功をあげようともくろんでいるだろう。敵に追い風が吹いているときは守りに徹するのが兵法の常道《じょうどう》だ。勢いはかならず衰える。そのときが来るまで、烈はじっと息をひそめ、爪を研《と》いでおかなければ。

「話は射場で聞くと言え」

武人らしい功名心や国への忠誠心は諸刃《もろは》の剣《つるぎ》だ。諸将のなかでも勲貴八姓の者はとりわけ血の気が多い。しっかり釘《くぎ》をさしておく必要がある。先走って戦端《せんたん》をひらく前に。


炎魁《えんかい》の兎狩り事件以降、薇薇は金麗を避けるようになった。世龍にこっぴどく叱られたせいだろう。中庭などで偶然出会ってもそそくさと逃げてしまい、いやみを言ってくることも絶えてなくなった。一切かかわらなくてすむのなら安気で助かるのだが、世龍の皇后になることが決まっている以上、彼の同母妹といつまでも仲違いしておくわけにはいかない。すみやかに関係を修復しなければ。

金麗は一計《いっけい》を案じ、牙遼語を教えてほしいと薇薇に頼んだ。世龍に教師をつけてもらって勉強しているが、身近な人と牙遼語の会話をかわしながらおぼえるのが習得の近道だと言われたので、話し相手になってくれないかと相談を持ちかけたのだ。

「お断りよ。またあなたをいじめたって世龍兄さまに責められたらいやだもの」

薇薇はすげなく突っぱねたが、金麗には奥の手があった。

「教えてくださるなら、お礼に成のお菓子を作りますわ。お茶とお菓子を楽しみながら牙遼語で会話をするというのはいかがかしら」

茶宴のとき、薇薇はさんざん文句を言いながらも成の菓子をたらふく食べていた。どうやら甘味に弱いらしい。仕方ないわね、と薇薇はしぶしぶ承諾した。

かくして薇薇とふたりきりの茶会をもよおすことがあたらしい日課となった。牙遼語の先生としては、薇薇はかなり手厳しかったが、金麗が懸命に学ぼうという姿勢を見せたせいか、すこしずつ態度がやわらかくなっていった。

「世龍兄さまの凛々《りり》しいお姿が目に焼きついているわ」

ひととおり稽古を終えたあと、薇薇は尭語で口火《くちび》を切った。

昨日の出来事である。迅討伐《とうばつ》の勅命《ちょくめい》を下してほしいと詰め寄る慕容《ぼよう》将軍ら三人の重臣たちに、世龍は騎射の勝負を持ちかけた。三人のうちだれかひとりでも自分を打ち負かしたら、迅に出兵するというのだ。

「世龍兄さまは四本の旗指物《はたさしもの》にそれぞれ三つの円をお描きになったの。おのおのが旗指物をさして馬を駆り、相手の旗指物の円を三つ射貫《いぬ》いたほうが勝ち。これは太祖皇帝が好んで行った騎射なのよ。ふつうは一対一で対戦するけど、世龍兄さまは将軍たちをいっぺんに相手にしたわ。結果はどうなったと思う？　世龍兄さまは三将軍の旗指物にそれぞれ三つの穴をあけたのよ！　要するに九つ射貫いたってこと。将軍たちが負けを認めて下馬したとき、世龍兄さまの旗指物は無傷だったの！」

　傷ひとつない自身の旗指物をながめ、世龍は将軍たちに言った。

「貴卿《きけい》らはずいぶん気が急いているようだな。さもなければ、若輩者《じゃくはいもの》の余《よ》が歴戦の猛将である貴卿らに敵《かな》うはずはない」

「むろん気が急いておりますとも。一日も早く迅の鼠輩《そはい》どもを討《う》たんと……」

「勇猛さは優秀な武将に欠かせぬ素質だが、それだけで十分とはいえない。同時に冷徹さも兼ね備えていなければ。頭に血がのぼった状態で戦場に出れば、はじめのうちこそ勢いで勝ち進んだとしても、重要な局面で正しい判断ができず、敵に足をすくわれる」

　兵法書の講釈《こうしゃく》をしたいのではない、と世龍はつづけた。

「血気《けっき》にはやったすえ、失態を演じたことが余にもあるのだ。あれは三度目の出陣でのことだった。友軍が敵方の卑劣な罠《わな》で痛手をこうむり、激憤に駆られて敵陣に深入りしすぎた。そこに伏兵《ふくへい》がいるとも知らずにな。左右を敵に囲まれ、いっせいに矢を射かけられた。討ち死にを予期した余のもとに援軍を率いてやってきたのは先代の慕容将軍だ。獅子奮迅《ししふんじん》の活躍で余を救い出したあと、かの名将は余に金言《きんげん》を授けてくれた」

　将たる者、征野《せいや》に激情を持ちこんではならぬ。情は敗北のもとだ。戦場に赴《おもむ》くときは頭の芯まで冷えていなければならない。

「戎衣《じゅうい》をまとうたびに、余はあの戒めを反芻《はんすう》している。余はいかなる敵をも恐れぬが、己が心には恐れを抱かずにはいられない。心はときに餓えた猛虎のごとく暴れ、総身の血をたぎらせ、濃い霧のようにわれわれの判断力を鈍らせて、つねならばけっして犯さない愚を犯させる。匹夫《ひっぷ》の勇《ゆう》をふるったのが一兵卒《いっぺいそつ》なら自分の命を失うだけですむが、将軍であれば一軍を失う。万乗《ばんじょう》の君《きみ》であれば国と民を失うのだ。兵は凶器なりという。軽々に用いるべきではない。用いるときはかならず時宜《じぎ》にかなっていなければ」

時機が来れば東征《とうせい》する、と世龍は宣言した。

「いまは民を安んじ、富国《ふこく》につとめるべきときだ。戦を避け、守りに徹し、勝機《しょうき》の到来を待つ。機が熟せば貴卿らと轡《くつわ》をならべて東へ赴き、ともに大業《たいぎょう》をなそう」

手柄話のようにとうとうと語り、「将軍たちは引き下がったわ」と薇薇は胸をそらした。

「騎射で打ち負かされたうえ、先代慕容将軍の遺訓《いくん》を持ち出されたから返す言葉もなかったんでしょう。先代慕容将軍の豪勇《ごうゆう》と忠烈《ちゆうれつ》は語り草だもの、下手に反論したら勲貴八姓につらなる宿将《しゆくしよう》たちに意見することになるわ。東征のおりには先鋒《せんぽう》を任せてほしいと頼むのがせいぜいだったようね。芝居の見せ場みたいな胸がすく一幕だったわよ。あなたも見に来ればよかったのに。世龍兄さまの堂々たる勇姿を見逃すなんて馬鹿ね」

金麗のもとにも世龍が将軍たちと騎射をしているという報告は届いたが、見物に行くかどうか迷って、結局行かなかった。

――見物に行けば、声をかけられるもの。

世龍に会いたくない。できれば視線も交わしたくない。怖いのだ。恐ろしくてたまらないのだ。会えば会うほど、言葉を交わせば交わすほど、心を侵蝕されそうで。

「世龍兄さまのこと、どう思ってるの？」

牙遼語の問いが聞こえて、金麗は顔をあげた。

「簡単な質問でしょ。答えて。好き？　嫌い？」

「……尊敬していますわ」

頭のなかで単語を組み立てつつ牙遼語で答える。

「そんなのあたりまえでしょ。世龍兄さまは尊敬されるべきかただもの。あたしが聞いているのは、男の人として好きなのか、嫌いなのかってことよ」

薇薇は鋭い目つきで金麗を見ていた。語調はきびしいが、牙遼語に慣れない金麗にもわかるように易しい単語を選んでくれていることがわかる。

「好きなら、このまま結婚してもいいわ。南人を皇后に迎えるのは気に入らないけど、まあ許してあげる。だけど、世龍兄さまのことが嫌いなら結婚しないで。あたし、世龍兄さまのことが大好きなの。小さいころからずっとあたしのことを守ってくれたもの。あたしにとっていちばん大事な人よ。世龍兄さまには絶対に幸せになってほしい。夫を愛さない女にわずらわされたり、苦しめられたりしてほしくないの」

「わたくしは……」

返答が途切れたのは、なじみのない異国の言葉を使っていたからだろうか。

「おぼえておいて。もしあなたが世龍兄さまを不幸にしたら、あたしは許さない。どんな手を使っても懲《こ》らしめてやるわ。そのときになって後悔しても遅いわよ」

——好きになったりしないわ、あんな人。

おだやかな春の夜。金麗は窓辺に置いた椅子に腰かけ、夜風に吹かれていた。

人を好きになるということは、厄介事を抱え込むということだ。だれかに心を奪われた瞬間から、その人のささいな言葉やちょっとしたしぐさに一喜一憂する羽目になる。自分の感情を自分で制御《せいぎょ》できなくなってしまう。

それでも彼との関係がうまくいっているあいだは甘い夢を見られるだろう。だが、夢は遠からず終わる。そのときが来たら、夢を見る前よりもずっとみじめになる。奪われたまま戻らない心が傷だらけになって血を流す。

いつの日か打ちひしがれたくなければ、夢は遠ざけなければならない。甘い夢に身をゆだねてしまいたいなどと、ほんの寸刻《すんこく》でも思ってはいけない。他人が自分の心に入りこんでくるのを許してはいけない。一歩たりとも侵入させてはならない。他人と自分の境界線には堅固《けんご》な城壁をもうけて身を守らなければ。城壁は高く、厚くなければならない。だれにも飛び越えられないように、打ち破られないように——。

「そんなところでなにをしているんだ、公主」

だしぬけに世龍の声が聞こえてびくっとした。

見れば、外廊下の欄干《らんかん》のむこうから世龍がひょっこり顔を出している。金麗は窓辺から逃げようとしたが、なんとか踏みとどまった。逃げ出すなんて手の内を明かすようなものではないか。本心では彼を怖がっているなんて、彼と会うたびに胸がざわめいてしまうなんて、絶対に知られてはならない。

「あなたこそ、そんなところでなにしてるのよ」

逃げ出したい気持ちを抑えこみ、金麗はつとめて平然と世龍を見かえした。

「おまえに会いに来たんだ。表から訪ねても門前払いされるからな」

中庭から梯子《はしご》をかけてのぼってきたらしい。世龍は体の重みを感じさせない軽やかな動作で欄干を越えて外廊下におり立った。

「皇帝のくせにこそ泥みたいな真似しないで。みっともないわよ」

「みっともないのは百も承知だが、どうしてもおまえに会いたかった」

世龍が近づいてくるので、金麗はひそかに身がまえた。龍文の胡服をまとった長軀《ちょうく》はもはや目になじんだものになっているはずなのに、いまだに鼓動が乱れてしまうのはなぜだろうか。戸惑いを懸命に押し隠してさらぬ体《てい》でやり過ごそうとしていると、開け放たれた窓のむこうから世龍が薄紅色の野花をさしだした。

「さっき手折ってきた。たくさん咲く場所があるんだ。まだ五分咲きだったが、じきに満開になる。丘一面が薄紅に染まる光景は一見の価値があるぞ。おまえにも見せてやりたいが、いまは無理だな。下手人が捕まったらふたりで行こう」

そうね、と気のないそぶりで金麗は花を受けとった。ほんとうは受け取らないほうがいいのだろうが、わざわざ手折ってきてくれたものをむげにつきかえせない。

「用事がすんだら、早く帰って。わたくしもそろそろやすむところだから……」

「すこし話をさせてくれ」

世龍はかすかな衣擦《きぬず》れの音を立ててひざまずいた。金麗は椅子に腰かけているから、彼に見あげられる恰好になる。

「おまえは俺を信じられないんだな」

「……いきなりなんの話よ」

「俺が史文緯《しぶんい》のような不実な男ではないかと恐れている。だから俺を受け入れられない」

「不実じゃない男なんかいないでしょう」

「いるぞ。おまえの目の前に」

自分を買いかぶりすぎよ、と金麗はそっぽを向いた。

「この世には二種類の男しかいないわ。ひとつは不実な男、もうひとつは自分を誠実だと思いこんでいる男。どちらにしても結果はおなじだわ。信じたほうが馬鹿を見るのよ」

「そう思うのも無理はないな。おまえは背中だけでなく、心にも傷を負っている。裏切りの傷痕はいつまでも執拗《しつよう》にうずくものだ」

「……経験者みたいな口ぶりね」

「俺も裏切られたことがあるからさ。信頼しきっていた養母に」

世龍の生母である楚氏《そし》は毒殺された。下手人は楚氏と姉妹のように親しく付き合っていた妃嬪、納梨姫《のうりき》だという。

「納梨姫は物腰がやわらかい婦人で、いつも奥ゆかしく微笑んでいた。母后が納梨姫を妹と呼んで可愛がっていたから、俺は実の叔母のように彼女を慕った。母后が亡くなってからは養母として敬い、心頼みにしていた。しかし、母の死から六年後、真実があきらかになったんだ。母后を殺したのは、母亡きあと、俺の養母になった納梨姫その人だと……」

納梨姫は楚氏の入宮と同時期に先帝に嫁いだが、なかなか身ごもらなかった。子授けの神仏《しんぶつ》に朝夕欠かさず祈り、舌がしびれるほど苦い薬湯を飲み、怪しげなまじないにさえ手を出したけれども、すべて徒労《とろう》に終わった。

万全の支度《したく》をととのえて龍床《りゅうしょう》に侍《はべ》っても、納梨姫の体にはわずかなきざしさえなかった。気をもんで太医《たいい》を問い詰めると、太医はさも言いにくそうに「主上と納梨姫は血の相性が悪いので懐妊は望めないでしょう」と答えた。

失意に沈む納梨姫のかたわらで、楚氏は何度も身ごもった。納梨姫にとってはあまりにも困難なことが、楚氏にとってはあまりにもたやすいのだった。納梨姫は楚氏をうらやんだ。はじめは純粋《じゅんすい》な羨望《せんぼう》であったものがしだいに暗く濁《にご》り、妬《ねた》ましさに染まって、完全な憎悪へと変貌《へんぼう》を遂げるのに、さほど時間はかからなかった。

「目的は俺を奪うことだったと納梨姫は自白した。母后を殺し、自分が俺の母親になりたかったのだと……。その目論見《もくろみ》は成功したわけだ。六年ものあいだ、俺はわが母を殺した鬼女《きじょ》を養母と呼び、孝養《こうよう》を尽くしていたんだから」

納梨姫は廃妃され、先帝に死を賜《たまわ》った。

「罪人が報いを受けたところで怨《うら》みは晴れなかった。やり場のない感情が残った。なによりも憎いのは、まんまと欺《あざむ》かれていた自分自身だ」

「だれも信じられなくなったでしょう」

「ああ、しばらくはな」

「また信じられるようになったの？」

　どうして、と顔をあげて問うと、世龍はふっと目もとをやわらげた。

「努力したんだ。人は人を信じずに生きられぬ。裏切りを恐れて孤独の檻《おり》に閉じこもっていては、遅かれ早かれ心が錆《さ》びつく。錆びついた心は他人を寄せつけないばかりか、その鋭利な刃で己さえも傷つけてしまう。みずからでみずからを痛めつけて正道を歩めるはずはない。道を踏み外さぬため、ふたたび人を信じようとつとめた。己の怯懦《きょうだ》に打ち勝つのは容易《ようい》ではなかったが、俺自身のためにそうする必要があったんだ」

「……わたくしにもあなたを信じる努力をしろというの」

「機会をくれと言っている。おまえの信頼を勝ち取る機会を、俺に与えてくれないか」

　ひたむきに見つめられると、なぜか胸の奥が甘く苦い軋《きし》り音《ね》をあげる。

「具体的になにをすればいいのよ」

「待っていてくれればいい。近いうちにわかるはずだ。元世龍は信頼に値する男だと」

「たいした自信家ね」

「だからこそ、おまえに似合いの男だろう？」

うぬぼれないで、と睨《にら》んだが、世龍は鷹揚《おうよう》に笑った。ついで表情を引き締める。

「ところで、あらためて尋ねるが……南人は口づけが嫌いなのか？」

「なによ、いきなり」

「おまえが急によそよそしくなったのは、襲撃の晩、俺がおまえに口づけしたことが原因のように思われる。おまえはどうやら口づけが好きじゃないらしい。あるいは俺のやりかたが気に入らぬのかもしれぬが」

「正直に言えば、どちらも当てはまるわ」

「……そうか」

世龍は大柄な狼が耳を垂れるようにしゅんとした。

「具体的にはなにがどうまずいんだ？」

「すべてよ。まず、口づけなんかしなくても子は授かるわ。要するに無駄な行為ってこと」

「それはいかにもおまえが言いそうなことだと思った」

「無駄なことはしたくないの。わたくしは子を孕《はら》みたいけど、そのための行為は必要最低限でいいと思ってるわ」

「……俺が最低限の行為では夫のつとめを果たせないと言えば、どうだ？」

「そのときは仕方がないから付き合ってあげるけど、進んですることじゃないわよ。懐妊するため、しぶしぶ応じるだけ」

しぶしぶか、と世龍は困ったように苦笑した。

「不承《ふしょう》不承《ぶしょう》に応じられてもうれしくないんだがな」

「望んでいるふりをしろと言うならしてあげるわよ。演技は得意だから、どんな要求にも応じられるわ。でも、あなたはそれではいやだと言うんでしょ。わがままね」

「まあいい。実用性の観点は置いておくとして、口づけの技法の話に移ろう。俺のやりかたのなにが気に入らぬ？　どうすればおまえの意に沿《そ》うことができる？」

「どうすればって言われても……」

あの夜のことを思い出すと頬に朱がのぼる。抱きしめられて、唇を奪われて、なにも考えられなくなった。全身から力が抜けてしまったのだ。三度目の口づけを拒むのが寸刻でも遅れていたら、取り返しのつかないことになっていただろう。

――またあんなことをされたら……。

きっとなにもかも手放してしまう。身も心も自分のものではなくなってしまう。いけない、そんなことになっては。自分のものは自分の手が届くところに置かなければならないのだ。一度でもだれかの持ち物になってしまったら、二度と取り戻せないから。

「……なにをしても無駄よ。わたくしはもともと口づけというものが嫌いなのよ。どういうやりかたでも気に入らないと思うわ」

そうか、と世龍はあからさまに肩を落とした。

「そこまで言うのなら、二度としないと誓う。おまえにいやな思いをさせたくない」

「約束を守ってくれればいいけど」

「守るとも。俺は誠実な男だからな。ただ、聞くところによると夫婦には互いの譲歩《じょうほ》が必要らしい。俺はおまえに歩み寄った。おまえも俺に歩み寄ってくれないか」

「譲歩って？」

「口づけの代わりになる行為を許してほしい」

「代わりになる行為？　なに、それ」

「手をかさねる、ではどうだ？」

世龍が手のひらをさしだした。刀剣を握り慣れた大きな手。武人らしいその掌《たなごころ》が見た目よりもずっとやさしいことを、金麗はすでに知っている。

世龍は男のなかではましな部類かもしれない。やろうと思えば腕力にものを言わせて我《が》欲《よく》を満たすこともできるのに、金麗がいやだと言えば無理強《むりじ》いはしないのだから。

彼の譲歩に敬意を払って、ためらいがちに手を出す。やがてぬくもりがかさなり、武骨な手のひらが金麗の手をそっと包む。

さながらほかに大切なものはないとでもいうように。

「これならいやじゃないか？」

金麗が小さくうなずくと、世龍は安堵《あんど》したふうに破顔《はがん》する。

「俺にとってはいささか物足りないが、おまえがいやがらないことが最優先だ。今度からはこうしよう」

かさなった手が耐えがたいほど熱い。金麗は逃げるように目をそらした。

――信じないわ、けっして。

このぬくもりが永遠に自分のものだなんて、絶対に信じたりしない。信じたが最後、裏切られるに決まっているのだ。理屈ではそうわかっているのに、手をふりはらうことができない。時間が過ぎなければいいと思っている。ずっとこうしていたいとさえ。

世龍と会うと、日に日に心が弱くなっていく。彼自身が金麗を蝕《むしば》む毒なのだ。このままではいけない。どこかで彼を突き放さなければならない。握られた手をふりはらって、彼に背を向けなければ。引きかえせなくなる前に。

三月なかばになると、宮中では月神・太陰帝君《たいいんていくん》を祀《まつ》る宴がもよおされる。これは烈独自の行事で年に二回行われ、春は上弦の月、秋は下弦の月が出る夜にひらかれる。

宴席がもうけられたのは、中宮《ちゆうぐう》は太極殿《たいきよくでん》前の広場。皇族と群臣、先帝の妃嬪が盛装して一堂に会し、翠燭花《すいしよくか》を漬けて醸《かも》した緑酒《りよくしゆ》を酌み交わす。

おぼろな半月に照らされ、月姫・虞玫玉《ぐまいぎよく》が舞を奉納《ほうのう》する。

十六で成長をとめた肢体《したい》を包むのは緋色の舞衣《まいぎぬ》。薄闇にたなびく水袖《すいしゆう》には金刺繍がほどこされ、星のきらめきを放ちながら玫玉の動きに合わせてひるがえる。

ひだをつけた長裙《ちようくん》の下では足輪の鈴がしゃんしゃんと鳴り、軽快な胡楽《こがく》の調べと混ざり合う。大輪の牡丹と碧玉の簪《かんざし》で飾られた銀髪は風をはらんでふわりと舞い、麗しい月のかんばせを神秘的に彩《いろど》った。

月姫とはいかなる存在なのか、金麗にはいまひとつつかめない。

月光を用いて吉凶を占い、皇帝に助言をするのがつとめだという。

要するに巫女なのだが、それにしては皇帝との距離が近く、歯に衣着せぬ物言いをする。西宮内の氷影宮《ひょうえいきゅう》という殿舎《でんしゃ》で暮らしているが、行動を制限されているわけではなく、皇宮内外どこにでも行くことができる。

妃嬪になっていてもおかしくないほどの美姫だが、月姫が妃嬪になることはないらしい。月姫は太陰帝君の花嫁なので、人間と結ばれることは禁忌《きんき》だそうだ。

護衛のため、つねに武官が影のように付き従っているが、これは男ではなく宦官である。月姫の貞操《ていそう》を守るため、同族である虞一族の男子が去勢されて護衛となる決まりだ。宦官以外にも武官がそばに仕えているが、こちらは男装した女人である。

牙遼族の女子ゆえ弓馬はお手の物。ときには馬を駆って城外へ出かけ、太陰帝君への捧げものにする獣をみずからしとめるという。

役目柄、皇帝のそばにいることが多い。祭祀《さいし》だけでなく朝議《ちょうぎ》に出ることもあるそうだ。

世龍と玫玉がならんでいると、好一対《こういっつい》という言葉が浮かぶ。

玫玉は金麗より背が高く、世龍の肩くらいまである。右目の下にあざやかな青い花を浮かびあがらせた美貌は世龍の端麗な顔立ちにすこしも引けをとらず、ふたりが微笑み合うさまは一幅《いっぷく》の絵のようだ。

舞を終えた玫玉が世龍のそばの席に座る。世龍は玫玉に酒を勧め、玫玉は豪快《ごうかい》にそれをあおった。玫玉が冗談を言ったのか、世龍は肩を揺らして笑う。ふたりの親密そうな様子を見ていると、悪いものでも食べたかのように胸の内がもやもやした。

――親しすぎるんじゃないかしら。

月姫は地上の男と結ばれてはならないというおきてがあるのに、玫玉は世龍に対してずいぶん心安いようだ。世龍も彼女に対して遠慮がなく、先帝の妃嬪たちと接するときのような格式張った態度は見られない。

玫玉が月姫になって二十年ほど経つそうだから、世龍にとっては幼いころから慣れ親しんだ相手なのだろうが、仮にも男女なのだからある程度の距離をとるべきではないか。あとで指摘しておこうと考えて、やはりやめようと思いなおす。

世龍とはこれ以上、親しくならないと決めたのだ。彼がだれと睦《むつ》まじかろうが金麗には一切関係ない。いちいち諫言《かんげん》しなければならない理由などありはしないのだ。

ふたりを見たくなくて周りに視線を移す。

武官たちは痛飲《つういん》して騒いでいる。酔いのせいか、尭語と牙遼語が交ざった奇天烈《きてれつ》な言葉を吐いては大笑いしていた。喧嘩《けんか》じみたやりとりもあったが、だれも止める者がいないところを見ると、よくあることなのだろう。武官にくらべれば多少はおとなしいものの、文官たちも似たり寄ったりだ。

成では、後宮の女人は外廷《がいてい》の宴に出なかった。

金麗が知る宴とは皇族と后妃だけが集《つど》う席で、優雅な音楽が奏でられるなか、歌妓《かぎ》たちが華やかに舞い、古雅な詩賦《しふ》が読まれ、機知《きち》に富んだ会話が交わされる、きわめて行儀のよいものだった。

烈では男女が同席し、自由に席を移動し、飲み比べをしたり一緒に踊ったりする。風流な詩などはとんと聞こえてこない。牙遼語でなにか歌のようなものを口ずさむ者はいるが、牙遼語はもとより語調が荒く、粗野な響きを持っているので、聞き慣れない者には岩を打ち砕かんとする猛風にも似た荒々しさしか感じられない。もし、ここに成の文人《ぶんじん》がいたなら、烈の宮廷の宴は野人のそれだと蔑《さげす》みもあらわに顔をそむけただろう。

金麗はこの宴席を野蛮だと言い捨てるつもりはないが――上辺《うわべ》だけとりつくろった気取り屋たちの宴も快《こころよ》いものではないのだ――、なんとなく居心地の悪さを感じた。

それは牙遼族の風習が肌になじんだ祖国のそれとちがいすぎるせいでもあるだろうし、婢《はしため》女生活が長く、宴のようなにぎにぎしい場と縁遠かったせいもあるだろう。妃嬪たちと適当に歓談していたが、笑顔を維持するのにも骨が折れる。息抜きをしようと思い、酔い覚ましに散策してくると言って中座《ちゅうざ》した。

ようやく人目を気にせず表情をゆるめられると安堵したものの、「わたくしもお供しますわ」と凌花《りょうか》が蝴蝶のように衫《ひとえ》の袖《そで》を揺らしてついてくる。追いかえすわけにもいかず、連れだって宴席の喧騒《けんそう》から離れた。

中庭へつづく石敷きの小道を歩いているあいだ、凌花はしゃべりどおしだった。呼延《こえん》凌花という婦人は一時たりとも黙っていられないらしく、その気ぜわしい舌で次から次に言葉をつむいでいく。金麗は熱心に聞いているふりをして聞き流していた。

酒、舞、衣装、料理、音楽、奇術……宴席にちなんだ話題がひととおり出尽くせば、次に来るのは凌花が最近読んだという恋愛小説の話だ。すばらしい物語だったが、終局に女主人公が死んでしまったのが不満だとぼやく。

「悲恋はいけませんわ。愛し合うふたりが結ばれてこそ物語なのです。恋人たちが引き裂かれてしまうなら、悲しみしか残らないでしょう。悲しむために物語を読むなんてどうかしていますわね？　物語は絶対に幸せな結末でなければならないのです。大団円のない物語なんて存在自体が罪ですわ。ですからわたくし、結末を書きかえましたの。死んでしまった女主人公を生きかえらせて、ふたりの婚礼で終幕としましたわ。安寧公主にもお貸ししますわね。幸せな気持ちで胸がいっぱいになりますわよ」

悲恋と言えば、とまた話題が変わる。

「月姫さまと大冢宰《だいちょうさい》がいまも恋仲でいらっしゃるという噂、お聞きになりまして？」

「え？　月姫さまと大冢宰……ですか？」

なぜおふたりが、と金麗がいぶかしむと、凌花はぽんと手を叩いた。

「まあ、安寧公主はご存じないのですね？　では、わたくしが事情をお話ししますわ。実は二十年前、月姫さま――虞玫玉さまは大冢宰の許婚《いいなずけ》でしたの」

「許婚？　月姫は未婚でいるのがしきたりなのでは……」

「二十年前まではほかのかたが月姫をつとめていらっしゃったのですわ。月姫は年をとりませんが、太陰帝君の花嫁として用をなさなくなれば身罷《みまか》ります。端的《たんてき》に言えば、月姫の力を失えば命を失うということですの。先代月姫は四十年ほどその座に在《あ》りましたが、太祖皇帝の御代、お隠れになりました。そのとき、玫玉さまに印があらわれたのです。玫玉さまと大冢宰――当時の呼び名では広王《こうおう》ですわね――おふたりは婚礼間際でした」

印とは、月姫の右目の下にあらわれる翠燭花のことだという。

「ご存じのとおり、月姫は虞一族の娘から選ばれます。でも、虞氏一門の家長が指名するのではありませんの。太陰帝君が御自らご指名なさるのですわ。その証が翠燭花の刻印です。右目に印があらわれた娘は死ぬまで人間の男に嫁ぐことができなくなります。それが古くからのしきたりです。婚約は破棄されました。これが単なる政略による婚約であれば、だれも傷つかなかったでしょうね。幸か不幸か、おふたりは相思相愛でした。幼いころから轡《くつわ》をならべて草原を駆けまわり、騎射に興じては獲物を競い合い、季節の祭祀では手をとりあって歌舞を楽しみ……。わたくしが童女のころ、遠乗りにお出かけになったおふたりを拝見したことがありますが、まさしく好一対でしたわ。物語に出てくる幸福な恋人たちがそこにいるようで、うっとりと見惚れたものです」

凌花が憎む悲恋物語のように、玫玉と豪師は天命によって引き裂かれた。

「月姫に就任する儀式の直前、玫玉さまは広王と駆け落ちなさいました。西域《さいいき》に逃げてふ

たりで暮らすつもりだったそうですわ。でも、月姫には〝貞操を失うと死ぬ〟という過酷
なさだめがあるのです。それゆえ、おふたりは心から求め合いながらも結ばれることがで
きず、太祖皇帝が遣わした追手に捕まって連れ戻されました」
　太祖は豪師が月姫を盗んで逃げたことに激怒しており、環首刀《かんしゅとう》をふるって豪師を斬り殺
そうとした。先帝と群臣が必死でとりなしたおかげで豪師は斬刑《ざんけい》を免ぜられたが、禁忌を
犯した罰として太祖は焼き鏝《ごて》で豪師の左目をつぶした。
「玫玉さまは月姫に就任する儀式を拒み、自害しようとして毒をあおりましたの。太医《たいい》が
すぐに治療したので即死はまぬかれましたが、毒の作用でひどく衰弱なさって……。玫玉
さまが口になさった毒物は特殊なもので、それを解毒できる薬草はとても危険な場所に群《ぐん》
生《せい》しています。折悪しく、その日は嵐でした。吹き荒れる雨風のなか、薬草を採りに行く
なんて命を捨てに行くも同然ですわ。太祖皇帝は玫玉さまを助けることをあきらめ、『こ
れも天命であろう』とおっしゃったそうです。だれもみな、すでに玫玉さまがお隠れに
なったかのように悲しみに沈んだと記録されています。悲運を嘆きつつも、受け入れてい
たのです。月姫が亡くなれば、太陰帝君が虞一族の娘からあたらしい月姫をお選びになる。
それが虞家に課せられたさだめ。この顚末《てんまつ》もまた、天の計《はか》らいなのだろうと……」
　みなが涙に沈んだ夜が明けると、満身創痍《まんしんそうい》になった豪師が皇宮に駆け戻った。
「広王は横殴りの雨に打たれながら崖《がけ》にのぼり、薬草を採ってきたのですわ。その薬草で
太医たちが解毒薬を煎じたので、玫玉さまは一命をとりとめました。けれど今度は広王が

臥《ふ》せってしまわれました。もとより左目を負傷なさっていたのですもの、暴風雨のなか崖をのぼるのはどれほど困難なことだったでしょう。体じゅうが傷だらけで……右腕と左足の骨が折れていたそうです。死の淵から生還なさった玫玉さまは太医たちの制止をふりきり、病床に臥せった広王のもとへお急ぎになりました。恋人の痛ましいお姿をごらんになって打ちひしがれる玫玉さまに、太祖皇帝は残酷な言葉をおかけになったそうですわ。『これがそなたの望みか。そなたは余の息子を黄泉に送るために生まれてきたのか』と」

豪師は助かる見込みがなく、もはや死を待つばかりであった。

「広王は太祖の秘蔵《ひぞ》っ子でしたの。太祖皇帝は広王の生母である赫連《かくれん》氏を格別に寵愛なさっていましたので、広王にはとくべつな情をお持ちだったのでしょう。月姫を奪った罪をきびしく咎《とが》めて左目をつぶすことさえなさいましたが、それも親心だったのですわ」

太祖がだれよりも激しく憤《いきどお》り、環首刀をふるって豪師を斬殺しようとしたからこそ、群臣はこぞって諫《いさ》めたのである。

もし太祖が豪師を罰することに消極的だったら、群臣の反応はもっと冷ややかなものになっていただろう。みずから焼き鏝を握って息子の片目をつぶしたのは、豪師が父帝の手で罪の報いを受けたという事実を群臣に目撃させることで、それ以上の追及を退け、息子の命を守るためだった。

「玫玉さまは自分を助けるために広王が致命傷を負ったことを知り、月姫としてお立ちになることを決心なさいました。氷影宮に咲く翠燭花には太陰帝君の力が宿っています。これを薬草のように服用すれば、広王は助かるのです。でも、翠燭花は月姫がお隠れになれば枯れてしまいますの。広王を黄泉路《よみじ》から呼び戻すには玫玉さまが就任の儀式を行って正式な月姫となるよりほかに方法がなかったのですわ」

玫玉が儀式を行うと、枯れ野と化していた氷影宮の中庭があたらしい芽を吹いた。無数のそれらは月光を浴びてまたたく間に生長し、鮮麗な青い花びらをひらいた。

玫玉は手ずから翠燭花を摘んで薬を作り、豪師に飲ませた。一命をとりとめた豪師が寝床から起きあがったとき、そこに彼女の姿はなかった。

「それからおふたりはべつべつの道を歩むことになりました。玫玉さまは月姫として、広王は皇族として。広王――大冢宰は妃妾《ひしょう》をお迎えになり、御子を授かっていらっしゃいます。玫玉さま――月姫さまはしきたりどおり、いまも未婚です。翠燭花の印があらわれさえしなければ、おふたりは夫婦となり、子をもうけて幸せに暮らしていたでしょうに……。恋しいかたがほかの女人を娶《めと》り、そのかたと子をなすのを月姫さまはどのようなお気持ちでごらんになっていたのかと思うと、わが事のように胸が痛みますわ。きっと身を引き裂かれるような苦しみを味わわれたのでしょうね……」

情感たっぷりに語り、凌花は目じりににじんだ涙を手巾で拭った。

――月姫さまと主上は叔母と甥のような関係なんだわ。

玫玉が豪師に嫁いでいれば、彼女は世龍の叔母になっていた。ふたりの距離感が巫女と皇帝というより親族に近いのも道理であろう。

「月姫さまと大冢宰はいまも親しくなさっているのですか？」

「もちろん誼《よしみ》を結んでいらっしゃいますわよ。皇家である元氏一門の始祖と、月姫を擁《よう》する盧氏一門の始祖は同族ですから、遠戚のようなものですの。ただ、月姫さまと大冢宰の場合はいささか度が過ぎているのではないかと噂されていますわ。わけてもご嫡室と死別なさってから、大冢宰は月姫さまと……」

庭園に入る月洞門《くりぬきもん》にさしかかったとき、むこうから白い人影が近づいてきた。

「安寧公主、蘭貴妃」

女官ひとりを連れた雪朶《せつだ》が金麗たちにあいさつした。白い垂れ絹がついた帷帽《いぼう》をかぶっているので、白っぽい人影に見えたのだ。

「蓉貴妃も酔い覚ましですか？」

「ええ……風にあたっていたら気分がよくなったので、宴席に戻るところですわ」

では、と雪朶は帷帽越しに微笑みもせず、逃げるように立ち去る。ふわりと舞った残り香にはわずかに煙のにおいがふくまれていた。

「蓉貴妃はよく宴席を抜け出しますの」

雪朶のうしろ姿が薄闇にまぎれるのを待って、凌花がこそこそと耳打ちした。

「戻ってきたときには決まって涙のあとがあるのです。ひょっとしたら秘密の恋人とひそかに会っているのかもしれませんわね」

「まさか」

「ありえないとは言えませんわよ。先帝に嫁ぐ前、蓉貴妃には許婚がいたのですが、そのかたは蠟円《ろうえん》滅亡の動乱にまきこまれて行方知れずになっているとか。亡骸《なきがら》が見つかっていないのですから、生きているかもしれませんわ。蓉貴妃は身分を隠して皇宮にもぐりこんだ元許婚と再会し、恋心が再燃して人知れず逢瀬《おうせ》をかさねているのかも……」

「それは許されないことですわ」

「ええ、そうですとも。もし事実なら不義密通ですわ。世間の人が知れば、ふしだらな女だと口々に罵《ののし》るでしょう。けれどわたくしは、蓉貴妃が不憫《ふびん》でなりませんの。心から愛する殿方がいるのに異国の後宮に閉じこめられるのは、つらく苦しいことでしょう。そのかたが近くにいればなおさら、胸が張り裂けそうになるはずです。蓉貴妃が憂い顔を捨てられないのも無理はありませんわ」

悲劇の女主人公のようにぽろぽろと涙をこぼし、凌花は手巾で顔を覆う。

「どうしてこの世はかくも不条理《ふじょうり》なのでしょう。愛し合う恋人たちの仲を引き裂くことが天の御意思なのでしょうか？　天はあまりに残酷ですわ。大団円で終わる物語のように、すべての女人が恋しい殿方と結ばれるよう取り計らってくだされればよいのに……」

さめざめと泣く凌花のとなりで、金麗は見るともなしに月を見ていた。

――現世《うつしよ》は物語の舞台ではないわ。

愛し合う恋人たちが結ばれたところで、蜜月は長続きしない。めぐる季節のごとく人の心は移ろい、甘く囁き合った睦言《むつごと》はいつしか恨み言に変わってしまう。

永遠の愛情など、この世にはない。それは物語の世界にだけ存在するものだ。

現世を生きながら物語の結末を求めるのは愚かなこと。夢を見る目で人生を見ていれば遠からず破綻《はたん》する。なぜならそのうつろな目は、間断《かんだん》なく襲い来る手厳しい現実に立ち向かうことができないから。

「蘭貴妃」

うしろから声をかけてきたのは世龍だった。

「すまぬが、公主を貸してくれぬか」

凌花があかるい笑顔を残して立ち去ると、世龍はこちらに手をさしだした。

「……なによ、この手は」

「もう忘れたのか？　口づけの代わりだ」

「こんなところでしないわよ」

「側仕えは下がらせたぞ。ふたりきりだ、だれも見ていない」

「太陰帝君がごらんになっているわ」

金麗が月をふりあおぐと、世龍は不服そうに手をおろした。

「おまえは案外身持ちがかたいんだな」

「ふしだらな女が好みなの？」

「俺の前だけならふしだらになってもよいぞ」

ならないわよ、と言いかえし、陽気に笑う世龍から目をそらす。

――お酒を飲みすぎたんだわ。

彼がそばにいるだけで胸が高鳴るのは、飲み慣れない烈の酒で悪酔いしたせいだろう。あるいは彼が胡服や円領《まるえり》の袍《ほう》ではなく、交領《こうりょう》の龍衣をまとっているせいだろうか。尭制《ぎょうせい》にのっとった小冠《しょうかん》が思いのほか似合っているからだろうか。

月明かりに照らされた横顔が絶世の美男子といわれる太陰帝君のそれを思わせるせいかもしれない。いずれにせよ、金麗自身の問題でないことはたしかだ。金麗は絶対に恋などしないのだから、特定の男がそばにいるというだけで胸が高鳴るはずがない。

「美しいな」

世龍は顎先に手をあてて金麗を見おろした。

「今夜のおまえは広寒宮《こうかんきゅう》から舞い降りた嫦娥《じょうが》のようだ」

「ありきたりな台詞ね」

「気の利いたことを言いたいが、無骨者《ぶこつもの》の俺にはこれが精いっぱいだ」

熱っぽい視線を感じてどぎまぎする。

領《えり》を金糸で縁どった青磁色の衫《ひとえ》も、瑠璃色の生地に印金《いんきん》の宝相華《ほうそうげ》が咲き競う胸高の長裙《ちょうくん》も、臈纈《ろうけち》染めで花喰鳥《はなくいどり》をあらわした披帛《ひはく》も、世龍に見せるためにまとったわけではない。雨だれのように翠玉をつらねた金歩揺《きんほよう》も、花をかたどった台座に貴石をちりばめた耳飾りも、鳳凰の意匠をあしらった首飾りや琥珀が象嵌《ぞうがん》された腕輪も、けっして彼に見せるために選んだ品ではない。

露華真珠《ろかしんじゅ》のおしろいでととのえた肌や、螺子《らし》の黛《まゆずみ》で描いた遠山《えんざん》の眉もそうだ。金粉を散らした花鈿《かでん》や桜桃の粒のように唇を染めた臙脂《べに》も。化粧のために双鸞鏡《そうらんきょう》をのぞきこんでいたとき、世龍のことなど思い出しもしなかった。だから彼に褒められたからといって胸がときめくことはない。いたって平常心だ。鼓動は乱れないし、頬が熱くなることもない。

「嫦娥どのに見せたいものがあるんだが、付き合ってくれるか？」

世龍が手をさしだす。なにげなくその手を取ってしまって、金麗は彼を睨《にら》んだ。

「不意打ちなんてずるいわ」

「なんのことだ？」

「この手よ。一度拒まれたからって騙し討ちで手を握るなんて卑怯だわ」

「誤解するな。これは口づけじゃないぞ。側仕えの代わりに手を引いてやろうと思っただけだ。まあ、口づけのほうがよければ、そちらの意味で解釈してもかまわぬが」

けっこうよ、と唇をとがらせつつ、世龍に連れられて石敷きの小道を歩く。満開の桃花のなかを彼に手を引かれて歩いていると、雲の上にいるような心地になる。彼は金麗に歩調を合わせてくれていた。おかげで小走りにならずにすむ。

連れていかれたのは庭園の一角だった。

立ち入るのははじめてだ。庭園というより廃園といったほうが適切かもしれない。広々とした池の水は涸《か》れ、奇岩は苔むし、草木は勝手気ままに生い茂り、小道に敷き詰められた石の隙間からも雑草が顔を出している。

「朱王朝の皇帝が造らせた庭園なんだが、烈の建国以来、打ち捨てられていたので見てのとおり荒れ放題だ。ここに手を入れて、成国風の庭園を造ろうと思っている。成の職人を雇い入れるつもりだが、連中もさすがに後宮の造園にはあかるくなかろう。細かいことはおまえのほうがくわしいだろうから、指示を出してやってくれぬか」

「……どうして成国風の庭園なんか造るの」

「おまえが故郷をなつかしむことができるように。聞けば烈と成では、庭の造りがだいぶちがうとか。俺には庭園の良し悪しなどわからぬが、成の後宮で暮らしてきたおまえにはわかるだろう。おまえの意に沿うように、職人たちに指図してくれ」

月明かりを背景に破顔する彼を、金麗は見ていられなかった。

――限界だわ。

もう耐えられない。これ以上は、いけない。

「ここだけじゃだめよ。皇宮じゅうの庭園を成国式にして」

金麗が居丈高《いたけだか》に顎をそらして言い放つと、世龍はまなじりをさげた。

「それは無理だ。この皇宮は太祖皇帝から受け継いだものだからな。一部だけならともかく、すべての庭園を造りかえることはできない」

「造りかえるべきだわ。烈の皇宮は野蛮だもの。もっと洗練された造りにして」

「……そこまで言うか」

「言うわよ。烈のものはなんでも野蛮だわ。今夜の宴だってそうよ。夫婦でもない男女が同席するなんて汚らわしいわよ。宴は後宮と外廷できっちり分けるべきだわ」

「分けて行う宴もある。尭族式に行うものも多い。太陰帝君の祭祀は牙遼族の風習ゆえ、古来のしきたりにのっとって、男女の隔てなく祝うんだ」

「乱倫《らんりん》ね。まさに蛮族の風習だわ」

世龍が眉間を強張《こわば》らせたが、かまわず毒舌を吐く。

「烈の武官は粗野で教養がなく、詩賦ひとつ読めない。文官はすこしましだけど、成の文官に匹敵する学識の持ち主はいないみたいね。あんな知性も品性もない人たちが朝廷に仕える大官だなんて笑っちゃうわ。今夜の宴は宮廷の宴というより獣たちの酒盛りよ。下品で泥臭くてうんざりしたわ。いつもこうなの？　だったら群臣を教化しなければ。礼教の戒めを学ばせて、人間らしいふるまいを身につけさせなきゃだめよ」

「……公主」

「乱倫と言えば、月姫さまは自由に出歩きすぎではなくて？　貞操を守らなければならない巫女のような存在なら殿舎にこもっているべきだわ。好き勝手に出歩いて殿方と親しく付き合うなんて破廉恥《はれんち》よ。行動を制限して、異性とは会わせないようにするべきね」

あきらかに気分を害した様子の世龍を見あげて、金麗は畳みかけるようにつづけた。

「ついでに忠告してあげるけど、牙遼語は廃したほうがよいわよ。耳障りで聞き苦しいもの。尭語のような優雅な響きがなくて、まるで野獣の咆哮《ほうこう》みたい。あんな夷狄《いてき》の言葉は捨てて尭語に統一したほうがよいわよ。どうせ宮廷の人たちは尭語を話せるんだから、わざわざ牙遼語をおぼえる必要はないでしょう。子どもたちには尭語だけを教えて、牙遼語は教えなければいいのよ。そうすればしだいに蛮族の言葉は消えていくわ」

「俺たちは牙遼族だ。忘れるべきではない」

「忘れるべきよ。もう必要ないんだもの。だってあなたたちは生活様式を尭族に似せているじゃない。官職だって、過去に栄えた尭族の王朝が使っていたものを基盤にしているわ。あなたたちは牙遼族であることに誇りを持っているみたいだけど、実際は尭族にあこがれているのよ。だからわたくしたちとおなじような衣を着て、わたくしたちの宮殿に似た建物に住んでいるんだわ。あなたたちがほんとうに牙遼族として生きたいなら、毛皮を着て、天幕で暮らすべきでしょう。人を埋葬するときは、あなたたちの先祖がそうしたように亡骸を野ざらしにするべきでしょう。錦の衣なんて、甍《いらか》を葺《ふ》いた宮殿なんて、石を敷きつめた街路なんていらないはずよ。喪服や葬儀もいらないはずよ。でも、いまのあなたたちはわたくしたち尭族の猿真似をしているわ。これがあこがれでなくてなんなの？」

　高慢な笑みを唇に刻む。

「尭族のように生きたいなら、いっそ夷狄《ひせん》だったころの記憶は葬り去って、本物の尭族になれるよう努力すべきだわ。手始めに卑賤な言語は捨てることね。それから蛮習《ばんしゅう》もあらためていかなくちゃ。たとえば――」

「公主」

怒気を孕《はら》んだ声音が金麗の台詞を断ち切った。

「烈の皇帝は俺だ。おまえじゃない」

「知ってるわよ。だけど、あなたはわたくしの言うことならなんでも聞いてくれるでしょ。わたくしの心が欲しければ、わたくしの言うとおりにして」

金麗が甘えるようにしなだれかかると、世龍はうっとうしそうにふりはらった。

「おまえはやはり南人だな」

「ええ、わたくしは南人よ。そして瑞兆天女だわ。だからあなたはわたくしの心が欲しいんでしょ。わたくしに愛されなければあなたは天下を平定できないんですものね」

「うぬぼれるな。おまえの力などなくても、天下は手に入れる」

「ふうん、そうなの。じゃあ、ここでわたくしを殺せばいいじゃない。あなた、さっきからわたくしに手を上げるのをこらえているでしょ。なぜ我慢するの？　殴りたければ殴ればいいわ。野蛮人だもの、気に入らない女を痛めつけるくらいふつうのことよね？」

怒りをあおろうとして故意に毒々しい言葉を投げつけたのに、世龍は手を上げようともしない。その代わり、背筋が凍るほど冷たい目で金麗を見おろした。

「以前も言ったはずだ。俺には女を痛めつける趣味はない」

「ずいぶん高尚《こうしょう》でいらっしゃるのね。野蛮人のくせに」

「俺が野蛮人ならおまえはなんだ？」

「わたくしは瑞兆天女よ。あなたを助けるために天からおりてきてあげたの」

世龍は薄く笑った。

「あいにくだが、おまえの助けは要らない」

「そんなわけないわ。わたくしがいなければあなたは――」

彼の袖をつかもうとのばした手が虚空をつかむ。世龍が一歩下がったからだ。

「何度もおなじことを言わせるな」

鋭利な刃物を思わせる冷酷なまなざしが金麗の視界を切り裂いた。

「おまえの助けは要らない」


荒々しい足音が遠ざかると同時に、物陰に身を隠していた碧秀が駆け寄ってきた。

「どうしてあんなことを？　なぜ主上を怒らせるような真似をなさるのですか」

「いいのよ。あれで」

金麗は世龍の袖をつかみそこねた手を握りしめた。

世龍を激怒させるため、意図して牙遼族を貶《おとし》めた。彼が出自に矜持《きょうじ》を持っているから、あえて牙遼族の習俗を嘲弄《ちょうろう》し、朝廷の功臣たちをこけにして、南人らしい傲慢さをふりかざしながら彼が尊んでいる伝統や先祖代々受け継がれてきた言語をこき下ろした。

――これで裏切られずにすむわ。

裏切られたくなければ、最初から愛されなければいい。愛されたあとで捨てられるより、端から愛されないほうがはるかにましだ。いっそ嫌われたほうがいい。軽蔑されて、疎《うと》んじられて、遠ざけられたほうがずっといい。

狙いどおりに事が運んだのに、金麗は打ちのめされていた。予想していなかった。世龍に嫌悪の目で見られることがこれほどまでにつらいなんて。

こみあげる涙をやり過ごそうとして夜空をふりあおぐ。半分に欠けた金色の月は、だれかの忘れ物のようにひっそりと輝いていた。

太陰帝君《たいいんていくん》の宴から七日後、巻狩《まきが》りが行われる。皇帝一行は轡《くつわ》をならべて城外へ繰り出し、われがちに馬を駆って矢を放った。

日が落ちるころには天幕を張り、ひと晩の宿とする。獲物を調理して食べ、草原で一夜を過ごすことで、遊牧民として暮らしていた遠い祖先の労苦をしのぶのだ。

とはいえ、草原の夜空の下でもよおされる宴は労苦ではなく遊興に満ちている。男たちの相撲、女たちの綱引き、子どもたちの馬芸、老人たちの語り物……数ある楽しみのなかでいちばんの目玉はぼうぼうと燃える火を取り囲んで行う舞踏だ。

尭族ではありえないことだそうだが、男女が入り交じって踊る。

その際、身にまとうのは尭式の右衽《うじん》（右前）の衣服ではなく、牙遼式の左衽《さじん》（左前）の胡服である。

古い時代には巻狩りの宴が男女の縁を取り持つ場となり、互いの合意があれば親族の許可なく契《ちぎ》りを結ぶことも許されていた。

それは未婚の男女に限ったことではなく、人妻にも許されており、ここで授かった子は不義の子と見なされず、太陰帝君からの授かりものとして大切に育てられ、ときには優遇されることさえあった。当世では不義は禁じられているが、巻狩りの宴はいまでも伴侶を求める男女の出会いの場となっている。

火影《ほかげ》が映し出す恋人たちを横目に、世龍は憤然《ふんぜん》と酒をあおっていた。

——この宴も野蛮だと思っているんだろう。

視線の先にいるのは、すまし顔で座っている金麗だ。みなとおなじように椅子ではなく敷物の上に腰を落ちつけているが、細い体を包んでいるのは尭式の大袖衫《おおそでさん》と長裙《ちょうくん》であって、牙遼族の故習にのっとった衣服ではない。

今夜は金麗と踊るつもりだった。幸せな恋人たちにまじって踊りながら、牙遼族の乙女のように着飾った彼女に見惚れるのを心待ちにしていた。期待は裏切られた。金麗はふだんどおり祖国の衣をまとい、退屈そうにあくびを噛《か》み殺している。

——あいつをとくべつな女だと見誤った俺が馬鹿だった。

金麗は南人だが、傲慢ではなく、狭量《きょうりょう》でもなく、牙遼族の歴史や文化に敬意を払ってくれると思った。事実、彼女は烈の習俗になじもうと積極的に努力していた。弓馬に励み、牙遼語を学ぶ姿を喜ばしく見ていたのに、あれは芝居だったのだろうか。

金麗もそこらの南人と変わりないということか。尭族の習俗を最上のものとし、異民族のそれは蛮習と切って捨てる驕《おご》り高ぶった連中と同類なのか。烈の国風を進んで受け入れるふりをしながら、本心では当初から世龍を、烈を蔑《さげす》んでいたのか。

――あんな女、だれが愛するものか。

金麗がこれまで世龍に見せていた姿が偽りなら、世龍が彼女を求めることはない。自分を野蛮人と見下す女をひたむきに愛するほど、愚かではないつもりだ。結局はこうなるさだめだったのだろう。世龍は牙遼族で、金麗は尭族だから。互いに相容《あいい》れぬものなのだ。子をなすことはできても、心を分け合うことはできない。

「そもそも俺は最初から反対でしたよ。南人女を皇后にするなんて」

喉を鳴らして杯《さかずき》を干し、勇飛が憎たらしそうに言い放った。

「瑞兆天女がなんだ。そんなものなくても三兄なら独力で天下を手に入れられる。天女だかなんだか知らないが、女の助力など端から当てにしなくていいんですよ」

どこから話がもれたのか、牙遼族を貶《おとし》めた金麗の発言が噂になった。

噂を聞いた勇飛は頭にかっと血がのぼったらしく、ところかまわず彼女を悪しざまに言う。勇飛だけではない。薇薇はかんかんに怒っているし、金麗に悪感情を持っていなかった小燕《しょうえん》もこればかりは腹に据《す》えかねている様子だ。

反感は野火のごとくひろがり、いまや宮廷人の大多数が彼女を敵視するようになった。

その証拠に、宴席でも金麗は孤立している。凌花が同情して話しかけているが、ほかの者はとげとげしい視線をむけるだけで、あいさつをしようともしない。

――自業自得だ。

烈の人間は誇り高い。自分を蛮族と蔑む者に媚びへつらいはしないのだ。こうなることも予測できないほど、金麗の慢心は肥え太っていたのか。

――俺が甘い顔をしすぎたせいだ。

彼女の心をときほぐそうとして手を尽くしたことが仇《あだ》になったのだろう。

「あんな女、明日にも追い出しましょう。成に送りかえしてやればいいんだ」

勇飛はぎろりと金麗を睨《にら》みつけ、宴席じゅうに聞こえるような大声を放つ。

「安寧公主とかいう立派な封号《ほうごう》を名乗っているが、しょせんは廃后の娘じゃないですか。長らく婢女《はしため》として暮らしてきた女ですから、貞操《ていそう》だって怪しいものですよ。成は体よく厄介払いしたんだ。不身持《ふみもち》かもしれない高慢ちきな女を娶《めと》ったら苦労するのは目に見えています。面倒なことになる前にとっとと成に送りかえしてやったほうがせいせい……いいや、あれでもいちおう瑞兆天女だ。追い出したところを迅にかすめ取られるかもしれない。迅にくれてやるくらいなら始末すべきですよ。後顧《こうこ》の憂いを断って――」

「ずいぶん物騒な話をしているな」

笑みまじりの声が勇飛の言葉をさえぎった。見れば、豪師が悠然《ゆうぜん》とこちらに歩いてくる。軽く息があがっているのは、相手をころころ変えながら踊ってきたせいだろう。世龍のとなりに腰をおろし、豪師は手ずから杯に酒をついだ。

「ご婦人がたも大勢いらっしゃるのだ。粗暴な物言いはひかえよ」

「先に粗暴な物言いをしたのはあの女ですよ、叔父上」

勇飛は憎々しげに酒杯を干した。

「あの女は不遜《ふそん》な発言で三兄を怒らせた。いや、烈のすべての人間を怒らせたんだ。罰を受けさせるべきですよ。処刑されたって文句を言えないくらいのことをしたんだ。腕の一本くらい、へし折るくらいでちょうど――」

「悪酔いしているな。おまえは酒に弱いんだから、すこし酔いをさましてこい」

「酔ってなどいませんよ、叔父上。これっぽっちも酔ってないですよ。烈の男はこれしきの酒では酔いません。餓鬼《がき》のころから飲み慣れていますからね。飲めば飲むほど全身に力がみなぎってくるんです。おかげで体じゅうがかっかしますよ。ここはいやに暑いな！こうも暑いと衣なんか着ていられない！ようし、こんなものは脱いで……」

「脱ぐならあちらに行け。男の裸など見せられては酒がまずくなる」

「なにをおっしゃいますか、叔父上！男の肉体ほど酒の肴《さかな》に向いているものはありませんよ！われわれの遠い祖先は半裸で車座になり、酒を酌み交わしたというじゃないですか。鍛えあげた筋肉を互いにさらしてこそ、男同士の絆《きずな》が深まるわけで――」

「わかったわかった。おまえは俺の将兵と絆を深めてこい」

豪師が武官たちに勇飛を連れていくよう命じた。勇飛は抵抗したが、酔いがまわっているせいか、衣を脱ぎかけたまま連行されるように宴席から遠ざかっていく。勇飛が酒に弱いのは事実であり、酔うと裸になりたがる悪癖《あくへき》があるのも事実だ。宴席から連れ出してくれたのは正直助かったが、豪師のそばにひとり残されるのは気づまりだった。

「主上はまだ踊っておらぬようだな」

豪師が世龍の杯になみなみと酒を注いだ。その気安げな口ぶりは臣下というより叔父のそれだ。廟堂《びょうどう》の中でも外でも、豪師は叔父が甥にするように世龍に接する。年長者らしい尊大な言動が癇《かん》に障ることも多いが、不快感はおもてに出さない。

「みなの楽しげな姿を見物するのに忙しかったもので」

「見物だけではだめだぞ。火を囲んで行う舞踏はわれら牙遼族の伝統だ。烈に君臨する皇帝が踊らずにどうする」

正論だ。世龍はだれかと踊らなければならない。牙遼族の首《おびと》として面目を保つために。

「だれを誘うのだ？　安寧公主か？」

「公主は牙遼族《われわれ》の風習にはなじまぬようです」

「なるほど。断られたわけか。男女が手を取りあって踊るのはふしだらだと？」

茶化すように口の端をあげ、豪師は荒っぽく酒をあおる。

「礼教の国で育った安寧公主にしてみれば、こんな宴は乱倫そのものだろうな。成では宴でも男女の席をわけるのに、ここでは男女入り乱れての酒盛りだ。しかし、いやしくも嫁いだ身なら婚家の習俗を軽んじるわけにはいくまい。成には〝鶏《とり》に嫁げば鶏に従い、犬に嫁げば犬に従う〟という言葉があるそうだ。牙遼族の男に嫁いだ女は牙遼族の故習になじまなければならぬ。進んでなじまぬというなら、腕ずくでなじませればよかろう」

「力で従わせれば、烈の者は野蛮だと公主にますます見下されます」

「それがどうした。女に蔑まれるとおまえの矜持《きょうじ》が傷つくのか？」

うぶなやつだな、と豪師は肩を揺らした。

「年長者として助言してやるが、おまえは経験がすくなすぎる。呼延《こえん》妃が死んでから女を遠ざけていただろう。あれがよくなかった。経験を積んでおくべきだったのだ。そうすればおのずとわかっただろう。女など手に入れてしまえばどれもおなじだとな。手に入るまでは得がたいもののように見えるが、それは幻想にすぎぬ」

「叔父上は月姫を手に入れられなかったのでは？」

世龍が古傷をえぐるように言いかえすと、豪師は鷹揚に笑いとばした。

「若いころはだれしも色恋に迷う。愛だの恋だのを前世から探し求めていた至宝のごとく崇《あが》めるがゆえな。おまえのような青二才は知らぬのだ。色恋は楽しむためにするものだと。ほんのひと時の暇つぶしにすぎず、人生を費やすほどの代物《しろもの》ではない」

楽しめ、と豪師は世龍の肩を叩いた。

「安寧公主だけが女じゃない。青馬が手に入らぬなら、黒馬で代用すればよかろう。乗り心地にたいした違いはない」

豪師が手を叩くと、暗がりから着飾った美しい女たちが出てきた。みな左衽の胡服に身を包み、古い時代の牙遼族の乙女のように二つにわけて編んだ髪を両肩に垂らし、貴石をちりばめたひたたい飾りをつけているが、体つきや顔立ちは南人のそれだ。

「主上は南人の女が好みなのだろう？　安寧公主に似た南人の美姫をそろえてきたぞ。本物の代わりに、この者たちをそばに置けばよい。気散じにはなろう」

南人美姫たちが世龍のそばに侍《はべ》り、酌《しゃく》をする。

ふと視線をあげれば、金麗はもう座席にいなかった。中座したのだろう。世龍とおなじ空間にいるのも不快だというのだろうか。

世龍はしなだれかかってくる南人美姫の手をふりはらった。

「大冢宰の気遣いには感謝するが、あいにく余には無用の長物だ。下がらせよ」

金麗の代わりになる女がいるとは思えない。彼女は唯一無二の女だ。すくなくとも世龍にとっては。


金麗は逃げるように宴席を離れた。世龍のそばに南人の美女たちが侍るのを見ていられなかったからだ。

――どうして苛立つのよ、馬鹿馬鹿しい。

いままで考えなかったわけではない。世龍が熱心に言い寄ってくるのは、南人の女が物珍しいからだと。南人の女ならだれでもよいのだろう。べつに金麗でなくても。

その推察はまちがっていなかったわけだ。世龍は南人の美女たちを拒まなかった。媚態《びたい》をふくんだ笑みをむけられ、たおやかな白い手で酌をされてまんざらでもない様子だった。もっと露骨に喜んでいたかもしれない。まともに顔をあげていられなかったので彼の表情ははっきりしないが、不快感を示しているようには見えなかった。

——だからなに？　わたくしには関係ないわ。

男が移り気なのは父帝の例を見ればあきらかだ。金麗が自分の思いどおりにならないので、ほかの南人の女に乗りかえたのだろう。

きっと彼女は世龍の意に従い、彼は彼女の従順さを愛するのだろう。どれほど彼女が世龍に愛されようと、金麗はすこしもうらやましくない。南人の女だからとか、自分に逆らわないからとか、そんな理由で愛されても意味などない。

いや、ちがう。そもそも愛されたくないのだ。世龍にはほかの女人を寵愛してほしい。金麗以外のだれかを。金麗が安全でいられるように。

——わたくしのことなんか疎《うと》んじてくれてかまわないわよ。

世龍に嫁いだら皇后として厚遇されたいと思っていたが、いまでは冷遇されてもいいと思っている。いやしくも金麗は成の公主で、烈の人びとが尊ぶ瑞兆天女だから、最低限の待遇は保証されるはず。命さえあればいい。食べるものに困らなくて、住まいや衣服に困らなければ、ほかに望むことはない。生きることだけが目的だ。子をなし、命をつなぐことだけが願いだ。

夢など見ない。見てはいけない。夢は覚めるものだから。

「どちらへいらっしゃるんですか、公主」

自分の天幕に戻ろうと先を急ぐ金麗の行く手を阻《はば》んだ者がいた。声で世龍ではないとわかる。その事実は、なぜか金麗を落胆させた。

「天幕へ戻るところですわ。疲れてしまいましたので、早くやすみたくて」

「無理もありません。野蛮な宴ですからね。公主にはさぞ気づまりでしょう」

ああ誤解しないでください、と炎魁はあわてて言い添えた。

「非難してるわけじゃないんです。実は俺もかねてからこのような宴は野蛮だと思っていたんですよ。天下を平定すれば、尭族も烈の臣民になるんだ。尭族がいただく皇帝が左衽《さじん》の胡服をまとってふしだらな宴に興じていたらおかしいでしょう。遠からず諸民族の主として天下に覇をとなえるんだから、古くさい蛮習は捨てるべきなんですよ。俺が皇帝だったら、公主が望まれるとおりに蛮風をすべて廃止するんだけどなあ。三兄は年寄りみたいに頭が固いからやらないだろうな。しきたりを守ることに固執《こしゅう》してるんですよ」

言いながら、炎魁は自分の所有物にするように金麗の肩に腕をまわした。

「そのくせ南人の美女には目がないみたいだ。宴席でごらんになったでしょう。叔父上も抜け目がないな。三兄に南人美姫を献上して骨抜きにしようという魂胆《こんたん》ですよ。きっとうまくいくでしょうね。酌をしていた美人を三兄はさっそく抱き寄せていましたから」

ずきりと胸が痛んだ。鋭い杭《くい》を打ちつけられたみたいに。

「いまからあの調子じゃ、先が思いやられますね。大婚もあげないうちから公主をほうりだしてほかの南人美姫を寵愛するんじゃないかなあ」

「……べつにかまいませんわ。英雄は色を好むものですから」

「度が過ぎなければいいんですけどね。三兄のように遊び慣れていない男は加減を知らない。いったん女色の味をおぼえたら周りが見えなくなるほど夢中になってしまう。今夜だって公主には見向きもせず、叔父上に勧められた美姫を侍《はべ》らせて鼻の下をのばしている始末ですから。ただでさえ乱倫な宴に出席させられて公主は身の置き場がないのに、三兄に無視されたせいでますます肩身がせまくなっておかわいそうだ。俺が三兄だったら、公主が孤立しないように気を配るんだけどなあ。ひとりきりになんて絶対にしませんね。ずっとそばにいて、やさしい言葉をかけて、できるだけ早く公主を宴席から連れ出しますよ。値千金《あたいせんきん》の春の夜をふたりきりで楽しみたいですからね」

そうだ、と炎魁は金麗をぐいと抱き寄せた。

「これからふたりで出かけませんか？　一面の花畑が見られる場所があるんです。月明かりの下ですばらしい景色を見れば、いやな気分は吹き飛びますよ」

「お気遣いはうれしいのですが、わたくし――」

体を離そうと試みるものの、有無《うむ》を言わせぬ力で肩をつかまれているので逃げられない。助けを求めて碧秀に視線を投げたときだ。勇飛の野太い声が飛んできた。

「六弟！　おまえはまた公主に言い寄っているのか！　恥知らずめ！」

勇飛はどすどすと地面を蹴りつけてやってきた。よほど暑いらしく、肌脱ぎになって筋骨隆々たる肩をむき出しにしている。

「公主は三兄に嫁ぐかただぞ！　兄嫁になる女人になれなれしくさわるな！」

「ふん、なにが兄嫁だよ。おまえ、泥酔して自分の発言もおぼえていないらしいな？　ついさっき、公主を成に送りかえせと言っていたじゃないか。それどころか始末しろとさえ言っていたよな？　腕の一本でもへし折ってやれとかなんとか」

「それとこれとは話がべつだ！　公主から離れろ！　みだりがましい行いは許さん！」

「ご婦人の前で半裸になるのはみだりがましい行いじゃないのかよ」

「みだりがましいだと!?　男の肉体は輝かしいものだぞ！」

「こっちはむさくるしい野郎の半裸なんか見たくないんだよ。目が腐るぜ」

「なにを言うか軟弱者《なんじゃくもの》め！　ええい、おまえも脱げ！　男なら裸で勝負だ！」

「なんの勝負だよ筋肉馬鹿が。あっちへ行けよ。そこらの熊でも相手にしてろ」

「熊に挑む前におまえのひ弱な体を鍛えてやる！　まずは肌脱ぎになれ！」

勇飛が炎魁につかみかかった隙《すき》に、金麗は逃げ出した。

脇目もふらず自分の天幕に駆け戻る。碧秀に手伝ってもらって衣を脱ぎ、化粧を落として夜着に着替えた。

眠ろうとして寝床に入ったが、睡魔はいっかな訪れない。目を閉じると、世龍が南人美姫を抱き寄せている光景がまなうらに浮かんでしまう。眠気をたぐりよせる努力を放棄し、金麗は起きあがった。

「眠くなるまで刺繍でもするわ」

碧秀に裁縫箱を持ってこさせて刺繍枠を取り出す。小ぶりの刺繍枠に張った手巾に縫い取っているのは、いつか世龍にもらった薄紅の野花。花はもう萎《しお》れてしまったが、可愛らしい姿をとどめたくて刺繡しはじめた。

――他意はないわ。きれいな花だったから刺してみただけで……。

自分への言い訳を胸中でくりかえすが、それだけでないことはわかっている。

あの夜、世龍に野花をさしだされた瞬間、ほんのすこし……いや、怖いほど大きく心がかしいだ。彼の言葉を、彼の真心を、元世龍という男を信じてしまいそうになった。あのまま心をゆだねていれば、今夜は世龍と手を取り合って踊り、楽しいひと時を過ごせただろうか。牙遼族の衣をまとった金麗に、彼はきれいだと言ってくれただろうか。

考えても仕方がない。そんな日は永遠に来ないから。金麗は世龍に嫌悪されてしまったのだ。ほかでもない自分自身でそうなるよう仕向けたのだ。わが身を守るために。

ずきずきと痛む胸に気づかないふりをして、金麗は刺繡をつづけた。

「公主さま、天幕の入り口にこんなものが」

碧秀がいぶかしそうに紙切れをさしだした。

だれかがこっそり置いていったらしい。手にとり、燭台《しょくだい》のそばでひらいてみる。書かれていたのは牙遼語だった。尭語の文字とは似ても似つかないふしぎな文字がならんでいるが、大らかな筆跡は世龍のそれである。

『川のほとりに来てくれ。ふたりきりで話したい』

内容を読み取るなり、金麗は文を閉じた。

「主上からですか？　なんと書いてあるのです」

「ふたりきりで話したいことがあるから川辺に来てほしいんですって」

「では、お出かけになりますか」

「行かないわよ。面倒だもの」

いっそのこと文を燭火で燃やしてしまおうとしたが、悩んだすえに裁縫箱にしまう。

――話すことなんかないわ。

世龍の用件がなんであれ、金麗には彼に会わなければならない理由はない。むしろ会いたくないのだ。とりわけふたりきりでは。

周りにだれもいないところで会えば、また心が揺らぐかもしれない。なぜ彼を侮辱《ぶじょく》したのか打ち明けてしまうかもしれない。なぜ彼と距離をとりたいのか話してしまうかもしれない。ひょっとしたら世龍は金麗の心情に理解を示してくれるかもしれない。やさしく肩を抱いて慰めてくれるかもしれない。真摯《しんし》な声で誓ってくれるかもしれない。おまえを生涯愛する、史文緯のように心変わりすることはないと。

もしそうなったら、世龍を拒みつづけることができるだろうか。愚かしくも身を任せてしまうのではないだろうか。甘い甘いうたかたの夢に。

己の弱い心に打ち勝つ自信がないから、彼とは顔を合わせたくない。過ちを犯さないためには、距離を置くしかないのだ。

文のことは忘れようとつとめ、刺繍に没頭する。夜が更けてきたので、そろそろやすもうとしたときだ。宝姿が調子はずれの鼻歌を歌いながら天幕に入ってきた。

「楽しい宴でしたねえ！　男女入り乱れて踊るなんて聞いたときは『とんでもない！』と思いましたが、参加してみると愉快愉快。俺も死ぬほど踊りましたよ。烈の女官は美女ぞろいで、いやはや夢見心地でした」

「まあ、あきれた。姿が見えないと思ったら女官たちと遊んでいたのですね。あなた、自分の職務をご存じ？　公主さまにお仕えするのが私たちのつとめなのですよ」

「かたいこと言わないでくださいよ、碧秀どの。せっかくの宴なんですから、ちょっとくらい羽目をはずしたっていいじゃないですか。それにしても最高の夜でしたねえ！　雨が降り出さなけりゃ、もっと踊っていたかったんですけど」

「……雨が降っているの？」

金麗が尋ねると、宝姿はくるくる回りながら「はあい」と答えた。

「先ほどから小雨が降りだしましてねえ。宴もお開きになってしまいました。小雨くらいなら宴をつづけてもいいだろと言ってみたんですが、女官のみなさん曰く、この季節の小雨はけっこう冷たいそうで。体が冷えるからって天幕に引っこんでしまいました。残念ですよ！　朝まで踊りたかったなあ！　でもまあ、ご婦人に冷えは禁物ですから仕方ないですね。何人かとまた会う約束を……おや、公主さま？　どちらへ？」

金麗は踊る宝姿のとなりを通りすぎて天幕の外に出た。暗い夜空を見あげれば、霧のような小雨が冷ややかに頬を打つ。

――頑健な男だもの、この程度の雨で風邪をひくわけがないわ。

幾たびも戦場に出た経験があるのだから、悪天候には慣れているだろう。あの筋骨逞しい長軀は小雨くらいではびくともしないにちがいない。

──でも、寒さのせいで毒矢の傷がうずくかも……。

毒矢の怪我はとうに治ったと世龍は言っていたが、体が冷えて古傷が痛みだすことはままある。雨をふくんだ夜気が癒えたはずの傷をうずかせないか心配だ。

──そのうちあきらめて自分の天幕に帰るわよ。

世龍とて、雨に濡れてまで金麗を待ちはしないだろう。話ならいつでもできる。なにも今夜でなくても。だからほうっておけばいいのだ。気をもむことはない。

天幕に戻り、金麗は寝床に腰かけた。横になろうとしてためらう。どうせ眠れない。すっかり目がさえてしまっている。思い切って寝床からおりた。

外套《がいとう》を羽織って帷帽《いぼう》をかぶり、碧秀を連れて天幕を出る。武官たちは見張りをなまけているのか、天幕のそばにいなかったので見とがめられずにすんだ。

寒々とした夜風に吹かれつつ頼りなげな月光をたどって、野営地の裏手側を蛇行しながら流れる川へと急ぐ。

川が近づくにつれて足取りが重くなった。月光に身をさらすことを恐れ、岩陰に身をひそめて川べりを見やる。雲間からのぞく月が川辺に立つ人影をぼんやりと浮かびあがらせていた。大柄な男だ。彼はこちらに背を向け、傘もささず雨に打たれている。その広い背中を帷帽の垂れ絹越しに見ていると、焼けるように胸が熱くなった。

こんなにも彼に恋い焦がれている。ほんとうはすぐにでも駆け寄りたい。なにもかも打ち明けたい。自分の心の弱さを全部さらけ出してしまいたい。世龍ならきっと受けとめてくれる。金麗のすべてを受け入れて力強く抱きしめてくれる。彼のぬくもりに包まれれば、この身をさいなむ不安はたちまち消えてしまうにちがいない。

――いいえ、消えないわ。いっそう強くなるだけよ。

ぬくもりは知らないほうがいい。失ったときの悲しみが大きすぎるから。

感情を押し殺し、金麗は碧秀を岩陰に残して人影に歩み寄った。

「いつまでこんなところに突っ立ってるの?」

できるだけつっけんどんな言いかたをする。声が震えないようにするのに苦労した。

「わたくしには話すことなどないわ。あなたがなにを言おうと――」

世龍が――世龍に見えた人物がふりかえり、金麗は目を見ひらいた。

「……どうして、あなたが」

男は懐《ふところ》から小瓶を取り出し、中身をあおって金麗を抱き寄せた。抗《あらが》おうとしたが、易々と抵抗を封じられて唇を奪われる。驚いた拍子に甘ったるい液体を飲まされた。

舌をしびれさせるような甘さに不快感がこみあげてきて、男の胸をつき放そうとする。体に力が入らない。頭に靄《もや》がかかったように、思考が衰えていく。最後に見たものは男の肩越しに弱々しく輝く、おぼろな満月だった。

第四章　百年華燭《かしょく》

鶏鳴《けいめい》のころ、世龍は急報を受けて金麗の天幕に駆けこんだ。天幕では細身の宦官が落ちつきなく行ったり来たりしていた。金麗が成から連れてきた側仕えの来宝姿だ。

「主上！　たいへんです！　公主さまがどこにもいらっしゃいません！」

「いったいなにがあったんだ」

「それがよくわからないんですよ。私にもなにがなんだか。踊り疲れてひと眠りしてたもので……。ああ、でも、公主さまと碧秀どのが連れだってお出かけになったのはおぼえてますよ。すぐに戻るとおっしゃってました」

ふたりを見送ったあと、宝姿は自分の寝床で熟睡していた。一刻ほどしてから目を覚まし、喉が渇いたので水を飲もうとしてうろうろしていたら、寝ぼけて屛風《びょうぶ》を倒してしまった。そのとき異変に気づいたのだと宝姿は口早に語った。

「公主さまの寝床にだれもいなかったんですよ！　とっくにやすんでいらっしゃるはずなのにおかしいなと思って碧秀どのを呼びましたが、やはり姿が見えなくて……」

出先からまだ帰っていないのだろうかと、宝姿はふたりを捜しに行った。天幕の周辺を見てまわり、不寝番《ふしんばん》をしている武官らに尋ねてみたが、手掛かりはなかった。

「武官たちは天幕から離れて酒盛りしていましたよ。あの噂のせいか公主さまに悪感情を持っているみたいで、わざと仕事をなまけていたんです」

金麗への反感にそそのかされ、武官たちは責務を怠《おこた》って持ち場を離れていた。

「連中は全然当てにならないんで、配下を連れてあちこち捜しまわりましたよ。そうしたら、川辺で倒れてた碧秀どのを見つけたんです」

「倒れていた？　まさか……」

「大丈夫です。息はありましたから。いま太医《たいい》が診察して──あ、どうでしたか？　意識は戻りそうですか？」

屏風のむこうから大柄な女人が出てきた。碧秀を診ていた太医だ。

「雨に打たれていたので衰弱しています。命に別状はありませんので、体があたたまればじきに目覚めるでしょう」

「なぜ川辺に倒れていたんだ？」

「殴られて気絶させられたようです。幸い、怪我は──」

甲高い女の悲鳴が暗がりを引き裂いた。太医があわてて屏風のむこうへ駆け戻る。

「落ちつきなさい。もう大丈夫ですよ」

「いいえ、公主さまが……！　公主さまはどちらです？　お帰りになっていますか？　たいへん、捜しに行かなければ！　この雨のなか、水辺にいてはお体に障りが……」

「なにがあったんだ？」

世龍が屏風越しに尋ねると、碧秀は息をつまらせながら問いかえした。

「そこにいらっしゃるのは主上ですか？」

「ああ、そうだ。公主がいなくなったと聞いて駆けつけた。おまえは公主と一緒にいたんだろう。宴を中座したあと、なにが起きたのか話してくれ」

「なにが起きたって、主上からの文が入り口の帳《とばり》にさしこまれていたので――」

「俺が、公主に文を？　そんなものを書いたおぼえはないが」

碧秀が息をのむ気配がした。

「……では、あれは嘘の呼び出しだったのですね。公主さまを連れ出すための……」

「その文とやらは残っているか？」

裁縫箱に入っているはずだと碧秀が言うので、宝姿に命じて捜させる。ありました、と宝姿が持ってきた文を燭台のそばでひろげてみた。

単純な牙遼語で記された短い文章は世龍が書いたものではない。だれかが世龍の手跡《しゅせき》を真似て書いたのだ。世龍の筆跡を見慣れている者が見ればひと目で違和感を抱くはずだが、牙遼語に慣れない金麗には区別がつかなかったのだろう。

「私は途中までお供をして、すこし離れた場所で待っていました。川辺で待っていた殿方が公主さまを抱き寄せたので、てっきり主上かと……」

碧秀は震える声で途切れ途切れに話した。

「ただ、なにか妙だと思いました。その男の腕のなかで、公主さまがぐったりとしていましたから。けぶるような雨のせいで視界が悪かったのですが、男が公主さまを担いで小舟に乗せるところを見ました。雨のなか公主さまをどこへ連れていくのかしらと心配になって様子をうかがおうとしたら、うしろから何者かに襲われ……」

あとのことはおぼえていないという。

「……申し訳ございません。夜更けの外出はお止めするべきでした。主上からの文だと思いこんでいたもので、つい……これを機におふたりが仲直りなさればと……」

「事情はわかった。おまえはやすんでいろ。公主はこちらで捜す」

「いえ、こんなことになったのは私のせいです。私も――」

「おまえに無理をさせたら公主に怨《うら》まれる。ここでおとなしくしていてくれ。おまえの主はかならず連れ戻す。公主が戻ったら世話を頼むから、それまで体をやすめておけ」

言い置いて天幕を出ようとしたときだ。宝姿が大慌てで追いかけてきた。

「倒れていた碧秀どののそばでこんなものを拾いました。手掛かりになるかもしれないと思って持ってきたんですが……」

宝姿がさしだしたものを見るなり、世龍は息をのんだ。

それは鎧《よろい》の一部だった。小さな楕円形の鉄製の板をかさねるようにつづり合わせた魚鱗《ぎょりん》甲《こう》。それ自体はめずらしいものではないが、特殊な塗料で彩色した魚鱗甲を用いる将兵は世龍が知る限り迅の武人ばかりだ。なかでも毒々しいほど派手な鎧を好むのは……。

――李虎雷《りこらい》のしわざか。

迅の皇太子・李虎雷。獣じみた残虐性ゆえに人面夜叉《じんめんやしゃ》とも呼ばれる敵国の次期皇帝は、自身の麾下《きか》に美々しい色彩の鎧をまとわせることで知られている。

「八里先の川下に轍《わだち》がありました。安寧公主はここで舟からおろされ、馬車に乗せられて連れ去られたのでしょう」

轍は東に向かっていました、と永賢は手短に報告した。

「行き先は迅だな」

言いながら、世龍はなにか腑《ふ》に落ちないものを感じた。

——なぜ碧秀が生きている？

虎雷は嗜虐《しぎゃく》趣味のある冷血漢で、とりわけ女を痛めつけることを好む。虎雷が金麗をさらわせたのなら、宝姿が発見したのは見るも無残な碧秀の亡骸《なきがら》であったはずだ。

しかし碧秀は生きている。手足をもがれることも、耳を削がれることも、顔を焼かれることもなく。毒を飲まされて喉をつぶされてもいないので、金麗に起きた異変を証言することができた。あたかもそれが彼女にあてがわれた役割であったかのように。

——ほんとうに虎雷が公主を連れ去ったのか？

迅軍の武具が落ちていたことも引っかかる。虎雷は奸智《かんち》に長けた男だ。やつの手先が金麗をさらったのなら、迅の関与をにおわせるものを残しておくはずがない。痕跡や証人を一切残さずにやってのけることも十分に可能だっただろう。なんらかの意図があって故意に手掛かりを残したのだろうか。そもそも虎雷の犯行ではないのか。

思考に靄《もや》がかかったように、いまひとつ判然としない。

「公主が迅に連れ去られたというのはほんとうですか!?」

血相を変えて天幕に飛びこんできたのは炎魁だった。

「李虎雷が公主を連れ去ったんですか!? 恐ろしいことだ! 人面夜叉と呼ばれる凶漢だ、公主にどんな残虐なことをするかわかりませんよ。こうしてはいられない。俺が手勢を連れて救出に行きます。かならずや公主を奪いかえして――」

「公主の救出には俺が行く。おまえは予定どおり夜が明けたら帰路につけ」

「なぜです!? まさか俺が公主を横取りするとでも思っているんですか?」

「そんな話はしていない。軍を動かすには慎重を期さねばならぬというだけだ」

「やはり俺が信用できないんでしょう。血を分けた弟なのに――」

「信用できぬといえばそのとおりだ。相手が李虎雷なら、おまえでは太刀打《たちう》ちできぬ」

反駁《はんばく》しようとした炎魁に、世龍は鋭い視線を飛ばした。

「忘れたか? おまえは二度、戦場で李虎雷と相まみえ、二度ともやつの罠《わな》にはめられて多数の兵馬を失った。その首を取られずにすんだのは俺が援軍を出したからだ。功を焦るあまり、おまえは勇み足が過ぎる。李虎雷のような奇策をろうする者にとっては、おまえのようなやつこそくみしやすい敵なのだ。ゆえにおまえを遣わすわけにはいかぬ」

炎魁が返答に窮《きゅう》したとき、散騎侍郎《さんきじろう》が天幕に駆けこんできた。

「楊常侍! 急報が……」

散騎侍郎は上官のそばに立つ世龍に目をとめ、はっとして揖礼《ゆうれい》した。ここは永賢の天幕なので、世龍がいるとは思わなかったのだろう。

「よい。そのまま奏上《そうじょう》せよ」

永賢が命じると、散騎侍郎は強張ったおもてをあげた。

「ただいま早馬がまいりました。烏没《うぼつ》が八万の軍勢を率いて平望関《へいぼうかん》を包囲しているとのこと。目下持ちこたえておりますが、戦況はきびしく、至急救援を求むと……」

世龍は散騎侍郎がさしだした書状に目をとおした。平望関は北辺《ほくへん》における要害《ようがい》のひとつで、北方異民族の侵攻にそなえるために築かれた堅牢《けんろう》な城である。

――烏没が八万の軍勢を？

昨年末、烏没は北の国境を侵犯《しんぱん》した。近隣の異民族と呼応して猛攻《もうこう》を仕掛けてきたので、世龍は父帝の勅命《ちょくめい》を受けて討伐《とうばつ》に出かけた。占拠された塞《とりで》を奪還し、敵軍に致命傷を負わせるまで十日足らず。烏没軍は多くの戦死者を出して撤退《てったい》した。

この手痛い敗北は烏没の跡目《あとめ》争いに発展したので、当分のあいだ連中は長城《ちょうじょう》の向こうでおとなしくしているだろうと思われた。実際、敵方にひそませている間者《かんじゃ》からも大軍が動くという報告は受けていない。

にもかかわらず、突如《とつじょ》として八万の烏没軍があらわれた。しかも平望関を包囲して攻勢を強めているという。にわかには信じがたい話だ。

「使者はどこだ？」

「私の天幕で休ませています。満身創痍《まんしんそうい》でしたので」

くわしい話を聞くため、使者が休んでいるという散騎侍郎の天幕へ急ぐ。

「報告します！」

使者に話を聞いているときだった。伝令が駆けこんできたのは。

「西辺《せいへん》にて蠟円《ろうえん》の残党が蜂起《ほうき》し、瑶州《ようしゅう》一帯を占拠しています」

「蠟円だと？　敵の数は？」

「およそ五万です」

馬鹿な、と永賢が不審そうに眉をひそめた。

「謀反《むほん》のきざしがあるとの報告は受けておりません。五万もの軍勢が動くにはなんらかの兆候が見られるはずですが……」

蠟円王が烈に降伏したのは八年前。国としてのかたちは失ったが、豪族としての不蒙家《ふもう》は健在だ。不蒙家当主は雪朶《せつだ》の兄にあたり、燕周《えんしゅう》に豪邸をかまえて裕福に暮らしている。柔弱で享楽的な人物ゆえ信望が薄く、烈の脅威にはならない。

しかし、彼以外の不蒙氏の多くはいまだ西域《さいいき》に根をおろしており、烈に面従腹背《めんじゅうふくはい》している者もいる。反逆のきざしを見逃さぬよう、蠟円には複数の間者を送りこみ、監視の目を光らせている。異変が起これば急報が入るはずだが、こちらも烏没同様、不穏な動きは見られなかった。

「早急に状況を確認しろ。蜂起が事実なら――」

永賢に指示を出し終わるよりも早く二人目の伝令が駆けこんできた。

「報告します！　成軍が翠江《すいこう》沿岸で渡河《とか》の準備をしています。敵勢はおよそ十万。北上し、わが国を侵犯するかまえです」

「ありえぬ。臆病者の史文緯《しぶんい》が敗戦の痛手も癒えぬままに軍を北上させるなど……」

三方で同時に発生した変事。どれも現実味は薄いが、事実なら烈にとって大打撃となるものだ。報告が来たからには、虚報か否かたしかめなければならない。事実だった場合にそなえて軍兵を待機させておく必要もある。すくなくとも世龍はそうする。疑わしい報告でも黙殺はしない。対応を怠ったために大禍《たいか》を招くこともあるからだ。

――やはり背後にいるのは李虎雷だ。

三方から立てつづけに届いた急報は金麗の誘拐事件と関連している。さもなければ、三つの有事が示し合わせたようにいっぺんに発生するはずがない。だれかが裏で糸を引いているのだ。有事の際、世龍がどう動くか熟知している者が。虎雷単独の謀計《ぼうけい》かどうかは確信が持てないが、やつが関与していることは疑問の余地がない。

「諸将を呼べ」

世龍は勲貴《くんき》恩礼《おんれい》の武将たちを集め、北方、西方、南方の変事にそなえるよう命じた。

「叔父上にはこの場を任せます。宮廷の者たちを皇宮まで送り届けてください」

武将たちと入れ替わりにやってきた豪師には妃嬪らの警護を頼む。むろん豪師だけに任せるのではない。この機に乗じて玉座を奪おうと策動《さくどう》せぬよう、監視のために永賢とその手勢を置いていく。

「主上はどうするのだ？」

「公主を救出にむかいます」

「賊の行き先は東なのだろう？　あの人面夜叉が相手なら、主上の手勢だけでは心もとない。俺の精鋭《せいえい》を貸してやるから連れていけ」

「ご厚意には感謝しますが、五弟と勲貴恩礼の二将軍を連れていきますので」

しつこく食い下がるかと思ったが、豪師は意外にも「そうか」と引き下がった。

「くれぐれも油断するな。先方では李虎雷が待ちかまえているかもしれぬ」

豪師に釘《くぎ》をさされるまでもなく気づいていた。

——公主を餌《えさ》に俺をおびきよせようという魂胆だろう。

虎雷は迷信深い男ではない。伝説などくだらないと一笑《いっしょう》にふすような人物だ。そんな男が瑞兆天女を奪うために敵国に手下を送りこんでくるとは思えない。

やつの目的は端から金麗自身ではないのだ。彼女は世龍をおびき出す餌。ゆえに三方から急報をもたらした。金麗救出に使う兵力を削《そ》ぐために。

裏をかえせば、いまの虎雷には烈の大軍を相手にする体力がないということだ。

勝ち戦がつづいて勢いに乗っているとはいえ、兵馬は疲弊《ひへい》している。雌雄《しゆう》を決するのに時間はかけられない。

また、迅内部の勢力図の影響も受けるだろう。

　虎雷は迅帝の四男だ。長男はすでに死んでいるが、次男と三男は健在で、皇太子の座を虎視眈々《こしたんたん》と狙っている。野心家の兄たちにしてみれば、自分たちを差し置いて華々しい武功を立てる弟ほど目障りなものはない。これ以上、虎雷が戦場で活躍しないよう、兵力の補充を妨害してくるはずだ。

　つまり虎雷の手もとにあるのは、返り血を洗い落とす暇もなく千里を駆けてきた兵馬のみ。烈側の兵力を東に集中させないよう策をろうする必要が生じるわけだ。

　おそらく、世龍が虎雷の苦しい内情を察することもやつは想定している。察すればこそ、罠に飛びこんでくるだろうということも。

　虎雷が待ちかまえているとわかっていても、世龍はやつが用意した戦場に馬首を向けねばならない。瑞兆天女を失うことは大きすぎる痛手だ。父帝の遺志を継ぐという即位の正当性が揺らぐだけでなく、宿敵である迅に奪われたとなれば世龍の面目は丸つぶれになり、政敵の勢いが増すことになる。なんとしても金麗を取り戻さなければならない。玉座を保ち、内紛《ないふん》を避けるために。

　それに――否《いな》、それだけだ。以前ならべつの理由もあっただろうが、いまは政略がらみの理由しか存在しない。……しないはずだ。にもかかわらず、苛立たしさが腸《はらわた》をたぎらせている。金麗への、ではない。虎雷への、でもない。自分自身に対する激憤が血肉をわき立たせている。なぜ防げなかった。なぜかくも易々と奪われた。なぜ彼女から目を離したのだ。未来の夫として彼女を守る義務があるのに。

――俺の落ち度だ。

臣下は主君の顔色を読むことに長けている。主君が厚遇する者は丁重にあつかうが、冷遇する者は粗末にあつかう。世龍が金麗を遠ざけたから武官たちは仕事をなまけた。ために彼女の警護がおろそかになり、敵の邪謀を助ける結果につながった。これが世龍の失策でなくてなんであろうか。

世龍がつまらぬ意地を張ったばかりに金麗はさらわれたのだ。彼女に蔑《さげす》まれても怒りをおもてに出すべきではなかった。すくなくとも公《おおやけ》の場ではいままでどおり彼女を厚遇するべきだった。腹のなかはどうであれ、仲睦まじい姿を見せるべきだった。

もっと冷静に立ちまわっていれば、武官は持ち場を離れなかったはずだし、金麗が連れ去られることもなかったはずだ。己の狭量《きょうりょう》さが招いた危機だ。世龍が公の立場を忘れ、私情に囚われて愚かしく行動したせいで彼女は敵の手に落ちたのだ。

慙愧《ざんき》の念に急き立てられ、自分の天幕に駆け戻る。

「栄王《えいおう》と昌王《しょうおう》が手勢を連れて東へ出立なさいました」

側仕えに手伝わせて鎧《よろい》を身につけていると、永賢が大急ぎでやってきた。

「なんだと？　五弟はともかく、なぜ六弟まで」

「昌王が勅命にそむいて出立なさったので、それを知った栄王が『六弟に勝手な真似はさせない』とおっしゃって、軍勢を率いてお立ちになり……」

引きとめようとしたが間に合わなかったと永賢は申し訳なさそうに言った。

「ただちに追いかける」

急いで支度をすませ、天幕を出る。愛馬に飛び乗って将兵と合流した。

――おとなしくしていればいいが。

風を切って馬を走らせながら世龍が案じていたのは、炎魁でも勇飛でもなく、自分を野蛮人と呼んだ女のことだった。

金麗が虎雷の手に落ちたら、どんな目に遭《あ》わされるかわからない。

世龍相手には思うさま叩いていた軽口も叩けなくなる。口答えすれば容赦なく罰を与えられるだろう。世龍をおびきよせるための餌として利用価値があるあいだは殺されないだろうが、命があるからといって無傷とは限らない。生きてさえいればいいと虎雷なら言うはずだ。手足が数本なくなってもかまわぬと。

――無事でいてくれ、公主。

神仏に祈るような気持ちで、世龍は月光がまだらに染める夜陰の底を疾駆《しっく》する。

金麗には傷ついてほしくない。痛みを味わってほしくない。怪我ひとつなく戻ってほしい。ほかにはなにも望まない。彼女が無事でいてくれるなら。

――戻ってこい、おまえが蔑む男のもとに。

世龍を夷狄《いてき》と呼んでもかまわない。野蛮人と蔑んでもかまわない。あなたのせいで危ない目に遭ったと気がすむまで罵《ののし》ってくれてかまわない。いかなる罵倒も甘んじて受けとめる。だから、頼むから、戻ってきてほしい。彼女が帰るべき場所に。

荒っぽい振動が金麗をゆすり起こした。長い夢のあとのように頭がぼんやりしている。それでも自分がいる場所は天幕の寝床ではないと直感した。寝床はやわらかいが、ここは冷たい床の上だ。

視界は吸いこまれそうなほどに暗い。息を殺して周りの様子を探る。だれかがそばにいるなら下手に動かないほうがいい場合もある。感覚を研ぎ澄まして慎重に探ったが、だれもいないようだ。ひとまず安堵し、起きあがろうとする。なにげなく動かそうとした手がびくともしない。両手首が縛られているのだ。両足首も縛られていることに胸をなでおろす。とりあえず貞操《ていそう》を奪われてはいない。

——馬車のなか？

馬蹄《ばてい》の音にまじって車輪の軋《きし》り音が聞こえる。かなりの速度で走っているようだ。いつ馬車に乗せられたのか、思い出せない。妙な薬を飲まされ、意識が遠のいたのを最後に記憶が途絶えている。

——碧秀は無事かしら……。

同乗していないところを見るに、碧秀はさらわれていないのだろう。川辺にそのまま残されてきたのだろうか。いまごろは天幕に戻っているだろうか。金麗が連れ去られるのを見て、主を助けようと試みていないことを願う。余計な手出しをしていたら危害をくわえられているだろう。最悪の事態になっていなければいいのだが。

——こんなことをしても無駄なのに。

自分を連れ去った人物の目的はわかっている。瑞兆天女をわがものにして天下を手中におさめたいのだ。野心を持つのはけっこうだが、世龍が黙っているはずはない。金麗が姿を消したことに気づけば、あらゆる手段をこうじて見つけだそうとするだろう。

——わたくしは瑞兆天女だもの。かならず奪いかえしに来るわ。

どれほど金麗を嫌っていても、世龍には瑞兆天女が必要だ。即位の正当性を損なわないために、玉座に在りつづけるために、金麗を失うわけにはいかない。

——わたくしがただの女なら、わざわざ追いかけてこないでしょうけど……。

そうだ、世龍が求めているのは瑞兆天女としての金麗だ。金麗が瑞兆天女でなかったら、あれほど熱心に言い寄らなかっただろう。彼は金麗が欲しいのではなく、天意が欲しいのだ。失うわけにいかないのは瑞兆天女であって、金麗自身ではないのだ。

そんなことははじめからわかっていたことなのに、涙がこぼれそうになる。

まるで世龍に求めてほしいみたいだ。瑞兆天女ではなく、金麗自身を。南人の女ならだれでもいいわけではない、おまえだけが欲しいんだと言ってもらいたいみたいだ。金麗が政治的にはなんの価値も持たなくても、安寧公主ではなく、瑞兆天女でもなく、ただの女だとしても、すべてをかなぐり捨てて迎えに来てほしいと願っているみたいだ。

愚かな期待が胸の奥で脈打つのを感じ、金麗はきつく目を閉じた。

泣いてはいけない。涙は思考を濁《にご》らせる。

気をしっかり持たなければ。自力でこの難局を乗り切らなければ。だれにも頼らない。だれにも期待しない。自分の身は自分で守る。これまでもそうして生きてきた。これからだっておなじやりかたで生きていく。

孤独は習慣だ。いったん慣れてしまえば息をするようにたやすく耐えられる。……耐えられるはずだ。十年かけてこの身にまとってきた鎧《よろい》があるのだから。

馬車は全速力で疾走している。激しい揺れのせいで殴られたように頭が痛み、嘔気《おうき》さえもよおす。金麗は体を丸めて、苦痛をやり過ごそうとした。

――こんなことで死なないわ。

金麗が瑞兆天女である限り、命は保証されている。死にはしないとわかっていたが、馬車の振動に合わせて不安が増していった。

どこに連れていかれるのかわからないからではない。どんなあつかいをされるのかわからないからではない。世龍との距離がどんどんひらいていくからだ。

「だれにもおまえを鞭打たせはしない」

焚火《たきび》のむこうから響いた低い声がふたたび耳もとでこだまする。

彼のそばに戻りたい。抱きしめてくれなくていい。やさしい言葉をかけてくれなくてもいい。睨《にら》まれてもかまわない。たとえ望まれていなくても、彼の妻になりたい。愛されなくても、軽蔑されていてもいいから、彼の姿が見える場所にいたい。

きっとそれだけで満足できる。そうなるように努力する。死ぬまで愛情を独占したいなんてわがままは言わないから、玉座よりも自分を優先してほしいなんて言わないから、一度だけでいいから、名を呼んでほしい。「公主」なんてそっけない呼びかたではなくて「金麗」と囁いてほしい。金麗の弱さを包みこむような、あたたかい声で。

——もし名を呼んでくれたら……死んでもいいわ。

なにかがおかしい。生きることだけを渇望《かつぼう》していたはずなのに、いつの間にかべつのものを望んでいる。命とひきかえでもいいから、世龍に抱きしめられ、やさしい言葉をかけられて、愛おしげに見つめられたいと。自分から彼を拒絶したくせに、彼の誇りを傷つけたくせに、またあの場所に戻りたいと希《こいねが》っている。

ほんの一瞬でもいい。裏切られてもかまわないから……。

東の国境には迅が築いた長城《ちょうじょう》がある。北辺《ほくへん》のそれほど堅牢ではないが、迅内部に向かって三重になっており、重城《じゅうじょう》とも呼ばれる。

重城を越えられると急ごしらえの軍勢では追跡が難しくなるが、おそらくその心配はしなくてよいだろう。敵は少数の手勢を率いて駆けつけた世龍をしとめる腹積もりなのだから、大軍を率いていなければ攻められない地点に陣を敷く理由がない。

「六弟はあちらの道を進んだようです」

東へと向かう山道が二股にわかれる場所で、勇飛が右側の道を指さした。つい先ごろ合流したばかりである。炎魁は勇飛の軍勢をふりきって東南へと進んだようだ。右側の道に残された無数の馬蹄《ばてい》の跡がそれを示している。

もう一方の、東へ直進する道にはまばらな馬蹄の跡と、馬車一台分の轍《わだち》が見られた。炎魁が東南に進んだのなら、そちらにも同様の痕跡があったはずだ。下手人は二手にわかれたのだろうか。追手を混乱させるためにあえておなじ痕跡を残したのか。

釈然《しやくぜん》としないものを感じつつ、世龍は勲貴《くんき》恩礼《おんれい》の二将軍と勇飛を連れて東へ直進した。

しばらく行くと、道が四つに枝分かれする地点に来た。四方の道すべてに轍が残っている。轍の深さはどれもひとしく、女一人分の重さを乗せていると思われた。

「主上、二里先でこんなものが見つかりました」

それぞれの道に斥候《せつこう》を出して探らせると、彼らはおのおのひと房《ふさ》の黒髪を持って戻ってきた。いずれも蠟燭を灯した祭壇に置かれていたらしい。

「髪だと？　人面夜叉《じんめんやしや》のやつ、なんでそんなものを」

勇飛がぞんざいにつかんでながめる。寄越せ、と世龍が命じると、素直にこちらにわたした。女の髪だ。斥候が持っているものもひと房ずつ手にとっていく。最後のひと房にふれ、世龍は眉根を寄せた。上質な絹糸にも似たなめらかな感触は金麗の髪のそれだ。

「これが置かれていたのはあちらの道だな？」

世龍が左端の道を指さすと、斥候はうなずいた。

——成では、姦淫《かんいん》の罰として女の髪を切り落とす。

金麗はすでに貞操を奪われたということか。これからそうなるとほのめかしているのか。

なんにせよ、世龍を挑発することが目的だろう。

ひんやりとした黒髪にふれるなり、火を放たれたように激情が逆巻いた。金麗がどんなあつかいを受けているか、想像するだけで正気を失いそうになる。彼女を傷つけた者はだれであろうと容赦しない。かならず報いを受けさせてやる。

――帰《き》鳥《ちょう》道《どう》か。あつらえむきだな。

この先、北東に四十里行けば、帰鳥道という険しい道がある。道幅が狭く、左右を切り立った崖《がけ》に囲まれているため、伏兵《ふくへい》を置くには最適の場所だ。

そこが、やつが用意した戦場なのだろう。

――いや、やつらというべきか。

世龍は西にかたむきはじめた月を見あげた。

敵がだれであれ、なすべきことはひとつだ。金麗を連れ戻す。失うわけにはいかない。たとえ彼女が瑞兆天女でなく、ただの女だとしても。


意識が遠のいていたようだ。気がつくと、あれほど激しかった振動が消えていた。

馬車はどこかに止まったらしい。金麗は床に転がったまま耳をそばだてた。外が騒がしい。男たちの声が聞こえる。ひょっとしてもう世龍が追いかけてきたのだろうか。安堵をふくんだ期待が頭をもたげ、金麗は体を起こそうとした。

そのときだ。外から扉がひらかれたのは。流れこんできた夜気が冷たい水のように金麗の全身を包んだ。外套《がいとう》を羽織っているのに震えるほど肌寒い。祖国で親しんだ真綿《まわた》のような春の夜気とは大違いだ。やはりここは北地なのだと思い知らされる。

——いいえ、気候のせいじゃないわ。

世龍と窓越しに話をしたあの晩は、今夜のような肌寒さを感じなかった。あたたかいとさえ思った。月明かりで頬が火照《ほて》るくらいに。

——あの人の……元世龍のせいよ。

世龍がそばにいたから、夜風を心地よく感じたのだ。彼の手のひらから伝わるぬくもりが金麗の心まであたためてくれたのだ。けれど、今夜はそんなことは起こらない。金麗を奪いかえしに来てくれても、世龍はあの晩のようにやさしく見つめてはくれないだろう。あの晩のように愛おしげに手を握ってはくれないだろう。

全部、自分が招いた結果だ。彼を傷つけたから、彼が遠ざかってしまったのだ。後悔しても遅い。もしかしたら、なんて身勝手な夢想をしてはいけない。虫のいい期待が打ち砕かれたからといって、世龍を怨んではいけない。助けに来てくれただけで十分なのだから。

また、安堵しすぎないよう気をつけなければならない。彼の顔を見て泣きださないようにしなければ。南人女らしい高慢な表情で弱った心を隠さなければ。自分にそう言い聞かせれば言い聞かせるほど、目じりからしずくがこぼれそうになる。

かろうじて涙をこらえて外に視線を向けた刹那《せつな》、足をつかまれて引きずり出された。そのまま肩に担ぎあげられる。いくら腹を立てていてもここまで乱暴にはあつかわないはず。彼の将兵も同様だろう。つまり、助けはまだ来ていないのだ。

　そうとわかればされるままになっているしかない。金麗を担いだ男は武装している。抵抗しても徒労《とろう》に終わるだろう。叫んだり暴れたりして体力を浪費する愚は犯さない。いざというときのために、体力は温存しておかなければ。

「もっと丁重にあつかえ」

　担ぎ手がぞんざいに金麗を地面におろすと、その人物は笑みをふくんだ声で言った。

「俺の嫡室《ちゃくしつ》になる女だぞ。玉の肌に傷をつけるな。傷物の女など興ざめだ」

　聞きおぼえのある声色よりは横風《おうふう》な響き。これが彼の本性だったのだ。

「わたくしを嫡室に迎えてくださるのなら、手荒な真似などなさらなくてもよかったのに。ひと言そうおっしゃってくだされば、喜んであなたのものになりましたわ」

　地面に転がったまま見あげると、彼は面白がるふうに片眉をあげた。

「公主は主上に嫁ぐつもりだったのでは？」

「わたくしは烈帝の後宮に入るために遠路はるばるまいりました。どなたであろうと、烈の玉座に在る御方こそがわたくしの夫ですわ」

「賢明なことだ」

　じきに俺は玉座を手に入れますよ、と彼は権高に笑った。成長途上の長軀を龍文の戦袍《せんぽう》で包み、左手には弓を持っている。

「そうなれば公主は俺の――この元炎魁の皇后だ」

「うれしいわ。それこそがわたくしの望みですの」

ところで、と金麗は媚もあらわな微笑を向けた。

「縄をほどいてくださらない？　これではあなたのおそばに行けませんわ」

炎魁は武官に命じて金麗の手足を戒めていた縄を切らせる。金麗は萎《な》えた両手を地面についてて立ちあがり、炎魁に歩み寄った。

「ここは……どこですの？」

あえかな月光がまばらに茂った木立を照らし出す。林のなかだろうか。それにしては吹きつける風が激しすぎるのだが。

「これからすばらしい見世物をごらんにいれますよ」

あちらで、と炎魁が眼前にひろがる暗がりをさし示す。目をこらしてみると、そこに地面はなかった。墨《すみ》を流したような闇が重たげに沈んでいる。

切り立った崖《がけ》の上なのだ、ここは。

「……わたくしを突き落とすとおっしゃるのではないでしょうね？」

「馬鹿な。そんなことをするはずがないでしょう。あなたは俺の皇后になるのに」

鼻で笑い飛ばし、炎魁は荒っぽく金麗を抱き寄せた。

「一緒に狩りを見物しようと思ったんですよ」

かすかな物音がして周りを見まわすと、木陰に兵士たちがひそんでいた。おのおの弓矢を持ち、いつでも武射《ぶしゃ》のかまえをとることができるよう腰を落としている。

「こんな場所で狩りを？」

「下を見てください。もうじき獲物がやってきますよ」

炎魁が崖下を指さす。そちらをのぞきこむと、両側を崖に囲まれた細い道が見えた。

「どうして崖の上から……？」

「距離が必要なんです。安全に獲物をしとめるにはね」

「それほど危険な獲物なのですか？」

「危険ですとも。油断するとこちらが食われてしまう。さあ、耳を澄ませて。獲物の足音が近づいてきましたよ」

息を殺して耳をそばだてると、なにか硬いものが地面を踏む音が聞こえた。人間の足音ではない。馬蹄《ばてい》の音だ。ひとつふたつではない。十や二十でも足りない。地鳴りのような馬蹄の轟《とどろ》きが一定の速度を保ちながら近づいてくる。

やがて騎兵《きへい》の集団が月影の下に姿をあらわした。みな月光を弾く明光鎧《めいこうがい》をまとい、戟《げき》や長斧《ちょうふ》などの武器を持っている。

彼らの筆頭にいる男を見て、金麗は息をのんだ。

「あのかたは……主上では？」

闇に溶ける青馬。その背に跨《また》がった大柄な男は鎧《よろい》とおなじ色の仮面をつけて顔を隠していたが、金麗にはひと目でわかった。彼こそが世龍だと。

「あなたをここへ連れてくる道すがら痕跡を残しておいたんですよ。あとをたどってここにたどりつくようにね」

「……狩りの獲物って、まさか」

「もちろん三兄のことです。あの人がいる限り俺は玉座にのぼれませんからね」

「でも、ほかの方法もありますわ。なにもこんな乱暴なやりかたじゃなくても……」

「なにをおっしゃいます、公主」

炎魁はくすくすと笑った。

「乱世では乱暴なやりかたこそが王道だ」

言いかえそうと口をひらきかけたとき、炎魁が金麗から離れた。箙《えびら》から矢を引き抜き、大仰な動作で矢つがえをする。鏃《やじり》の根もとに小さな蕪《かぶら》に似た球状の細工物がつけられた矢は、射放てば甲高く鳴る鏑矢《かぶらや》。戦の合図に用いられるものだ。

「いけませんわ！　ここで主上を殺めれば昌王《しょうおう》は逆賊《ぎゃくぞく》になってしまいます。大冢宰《だいちょうさい》が黙っていないでしょう。昌王をきびしく糾弾《きゅうだん》なさるはずで――」

「ご心配なく。手は打ってあります」

炎魁は崖下に向かって鏑矢を放った。不穏な鳴き音が暗がりにこだまするや否や、木陰に身をひそめていた兵士たちがいっせいに矢を射る。矢は雨のごとく降り注いだ。馬のいななきが耳をつんざき、小石をばらまいた水面のように隊列が乱れる。

このときを待っていたとばかりに、狭い道の奥から大軍が飛び出してきた。獣じみた雄たけびをあげ、長兵器をふりかざして世龍の軍勢に襲いかかる。けたたましい鬨《とき》の声と干《かん》戈《か》の悲鳴が轟きわたり、金麗は思わず身をすくめた。

「伏兵《ふくへい》たちの軍装を見てください」

歌うように言い、炎魁はくるりと金麗をふりかえった。

「あれは大冢宰の部隊の軍装だ。彼らは大冢宰の将兵なんですよ」

「どういうことですか？　あなたは大冢宰と共謀して主上を……」

「共謀？　まさか。叔父上には弑逆《しいぎゃく》の罪をかぶっていただくだけです」

豪師に世龍殺しの罪を着せて処刑し、自分が皇位にのぼるのだという。

「運よく大冢宰を陥《おとしい》れることができたとしても、勲貴《くんき》恩礼《おんれい》がおとなしく昌王に臣従するでしょうか。昌王が大冢宰に無実の罪を着せたことがあきらかになれば……」

「公主は烈の政情をわかっていらっしゃらない。やつらは勝ち馬に乗るだけですよ。自分たちの特権さえ守られれば、だれが皇帝でもかまわないんだ」

月のおもてがときおり薄雲にさえぎられるなか、敵味方が入り乱れ、馬がいななき、血飛沫があがる。

世龍は先陣を切って敵軍に挑みかかり、大刀《だいとう》をふるって敵兵をなぎ倒していく。その勇猛な戦いぶりは見るからに頼もしいけれども、敵軍は数で圧倒している。

ここで待ちかまえていた伏兵たちと、百里を駆けてきた世龍たちとでは体力に差がある。彼らがどれほど武勇に優れていても疲労はたまっているはずだ。そのうえ友軍をはるかに上回る敵勢を相手に戦わなければならないのだから、あきらかに不利だ。はじめのうちは互角《ごかく》に戦うことができても、徐々に劣勢に追いこまれるのではないだろうか。

旗色《はたいろ》が悪くなる前に世龍を助けなければ。炎魁を説得する？　どうやって？　彼は玉座を得るために世龍を亡き者にしようとしているのだ。いまにも目的が達成されようというのに金麗の言葉に耳をかたむけるはずがない。

色仕掛けなど論外。炎魁は玉座の付属物として金麗を求めているにすぎない。金麗自身に魅力を感じているわけではないのだから、色香には惑わされないだろう。炎魁を人質に取って戦闘をやめさせせようか？　これも愚策だ。首尾《しゅび》よく武器を奪って炎魁を人質にしたとしても長くは持たない。兵士に取り押さえられるのが落ちだ。

なにもできない。呆然《ぼうぜん》と見ている以外には、なにも。

——わたくしは……なんて役立たずなの。

母后が濡れ衣を着せられたときとおなじだ。母后と兄が死を命じられるのを金麗は止められなかった。父帝にすがりついて泣いたが、懇願は聞き入れられなかった。

あれから変わったと思っていた。危機を回避するすべを学び、他人の悪意から己を守る知恵を身につけたと。たしかに自分の命は自力で守れるようになった。現にいまこの瞬間も金麗は傷つけられていない。状況を読んで下手な抵抗をしなかったからだ。

炎魁は金麗を殺さない。世龍の身になにが起ころうと、金麗は生きつづける。彼の生死は金麗の生存に影響をおよぼさない。彼が死んだら、ほかの皇族に嫁ぐだけだ。烈に君臨する男ならだれでも金麗の夫になれる。

ならば悩むことはない。高みの見物をしていれば遅かれ早かれ決着がつく。金麗は勝者のものになる。世龍を見殺しにしたとしても、金麗を非難する者などいない。大軍を前にして、非力《ひりき》な女にいったいなにができるというのか。身も世もなく嘆いて自害するふりでもすれば、薇薇ですら同情してくれるだろう。

なにもしなくていい。なりゆきに任せていればいいのだ。生きることだけが目的なら、命をつなぐことだけが望みなら、世龍が死のうが生きようが関係ない。

ある意味では、ここで彼が討ち死にしたほうが好都合かもしれない。

金麗は世龍に心を奪われることを恐れている。彼に愛情をねだる自分を見たくないと思っている。世龍が死んでしまえば、不安は消える。彼をだれかに奪われる恐れはなくなり、見苦しく愛情を乞う必要もなくなる。なにも得られない代わりに、なにも失わない。金麗の人生はつづいていく。世龍に脅《おびや》かされることなく、平穏無事に。

それこそが最善の道だとわかっているのに、なぜか切り刻まれるように胸がうずく。焼けつくような痛みが次から次に襲ってきて、目を開けていられない。

――あの人がいない人生に値打ちがあるの？

世龍以外の男に嫁ぎ、子を産み、夫婦として生きていく。そんな未来があるかもしれないと想像しただけで体がばらばらになってしまいそうだ。

いやだ。絶対に。そんな未来は迎えたくない。世龍の姿を見ることもできないなんて。

彼の声を聞くことも、言葉を交わすこともできないなんて。世龍が生きのびてくれれば、彼に愛されることはできなくてもそばにいることはできるのに。

——わたくしって、ほんとうに損得勘定ばかりね。

自分の都合のために世龍を見殺しにすべきかもしれないと考えたあとで、自分の都合のために彼を死なせたくないと思う。われながらあきれるほど身勝手な女だ。彼の心が離れてしまったのも当然のことなのだろう。

——どの道、わたくしにできることはないわ。

どんなに渇望《かつぼう》しても世龍を助けられない。己の無力を呪っても憤《いきどお》っても、現実は変えられない。このまま炎魁の思惑どおりに事が運んでしまう。

世龍は討ち取られ、豪師がその首謀者として断罪される。玉座が簒奪《さんだつ》され、皇家が柱石《ちゅうせき》を失えば、朝廷の混乱は避けられない。それはじきに骨肉の争いになる。烈が血で血を洗う内紛《ないふん》に明け暮れているうちに、迅は征西軍《せいせいぐん》をととのえ、重城《じゅうじょう》を越えて攻め入ってくるだろう。そうなったら失われるのは世龍や豪師の命だけではすまない。烈の国土が、民草《たみくさ》が、縦横無尽《じゅうおうむじん》に暴れまわる迅の軍兵に踏み荒らされる。

むろん金麗にはかかわりのないことだ。烈は金麗の祖国ではない。草原の風が吹くこの土地にも、ここで暮らす人びとにも思い入れはない。戦乱が起きれば命が危うくなるけれども、生きのびる可能性は十分にある。華北では瑞兆天女の伝説が信じられているから、迅帝も金麗を欲しがるはずだ。金麗は戦利品として彼の後宮に入ればいい。烈が滅びても金麗は生き残る。命をつなぐ場所が変わるだけだ。

やはり傍観《ぼうかん》こそが最善の策だ。

世龍と出会う前の金麗なら、なんの罪悪感もおぼえずそう判断しただろう。あるいは彼に惹かれる前なら――その事実を自覚する前なら。

けれど、いまはちがう。金麗は知ってしまった。

世龍が先帝に抱く尊崇《そんすう》の念や、一国の主としての使命感や、社稷《しゃしょく》のために私情を捨てる覚悟や、天下平定を見据える目を。

だから彼を助けたくてたまらない。世龍には生きていてほしい。この難局を切り抜けて志を果たしてほしい。金麗は自分ひとりを生かすので手いっぱいだが、彼なら大勢の民を生かすことができる。烈の民だけでなく、乱世に苦しむあまたの人びとを。

――策はあるわ。ひとつだけ。

焼けつくような熱い感情が胸をかき乱す。世龍を救う手立てはある。たった一度しか使えないが、うまくいけば彼を無事に皇宮に帰すことができる。そして炎魁の奸計《かんけい》を封じる手段としても使える。一石二鳥の良策だ。

悪い点があるとすれば、この手を使ったが最後、金麗は二度と生きて世龍とは会えないということ。彼と結ばれることはおろか、言葉さえ交わせなくなるということだ。捨てなければならない。いままで骨身を削って守ってきた大切なものを、すべて。ひとたび行動を起こせば、後戻りはできない。やりなおしはきかないのだ。

——それでもいい。あの人が助かるなら。

足がすくむ。歯の根が合わないほど震えている。恐怖でおかしくなりそうだ。けれど、腹を決めなければ。世龍を助けるには、この道しかないのだから。

金麗は深く息を吸い、まぶたを開けた。

隙《すき》をついて炎魁から弓と鏑矢を奪い、崖際まで駆けていく。

手早く矢つがえをし、力いっぱい弓を引き、むこう側の崖を目掛けて射る。いびつな弧を描いて飛んだ鏃が夜の帳《とばり》を貫き、鏑矢が鳴り響いた。耳障りな高音が戦闘の熱狂を断ち切り、両軍の将兵が武器をふるう手を止める。それを見届け、金麗は弓を捨てた。ついで喉が張り裂けんばかりに悲鳴をあげる。

「主上……!! どうか、どうか助けてください!! 早く助けに来て!! さもないと、わたくし、昌王に殺されてしまいますわ……!!」

「公主! なにをしているんだ!?」

炎魁が血相を変えて駆けてくる。金麗はますます泣き叫んだ。

「いやっ、やめて……っ!! お願いだから殺さないで!!」

「こっちに来い！」

炎魁に腕をつかまれた。めちゃくちゃに暴れる。わざと派手に転んで地面に尻をつき、自分の体の重さで炎魁を引っ張る。炎魁はいくらか体勢をくずしてたたらを踏んだ。その瞬間に彼の手をふりはらい、思いっきりあとずさる。

「……公主！」

炎魁が手をのばしたときにはもう間に合わない。金麗の体は崖際から滑り落ち、ぽっかりと口を開けた夜闇に吸いこまれていく。

――わたくしの死であの人の命をあがなうわ。

世龍は金麗を奪いかえすためにやってきた。戦闘の目的である金麗が死ねば、不利な状況に耐えてまで戦う必要がなくなり、おりを見て兵を引くことができる。さらに金麗の死が炎魁によって引き起こされたものであれば――そのように見えれば――炎魁の謀略をあばき、罪を追及する際に有力な攻撃材料として使える。

炎魁は金麗をさらったばかりか、両軍の眼前で崖から突き落とした。いかなる申し開きをしようとも無罪放免とはいかない。

天下平定を目指す烈にとって、瑞兆天女の横死《おうし》はあまりにも不祥《ふしょう》だ。それは烈による覇業が実現しないことを暗示しているかのようである。当然、炎魁は四方から糾弾される。利害が一致していた身内すら離れていくだろう。彼自身が言っていたように、勲貴恩礼は勝ち馬に乗る。炎魁が勝ち馬でなくなれば群臣は世龍に味方し、簒奪は頓挫《とんざ》する。

金麗の命ひとつで、弑逆と内紛の両方を避けられるのだ。

世龍は英邁《えいまい》な男だ。こちらの意図を察して賢明な行動をするはず。まちがっても金麗の死に取り乱して敵兵に捕らえられることはないだろう。彼の才腕を信頼しているからこそ打って出た逆転の秘策。無駄にはなるまいと確信している。世龍なら金麗が捨てた命を有意義に使ってくれる。彼が志す未来の礎《いしずえ》として。

——これで償いになるかしら。

世龍の誇りを傷つけたことを詫《わ》びる機会を逃してしまった。だからせめて大業《たいぎょう》を後押しすることで謝罪の証《あかし》としたい。彼ならきっと許してくれる。やさしい人だから。

金麗の死を嘆いてはくれなくても、悼《いた》んでくれるかもしれない。亡骸《なきがら》を抱きあげてくれるかもしれない。できればきれいな姿のままで彼の腕のなかに戻りたかったが、その願いが叶わないなら、無惨な屍《しかばね》となってからでもいい。この体がむごたらしく壊されて、真っ赤に染まってからでも。ひょっとしたら今わの際《きわ》に一瞬だけ彼のぬくもりを感じられるかもしれない。こちらをのぞきこむ彼の顔を見られるかもしれない。

　もはや希《こいねが》うことはそれだけだ。

夜空がどんどん遠ざかっていく。風にもてあそばれる長い髪が視界を黒く染めた。

「金麗！」

世龍の声が耳朶《じだ》を打ち、金麗はふっと微笑んだ。

——夢が叶ったわ。

幻聴でもいい。切なる願いが聞かせた偽りの声だとしても。世龍が名を呼んでくれた。それだけで十分に満たされる。彼の腕に抱かれたみたいに。

金麗が崖際から投げ出された刹那《せつな》、世龍は馬首をそちらに向けていた。行く手をさえぎる複数の敵兵をすばやく大刀《だいとう》でなぎはらい、全速力で馬を駆る。

間に合うはずがない。手遅れだとわかっていた。それほどの距離がひらいている。世龍が断崖の真下までたどりつくより早く、彼女の体は地面に叩きつけられているだろうと確信するくらいには。

それでもなお風を切る速度を落としはしなかった。敵兵をなぎ倒すたびに馬腹を蹴り、雷《いかずち》のごとく疾駆する。

――なぜだ、なぜこんなことを。

金麗は炎魁に突き飛ばされたのではない。自分から落下したのだ。それは彼女の信条を知っていれば理解できる。

金麗は聡明な女だ。いたずらに炎魁を挑発してわが身を危険にさらしはしない。この状況下では炎魁に逆らわず、事態を傍観するのが上策。また逆らうまでもないのだ。炎魁は玉座ともども瑞兆天女を手に入れたいはずだから、金麗を殺す理由がない。

自分の生存は保障されていると知っていたのに、彼女は殺されると騒いだ。大声で世龍に助けを求め、両軍の眼前で炎魁に突き落とされるふうを装った。それはなにゆえか。尋ねるまでもない。世龍には彼女の狙いが手にとるようにわかる。

――俺のために、なぜそこまで。

世龍を死地《しち》から救い出すためだ。野蛮人と蔑《さげす》んだ男の命と玉座を守るために、彼女は断崖から身を躍らせたのだ。自分より大切なものはないと断言していたくせに。いざとなったら世龍を裏切るつもりだと悪びれもせず言い放ったくせに。あれほど後生大事《ごしょうだいじ》に守っていた己の命をむざむざと捨てるとは、いったいどういうことだ。

心変わりの理由を問いたださなければならない。あの勝気な瞳を貪《むさぼ》るように見つめて、女獅子《めじし》の魂を秘めた華奢《きやしや》な体を抱きしめて、なぜこんなことをしたのかと尋ねなければ。手加減はしない。情け容赦なく責め立ててやる。あきらめてなるものか。世龍が求めてやまない言葉を、彼女の唇がつむぐまでは。

気づけば名を呼んでいた。声を限りに叫んでいた。絶対に失いたくない女の名を。そうすれば彼女を助けられるとでもいうように、幾度も幾度も。

永遠のような一瞬のさなか、世龍はまなじりが裂けんばかりに目をみひらいた。烏羽色《からすばいろ》の扇のごとくひろがった金麗の豊かな髪が月明かりを弾いたからだ。否《いな》、弾いたのではない。黄金に染まったのだ。

薄闇の淵で煌々《こうこう》と輝く色彩のまぶしさに息をのむ。これはこの世の情景ではない。天上世界のそれだ。天帝が住まうという紫微宮《しびきゆう》の花園で、彼の愛娘が星屑の糸で織りあげた羽衣をひるがえして舞い踊る、その麗姿ではないか。

瑞兆天女――伝説にしか存在しないはずの美姫がそこに、世龍の視線の先にいた。

金色の髪を夜風にたなびかせ、彼女はふわりふわりと舞いおりてくる。人間の目では見ることができない玉の階《きざはし》を、その優美な足で一段ずつ踏むかのように。

天女はもうすぐそばまで降りてきていた。世龍は無意識のうちに手をのばした。暗がりをかきわけて進む指先が、こちらにのばされた白い手にふれる。

ひんやりした柔肌《やわはだ》を手のひらで包むあいだも、視線はまばゆい月のかんばせに釘付けになっている。引き寄せるまでもなかった。彼女は虚空を蹴って世龍の胸に飛びこんできた。やわらかな肢体《したい》を危なげなく腕のなかにおさめると、かぐわしい花を抱いたかのような酩《めい》酊感《ていかん》に襲われる。

とっさに手綱を引き、世龍は絶壁が一尺先に迫った地点で馬の足を止めた。

「……公主なのか？」

われ知らず尋ねると、黄金の天女は柳眉《りゆうび》を逆立てた。

「たった数刻見なかっただけでわたくしの顔を忘れたの？」

噛《か》みつくような口ぶりに面食らい、同時に安堵する。

彼女だ。史金麗だ。

世龍の心を思うさまかき乱した異国の公主が、この腕のなかに戻ってきてくれた。

「忘れるわけがない。女獅子に似た女など、ふたりといないからな」

「だったらいちいち聞かないで。そんなことより早く兵を引いてちょうだい。ここで地割れが起こるわ。のんびりしていたら全滅するわよ」

「地割れ？」

突拍子《とつぴようし》もない話に目をしばたたかせると、金麗は苛立たしげに世龍の胸を叩いた。

「地面がくずれてあなたもあなたの将兵も真っ逆さまに落ちるって言ってるの！　くわし

く説明してる暇はないわ！　さっさとわたくしの言うとおりになさい！」

わけがわからないながら、彼女の剣幕に気おされる。でたらめを言っているようには見えない。世龍を射貫《いぬ》く炎のようなまなざしは真剣そのものだ。

――先ほどの現象は人知《じんち》を超えていた。

疑いようがない。金麗は本物の瑞兆天女だ。乱世を鎮めるために天帝が遣わした鳳凰の化身なのだ。その事実が歓喜をともなって鳴り響く。

「俺を助けてくれるのか？」

「わたくし自身を救うついでにね！　あなたと一緒に谷底に落ちるなんてごめんだわ！」

勇ましく宣言する彼女に頬をゆるめ、世龍は崖際から射かけられた矢を大刀で払いのけた。軽やかに馬首をひるがえす。

「ただちに後退せよ！」

将兵を率いて来た道を引きかえしながらも、抑えがたい高揚が全身にみなぎっていた。

――公主は……史金麗は俺を愛している。

伝説は語る。「瑞兆天女は心から愛する男に天帝の加護をもたらす」と。

――金麗は俺を愛しているんだ！

崖際から世龍目がけて射た矢を払われ、炎魁は地団太《じだんだ》を踏んだ。

「追撃《ついげき》しろ！　瑞兆天女を連れ戻せ！」

炎魁が怒号《どごう》を放った瞬間。巨大な獣が地面を踏み鳴らすかのように大地が震動した。

体がかたむき、断崖の向こうに投げ出されそうになる。すんでのところで持ちこたえて飛びしさった直後、雷鳴のような轟音《ごうおん》が響きわたった。

それはなにかが裂ける音だった。およそ裂けることなどない頑丈なものが尋常ではない力で引きちぎられるような。

轟音にまじって崖下から絶叫がほとばしる。ひとつやふたつではすまない。そこらじゅうで馬が甲走ったいななきをあげ、将兵の断末魔《だんまつま》の叫びがかわるがわる耳をつんざく。それらはしだいに遠ざかり、轟音が途絶えるころには静寂にすりかわった。

「……なんだ、これは……」

崖下をのぞきこみ、炎魁は絶句した。両側を絶壁に囲まれた小道は跡形もなく消え去っている。そこにはあらたな谷が出現していた。地面に亀裂《きれつ》が走り、大きく裂けたのだ。世龍を追撃するはずだった炎魁の軍勢は突如としてあらわれた奈落《ならく》に吸いこまれ、亀裂の手前に立ち尽くすほんの数名の騎兵だけを残して消失していた。

かたや世龍の軍勢は迅速に後退したおかげで難を逃れている。月明かりが照らしだす深淵を遠巻きに見やり、世龍は横抱きにした金麗となにか話していた。

——あの女のしわざか!?

断崖から身を躍らせ、黄金の髪をなびかせて世龍のもとに舞いおりた瑞兆天女。黴《かび》臭い伝説が語る戯言《ざれごと》ではなかったのか。まさか現実にこんなことが起こりうるというのか。天帝の愛娘たる鳳凰の化身が世龍に味方するなどということが――。

やにわに背後が騒がしくなり、炎魁は弾かれたようにふりかえった。

そこかしこで馬のいななきがこだまし、剣戟《けんげき》のうなり声がつぶてのごとく飛んでくる。

なにかがおかしい。なぜここで戦闘がはじまるのだ。世龍の軍勢はまだ崖下にいるのに。

月が薄雲に覆われて視界が悪いせいでだれの将兵なのかわからないが、形勢が逆転したのはあきらかだ。いったん退却して態勢を立てなおすしかない。

「六弟！　逃がしはせぬぞ！」

退路を探す炎魁の行く手にひとりの騎兵が立ちはだかった。明光鎧《めいこうがい》に包まれた厚い胸を昂然《こうぜん》とそらし、ひとふりの長斧《ちょうふ》を見せつけるようにひっさげている。どんぐり眼をかっと見ひらいたその騎兵は鞍上から熊の咆哮のような大音声《だいおんじょう》を放った。

「おまえの奸計《かんけい》など三兄はとうにお見通しだ！　おまえが帰《き》鳥道《ちょうどう》に伏兵《ふくへい》を置いていると踏んで、おまえの背後をつくよう俺にお命じになったんだ！　三兄が崖下で戦っているあいだに俺は精鋭を連れて山道をのぼってきた！　背後の守りをおろそかにするのはおまえの悪い癖だ！　ここはすでに俺の手勢が包囲した！　どこにも逃げ場はないぞ！」

炎魁は抜刀した。環首刀《かんしゅとう》をふりかざして勇飛の馬に斬りかかろうとした刹那、左右から複数の騎兵がつめかけてきた。舞いあがった土煙で視界が濁《にご》る。咳きこんだ炎魁が顔をあげると、騎兵たちは鮮血が滴《したた》る槍や錘《すい》を誇示してこちらを睥睨《へいげい》していた。

背後は断崖。前方は敵兵に包囲されている。逃げ場はない。

──あの女のせいだ！

勝利は目前だったのだ。勇飛に背後を攻められても世龍を討ち取りさえすれば、玉座は炎魁の手中に転がりこんできたのだ。

瑞兆天女──伝説から飛び出してきた女がすべてを台無しにした。あの女さえいなければ成功したのに。史金麗が成から嫁いでこなければ、いまごろは……。

「昌王《しょうおう》こそ、先帝の遺業を受け継ぐにふさわしいかたです」

昨年、謀反を起こした陶《とう》家の八男が炎魁に接触してきたのは、父帝崩御から間もないころのことだった。彼はからくも処刑を逃れて迅に亡命したものの、望郷の念をこらえきれず、烈に帰りたがっていた。

「さりながら帰郷はかないません。不倶《ふぐ》戴天《たいてん》の敵を討つまでは」

陶家の謀反は世龍の誣告《ぶこく》により作られた事件だったのだと八男は語った。廃太子《はいたいし》を避けようとした世龍が陶家を陥《おとしい》れたのだと。

「先帝は世龍を立太子したことを後悔なさっていたのです。なんといっても、卑しい女が産んだ皇子ですからね。今後も勲貴恩礼《くんきおんれい》を従えていくには慕容《ぼよう》家の血をひく昌王を後継者に据《す》えるべきではないかと迷っていらっしゃいました」

陶家出身の妃嬪が寝物語に父帝から聞き出した話だという。

「己の地位が危ういと知った世龍は〝陶家の謀反〟をでっちあげたのです。機先《きせん》を制して陶家当主を召し捕り、先帝の玉座を守ったという偽りの手柄を立てるために」

世龍はだれよりも早く陶家の謀略をあばき、首謀者とされた陶氏一門の主とその息子たちを捕らえた。内紛《ないふん》を未然に防いだ功績により、やつは父帝の信頼と寵愛を独占し、炎魁はますます東宮から遠ざかった。

「やつは己の野心のためにわが一族に濡れ衣を着せ、女子供にいたるまで殺戮《さつりく》しました。父が機転を利かせて逃がしてくれなければ、私も無惨な骸《むくろ》をさらしていたでしょう」

迅に身柄を保護されたが、八男は鬱々《うつうつ》として楽しまなかった。親族を滅ぼされた怨《うら》みは骨髄《こつずい》に徹《てっ》し、朝な夕な仇《かたき》を討つことだけを考える日々がつづいた。

「激しい怨憎が肉体を蝕んだのでしょう。私は病におかされてしまいました。医者にかかっても病状は日を追うごとに重くなり、寝床から起きあがるのにも苦労する始末で……死期を悟るにいたりました。怨みを晴らす日まで、この身はもちこたえられぬと……。しかし、私とて男です。男子たる者、志をとげずして死ぬわけにはまいりません」

ために病をおして重城《じゅうじょう》を越え、炎魁に会いに来たのだという。

「天子の才徳をそなえていらっしゃる昌王なら、ほんとうの悪人を罰してくださると信じ、病身に鞭打って百里を駆けてまいりました。どうかみじめな病人にお慈悲を。わが怨敵《おんてき》を討ち取ってくださるならば、来世にてご恩をおかえしいたします」

うさんくさい話だと思った。親族を滅ぼされ、国を追われた男がひそかに祖国に駆け戻り、世龍への怨みをとうとうと語って、自分の代わりに正義を果たしてほしいと炎魁に懇願する。死の病におかされていると哀れっぽく話し、自分はなにもかもを失ったと嘆きながら、世龍暗殺に必要な兵馬をさしだす用意があると言上《ごんじょう》する。

これが計略であることを見抜けぬほど、炎魁は愚かではない。

――李虎雷《りこらい》の策謀だろう。

かねてより世龍を殺したがっている李虎雷が陶家の八男を使って炎魁を焚きつけ、骨肉《こつにく》相食《あいは》む争いを演じさせようとしているのだ。さもなければ謀反人一族の生き残りにすぎぬ八男が都合よく兵馬を手土産に持ってくるはずがない。芬々《ふんぷん》たる謀《はかりごと》のにおいを嗅ぎ取りつつも、炎魁は陶家の八男を朝廷に突き出さなかった。

――李虎雷が俺を利用するなら、俺もやつを利用してやる。

炎魁は陶家の八男に同情し、騙されたふりをして計画に乗った。虎雷が炎魁のために用立ててくれた兵馬を帰鳥《きちょうどう》道にひそませ、世龍を罠《わな》に誘いこんだ。

玉座が手に入ればいい。この身を皇位に落ちつけることができるなら、虎雷の策略であろうとなんだろうとかまいはしない。使えるものはなんでも使う。目的のためなら手段をえらばない。それが乱世を生きぬく知恵だ。

妙計だったはずだ。うまくいっていたはずだ。それなのに結果は――。

「投降《とうこう》しろ！」

長斧の石突《いしづき》を地面に突き立て、勇飛が怒声を張りあげる。

阿修羅《あしゅら》のごとき面貌《めんぼう》にはいささかも迷いがない。勇飛は世龍に心酔している。やつの玉座を守るためなら満身に返り血を浴びる男だ。炎魁が抵抗すればためらいもせずに長斧をふりおろすだろう。

――間違いだ、これは。

断じて認められない。皇后所生《しょせい》の皇子である自分が、玉座に手が届かないなど。奴婢《ぬひ》の腹から生まれた異母兄に敗北を喫《きっ》するなど。絶対にあってはならないことなのに。

――父皇《ちちうえ》のせいだ。

父帝が選択をまちがえたのだ。はじめから世龍ではなく炎魁を立太子していればこんな仕儀《しぎ》にはならなかったのに。なぜだ。なぜ父帝は炎魁を選んでくれなかったのだ。

「武器を捨てるんだ！」

うるさいやつだ。大声を張りあげなくても聞こえていると怒鳴りかえしたくなる。だが、炎魁は口をひらかなかった。憤怒《ふんぬ》を声に出す代わりに環首刀を投げ捨てた。なぜならそれが……敗者に許された唯一の行動だったから。

重城の西端、羨風関《せんふうかん》。烈の東進《とうしん》を防ぐために築かれた塞《とりで》から約四十里の地点で、迅国皇太子・李虎雷は将兵を従え、帰鳥道《きちょうどう》からの知らせを待っていた。

――古くさい伝説に惑わされるとは、あいつも焼きがまわったな。

烈国皇帝・元世龍。戦場で出会うたびに虎雷の邪魔をする目障りな男が成から嫁いできた安寧公主に夢中になっていると聞いたとき、虎雷は「針小棒大な報告をするな」と間者《かんじゃ》を叱りつけた。

世龍は前妻を喪ってからずっと女を遠ざけていたほどの木石漢《ぼくせきかん》である。もとより色を好まぬようで妾《めかけ》も持たず、歌妓《かぎ》や奴婢を枕席《ちんせき》に侍《はべ》らせることもなく、浮いた話がひとつもなかった。おまけに南人嫌いと来ている。安寧公主は天女のごとき美姫らしいが、やつにとっては見慣れない野花にすぎないだろう。女と縁遠い世龍が安寧公主とすこしばかり親しくしたというので大げさに報告しているのではないのかと間者を問いただしたが、間者はけっして大げさではないと強く否定した。

「元世龍はおりにふれて安寧公主に贈り物を届け、熱心に口説いています。その熱愛ぶりは元威業《いぎょう》と楚氏《そし》を思い起こさせるほどです」

武建帝《ぶけんてい》・元威業が迅の奴婢であった楚氏を寵愛したことは語り草だ。堅物でとおしていた世龍も遅まきながら女色に目覚め、亡き父の真似をしているのだろうか。

――まさか瑞兆天女とやらを本気にしているのではあるまいな？

天下の覇権《はけん》を狙う野心家の多くが瑞兆天女を欲しがっている。ご多分にもれず、父帝も明け暮れ巫師《ふし》を招いて瑞兆天女の居場所を占わせ、鳳凰の化身と目された女を片っ端から後宮に入れた。しかし、それらは例外なくまがい物だった。激昂した父帝は偽天女どもを惨殺《ざんさつ》し、偽者を見出した巫師たちを処刑したが、数日もすればまたべつの巫師を呼びよせて瑞兆天女探しに没頭するのだった。

父帝の惑溺《わくでき》ぶりを虎雷は冷ややかな目で見ていた。女を手に入れれば天下が転がりこんでくるなど、とんだ子どもだましだ。こんな与太《よた》話《ばなし》を信じるのは迷信深い年寄りか余命いくばくもない病人くらいのものだろうと笑っていたが、年寄りでも病人でもない世龍が安寧公主を寵愛していると聞いて落胆した。黴臭《かび》い昔語りを真に受ける鈍物《どんぶつ》をわが宿敵と見込んでいたとは、まぬけな話があったものだ。ともあれ、世龍が安寧公主の色香に惑っているなら、やつを罠《わな》に誘いこむ餌《えさ》としてこれを利用しない手はない。

手下に彼女をさらわせ、適度に痕跡を残して、帰鳥道まで世龍を誘導した。

もう戦闘ははじまっている。

炎魁が不利になったら助太刀《すけだち》するため虎雷はここにひかえていた。もっとも先走って兵を動かしてはいけない。世龍が弱るまで待ってから出撃する手はずだ。

見るともなしに月をながめていると、複数の馬蹄《ばてい》の音が西から近づいてきた。

「報告します！」

息せき切って駆けてきた三名の騎兵が転げ落ちるように下馬してひざまずいた。

「炎魁は勇飛に背後を襲撃され投降、世龍は帰鳥道を離れ、宵厳城《しょうげんじょう》へむかいました」

宵厳城は羨風関に睨《にら》みをきかせる塞《とりで》。盤石のそなえで迅の西進《せいしん》を防ぐ要所だ。城門の内側に入られると、手を出しづらくなる。

「役立たずめ。俺が直々にお膳立てしてやったというに、むざむざと兜《かぶと》を脱ぐとは」

炎魁に世龍を弑逆《しいぎゃく》させ、罪を豪師に着せる。その後は炎魁を玉座に押しあげるもよし、兄の仇《かたき》をとらんと復讐心を燃やす勇飛を焚きつけて兄弟同士殺し合わせるもよし。

いずれにせよ、烈は弱体化する。

朱面羅刹《しゅめんらせつ》たる世龍と皇家を束ねる豪師が相次いで命を落とせば、空になった玉座をめぐって皇族や勲貴《くんき》恩礼《おんれい》が熾烈《しれつ》な権力争いをくりひろげる。いつの時代も内輪もめは国力衰退の主因だ。連中が互いをつぶし合っているうちに兵を進め、燕周《えんしゅう》を落として華北を統一する。それが虎雷の筋書きだった。

陶家の八男を通じて策を授ける際、炎魁がこちらの意図に感づくことは想定していた。八男の背後に虎雷がいると気づいても、やつは計画に乗ってくると踏んだ。なぜなら炎魁には野心があるからだ。野心は警戒心を麻痺《まひ》させる。戦場で幾度も虎雷の策略の餌食《えじき》となったことを忘れ、生意気にも虎雷を逆に利用して世龍を亡き者にしてやろうともくろむはず。そこまでは読みどおりだったが、結果は期待外れだ。

むろん炎魁が早々に世龍を討ち取ると楽観していたわけではない。

世龍はどこかの時点で計略に気づき、手勢を割いて敵を奇襲《きしゅう》するだろうと予測した。そのために帰鳥道に通じる道のいくつかに伏兵を置き、世龍の手勢を足止めするよう手を打っていた。

——俺が伏兵を配置した場所を避けてきたか。

伏兵からはなんの報告も来ていないから、それらの地点で戦闘は行われていないのだ。虎雷が仕掛けた罠を迂回《うかい》しながら進み、炎魁の背後をついたのだろう。

「失った兵馬は？　百か、二百か？」

「生き残ったのはわれわれ三騎のみです」

「なんだと？　四千の軍勢がたった五百騎に打ち破られたというのか？」

虎雷が貸し出した歩騎《ほき》は三千、炎魁の歩騎は千。あわせて四千の軍勢だ。世龍が率いていたのは五百騎にすぎない。朱面羅刹を相手にしても十分優位に立てる兵力差があったのに、かくもあっけなく大敗するとはどうしたことか。

「戦闘の最中に地面が裂けたのです。世龍軍は寸刻前にその場を離れていたので難を逃れましたが、わが軍は地割れにまきこまれ、多数の将兵が谷底に落ちました。私たちは偶然にも地面の亀裂《きれつ》からすこし距離がある地点にいたので落下をまぬかれ……」

「地割れ？　馬鹿な。帰鳥道は地盤が固く、過去に地割れが生じたことはない。すくなくともこの二十年は記録がないはずだ。そんな場所でなぜ唐突に――それも世龍軍を利するようなかたちで地割れが起こる？　偶然にしてはできすぎているだろう。谷にのみこまれたのが両軍の将兵ならともかく、こちらにだけ壊滅的な被害がおよぶとは」

「瑞兆天女のしわざです……！」

騎兵たちは声をそろえて言い放った。

「瑞兆天女が『ここで地割れが起こるので退却すべし』と世龍に訴え、やつの軍勢が後退した直後、大地が激しく揺れ、またたく間に地面が裂けました。あの女が……瑞兆天女が超常の力で地割れを引き起こし、世龍を守ったのです」

「瑞兆天女？　いったいなんの話だ」

虎雷が尋ねかえすと、騎兵たちは自分の目で見たふしぎな現象について口々に語った。

「安寧公主は本物の瑞兆天女だというのか？」

「まちがいありません。崖から落ちたはずがいつの間にか宙に浮いていました。伝説が語るとおりにまばゆい黄金の髪をなびかせて……」

騎兵たちのおもてには陶酔《とうすい》なのか畏怖《いふ》なのかわからぬ表情が浮かんでいる。にわかには信じがたいが、嘘をついているようには見えない。

――鳳凰の化身が西の羅刹鬼《らせつき》を助けたのか。

乱世を鎮めるために下生《げしょう》した天帝の愛娘。子どもだましの昔語りだと思っていたものが現実に存在するなど、なんとも面妖《めんよう》な話だ。己の目でたしかめてみなければ。

「二千騎でいい、俺につづけ。世龍軍を追撃する」

「危険すぎます！　瑞兆天女がまた超常の力を使うやも……」

「だから行くのだ。おまえたちが見たという金色の天女を俺も拝みたい」

引きとめようとする騎兵をふりきって馬を駆った、まさしくそのときだ。

鋭利なものが虚空を切り裂いた。

直後、地面に矢が突き立つ。馬がいななきをあげて立ちどまったのと、兵士が「敵襲！」と叫んだのは、ほとんど同時だった。

「烈軍です！　数はおよそ五百……いえ、千騎はいます！」

世龍が攻めてきたのかと身がまえたが、瞬時に思いなおす。

帰鳥道の手前には四つの道があった。世龍は五百騎を率いて北東に進み、勇飛と勲貴恩礼の二将軍には残りの三つの道をそれぞれ進ませた。やつがみずから囮《おとり》になって四千の軍勢を相手にしているうちに、勇飛軍は帰鳥道の裏手にまわって炎魁軍をおさえた。

では、勲貴恩礼の二将軍は？　伏兵が置かれた地点を回避してどこへ向かった？

──焼きがまわっていたのは俺のほうか。

自嘲《じちょう》の笑みがもれる。勝ち戦がつづいたせいで気がゆるんでいたようだ。しかし、悪い気はしない。これでこそ戦だ。手ごわい敵に出会うからこそ戦場に出る価値がある。

──やはりおまえは俺の宿敵だ。

瑞兆天女が奇跡を起こす前から、やつの勝利は約束されていた。炎魁軍が背後をつかれて総崩れとなり、虎雷がいる本陣が奇襲されれば、その動揺は世龍軍を相手にしていた四千の軍勢にも波及する。士気《しき》が乱れた軍は烏合《うごう》の衆《しゅう》と化す。そんな連中が敵兵の血に餓えた朱面羅刹の猛攻を受ければ、数の優劣など簡単にひっくりかえされる。

それでも多少の損失は出ただろうが、世龍は瑞兆天女を味方につけ、避けられないはずの損失すら回避した。恨めしいほど勝運に恵まれたやつだ。

「退却だ！　本陣を捨て羨風関に帰還する！」

虎雷が馬首をひるがえそうとすると、「まだ勝機はあります」と副将が食い下がった。

「敵はわずか千騎、わが軍は一万二千です。戦わずして退却する兵力差ではありません」

「千騎ではすまぬ。近隣の塞から息つく暇もなく敵の援軍が送られてくるぞ。かたやこちらはどうだ。どこから援軍が来る？　地割れで失った兵馬をどうやって補充するのだ？　兄上がたが可愛い弟を死地から救い出すために援軍を送ってくださるとでも？　俺が敗軍の将になることを夢にまで見る、おやさしいあのかたがたが？」

乱世を生きる皇太子は薄氷の上に身を置いている。虎雷はふたりの兄たちを警戒しなければならず、所領に蓄えた兵馬の大部分を持ち出すことができない。封地《ほうち》が手薄になれば、兄たちが触手をのばしてくるからだ。

援軍は望めない。手もとにある軍勢が持ち駒のすべてだ。彼らはいずれ劣らぬ勇士だが、ここに来るまでに二度の戦を経験している。兵力の衰えは否めない。ゆえに三つの虚報で烈軍を分散させ、世龍軍に炎魁軍をぶつけて敵が疲弊するのを待つ必要が生じたのだ。

状況が変わった。奇襲を受けて将兵はうろたえている。間断なく襲い来る烈軍を前に十全《じゅうぜん》の力は出せない。踏みとどまれば踏みとどまるほど、損失は大きくなる。短期決戦に持ちこめないなら、迅速な撤退こそが最善の策だ。

「このまま成果なく戻れば、兄君がたがここぞとばかりに殿下を非難なさるでしょう」

「愚鈍《ぐどん》な兄どもがなにをほざこうが知ったことか。父皇《ちちうえ》はよくやったと褒めてくださるだろうよ。瑞兆天女の居場所を突きとめたのだから」

副将に殿軍《しんがり》を任せ、虎雷は馬首をひるがえした。

――俺が早々に退却するのを見越していたな。

烈軍はかなりの距離をとって矢を射放った。不意をついて攻撃を仕掛けながら、虎雷軍とまともに戦う気はないのだ。

世龍が「迅軍を威嚇《いかく》して重城まで追いかえせ」と命じたのだろう。敵陣に深く切りこめば味方も痛手をこうむる。敵勢が多ければ、援軍が来る前に全滅することもある。

そこまでの危険をおかすつもりはなかったのだ。あるいはその必要がなかった。

世龍は知っていた。虎雷が援軍を望めないこと、ゆえに長丁場《ながちょうば》を避けること、損失を度外視《どがいし》して戦闘を続行するほど愚かではないことを。本陣の場所を正確に見抜いたくらいだ、奇襲後の行動を予測するのに苦労はしなかっただろう。

——今回はおまえに勝利を譲ってやろう、元世龍。

馬を疾駆させながら、虎雷はふりむきざまに弓を引いた。暁闇《ぎょうあん》を引き裂く鏃《やじり》が狙うは、敵兵が持つ紅蓮《ぐれん》の軍旗。残春の風にはためく「烈」の文字は鋼鉄の殺気に射貫《いぬ》かれた。

——次はかならず手に入れるぞ。おまえの首と、俺に天下をもたらす鳳凰を。

全身の血潮がわき立つ。

いったいどんな女だろうか？　わが宿敵を虜《とりこ》にした天上の美姫とは。


「ようやく人心地ついたわ」

白湯をごくごくと飲みほし、金麗はふうと息をもらした。

宵厳城《しょうげんじょう》に入ってから数刻経っている。とはいえ、いつ城門をくぐったのか、まったく思い出せない。世龍に抱かれたまま、鞍上で意識を失ってしまったからだ。

目覚めたときにはやわらかい毛皮の敷物に体を横たえていて、そばには世龍がいた。寝ぼけているのかと思った。彼がやさしく微笑んでいたから。

「具合はどうだ？　どこか痛むところは？」

あたたかい声音が胸にしみて、涙をこらえるのに苦労した。

「べつになんともないわ」

「いきなり気を失ったから心配した。軍医が言うには、手足を縛られていたせいでかすり傷を負っているが、それ以外は問題ないそうだ」

「でしょうね。わたくしの体は頑丈にできてるもの。この程度で壊れたりしないわ」

精いっぱい虚勢を張って起きあがろうとすると、世龍が背中を支えてくれた。その手のひらの大きさとぬくもりに心が震える。気づかないふりができないくらいに。

「あなたこそ怪我したんじゃないの？　軍医に見てもらった？」

「負傷する暇もなかった。おまえが天から降ってきて戦闘どころではなくなったからな」

金麗を抱き寄せ、世龍は誇らしげに頬をゆるめた。

「おまえの髪が黄金に輝くのを見たぞ。一瞬で目に焼きついた。あの姿はまさしく羽衣をまとった天女だった。おまえは俺のもとに舞いおりてきて――」

「ねえ、ひょっとしてその話、長いの？」

「ひさしぶりにおまえとゆっくり語らいたいと思っているんだが、いやか？」

世龍は不安げに眉をくもらせた。傷ついたような表情に胸が痛む。

「いやじゃないけど……ちょっと障りがあるの」

「障り？　なんだ？」

「……更衣《こうい》に行きたいのよ」

「そうか。じゃあ、着替えを用意させよう」

「ちがうわ、着替えじゃなくて……更衣よ」

「だから着替えだろう？　おまえが着られそうな衣服を持ってこさせるから――」

「着替えじゃないって言ってるでしょ。……わからないの？」

「衣を更《か》えるから更衣だろう。ほかにどんな意味があるんだ？」

「……もういいわ。勝手に行ってくるから」

寝床から立ちあがろうとすると、世龍に腕をつかまれた。

「どこへ行く？」

「だから更衣よ」

「部屋の外で着替えるつもりか？　それはだめだ。俺が出ていくからおまえはここにいろ」

あまりにも話が通じないので、だんだん苛々してきた。

「どうしてわからないの。更衣といったら浄房《じょうぼう》のことでしょう」

「浄房？　この部屋を掃除したいのか？　塞《とりで》のなかではいちばん清潔な部屋なんだがな。万寿殿《ばんじゅでん》とくらべれば見劣りするが、清掃は行き届いているし……」

「そんなことはどうでもいいのよ。わたくしは『浄房』と言ったの」

「部屋の掃除じゃないなら、なんなんだ？　頼むから俺にもわかる言葉で話してくれ」

ふざけているのかと思ったが、どうやら本気で困っているらしい。金麗はため息をついた。世龍の耳もとに口を寄せて〝その単語〟を囁く。

「……わかった？」

ああ、と世龍はぎこちなくうなずき、不審そうにこちらを見た。

「天女も廁《かわや》に行くのか？」

というひと悶着《もんちゃく》があったものの、金麗は無事に更衣をすませ、羊肉の粥で腹ごしらえをした。ちなみに自分で調理したものだ。厨《くりや》に立っているあいだじゅう世龍がとなりにいたので気が散って仕方がなかった。暇なら将兵をねぎらってきなさいと追い出そうとしたが、それは金麗が寝ていたときにすませたそうで、かたくなにそばを離れない。

「天女は料理もするのか」

神妙な面持ちでつぶやいて、興味深そうに金麗の手もとを見ていた。かくて朝餉《あさげ》をこしらえ、空腹を満たしたのち、白湯を飲んでひと息ついた。

「……なによ？」

長椅子の中央に置かれた小卓《しょうたく》の向こうで世龍が小刻みに肩を揺らしている。彼も粥を食べて白湯を飲んでいたが、途中でむせた。笑いをこらえきれなくなったらしい。

「おまえも廁に行くことがあるんだなと思うと愉快でな」

「あいにく、わたくしは天女じゃないの。更衣なしでは一日だって生きられないわ」

成の宮中では厠に行くことを婉曲的に表現して「更衣」という。同様に浄房も厠を意味するが、烈では一般的な言いかたではないようで、世龍には通じなかった。

「好きなだけ笑えば？　あなたに幻滅されたって痛くも痒《かゆ》くもないわよ」

「幻滅などしていない。おまえが天女じゃなくてよかったと思っていたんだ。もし天女なら、俺の手をすり抜けて天にのぼってしまうだろうから」

横顔に注がれる視線が熱い。急に身じまいをしていないことを思い出した。顔は洗ったが、化粧はしていないし、髪は手櫛でととのえてひとつにくくっただけだ。女武官が貸してくれた胡服に着替えたので夜着姿のままではないけれど、寸法が大きすぎて似合っていない気がする。要するに食い入るように見つめられてうれしい姿ではない。

「いや、そうじゃない。おまえは天女だ。正真正銘の」

世龍は小卓から身を乗り出した。

「おまえは黄金の髪をなびかせて俺のもとに舞いおりてきた。乱戦の真っ最中、崖の下には大勢の男どもがいたのに、そいつらには目もくれず、まっすぐ俺のそばへ――」

「あなたがわたくし目掛けて駆けてきたからでしょ」

熱っぽいまなざしに気づかないふりをしつつ、金麗は白湯を注ぎ足した。

「髪の色のことは知らないわ。わたくしは見てないから。暗かったし、目の錯覚《さっかく》じゃないの？　きっと月明かりのせいで金色に見えたのよ」

「錯覚なんかじゃない。空中でおまえの髪が黄金色に染まったんだ。天女だと直感した。伝説が語る瑞兆天女が舞いおりてきたのだと」

「ふうん。あなた、金髪の女が好みなのね」

「は？」

「だって髪の色にやたらとこだわってるじゃない。金髪が好きだって言いたいんでしょ」

「ちがう。俺が言いたいのは、おまえが本物の瑞兆天女だということだ。崖から落ちたはずなのに、おまえは宙を舞って俺の腕のなかに飛びこんできた。そして警告してくれた。地割れが起こるから避難しろと。俺を助けてくれたんだ」

「わたくし自身を助けたのよ。あなたはついで」

「なぜ地割れを予見できた？　天女の力を使ったんだろう？」

「単なる虫の知らせよ。地面が裂けるような予感がしただけ」

　落下のさなか、脳裏に奇妙な情景が映し出された。それは地面に巨大な亀裂《きれつ》が走り、落雷のような轟音《ごうおん》を立てて大地が裂けるさまだった。敵味方の区別なく、だれもかれもが突如として出現した谷底に落ちてしまう。そのなかには世龍の姿もあった。

「ふつう、死ぬ間際に頭をよぎるのは過去の出来事でしょ？　でもこれは記憶にない。もしかしたら未来のことかもって思ったの。あなたに知らせなきゃって焦ったけど、真っ逆さまに落下していく最中よ？　どうしようもなくて困っていたら、いつの間にか体がふわふわ浮いているような感じがして、こちらに駆けてくるあなたが見えたの。それであなたのそばに行って……あとはあなたも知ってのとおりよ。まあ、こうなるだろうとは思ってたわ。わたくしは強運の持ち主だから。いろいろあっても最後にはうまくいくの」

「自覚がないらしいが、おまえはまちがいなく瑞兆天女だぞ」

力強く断言されても心は躍らない。かえって重く沈んでしまう。

——わたくしが本物の天女だからやさしくするのね……。

天下平定を成し遂げるのに必要な道具だと思えばこそ、世龍は金麗の枕もとにいたのだ。厨にもついてきたのだ。こうして貪《むさぼ》るように見つめてくるのもおなじ理由。彼が見ているのは金麗自身ではない。金麗をとおして瑞兆天女を見ているのだ。

その事実が胸の奥を軋《きし》ませ、苦い痛みで息がつまりそうになる。

——名を呼ばれただけで満たされたはずなのに。

再会した瞬間、自分でもうんざりするほどわがままな女に逆戻りしたみたいだ。瑞兆天女ではなく、金麗自身を求めてほしい。本物の天女かどうかなんてどうでもいいと言ってほしい。ただの男として、金麗が戻ってきたことを喜んでほしい。ありえないことばかり願ってしまう。彼のそばにいられるだけで満足しなければならないのに。

「……わたくしが瑞兆天女だったら、そんなにうれしいの?」

「うれしいなんてものじゃない。この顔を見ろ。まさしく有頂天《うちようてん》だ」

見なくてもわかる。世龍のおもてに浮かんでいるのは満面の笑みだ。

「そう。よかったわね。これで天下はあなたのものよ。華北を統一して、江南も手中におさめて、普天率土《ふてんそつど》に君臨するのね。先帝もさぞやあなたを誇りに――」

「待て待て、こういうときに天下国家を論じるな」

「こういうときってどういうときよ？」

「愛を語っているときだ」

聞き間違いかと思ってとなりを見ると、ほがらかな笑顔が目に飛びこんできた。

「おまえは俺を愛している。心から。そうだな？」

「……さあ、どうかしらね」

「瑞兆天女は心から愛する男に天帝の加護を与える。おまえが俺を守ったということは、俺はおまえに愛されているということだ」

「……それが？」

「俺が有頂天になっている理由だ」

いまにも踊り出しそうな口ぶりに拍子抜けして、金麗は目をしばたたかせた。

「……なにを勘違いしているのか知らないけど、わたくしが愛しているのは自分だけよ。他人なんか愛してないわ。あなたのことだって……」

「嘘をつくな」

言いかえせなかったのは小卓の上で手をつかまれたからだ。

「おまえは炎魁に突き飛ばされたわけじゃない。自分で崖から身を投げたんだ。あれほど生きることに執着していたおまえがそんなことをする動機はひとつしかない」

「身を投げたわけじゃないわ。あれは事故だったの。気が動転していたせいね、うしろが崖だってことを忘れて、あとずさりしすぎたから……」

手をふりはらわなければ。あなたのことなんか愛していないと断言しなければ。すべきことはわかっているのに、うつむいて口ごもることしかできない。

「どうすればおまえが本心を語ってくれるのか考えていた。ずいぶん悩んだが、やっとひとつの答えを見つけた。おまえは身を守るべきなんだ。ほかならぬ俺自身から」

「あなたはわたくしにひどいことをするの？」

「そんなことはしないと何度言ってもおまえは信じない。俺が史文緯《しぶんい》のようになるのではないかと恐れている。それは仕方ないことだ。骨身に染みついた恐怖はたやすく拭い去れるものではない。だから自分で身を守れ。俺がおまえを傷つけられないよう手を打て」

「言われなくてもそうしてるわ。宴の夜、あなたを野蛮人と呼んだのだって――」

つい本音を口走ってしまい、あわててつづきを打ち切る。

「わかっている。俺を怒らせて距離を置こうとしたんだろう？　まんまと引っかかったよ。頭に血がのぼって、おまえを突き放してしまった」

すまない、と世龍は低く囁いた。

「……どうしてあなたが謝るの。暴言を吐いてあなたを傷つけたのはわたくしなのに」

「おまえの本心を見抜けなかったからだ。俺を信じられず苦しんでいたのに気遣ってやれなかった。頭を冷やすべきだった。なぜおまえがあんな発言をしたのか、考えをめぐらすべきだった。思慮が足りないばかりに、おまえの心に傷を増やしてしまった」

許してくれ、とやさしい声が響く。

「あなたが責任を感じることじゃないわよ。わたくしが心に傷を負ったとしたら、それはわたくしのせい。自業自得だわ。わたくし以外のだれかの責任じゃ……」

「たしかにあれは上策とは言えなかった。万事抜かりないおまえらしくもなく、悪手《あくしゅ》を打ったな。俺を怒らせるためだけに牙遼族を侮辱《ぶじょく》するなど、愚かな行為だ。ただでさえ烈には南人に反感を持つ者がすくなくない。南人に夷狄《いてき》と見下されることが我慢ならないんだ。烈の国母《こくも》となるおまえが俺たちを野蛮人と蔑《さげす》めば、おまえは皇后として敬われず、孤立する。孤立は失寵《しっちょう》よりも始末が悪い。万民の尊崇《そんすう》を受けない皇后が己の地位を守って天寿をまっとうするのは不可能だ。とくにこの乱世では」

なにもかもが累卵《るいらん》の危うきにある。谷底から這《は》いあがる者もいれば、高みから転げ落ちる者もいる。明日のことはだれにもわからない。いまの地位は未来を保障してくれるものではなく、ささいな怨《うら》みが命取りになることもある。

「天寿をまっとうしたければ、万民に尊崇される皇后になれ。彼らが慕い、敬い、己が親族のように自慢に思う皇后に。さすればおまえの身は億万の矛《ほこ》と盾《たて》で守られたも同然だ。俺でさえ手を出せない。万民を味方につける女にどうやって対抗すればいいんだ？　おまえが烈の民に尊崇されていたら、俺はおまえを冷遇できない。ほかの女にうつつを抜かして、おまえを粗末にあつかうこともできない。ましてやおまえから鳳冠《ほうかん》を奪うことなど不可能だ。そんなことをすれば万民の怒りを買う。皇帝は権威と武力によって民を従わせるが、同時に彼らを恐れるものだ。民心を失った皇帝に未来はないのだからな」

手のひらから伝わる大らかな熱が金麗から言葉を奪う。

「ゆえにおまえは、烈の民を味方につけなければならない。ほかならぬ俺自身からおまえを守るために。そのためには牙遼族に歩み寄るのがいちばん手っ取り早い。烈の民は南人皇后が自分たちを蔑むと思って身がまえている。やつらを拍子抜けさせてやれ。度量がひろいところを見せつけて、そこらの南人の女とはちがうと示してやれ。烈の民は素朴だ。自分たちが敬っているものをおなじように敬ってくれる人間には、それがだれであろうと好感を持つ。誠意を尽くしてくれる相手には誠意を尽くす。おまえが彼らを敬えば、彼らもおまえを敬う。万民の畏敬《いけい》を受けさえすれば、おまえは俺を――夫を恐れる必要がなくなる。俺の顔色など、うかがわなくていい。寵愛の有無は問題じゃない。おまえが集めた信望がおまえを――史金麗を守ってくれる」

賢く立ちまわれ、と包むような声音が胸にしみわたる。

「戦略でかまわぬ。心からの行為でなくてよい。身を守るための策として烈の民に敬意を示せ。完璧に演じ切れば、民にとってはおまえの言動こそが真実になる」

「……あなたも、そうなの？」

うなだれたまま、金麗はかすかに震える声で問うた。

「あなたも演じているの？　わたくしのことを好き、みたいに……。わたくしの愛情を勝ち取って、天下平定に利用するために、わたくしにやさしくするの？」

「そう見えるか？」

「……わからない。全然わからないの。あなたの本心が見えない。それが怖いの。いまこの瞬間もあなたに騙されているかもしれないと思うと……体がすくんでしまう。あなたに気遣われるたび、やさしくされるたび、怖くてしょうがなくなるのよ」

　金麗が烈に足場を築けるよう、民によい印象を与えるべきだと助言してくれる。彼らを味方につけて皇后の地位を盤石なものにしろと策を授けてくれる。金麗の心を縛る鎖をひとつひとつ外そうとしてくれる。情味のある配慮が体を満たしていくのを感じるけれど、同時に冷ややかな恐怖がつま先から這いあがってきた。

　嫡室《ちゃくしつ》の位を守りたいわけではない。体面を保つことに腐心《ふしん》しているのではない。ましてや生きながらえることには、以前ほど強い執着を感じない。

　ただ、世龍の愛情を失うことが恐ろしいのだ。

　いつの日か、彼が金麗に興味を失ったら、金麗よりも大切に想う女人があらわれたら、金麗が旧情にすがって涙ながらに訴えても冷酷にはねのけるようになったら……その瞬間こそ、金麗にとっての死だ。心臓が動いていても、呼吸がとまっていなくても、彼の愛情を失った時点で生きているとはいえなくなってしまう。

「ねえ、あなたはどうして野蛮人じゃないの？　どうしてわたくしを罵ったり殴ったりしないの？　どうして宝物みたいにあつかうのよ？　あなたが野蛮人だったらよかったのに……。血も涙もない冷血漢だったら……わたくしを婢女《はしため》のようにあつかう残忍な男だったらよかったのに。もしそうなら、わたくしは幸せだったわ。いまよりずっと平穏無事に生きていられたはずだわ。だって悩まなくていいもの。あなたに嫌われたらどうしようとか、捨てられたらどうしようとか、そんなこと夢にも思わずに暮らせるもの。粗末にあつかわれることには慣れているわ。憎まれ、嫌悪されることにも。でも、その逆には慣れていないの。母后とお兄さまはわたくしを大事にしてくださったけど、死んでしまった。父皇だって、以前はわたくしを可愛がってくださっていたけど、夏氏に寵愛が移ってからは見向きもしなくなった。わたくしを愛してくれる人は、かならずわたくしから離れていくの。死んでしまったり、情を失ってしまったりして……」

いまになって夏氏がなつかしくなる。金麗を徹底的に憎み、嫌悪した女。その感情は安定しており、けっして揺らぐことがなかった。ある意味、安心していられた。愛したり憎んだりされるより、最初からずっと憎まれているほうがどれだけ気楽か。

夏氏が金麗を徹頭徹尾《てっとうてつび》、憎んでくれるから、金麗も心置きなく夏氏を憎むことができた。そこには葛藤《かっとう》も不安もなかった。なんと皮肉なことだろうか。心の安寧を与えてくれていたのが憎んでも憎み足りない仇敵《きゅうてき》だったとは。

「お願いだから……わたくしの心に、これ以上、入ってこないで。わたくしにあなたを愛させないで。失いたくないのよ。未来のわたくしを……愛する夫に捨てられたみじめな女にしたくないの。どうせ失うのなら、はじめから欲しくない。夢を見たくないわ。夢はかならず覚めるもの。夢から覚めたあとで虚しい思いにさいなまれるのはいやなのよ」

世龍のそばにいたくない。離れていたときはあれほどそばにいたいと思ったのに、実際に願いが叶ってみると逃げ出したくてたまらなくなる。ぬくもりが怖い。やさしい言葉が恐ろしい。彼のそばにいれば金麗は間違いを犯してしまう。求められるままに心を捧げてしまう。そして死ぬまで囚われるのだ。元世龍という名の牢獄に。

「わたくしは臆病なのよ。一度得たものを失うのが怖くてたまらないの。きっと耐えられない。心が砕けてしまうわ。あなたはいい人だけど……いい人だからこそ、わたくしにはふさわしくない相手なの。どうか、あなたの愛情はそれを受けるに値する人に与えて。わたくしのような臆病者ではなく、幸も不幸もしかと受け止められる芯《しん》の強い女人に。わたくしはあなたたちの幸福を祈っているわ。臆病者にだって他人の幸福を祈ることはできるのよ。あなたと、あなたの愛情にこたえられる人がいつまでも――」

「俺が愛するのはおまえだ、金麗。ほかのだれかじゃない」

聞きたくてたまらなかった台詞なのに、顔をあげることができない。

「……やめて。甘い言葉なんか聞きたくないわ。そんなもの、当てにならない。言葉はいつだってひるがえすことができるのよ。わたくしに囁いた台詞を、ほかのだれかに言うかもしれない。わたくしにとってあなたは唯一の男だけど、あなたにとってわたくしは後宮にいる大勢の女のひとりでしかないんだもの。いまは物珍しいから熱心に口説いているけど、そのうち飽きが来るわよ。わたくしより魅力的な女人に目移りするときが来る。そうなってもわたくしはあなたを引きとめられない。どうやって心変わりを防げばいいの？　三千の美姫が仕える後宮で、あなたの愛情を独占しつづけるなんて夢物語だわ。不幸にはなりたくない。愛する人に裏切られたり、捨てられたりせずに生きていたい。それって贅沢な願い？　だれにも愛されない代わりに、愛情を失って絶望を味わうこともない人生を望むのは。なにも得られなくていいから、幸せの味を知らないままで……」

「俺はおまえを愛する。おまえが俺を愛さなくても」

声が出ない。涙で喉がつかえて。

「おまえが俺を信じようが信じまいが、受け入れようが拒絶しようが、関係ない。それはおまえの問題で、俺の問題じゃないからな。俺はおまえを愛するが、おまえが俺を愛するかどうかはおまえが決めることだ。この元世龍が信用に値する男かどうか、自分の目で見極めろ。値すると思うなら、おまえの心をすこしだけ分けてくれ。値しないと思うなら、心に錠《じょう》をおろしておけ。俺が侵入できないように」

「……錠をおろしていたって勝手に入ってくるじゃない」

涙まじりに言いかえすと、世龍は屈託《くったく》なく笑った。

「錠はかけた本人しか開けられない。俺がおまえの心に立ち入ることがあるとすれば、それはおまえが招き入れてくれたときだけだ」

招いてなんかないわよ、と言おうとしたのに、言葉らしい言葉が出てこない。

やはり間違いだった。即座に手をふりはらわなかったのは。彼のぬくもりは猛毒だ。その大らかな熱で金麗を弱らせてしまう。抗《あらが》う力さえ奪われて逃げられなくなる。まるでそうすることを望んでいるみたいに。

「あなたが信用に値する男かどうか、見極めるのに時間がかかるわ。何十年もかかるかもしれないわよ。ひょっとしたら、百年かかるかも」

「大事なことだ。心ゆくまで吟味《ぎんみ》してくれ」

「そんなに待てるの？」

「待つとも。俺は気の長い男だからな。百年くらいは平気だ」

「だったら長生きしなきゃいけないわね。早死にしたら、約束を破ったことになるわよ」

「約束は果たさねばならない。あと百年は死ねないな」

世龍が笑うと、金麗の唇もほころんでしまう。手を握られているせいだ。肌がふれあっている部分から春風のような笑みが伝わってくるのだ。

「おまえを抱き寄せたいが、小卓が邪魔だ。こいつを窓から投げ捨ててもいいか？」

「だめよ。外にいる人にぶつかったら怪我をさせるわ」

「人がいないことをたしかめて投げ捨てれば？」

「小卓が壊れるじゃない。もったいないわ」

「投げずにそっと置いてこよう」

「土がついたらいちいち拭き取らなきゃいけなくなるわ。掃除する人のことも考えて」

それじゃあ、と世龍は晴れ晴れしい笑顔を向けてくる。

「俺が席を立っておまえのほうへ行くというのはどうだ？」

「大の男が女のためにいそいそと席を立つなんて沽券《こけん》にかかわるわ」

「俺はそんなことは気にしない」

「わたくしが気にするのよ。みっともない男は好みじゃないの」

「大の男らしく乱暴に腕を引っ張って抱き寄せたら、また野蛮人と言うんだろう？」

「叱りつけてやるわ。だってわたくしが小卓の上に引っ張りあげられたら、茶杯や湯沸かしが床に落ちて壊れるでしょう。物を粗末にするのは野蛮よ」

お手上げだ、と世龍は苦笑した。

「頼むから教えてくれ。おまえを抱くにはどうすればいい？」

懇願するような目で見つめてくるのは卑怯だ。このまなざしに射貫《いぬ》かれると、金麗は彼の言いなりになってしまう。罠《わな》だとわかっていても。

「……ひとつだけ、方法があるわ」

「それは？」

「まず、手を離して」

「手すらもさわらせてくれないのか？」

「言うとおりにしないなら、願いは叶えてあげないわ」

「言うとおりにすれば願いが叶うんだな？」

金麗がうなずくと、世龍は名残惜《なごりお》しそうに手を離した。

「動かないで。そのまま、そこにいて」

世龍が首肯《しゅこう》するのを見届けて席を立つ。金麗は彼のほうへ行き、両腕をさしだした。世龍が腰から抱きあげてくれるので、逞《たくま》しい腿の上に体を落ちつける。

「……これでいいでしょ？」

見える景色ががらりと変わって、鼓動が大きくはねた。帰鳥道《きちょうどう》で鞍上の彼に抱きついたときは地割れを知らせることで手いっぱいだったから気づかなったが、あらためて見るとほんとうに美しい面立ちだ。長いまつげの奥からのぞく深い色の瞳、彫刻したような高い鼻梁《びりょう》、引き締まったかたちのよい唇……造形美の粋《すい》を集めた神々しい容貌にしばし、まばたきを忘れて見入ってしまう。

「おまえに見つめられるのは最高に気分がいいんだが――」

渇《かつ》した人のように、世龍はもどかしげに金麗の頰にふれた。

「同時に恐ろしくもある。おまえとの約束を破りそうで」

「約束？」

「二度としないと誓ったことをしたくなるんだ」

火のような視線を唇に感じて、かっと頰に朱がのぼる。

「……や、約束は守ってよね」

「どうしても？」

「だめ。体がだるいから」

「なんでだるいんだ？　さっきまでぐっすり寝てたじゃないか」

「わたくしはあなたとちがって行軍《こうぐん》に慣れていないの。馬に乗るだけですごく疲れるのよ。それに昌王《しょうおう》に変な薬を飲まされたせいで頭がぼーっとして……」

「変な薬？」

「眠り薬だと思う。甘ったるくて、ほんのひと口で意識が遠のいたわ。口移しで飲まされるなんて思ってなかったから、つい油断して……」

「なんだって？　口移しだと？」

世龍の表情が険しくなった。

「六弟がおまえに口移しで薬を飲ませたのか？」

「あなたからの呼び出しだと思って指定された場所に行ったら、昌王がいたのよ。あっという間に抱き寄せられて、唇を……なに？　なぜ睨《にら》むのよ」

「おまえは口づけが嫌いだろう」

「……拒もうとしたけど、無理やりされて……。しょうがないでしょ。力ではかなわないんだもの。だいたい、あんなもの、口づけというほどのものじゃないわよ。薬を飲ませるためにしたことだわ」

「そういう問題じゃない」

やけに力をこめて言う。

「理不尽ではないか。もうじきおまえの夫になる俺がおまえに口づけできぬのに、六弟が抜け駆けするなど。筋がとおらぬぞ」

「文句があるなら昌王に言いなさいよ。わたくしにはどうしようもなかったんだから」

納得いかないらしく、世龍はむすっとしている。

「俺はずっと我慢しているんだぞ。おまえが嫌いだと言うから」

「よく我慢してるわね。褒めてあげるわ」

「褒めるだけか？」

物欲しげに見つめられ、金麗はどぎまぎした。

「そうね、馬を駆って助けに来てくれたから、すこしは譲歩してもいいわ」

「いいのか？」

「一度だけよ。それでいいなら目を閉じて」

「おまえからしてくれるのか」

「なによ、女からすると男の面目がつぶれるとでもいうの？」

そんなことはない、と世龍は無邪気に瞳を輝かせた。

「おまえが口づけしてくれたら小躍りして喜ぶぞ」

「じゃあ、まぶたをしっかり閉じて。薄目を開けたりしちゃだめよ」

わかった、と世龍は素直に目を閉じる。言われるがまま視界を放棄した彼の顔に唇を寄せて、金麗はそっと口づけした。唇ではなく、頬に。期待に胸をふくらませているらしい世龍をがっかりさせるのは心苦しいけれど、いまはこれが精いっぱいだ。

――たぶん……長くは待たせないわ。

世龍を愛するかどうか判断するのに百年も要らない。金麗の心はもう決まっている。


炎魁の尋問は刑獄《けいごく》をつかさどる秋官府《しゅうかんふ》の監獄・秋獄《しゅうごく》にて行われた。きびしい取り調べにより、炎魁は陶《とう》家の八男と接触し、簒奪《さんだつ》をもくろんだことを白状した。

「父皇《ちちうえ》の弑逆《しいぎゃく》にもかかわっているのか」

世龍はつとめて冷静に問うた。陶家の背後に李虎雷《りこらい》がいると感づきながら玉座への野心にわれを忘れた異母弟。その罪が父殺しにまでおよんでいることは考えたくなかったが、状況から見て言及しないわけにはいかない。父帝の崩御はあまりに不可解だった。立太子されなかったことを怨んでいた炎魁が父帝に危害をくわえたとしても驚かない。

「俺が父皇を殺したと？　馬鹿な」

藁敷きの床に座って壁に寄りかかり、炎魁は皮肉げに口をゆがめた。

「父皇を殺したのは蓉貴妃ですよ」

あの日、父帝の部屋から出てくる雪朶《せつだ》を見たという。

「蓉貴妃……不蒙《ふもう》雪朶が出たあとで執務室に入ったら、父皇が倒れていたんです。見れば、背中を刃物で刺されていた。傷自体はたいしたものじゃないのに、父皇は動けなくなっていた。四肢が麻痺《まひ》しているんだと察しがつきましたよ。刃物には毒が塗られていたんだとね。あの女がやったんですよ。動機はだれでも思いつきます。祖国を滅ぼされたことで父皇を怨んでいた。妃嬪として仕えながら、復讐の機会をうかがっていたんだ」

「襲われた直後の父皇を見たのに、なぜ助けを呼ばなかった？」

世龍が憤りもあらわに睨みつけると、炎魁は冷酷に笑った。

「俺は迅討伐《とうばつ》を任せてほしいと父皇に頼んでいたんです。父皇は時機ではないと言って俺の申し出を退けました。三兄には三度も東征を指揮させたくせに。父皇はいつもそうだった。三兄にばかり期待する。まるで俺などは端から存在しないみたいに」

激痛にあえぎ、助けを求める父帝の前で、炎魁は邪心の囁きを聞いた。

「これは好機だと思いましたよ。三兄は烏没《うぼつ》討伐に出かけている。五兄は封地に帰っている。父皇をみとれば、遺詔《いしょう》を捏造《ねつぞう》して俺が即位することもできる。父皇が死に臨んで翻意したことにすればいい。奴婢《ぬひ》の腹から生まれた三兄ではなく、后腹《きさきばら》の俺に玉座をゆだねるべきだとね。けっして荒唐無稽《こうとうむけい》な話じゃない。叔父上を味方につけさえすれば、勲貴恩礼《くんきおんれい》も俺に従う。叔父上だってなにかと対立しがちな父皇より、若輩者の俺を担ぎたがるはずだ。そのほうが宗室の顔役としてはるかに動きやすいですからね」

父帝が息絶える前に世龍が帰還したので、炎魁の奸策《かんさく》は実現しなかった。

「怨みと野心のために父皇を見殺しにしたのか？」

握りしめたこぶしが震える。炎魁が太医《たいい》を呼んでいれば、太医が駆けつける前に適切な応急処置をしていれば、父帝は一命をとりとめたかもしれない。いまも烈の玉座に君臨し、未熟な世龍に君道《くんどう》のなんたるかを教え示してくれていたかもしれない。生きながらえる道はわずかながらあったのだ。それを炎魁が踏みにじった。

「恥を知れ！　父皇にどれだけの恩をこうむったと思っているのだ！　父皇がどれほどおまえを慈《いつく》しんでいらっしゃったか――」

「慈しまれた記憶はありませんよ。父皇は俺を粗略にあつかった。いつも三兄とくらべて劣っているとなじった。なにをしても三兄より俺を褒めてくださったことなどない。俺におっしゃるのは小言ばかりだった。父皇にとって俺は目も当てられない出来損ないだったんだ。母方の血筋以外に見るべきもののない息子だったんですよ。だからなんの期待もなさらなかったし、皇太子の座も与えてくださらなかった」

激情を隠さない声音が獄房の壁に反響した。

「朦朧《もうろう》とする意識のなかで俺の姿をごらんになって、さぞや落胆なさったでしょう。俺ではなく、三兄が居合わせてくれたらとお思いになったでしょう。もしくは悔やんでいらっしゃったかな？　俺にもっと情をかけておけばよかったと」

後悔先に立たずだ、と炎魁は憎々しげに顔をしかめる。

「因果応報ですよ。息子を愛さないから、息子に見捨てられるんだ」

「息子を愛さないだと？　ならば、これはなんだ」

世龍は巻子《かんす》をさしだした。

「父皇の遺詔だ。読んでみるがいい。恩を仇《あだ》でかえした不孝者の目で」

「遺詔なら三兄にあてたものでしょう。俺のためにしたためてくださったものじゃない」

「たしかに俺への勅命《ちょくめい》だが、内容はおまえにかかわることだ」

　有無を言わさず押しつけると、炎魁はいかにも億劫そうに巻子をひらいた。明かり取りの小窓からさしこむ月光を頼りに、生前の人品骨柄《じんぴんこつがら》をしのばせる泰然とした手跡《しゅせき》を視線でなぞっていく。怨みつらみに染まった目が驚愕《きょうがく》に見ひらかれ、嵐のごとき当惑に襲われるまで、さほど時間はかからない。

「おまえに後事《こうじ》をたくしておく」

　立太子式の翌日、父帝は世龍を召し出して口を切った。

「父皇は壮健でいらっしゃいます。後事をたくされるのは数十年先のことでしょう」

「そう悠長《ゆうちょう》にかまえてはいられない。一寸先は闇だ。鋼のような肉体を持つ意気盛んな男が敵を求めて征野《せいや》に駆け出し、見るも無惨な亡骸《なきがら》となって帰ってくる――それが乱世の常。いま手にしているものが明日も変わらず己の手にあるとは限らぬ」

　不測の事態が起きたときにそなえて遺詔をしたためたと父帝は言った。

「国事については案じておらぬ。おまえなら太祖皇帝の御遺志を辱《はずかし》めはしないだろう。戦乱の連鎖を断ち、万民を水火《すいか》の苦しみから救う。そのために烈は建国された。余は太祖皇帝に代わって天下を平定するつもりでいるが、死生命《しせいめい》ありだ。余が志《こころざし》なかばで世を去った場合は、おまえが父に代わって覇業をなせ」

　ひざまずいて首《こうべ》を垂れる世龍の前に遺詔がさしだされた。

「余がなによりも案じているのは炎魁のことだ。あいつは驕り高ぶるきらいがあり、軽はずみな行動をしがちだ。父を敬う気持ちはあるので余が生きているうちは大それたことはせぬだろうが、おまえの即位後、過剰な野心にそそのかされて大難を引き起こすかもしれぬ。もし炎魁が己の本分をわきまえず大罪を犯したら、一度は死罪を免じてやってくれ。おまえとちがって手のかかる息子だが、手がかかればこそ、ひときわ強く愛惜《あいせき》の情を感じている。たとえ愚かなことをしても一度は反省の機会を与えてやりたい」

父帝は身にまとっている外套《がいとう》の裾を大事そうに撫でた。それは炎魁がしとめた獣の毛皮で仕立てられた品だった。

「ただし、反省せず過ちをくりかえした場合は兄弟の情を断って厳罰に処せ。血をわけた弟であっても反逆行為をたびたび許すわけにはいかぬ。皇帝として公正な裁きを下し、君臣の秩序を保て。それがひいては炎魁のためでもある。近親の情けを優先して大罪人を放免していては政道《せいどう》が乱れる。あいつの過ちが滅亡の口火《くちび》を切ったと史書に記されれば、悪名が千年後まで残ってしまう。弟を救うためにも涙をのんで成敗せよ」

遺詔にしたためられた言葉から浮かびあがるのは君主としての顔ではなく、最愛のわが子の行く末を案じる父親の顔だった。

——失望しなかったと言えば嘘になる。

父帝の最愛の息子は自分だと思っていた。父帝が後宮のだれよりも寵愛していたのは世龍の生母だったから、寵妃の子である自分は皇子たちのだれよりも愛されていると思いこんでいた。鍾愛《しょうあい》されているからこそ、皇太子に立てられたのだと。

とんだ心得違いだ。英邁《えいまい》な皇帝は愛情の多寡《たか》で後継者を選ばない。世龍が立太子されたのは国を背負う重責に耐えうる人物と見込まれたからであって、寵妃の息子だからではない。愛されているから東宮を与えられたわけではないのだ。

その事実は世龍を打ちのめしたが、父帝に後事をたくされたことが幾ばくかの慰めを与えてくれた。最愛の息子にはなれなかったが、もっとも信頼される息子にはなれたのだ。王朝を継ぐ者として期待されているのだ。

十分ではないか。それ以上を望むのは強欲というものだ。懸命にわが身をなだめつつも、一抹《いちまつ》の虚しさが胸にきざすのをとめられなかった。

幼き日、寝食を惜しんで弓馬の稽古に打ちこんだのは、早く上達して父帝に褒めてもらうためだった。古今の兵法書を読み、武術の鍛錬に心血《しんけつ》を注いだのは、父帝とともに戦場を駆け、御前で華々しく活躍するためだった。気難しい老臣に師事し、権謀術数《けんぼうじゅっすう》を学んだのは、廟堂《びょうどう》の内外でうごめく奸計から父帝を守るためだった。

たゆみなくつづけてきた努力は、すべて父帝に起因していた。

父帝の寵愛を独占しようとして奮闘《ふんとう》してきたのだ。国や民を思う気持ちはその副産物にすぎなかった。

一心に突き進んできた道がどこにも通じていなかったと知り、しばし呆然とした。

さりながら、世継ぎという大役を任されたからには、私心を排除しなければならない。自分よりも父帝に愛されているからといって炎魁を怨んではいけない。父帝の期待にそむかぬよう、公明な態度で接しなければ。兄として庇護《ひご》しなければ。寛大な心で許さなければ。必死で己を律してきたのに、今日ばかりは抑えがきかない。

「よく聞け、六弟」

炎魁の胸ぐらをつかみ、世龍はうなるように言った。

「おまえが見殺しにしたのは〝息子を愛さない父親〟ではない。だれよりもおまえを慈しんでくださったかたなのだ」

なぜ炎魁を立太子しなかったのか、と父帝に尋ねたことがある。

「炎魁は慕容《ぼよう》皇后の息子であり、血筋は申し分ありません。父皇がご指摘なさるとおり至らない点が目立ちますが、年若く経験が浅いからであって素質が足りないせいではないでしょう。これから年をかさね、経験を積んでいけば、世継ぎにふさわしい器量をそなえるようになるはずです。もっと長い目で見るべきでは……」

逆に尋ねたい、と父帝は静かに世龍を見据えた。

「おまえはあいつに仕えられるか？　兄であり、なみならぬ才量を持つ身で、己よりもはるかに未熟な腹違いの弟を玉座にいただき、その足下にひざまずくことができるか？　おまえがあいつより劣っているものは母親の出自以外にはないのに？」

答えは用意していた。にもかかわらず、即答できなかった。

――父皇は俺が炎魁を憎むことを恐れていらっしゃった。

炎魁が立太子されたからといって、即座に変事が起こるわけではない。世龍は父帝の決断を受け入れ、炎魁を世継ぎとして敬い、陰《いん》に陽《よう》に助けるだろう。一方で不満はたまっていく。物音を立てないようひそやかに、しかし確実に降り積もっていく。表向きは道理をわきまえた弟思いの兄を演じながら、腹のなかでは猛獣のごとき野心を飼うようになる。どんなに完璧な仮面もいつかは壊れる。どす黒い情動が解き放たれ、己が骨肉《こつにく》に襲いかかるときが来る。それを避ける自信があるかと父帝は問うたのだ。

「権力は血も涙もない邪鬼《じゃき》だ。肉親の絆《きずな》などいともたやすく食いちぎってしまう。おまえたちが殺し合う未来を、余は黄泉路《よみじ》の向こうから見たくない」

「俺が玉座にのぼっても……父皇がお望みにならない結果になるかもしれません」

いずれにせよ骨肉相食《あいは》む悲劇は避けてとおれないのではないか。毒をのんだような顔で尋ねる世龍に、父帝は情け深いまなざしを注いだ。

「寛仁大度《かんじんたいど》なおまえなら、炎魁がどんな罪を犯そうと情けをかけてやるだろう。しかし逆はありえない。炎魁はおまえに恩情などかけない。あいつはそれがいかに重い罪なのか自覚もないまま、兄殺しに手を染めるだろう。そして歴史に汚名を刻むのだ。内紛《ないふん》により国力を削ぎ、父祖《ふそ》の土地を失った暗君として」

かくも炎魁の前途に心を砕き、布石を打ってきた父帝が当の炎魁によって見殺しにされ、横死するとは、なんと因業《いんごう》な結末であろうか。

「……嘘だ。父皇が俺を慈しんでくださっていたなんて……嘘に決まってる！　俺のことなんか眼中になかったじゃないか！　いつも三兄ばかりを……」

「愛おしめばこそ、父皇はおまえにきびしく接したのだ。情を殺し、あえて厳格な父親の仮面をはずさなかったのだ。さもなければ際限《さいげん》なく甘やかしてしまうから」

慈皇后《じこうごう》・慕容氏はわが子である炎魁を世継ぎにしようと画策《かくさく》していた。炎魁に甘い顔を見せれば、慈皇后の野望を後押しすることになる。親の欲目《よくめ》で愛息の欠点が見えない慈皇后は炎魁に誤った確信を与え、その慢心を肥え太らせるだろう。

「俺が玉座についたときにおまえが臣従しやすいよう、心を鬼にして兄弟の序列を刻みつけようとなさっていたのだ。おまえの驕りを育てまいと腐心《ふしん》なさっていたのだ。ほかのだれでもない、おまえ自身のために憎まれ役を演じていらっしゃったのだ。この期に及んでもわからぬというのか。父皇の情愛の在り処《あか》が」

見ひらかれた両眼が青白い月光に焼かれ、なにかを探してさまよう。

「……そんな、俺は……なぜ……」

「弁解は父皇の御前でしろ」

力任せに突き放し、世龍は床に倒れこんだ弟を冷然と見おろした。

「遺詔に従い、おまえが父皇を見殺しにした件は不問にふす。本来ならこれは弑逆に準ずる大罪だが、父皇の御遺志に逆らうわけにはいかないので公《おおやけ》にせぬ。なれど、安寧公主を拉致《らち》し、陶家の残党と共謀して俺を亡き者にしようとした罪は償ってもらうぞ」

弑逆は未遂であっても死罪。刑場で斬刑に処すべきだが、皇家の体面を考慮し、また炎魁の名誉を重んじて、自裁《じさい》を許すことにする。

「自裁まで十日の猶予《ゆうよ》を与える。その間、己の不明を省みよ」

龍袍《りゅうほう》の裾をひるがえして獄房を出る。背後で鉄格子が閉められ、錠《じょう》がおろされる。

ふりかえりはしない。たとえ弟の慟哭《どうこく》が耳をつんざいても。


「あの日、蓉貴妃は父皇の執務室に入っているな」

秋獄《しゅうごく》を出たのち、世龍はかたわらにひかえた永賢を見やった。

「一度、入室なさったことは事実です。ほとんど毎日のように先帝に目通りを願っていらっしゃいましたが、当日もつねと変わらず陰鬱なご様子でした」

事件の半年ほど前から雪朶は父帝に離縁を申し出ていた。

「わたくしは不祥の女です。亡国の怨嗟《えんさ》がこの身に集まっているのです。主上の御子を宿したのに産むことが叶わなかったのは、わたくしの血肉が忌まわしいからですわ。流産の件だけではありません。わたくしのせいで皇宮にさまざまな災難がふりかかっています。これ以上おそばにいればさらなる凶事を呼び寄せてしまうでしょう。どうか離縁してくださいませ。わたくしは尼寺に入り、仏道に余生を捧げます」

父帝は雪朶を寵愛していたわけではないが、妃嬪《いぶ》として大切にあつかっていた。彼女を厚遇することは、烈に下った蠟円《ろうえん》の者たちを慰撫することと同義だったからだ。

聖恩の雨は侵略者の後宮で泣き暮らしていた雪朶の心を癒し、彼女はしだいに父帝を慕うようになった。懐妊がわかったときには物憂げな美貌が春爛漫の華やぎを見せ、愛する男の子を宿した喜びでいっぱいになっていた。

運悪く子は流れ、彼女は悲しみに沈んだ。

その悲嘆はあまりに深く、雪朶は父帝から距離を置き、かたくなに夜伽を拒んだ。迷信深い蠟円の血が流産の原因を祖国の滅亡に求めたのである。

「蠟円の王女でありながら烈の後宮に入ったことで、わたくしは祖国の人びとに怨まれています。怨みとは呪詛《じゅそ》です。呪詛を受けた身では、子を産むことができません」

父帝は言葉を尽くして彼女をなだめたが、雪朶は自分が呪われていると思いこんでおり、聞く耳を持たなかった。

流産の件だけでなく、皇宮で起こるすべての禍事《まがごと》が彼女自身への呪詛によるものだと決めてかかり、不幸の連鎖を断つためにも後宮を去らなければならないと考えていた。出家して御仏に仕えることが彼女にとっての唯一の救済の道だというのだ。

雪朶は再三にわたって離縁を求めたが、父帝は応じなかった。

なんの罪もない彼女を後宮から追放すれば、不蒙《ふもう》家が不満を持つ。たった一度の流産で雪朶を疎《うと》んじるとは、烈はわれらを軽んじていると憤るだろう。

帰順《きじゅん》しているとはいえ、不蒙家は心底から烈に臣属《しんぞく》しているわけではない。

三年前、不蒙家の若者が瑶州《ようしゅう》の官吏と衝突し、乱闘騒ぎを起こした。

似たような小競り合いはそれまでにも数回起きていたので、廟堂《びょうどう》では不蒙一族を皆殺しにせよとの強硬論も出たが、父帝は不蒙家が若者とその近親を自裁させたことを考慮して穏当な処分にとどめた。

不蒙家に兵をさしむければ、蠟円征伐《せいばつ》の再現になる。西域ではいまもって烈への反感がくすぶっているので、周辺の異民族をまきこんだ激しい抵抗に遭《あ》うだろう。最終的に誅滅《ちゅうめつ》したとしてもあらたな遺恨《いこん》を生むことになり、兵馬の損失も無視できない。

来たる迅との決戦にそなえて兵力を温存しなければならないのだから、兵馬の浪費は極力ひかえたいところだ。

そもそも征服地の支配層を力ずくで一掃するのは下策である。亡国の名族は礼遇するほうがよい。帰順後の待遇を保障することで他国に降伏を促《うなが》すためだ。よって父帝は不蒙家と事をかまえるのを避け、武力を用いず内側から懐柔《かいじゅう》する道を選んだ。

雪朶の申し出を断ったのも同様の理屈からだが、雪朶は父帝がなだめればなだめるほどふさぎこんだ。離縁してもらえないなら自死すると騒いだことさえある。彼女は自分が周囲に災禍をもたらしてしまうという考えに囚われ、心乱れていた。

――離縁を拒まれて逆上したのだろうか？

惑乱《わくらん》のあまり、父帝を手にかけてしまったのだろうか。

しかしそれなら、犯行後に不審な行動をしているだろうから父帝の側仕えが目撃しているはずだし、崩御後の言動にも奇妙な点があるはずだ。

さりながら世龍の目には、彼女が心から父帝の横死を悼《いた》んでいるようにしか見えなかったし、取り調べでも矛盾は感じなかった。呪いを恐れる混乱した女が弑逆という大罪を犯した場合、当然残るはずの痕跡がなにも見当たらないのだ。

雪朶は執務室に一度だけ入ったと言っている。彼女と入れかわりに永賢が入室し、父帝と会話しているので、この時点で事件は起きていなかったわけだ。炎魁の供述によると、彼女はふたたび入室しているようだが、これを確認した者はいない。

「蓉貴妃に話を聞こう」

永賢を連れて後宮に向かう。再度、取り調べる必要がある。先触れを出さずに雪朶の殿舎に入る。蓉貴妃付きの女官は世龍を見るや否や、あわてふためいて揖礼《ゆうれい》した。

「蓉貴妃さまはお召しかえの最中ですので……」

女官の狼狽《ろうばい》ぶりに疑わしいものを感じたので、永賢に様子を見に行くよう命じる。

「……主上」

雪朶の部屋から戻ってきた永賢は世龍に耳打ちした。世龍は目を見ひらき、すぐさま奥の間へ急ぐ。扉を開けてなかに入るなり、さらに驚く羽目になった。蓉貴妃・不蒙雪朶の寝間で、雪朶によく似た見知らぬ女と出くわしたので。


「もうすぐ大婚《たいこん》ね……」

花びらを浮かべた湯に体を沈め、金麗は吐息まじりにつぶやいた。

「楽しみですわ。公主さまの晴れ姿をもう一度、拝見できるなんて夢のようです」

碧秀が鼻歌を歌いながら髪を洗ってくれている。

「主上も大婚の日を指折り数えていらっしゃるでしょう。公主さまに夢中ですもの。あでやかな花嫁姿を思い描いて眠れぬ夜をお過ごしになっているはずですわ」

「あんまり期待されても困るわ。一度は見てるんだから新鮮味はないでしょう」

「新鮮ですとも。愛する女人の花嫁姿は格別ですわ。ご心配でしたら、髻《もとどり》のかたちを変えましょうか？　耳飾りや首飾りをべつのものにしても印象が変わりますわ」

「髪型や装身具のちがいなんて、あの人にはわからないわよ。そういう細かいことに気がまわる男じゃないの。全然ちがう衣装を着ていたって気づかないと思うわ」

「そうかもしれませんわね。主上は公主さまご自身しかごらんになっていませんもの。お召し物や装身具は目に入らないのでしょう」

くすくすと笑い、碧秀はそっと声を落とした。

「主上がなにより心待ちにしていらっしゃるのは、大婚の夜でしょうね？」

「……そのことだけど」

湯船のなかで膝を抱き、ぼそぼそとつづける。

「できることなら避けたいって気持ちになってきたわ……」

「えっ……。大婚の夜を、ですか？」

「厳密に言えば〝夫婦の契りを結ぶこと〟をね。床入りはいいの。共寝《ともね》も。それが字義どおりの行為だという前提で、だけど。でも、それ以上のことは……」

「主上と結ばれたくないと？」

「……そういうわけじゃないんだけど」

「では、なぜ？　おふたりは愛し合っていらっしゃるのでしょう。好き合った者同士がみなに祝福されて婚礼をあげ、身も心も結ばれるのはとても自然なことですわよ」

わかってるわ、と金麗は膝のあいだに顔をうずめた。

「わかってるんだけど……すごく心配なのよ。体が耐えられるか……」

「主上はおやさしいかたですから、公主さまを気遣ってくださるでしょう」

「そのことは心配してないわ。あの人はきっと、わたくしを玻璃《はり》細工みたいに丁寧にあつかってくれるはずよ」

「でしたら、なんの憂いもないでしょう」

「それがあるのよ。こんなことを言うと弱虫みたいだから言いたくないけど……怖いの」

「乙女でなくなることが？」

「いいえ、そんなこと怖くないわ。……ちょっとだけ不安はあるけど、好きな相手と結ばれるんだもの、いやな気持ちにはならないって確信してるわ。ただ……耐えられるか自信がないのよ。閨《ねや》のなかで……あの人に見つめられて、抱きしめられて、やさしくふれられて……口づけされたら……」

想像するだけでのぼせてしまいそうになる。

「わたくし、どきどきしすぎて死んでしまうかもしれないわ。だって、衣を着てる状態で抱きしめられても毎回死にそうになってるのよ？　床入りするときには衣を脱ぐでしょう？　絶対に耐えられないわ」

「主上の裸体はすでにごらんになっているのでは？」

「……一度ね。洞窟《どうくつ》でひと晩過ごしたときに……でも、一瞬だけよ。暗かったし、よく見えなかったわ」

「では、初夜の床でじっくりごらんになるべきですわ」

「無理よ！　洞窟でちらっと目に入ったときですら息が止まるくらい驚いたんだもの。明かりが灯った閨で、まじまじと見るなんて……」

「恥ずかしがっていてはいけません。いつか来る別離にそなえて記憶に刻みつけておかなければ後悔しますわよ」

　背中越しに響く碧秀の声が切なげな色彩を帯びた。

「相手が心変わりしなくても蜜月は突然終わることがあります。いま味わう甘いひと時が来年もおなじように存在する保証はないのです。いいえ、来年まで持たないかもしれません。ひょっとしたら三月後には、一月後には、十日後には、明日にはなくなっているかも。今日で最後かもしれないとつねに思わなければなりません。恥ずかしさで目を閉じていたら損をしますわ。もう二度と見る機会はないかもしれないのですから」

　実感がこもった声音になにも言えなくなる。碧秀は十五のときに村の青年と結婚した。ふたりは幼なじみで、互いに好き合って結ばれた仲だった。婚礼の翌年には元気な赤子が生まれ、裕福ではないながらも満ち足りた毎日を過ごしていた。

幸せな日々は断ち切られるように唐突に終わる。

村が戦火に見舞われたのだ。なんの前触れもなく襲撃してきた成軍の将兵は村の男たちを殺し、女たちを辱《はずかし》めた。妻子を守ろうとして兵士に反撃した碧秀の夫は首を刎《は》ねられ、襁褓《むつき》にくるまれていた息子は地面に投げ捨てられて軍馬に踏みつぶされた。

成軍は烈軍と交戦して大敗し、都へ帰る途上だった。彼らは敗戦の憂さを晴らそうとして、無防備な漁村を襲ったのだ。

「私は後悔していますわ。夫は漁師でしたから裸は見慣れていましたが、それでももっと見ておけばよかった、ふれておけばよかったと……」

亡き人の記憶が涙を誘ったのか、碧秀は袖口で目じりを拭った。

「愛しい人の姿やぬくもりは身近にあるときにしっかり見て、感じておくべきです。失ってから悔やんでも遅いのです。羞恥心《しゅうちしん》に負けて目の前の幸せから逃げてはいけません」

そうね、とつぶやいてまぶたをおろす。乱世に生きていることを忘れてはいけない。いまのこの瞬間の幸せは、いまこの瞬間に味わわなければ。

「胸がどきどきして死にそうになる予感しかしないけど、わたくしは強運の持ち主だから持ちこたえられるはず。恥ずかしいなんて言わないでがんばってみるわ」

その意気ですわ、と碧秀が微笑む。

「すみずみまでごらんになって目に焼きつけてくださいね。悔いのないよう」

「……すみずみまで、ね」

顔が燃えるように熱いのは湯のせいではない。

「死力《しりよく》を尽くすわ」


浴室を出て居間に入ると、宝姿が待ちかまえていた。

「主上から千里桃《せんりとう》が届きましたよ」

籠いっぱいの赤い実を見せてうさんくさい笑顔をふりまく。以前なら勝手に食べていたが、碧秀が金麗の許可なく食べるなと厳命しているので、我慢して待っていたらしい。

「主上がお見えになったの？」

「いえいえ、物音が聞こえたんで露台《ろだい》をのぞいたらこの籠が置いてあったんですよ。例の化け鳥……じゃなかった主上の飼い鳥が運んできたんでしょう。湯上りにお召しあがりになるかなと思って待ってました。さっそく毒味しましょうか？」

お願い、と答えて長椅子に座る。茶を淹れに行こうとした碧秀がそばを通ったとき、宝姿は大口を開けて頬張ったばかりの千里桃を吐き出した。

「まあ、汚い。公主さまの御前でなんと無礼な」

碧秀がまなじりをつりあげる。宝姿はむせながら答えた。

「これ、毒ですよ」

「毒？」

「俺、夏皇后の毒味役もやってたんでわかるんですよ。味は甘ったるいですが、なんとなく舌がしびれるような感じがするんです。こういうのは十中八九、毒ですね。食べちゃだめですよ。ひと口でも飲みこんだらまずいことになりそうな気がします。俺の直感では猛毒だな。うわ、なんだか気持ち悪くなってきた！　ちょっと口をゆすいできます！」

宝姿は脱兎《だつと》のごとく別室に下がった。碧秀は籠から赤い実をひとつ手にとって調べる。

「よく見たら、千里桃とはちがうようですわ。果皮にうっすらと模様があります。千里桃の果皮には模様なんてありませんでしたわ」

碧秀の手もとをのぞきこんでみる。大きさや色かたちは千里桃そっくりだが、果皮のところどころに小花を散らしたような細かい模様が浮き出ていた。宝姿がひと口かじって吐き捨てた実を見てみると、果肉の色が黒ずんでいる。とくにかじられた部分の変色がいちじるしく、見る間にどす黒くなっていく。千里桃の果肉は可愛らしい薄紅色で、歯を当てても色彩に変化はなかった。おなじ果物とは思えない。

「千里桃に似た果物があるのね。千里桃とちがってそちらには毒性があるんだわ」

「主上もうっかりさんですねえ。よりにもよって毒果実と千里桃をまちがえるなんて」

毒消しの葉を噛《か》みながら戻ってきた宝姿が恨みがましく言った。

「うっかりまちがえるはずがないわ。千里桃に似た毒果実があるのなら、見分けかただってご存じでしょう」

「えっ、じゃあ、わざと毒果実を？　なんだってそんな……」

「簡単なことよ。これを届けたのは主上じゃないの」

世龍が金麗に毒果実を届ける理由はない。彼が届けたところを見た人間もいない。それならば、ほかの者のしわざと考えるべきだ。金麗を疎《うと》んでいるだれかの。

──昌王《しょうおう》以外にもわたくしを狙っている者はいるわ。

遠乗り先に刺客を放った下手人はいまだ判明していない。


史金麗が毒を盛られて倒れたと聞き、私は彼女を見舞うことにした。口惜しいことに、処置が早かったおかげで一命をとりとめたらしい。私は憎しみをひた隠してにこやかにあいさつし、心配そうな声色を作って体調を気遣う言葉を吐いた。

金麗は青白い顔で寝台に横たわっていた。先帝の崩御に胸を痛め、食を断っていたときもそうだった。この世のすべての不幸を背負ったような哀れっぽい面持ちでうなだれ、手巾片手にめそめそと泣きごとをこぼしていた。

「わたくしは遠乗り先でも刺客に襲撃されました。いったいだれに憎まれているのでしょうか。憎まれるほどのことをしたおぼえはないのに」

白い頰を伝う涙を見ながら、私は腸《はらわた》が煮えくりかえる思いだった。

──おまえさえいなければ。

この女こそ、消さなければならない私の敵だ。ここには必要ない人間だ。早く息の根を止めなければ。とどめを刺さなければ。それこそがあのかたの望みなのだから。

「いつもはきちんと毒味をさせるのですが、つい油断してしまいましたの」

無理もないことだ、と私は応じた。

「主上からいただいた果物なのですから、毒味をはぶいてしまうこともあるでしょう」

帳《とばり》の向こうで金麗はよよと泣きくずれ、ふいに顔をあげた。

「まあ、ごめんなさい。お茶も出さずに。碧秀、お客さまにお茶を」

側仕えの女官が一礼して出ていくと、寝間には私たちだけが残された。私はしばし金麗の繰り言を聞き流していたが、だしぬけに緊迫した声を出した。

「窓の外に人影が見えます。露台にだれかいるのでは」

刺客ではないかとほのめかせば、金麗は目に見えて怯えた。

「相手はこちらが感づいたことにまだ気づいていないようです。いまのうちに安全な場所に身を隠しましょう」

「……わたくし、怖くて動けません」

寝台から連れ出そうとするが、金麗は体を強張らせて縮こまっている。私は帳を開け、彼女を起きあがらせようとした。なだめるふりをして短刀を取り出す。

——おまえが死ねばすべて元どおりだ。

窓の外にはだれもいない。刺客に襲われたと偽って金麗を始末する。それが私の計画だ。短刀には先帝を殺した毒物と同種の毒が塗ってある。身の丈七尺の大男であった先帝は意識を失ったまま七日持ちこたえたが、小柄な女ならば一晩と持たないだろう。金麗は今晩には死ぬのだ。あるいは夕刻までかからないかもしれない。

どちらでもいい。この女がみじめな死に顔をさらしてくれさえすれば。

布団をつかんで震える金麗を見おろし、私は鞘《さや》をはらう。腕をあげ、狙いをさだめて、切っ先を憎い女にふりおろす。――否《いな》、ふりおろそうとした。

「公主さまのお部屋にそういうものを持ちこまれては困りますねえ」

私の手をつかんでいる宦官が空々しい笑みを浮かべて言った。金麗の側仕えだ。いつの間に入ってきたのだろう。ついさっきまで室内にはいなかったはずなのに。

「屏風《びょうぶ》の陰に隠れて様子をうかがってたんですよ。あなたが本性をあらわした場合、すぐに公主さまをお守りできるように」

宦官は短刀をもぎ取り、すかさず私の手から奪った鞘におさめた。

「本性？　なんのことです？」

「短刀で公主さまを襲っておいて、いまさら言い逃れできるとでも？」

「短刀は護身用です。窓のほうに刺客の気配がしたので取り出しただけですわ。公主さまを守ろうとして……」

「嘘をおっしゃらないで。あなたが狙っていたのはわたくしでしょう」

凜とした声が響いた。寝台に半身を起こした金麗がこちらを見据えている。

「あなたはわたくしを殺すつもりだった。そうですわね、蘭貴妃？」

怯えた表情は消え、泣き濡れていたはずの瞳はすっかり乾いている。担《かつ》がれたのだと気づき、私は――呼延凌花《こえんりょうか》は唇を嚙《か》んだ。すぐに気を取りなおして困り顔を作る。

「殺すだなんて、とんでもない。わたくしはお見舞いにまいりましたのよ。安寧公主が主上からいただいた果物の毒にあたって寝込んでいらっしゃるとうかがって……」

「どうして『主上からいただいた果物』だとご存じなのです？」

「婢女《はしため》たちが噂していましたわ」

「変ですわね。婢女たちには『主上からいただいた果物』に毒が盛られていたとは話していません。わたくしは『月姫さまからいただいた夜食』に毒が盛られていたと婢女たちに話しました。いったいだれが『主上からいただいた果物』だと申していましたか？」

さあ、と凌花は小首をかしげた。

「だれだったかしら。おぼえていません。聞き間違いだったのかもしれませんわ」

「『月姫さまからいただいた夜食』を『主上からいただいた果物』と聞き間違えたと？」

「ええ、きっとそうでしょう」

「また嘘をおっしゃいましたね。わたくしは婢女たちに具体的なことを伝えていません。毒を盛られたと言っただけです。揣摩臆測《しまおくそく》しないよう厳命していますから、あなたが聞き間違えるはずはありませんわ」

頬が強張り、口角がひきつる。

「短刀には毒が塗られているのでしょうね？　そういえば遠乗り先で襲われたときも、刺客たちが使ったのは毒矢でしたわ。主上には効かない弱い毒でしたが、わたくしならほんのかすり傷でも殺せたでしょう。それこそがあなたの狙いだったのですね？　あなたはわたくしだけを殺したかった。主上を弑《しい》すつもりはなかった。だから弱い毒を使った。刺客の手もとがくるって主上に怪我を負わせても大事に至らないように」

　あの刺客たちはとんだどじを踏んでくれたものだ。金麗を始末するはずが、世龍に怪我を負わせてしまったなんて。

「どうしてわたくしを殺そうとするのですか？　わたくしがいれば、皇后の座が手に入らないからですか？」

　あまりに的外れな問いに凌花は思わず噴き出した。

「皇后の座？　そんなものに興味はないわ」

「では、なぜ……？　どうしてわたくしの命を執拗《しつよう》に狙うのです？」

「邪魔だからよ」

　凌花は煮えたぎる憎しみをこめて金麗を睨《にら》みつけた。

「あなたの存在そのものが目障りだわ。何度も何度もわたくしたちの仲を引き裂こうとしてきて迷惑なのよ。いい加減にしてほしいわね」

「わたくしたちの仲……？　蘭貴妃と、どなたのことですか？」

「決まっているでしょう。主上よ。わたくしと主上は互いに想い合っているの。深く愛し合っているのよ。六年前からずっと」

　当時、凌花は十八。先帝の後宮で公主を産んでから二月後のことだ。赤ん坊の世話に飽きて気晴らしをしたくなり、遠乗りに出かけた。

「護衛とはぐれて林のなかを歩いていたとき、草むらから狼が飛び出してきたの。見たこともないような巨大な狼で、恐ろしい牙《きば》をむき出しにしてわたくしに襲いかかってきたわ。逃げようとしたけど、足がもつれて転んでしまった。もうだめだと思った。絶体絶命の瞬間だったわ。主上が――三皇子がわたくしを助けてくださったのは」

近くをとおりかかった世龍が狼を射殺してくれたのだ。凌花を救うために。

「ふたりは一瞬で恋に落ちたの。『彩鳳伝《さいほうでん》』の主人公たちのように」

「六年前なら主上はまだ十二歳でしょう？」

「恋に年の差なんて関係ないわよ。心と心が求め合うんだもの。どんな障壁《しょうへき》もふたりをへだてることはできないわ」

「あなたは先帝の妃嬪で、主上は先帝の皇子なのですよ。先帝がご健在のときに、おふたりのあいだになにかあれば不義密通になってしまいますわ」

不義密通、と凌花は強い酒でも飲んだように甘い吐息をもらす。

「そう、そのとおりよ！　わたくしたちは禁断の関係だったの。けっして許されない恋だった。くるおしいほど惹かれ合っているのに、ふたりきりで言葉をかわすことさえ、はばからなければならなかったわ。苦しくて切なくて、胸が張り裂けそうだった。彩鳳のように彼を想って眠れない夜を過ごしたわ」

世龍に恋してから、凌花は夜伽を避けるようになった。どうしても避けられないときは懐妊を防ぐ薬を飲んだ。これ以上、先帝の子を身ごもりたくなかった。先帝を嫌っていたからではない。愛していない男の子を孕むことへの嫌悪感ゆえでもない。そうしなければならない理由があったからだ。

「先帝が崩御すれば、わたくしは三皇子の――世龍さまの後宮に入る。けれど、先帝の皇子を産んだら義妻《ぎさい》になってしまう。義妻はあたらしい夫と共寝できない。再婚しても世龍さまの子を産むことができないの。そんなこと、死んでもごめんだわ。愛しい人に嫁ぎ、結ばれて、子宝に恵まれる。それが女の幸福というものよ。そしてわたくしの夢でもあるわ。恋物語が描く大団円を手に入れることが」

世龍もおなじ気持ちだったはずだ。先帝の崩御後、凌花を娶《めと》り、だれにはばかることなく愛を囁き、身も心も結ばれて末永く幸せに暮らす――それなのに。

「三年前、先帝は世龍さまに結婚を強要したわ。相手は呼延家の娘、わたくしの従妹よ。でも、これは愛のない政略結婚。ふたりは愛し合って結ばれたわけではない。夫婦の仲は冷え切っていた。当然よね。世龍さまは従妹ではなくわたくしを愛しているんだもの」

「主上と呼延妃は仲睦まじいご夫婦だったとうかがっていますわ」

「でたらめよ！　世龍さまは従妹を愛しているふりをしていただけ。わたくしたちの関係が先帝の耳に入ればふたりとも罰せられるもの。未来の大団円が台無しになるのよ。わたくしと結ばれるために、世龍さまは従妹を寵愛するお芝居をしていたの」

呼延妃が婚礼から間もなく身ごもったので、凌花は彼女を訪ねた。表向きは懐妊祝い。けれどほんとうは、従妹に憐憫《れんびん》をほどこすために足を運んだのだ。

「かわいそうにあの子、夫に愛されていると思いこんでいたの。夫がほかの女を――姉のように慕う従姉を――わたくしを一途に恋慕しているなんて夢にも思わずに」

まだふくらんでいない腹を愛おしそうに撫でる呼延妃を見ていると涙を誘われた。愛されていないのに愛されていると妄想している憐れな女。同情で胸がいっぱいになった。

ふたりで話していると、世龍がやってきた。彼の姿を見るなり胸いっぱいの同情はどこかへ吹き飛んだ。無理もないことだ。恋しい男が目の前にあらわれたのだから。

「世龍さまはわたくしを素通りして従妹のもとへ行き、あの子の体調を気遣った。これもお芝居の一環《いっかん》よ。世龍さまは真っ先にわたくしに駆け寄りたかったけれど、人目につくのを恐れて従妹に駆け寄ったのよ。だって公《おおやけ》にはあの子が世龍さまの妻ですもの」

人目を欺《あざむ》く芝居だと理解しつつも、汚泥《おでい》のような感情が残った。不安が胸にきざしたのだ。世龍は呼延妃にそそのかされているのではないだろうかと。

「あの子の思い上がりは日に日にひどくなったわ。自分は愛されていると自慢せずにはいられなかったのね。世龍さまにこう言われた、こうされたって手柄顔で語っていたわ。思い出すだけで吐き気がする。それにあのなれなれしい態度！　あの子、人前で世龍さまの肩や腕にふれるのよ。まるで見せつけるみたいに。この男は自分のものだと主張するみたいに！　忌ま忌ましいったらなかったわ。偽りの妻のくせに、あの子はだれの前でも世龍さまにふれることができる。本物の恋人であるわたくしは、どんなにくるおしく胸を焦がしても彼にふれることなんてできないのに。理不尽すぎるわ」

度重なる呼延妃の悪意は淩花の心をずたずたに傷つけた。

「さんざんあの子に痛めつけられて、心乱れて、ようやく気づいたの。あの子はわたくしから世龍さまを奪うつもりなんだって」

淩花は攻勢に出た。世龍は淩花のものだ。こんな性悪女に奪われてなるものか。

「……まさか、呼延妃の死は」

金麗のおもてから血の気が引いていく。なにを驚いているのだろう。人の恋路を邪魔する悪者は成敗される。それが物語の鉄則ではないか。

「産婆《さんば》に命じて薬湯に毒を混ぜさせたのよ。あの子は死んだわ。息子ともどもね」

天誅《てんちゅう》だ。罰が下ったのだ。他人の恋人を横取りしようとするから。

「蘭貴妃……あなたはどうかしているわ」

「いいえ、わたくしは正気よ。じっと耐えているだけではだめなの。女主人公は恋を叶えるために行動しなければ。恋愛小説に描かれているとおり、愛し合うふたりには試練がふりかかる。わたくしたちの場合もそうだった。一度目は呼延妃、二度目は慈《じ》皇后」

先帝の寝所に侍《はべ》る際に避妊薬を服用していることが慈皇后に知られてしまった。

慈皇后は淩花を呼びつけ、本件を先帝に報告すると脅した。淩花は必死で謝罪した。先帝に知られたら罰せられてしまう。妃嬪の位を剝奪《はくだつ》され、離宮に送られる。それだけは避けなければならない。離宮送りになったら先帝に離縁されたことになり、継婚《けいこん》の名簿に入れてもらえない。世龍に嫁ぐことができなくなってしまうのだ。

「この件をなかったことにしてもよいわよ」

酷薄《こくはく》な微笑を唇に刻み、慈皇后は床に這《は》いつくばる凌花を見おろした。

「その代わり、わたくしの願いを叶えてちょうだい」

慈皇后の願いは宮廷じゅうのだれもが知っている。実子である炎魁の立太子だ。

「奴婢《ぬひ》の息子を始末なさい。あれさえいなくなれば、炎魁が東宮の主になるわ」

凌花は戦慄《せんりつ》した。世龍を殺す。そんなことができるはずはない。

「愛する人を殺めるという選択肢は、わたくしにはなかったわ」

世龍に殺意を向けることなどできない。けれど、このままでは避妊薬の件を告げ口されて後宮から追い出されてしまう。

「……それで慈皇后を弑したと？」

「わたくしを脅迫するからよ。しかも世龍さまの暗殺を命じるなんて残忍非道だわ」

炎魁の名を騙《かた》って届けさせた茶に毒を盛った。権高《けんだか》で情味に欠ける慈皇后には敵が多かったので、罪を着せる相手には困らなかった。

「……わたくしが三度目の試練だったというわけね」

「早合点《はやがてん》しないで。あなたは四度目よ。三度目は先帝だったわ」

今年に入ってすぐのことだ。先帝が避妊薬の件に感づいてしまった。

「なぜ避妊薬など飲むのだ。余の子を身ごもりたくないのか？」

答えられなかった。言えるはずがない。世龍を恋い慕っているせいだなんて。

「余を嫌っているなら後宮を去れ。さすれば夜伽をすることもなく、余の子を孕むこともない。避妊のために薬を飲む必要もなくなる。ただし公主は置いていけ。夫を厭《いと》う女は夫の血をひくわが子を虐げることがある。可愛い娘を危険にさらすわけにはいかぬ」

狼狽《ろうばい》した。心臓を引きちぎられたかのように。

「ひざまずいて泣きながら詫びたわ。これからは心を入れかえてお仕えしますから、どうか離宮送りにはなさらないで、と。ひたいを床にすりつけて哀願したのに先帝は聞き入れてくださらなかった。なんて冷酷な男かしら。死んで当然だわ」

「……もしかして、先帝もあなたが？」

「わたくしたちの仲を引き裂こうとするから罰が当たったのよ。きっと先帝は気づいていたのね。わたくしと世龍さまがひそかに心を通わせているって。だからわたくしを離宮送りにしようとしたのよ。自分が死んだあとで世龍さまに奪われないように」

あの夜、凌花は帷帽《いぼう》をかぶって雪朶になりすました。雪朶が離縁を懇願するために先帝をたびたび訪ねていたからだ。

この事実を利用して彼女に罪を着せようと考えた。おりしも中宮の火災により天慶殿《てんけいでん》は混乱していた。凌花は頃合いを見計らって先帝の執務室に入った。雪朶が先帝に謁見してから小半時《こはんとき》経ったころだ。薄明かりのなかで先帝はちらとふりむき、来訪者の姿を見た。また雪朶が来たと思ったのだろう。さして気にもとめずに無防備な背中をさらし、書棚のほうを向いて書物を探していた。

「先帝は油断していた。蓉貴妃が自分に襲いかかってくるなんてみじんも思っていなかったのよ。まあ、無理もないわよね。蓉貴妃は先帝を傷つけるくらいなら自死するでしょう。あの人は先帝に真心を捧げていたから。おかげでわたくしは助かったわ。警戒されることなく先帝に近寄ることができた。女の身でありながら天子を弑したのよ。恐ろしい罪よね？　でも、わたくしは平気だった。だって愛する世龍さまのためですもの。愛のためなら天に仇《あだ》なすことさえ恐れない。皇帝を殺すことくらい、なんでもないわ」

先帝を刺したあと、雪朶付きの宦官を高楼に呼び出して突き落とした。暗殺に使った毒を彼の持ち物にまぎれこませることも忘れなかった。

「あの宦官は蓉貴妃に片思いしていたのよ。蓉貴妃の名を騙って呼びつけると、のこのこあらわれたわ。皇帝殺しの罪を着せられるとも知らずにね」

先帝は避妊薬の件をだれにも話していなかった。政務に忙殺されていたので、あとまわしにしたのだろう。そのため永賢ら側近の口を封じる手間がはぶけた。

「これで障害はなくなった。わたくしたちは結ばれ、晴れて夫婦になるはずだった。そこにあなたが――おまえがあらわれたのよ、安寧公主。おまえはあのかたをたぶらかし、わたくしたちの仲を引き裂こうとした。その罪を償ってもらわなければならない。主人公たちの恋路を邪魔する者はいつだって最後には物語から排除されるのよ」

凌花は予備の短刀を取り出し、となりに立つ宦官に斬りかかった。宦官が怯《ひる》んであとずさった隙に切っ先を金麗に向ける。

「やめよ、蘭貴妃」

だれかが凌花の手をつかんだ。その人物の顔を見あげ、凌花は甘い声をあげた。

「世龍さま……！」

恋い焦がれてやまない男が目の前にいた。

「ああ、よかったわ！　わたくしを救いに来てくださったのね」

愛おしさで胸が震える。世龍が来てくれた。凌花を守るために。六年前とおなじだ。天命に導かれたふたりがめぐり会い、永遠の恋に落ちたあの日と。

「さあ早くこの女――安寧公主を始末してください。安寧公主は罪人です。謀《はかりごと》をめぐらせ、わたくしたちの仲を引き裂こうとしました。けっして許されない大罪を犯したのです。万死に値しますわ。わたくしからあなたを奪おうとするなんて――」

「罪人はおまえだ、呼延凌花」

凌花の手から短刀をもぎ取り、世龍は吠えるように言った。予想もしなかった展開に凌花はきょとんとする。しかし即座に思いなおしてころころと笑った。

「世龍さまったら、またお芝居をなさっているのね。もうそのような配慮は不要ですわ。先帝は崩御なさったのですから、わたくしたちの関係を不義密通とそしる者はおりません。人目を気にしなくてよいのです。じきに夫婦となる者同士、心のままに――」

「この女を捕らえよ」

鞭《むち》のような怒声が降ると、屏風の陰から宦官たちが出てきた。

「なにをするの!? 罪人はわたくしじゃないわ！ あの女よ！」

宦官たちはなぜか金麗ではなく凌花を捕らえようとする。凌花は力の限り抵抗したが、あっという間に体に縄をかけられてしまう。

「罪人はおまえだ、呼延凌花」

憎悪をにじませた目でこちらを射貫《いぬ》き、世龍は先ほどの台詞をくりかえした。

「安寧公主の暗殺未遂にくわえ、呼延妃、慈皇后、武建帝の殺害についてくわしく調べさせる。事実であれば極刑に処す」

「事実ですわ！ だって、みんなわたくしたちの恋路の障害物でしたもの！ ふたりの絆《きずな》を守るため、わたくしが始末したのです！」

宦官たちは厄介な荷物を引きずるようにして凌花を連れ出そうとする。

「なにもかも、わたくしたちのためですわ！ わたくしたちの恋を成就《じょうじゅ》させるためにしたことです！ わたくしが罪人なら、主上だって罪人ですわよ！ わたくしたちの心はかたく結ばれているのですから！」

声を限りに叫んだが、世龍は凌花に一瞥《いちべつ》を投げることさえしない。怪我をしなかったかと、金麗を気遣っている。腸がかっと熱くなった。焼き切れんばかりに。

「女狐！ 世龍さまから離れなさい！ そのかたはわたくしのものよ！」

またしても試練が訪れた。凌花と世龍の恋はまるで物語のよう。物語はなかなか蜜月を与えてくれず、数々の苦難でふたりの愛を試す。

けれど、凌花はあきらめない。どんな悲運にも果敢に挑み、乗り越えてみせる。過酷な試練の先に用意された、大団円のために。

露台に立つ世龍の背後で、格子窓が開けられる音がした。ふりかえらなくても金麗だとわかる。かすかな衣擦れの音と生まれの貴さを思わせる静やかな足音は彼女のものだ。

「こんなところでなにをしているのかと思えば、浮気してたのね？」

そっと忍び寄ってきた金麗が世龍の背を小突いた。

「浮気？　なんの話だ？」

世龍が欄干《らんかん》に身をもたせかけて目をやると、金麗は夜空に浮かぶ月を指さした。

「嫦娥《じょうが》に見惚れてたでしょ。なにが『俺が愛するのはおまえだ』よ。舌の根も乾かぬうちによその女に目移りするなんて信じられない。『誠実な男』が聞いてあきれるわ」

柳眉《りゅうび》を逆立てて怒る姿が可愛らしく、世龍は思わず口もとをゆるめた。

「嫦娥ではなく、おまえに見惚れていたんだ。今夜の月はおまえのように美しいから」

抱き寄せようとすると、金麗はひらりと身をかわす。

「口説かれに来たわけじゃないわ。蓉貴妃の処遇について話しに来たの。どうするつもり？　本人は一日も早く後宮を去りたいと言っているけど」

先触れをせずに雪朶を訪ねた日、世龍は彼女の部屋で雪朶に似た女を見つけた。

女は雪朶にそっくりの物憂げな美貌を凍りつかせ、肩のあたりで不ぞろいに切った黒髪を小刻みに震わせていた。女の断髪は成では姦通《かんつう》の証《あかし》だが、烈では貧者の印だ。糊口《ここう》をしのぐために自分の髪を切り売りする女だけがかくも不恰好な髪型に甘んじている。

世龍が驚愕のあまり立ち尽くしていると、断髪の女は倒れこむように平伏《へいふく》した。

「……いかような処罰もお受けいたします」

女の声は雪朶のそれに似ていた。

「身勝手なお願いであることは承知のうえですが……どうか、蠟円《ろうえん》の民には恩情を賜《たまわ》りますように。かの者たちに罪はございません。すべての罪はわたくしに――」

「待ってくれ。おまえは……蓉貴妃なのか？」

はい、と女――雪朶は涙声で答えた。

「その髪はどうした？　後宮では何不自由なく暮らしているはずだ。髪を切り落とさなければならないほど困窮《こんきゅう》しているとは思えぬが」

「困窮しているわけではありません。髪は……邪気祓《じゃきばら》いに使いました」

蠟円の呪術では悪霊を祓うために髪を燃やすという。雪朶は何度も自分の髪を切っていたので、髪がすっかり短くなっていた。人前では仮髪《かもじ》をつけてごまかしていたが、世龍が訪ねたときには寝支度をしていたから、事が露見してしまった。

「烈の皇宮で蠟円の呪術が禁じられていることは存じていますが、わたくしの周囲で禍事《まがごと》が頻発し、どうしても邪霊を祓わなければならなくて……」

すすり泣きの合間に雪朶は言葉をつむいだ。

「わたくしは呪われた女です。わたくしがおそばにいたせいで先帝は崩御なさったのですわ。安寧公主が刺客に襲われたのも、昌王《しょうおう》が謀反をくわだてたのも、わたくしのような禍々《まがまが》しい女が後宮にいるからでしょう。一刻も早く皇宮を離れなければなりません。主上にさらなる禍《わざわい》がふりかかる前に、どうかわたくしを後宮から追放してくださいさもなければ死をお命じください。わたくしがこれ以上、烈に凶事をもたらさぬように」

なにとぞ、と雪朶はひたいを床に押しつけた。

「わたくしは心から先帝をお慕いしていました。もし呪いを受けた身でなかったら、命ある限りおそばにいたいと願ったでしょう。けれど、わたくしにそんな望みを抱くことは許されません。思えばわたくしが先帝のおそばに侍《はべ》ったことが罪のはじまりでございました。もっと早く気づくべきでしたわ。先帝がお隠れになる前に……」

その先は嗚咽《おえつ》がもれるばかりだった。

「宮中で蠟円の呪術が禁じられているのは事実だが、それは彼らの迷信に過激なものが多く、まじないのために自分や他人の肉体を傷つけることがあるからだ。乱暴な呪法でなく、呪詛を目的としたものでなければ問題ない」

妃嬪が断髪するのは褒められたことではないが、万死に値するというほどの罪でもない。

「したがって蓉貴妃に死を賜うなど論外だし、尼寺へ送る理由もないんだ。蓉貴妃を尼寺へ送ったら、不蒙《ふもう》一族は俺が蠟円の王女を冷遇したと怨みに思うだろう。蠟円が亡びてまだ八年だ。不蒙家は烈に帰順しているが、侵略者への敵意が消えたわけじゃない。蓉貴妃の処遇しだいでは反乱を起こすかもしれぬ。目下、最大の敵は迅だ。内に敵を作っている場合ではない。わざわざ不蒙家とひと悶着起こしたくはないんだ。諍《いさか》いの種を作らぬためにも、できれば蓉貴妃には後宮に残ってほしいが……」

「蓉貴妃はひどく思いつめているわ。強いて後宮に残せば自死するかもしれない」

「俺もそれを危惧している」

　雪朶が自死したら悪い噂が流れるだろう。たとえば、世龍が冷遇したせいで彼女が世をはかなんでみずから命を絶ったとか。あるいは、金麗が雪朶を虐げて追いつめたと言われるかもしれない。迷信深い蠟円の者たちはさまざまな憶測を交えて解釈するはずだ。

「後宮から追放することはできないけれど、後宮に残して自死されても困るのよね？」

だったらいい方法があるわ、と金麗は欄干にもたれてこちらを見あげた。

「蓉貴妃に死んでもらうのよ」

　雪朶が遠乗りに出かけ、落馬して亡くなったことにするのだと金麗は言う。

「手厚く葬り、亡骸は蠟円式に火葬にする。生前の貞潔を讃《たた》えて諡《し》号《ごう》を与えれば十分に聖徳を示せるわ。蓉貴妃自身は希望どおり仏門に入れてあげればいい。尼として一生過ごしてもいいし、途中で還《げん》俗《ぞく》したくなったらすればいいわ。後者の場合はあなたが手配してあげて。『不蒙雪朶』はすでに亡くなっているから、べつの人間として生きられるように」

「たしかにその方法なら蓉貴妃の望みは叶えられるが……」

「不蒙家の反応が気がかりだっていうんでしょ？　その点も考えておいたわ。おりを見て、あらためて不蒙家から年ごろの令嬢を後宮に迎えるのよ。彼女を高位の妃嬪に封じて厚遇すれば、蠟円の者たちに逆心《ぎゃくしん》を抱かせることはないでしょう」

名案だ、と世龍はうなずいた。

「おまえは有能な参謀《さんぼう》だな」

「もうじき皇后になるんだからこれくらいあたりまえよ。これからも助けてあげるから、大船に乗ったつもりでいなさい」

頼もしげに胸をそらす金麗に笑みを誘われる。肩に流れる黒髪にふれようとして手をのばしたが、見えない壁にぶつかったように虚空《こくう》でとまってしまう。

「実は俺もおなじ策を考えていた」

「死を偽装する策？　なによ、わたくしが提案するまでもなかったということ？　だったら最初からそう言いなさいよ。参謀よろしく献策《けんさく》したわたくしが馬鹿みたいじゃない」

「いや、蓉貴妃《じさい》の件ではなく、六弟の件だ」

炎魁を自裁させるべきか否か、直前まで迷った。減刑する道もあった。遺詔《いしょう》を持ち出して死を免ずることもできた。

だが、そうしなかった。昨日、予定どおり炎魁に毒酒を賜った。

「弑逆《しいぎゃく》は大罪だ。一度でも許せば綱紀《こうき》が乱れる。これが建国以来はじめての出来事ならばともかく、陶《とう》家の先例が目の前にある。あちらは律令にのっとって九族《きゅうぞく》を誅《ちゅう》したのだから、六弟も同様に処分するのが道理。兄弟の情で法をゆがめてはならぬ」

陶家を容赦なく族滅《ぞくめつ》した一方で炎魁に手ぬるい処分を下したら、皇帝は身内に甘いと群臣が不満を持つ。それ自体はささいな反感にすぎないだろう、いまのところは。しかし一年後はどうだろうか。三年後は？　その先は？　身びいきの皇帝に群臣は終生変わらぬ忠誠を捧げてくれるだろうか。

「表向きは自裁させたことにして、秘密裏に仏門に入れる道もあった。身分や名は残せぬが、命だけは助けてやることも……」

「それはだめよ」

きっぱりと言い切り、金麗は欄干に頬杖をついた。

「火種を残すことになるから。仏門に入ったあとで昌王があなたを逆恨みしてふたたび弑逆をくわだてるかもしれないもの。昌王がしっかり自省すれば……いいえ、自省の有無は関係ないわね。昌王にその気があってもなくても、あなたを陥れるために彼を担ぎあげようとする者が出てくるわ。今回、陶家の八男がやったみたいに」

ああ、そうだ。だから炎魁に生きる道を残すことはできなかった。

道理はとおっている。正しい選択をしたと言えるだろう。しかし、棘《とげ》のような違和感が残った。なにかをまちがえたような気がしてならない。

――父皇ならどうなさっただろうか。

考えるだけ無駄だ。父帝が存命なら、炎魁は弑逆をくわだてなかった。玉座に在るのが世龍だったからこそ起きた事件だ。世龍の即位が誘因となったのだ。世龍が炎魁をそそのかしたも同然だ。なんの自覚もないまま、弟を罪の道に追いやってしまったのだ。

結局、父帝が危ぶんだとおりの未来になった。どこかで踏みとどまれなかったのかと自問する。取りかえしのつかない事態になる前に対処できなかったのか。なぜ炎魁を引きとめることができなかったのか。

「即位して間もない皇帝は自分の足場を固めるので手いっぱいよ。視界に入る人をひとり残らず救う力なんてない。そんなことをしようとしたら共倒れになるのが落ちだわ」

金麗は世龍の胸中を読んだように言った。

「あなたは皇帝として正しい決断をした。情味には欠けるかもしれないけど、それが為政《いせい》者《しゃ》のさだめ。非情だと罵られても耐えるしかない」

夏の予兆を感じさせる夜風が金麗の黒髪をもてあそんでいる。

「玉座に在る限り、あなたはいろんな人に非難される。億万の目があなたの失策を見逃すまいと睨みをきかせ、同数の耳があなたの失言を聞き逃すまいと枕をそばだてているの。あなたはかならずだれかに怨まれ、かならずだれかに陥れられる。それはあなたが人より薄情だからでも劣っているからでもなく、あなたが皇位に身を置いているからよ。今回のこともそう。避けられない凶事だった。いわば天命だったのよ。避けられたかもしれないなんて傲慢な考えに囚われないで。天子は神仏じゃない。天命には逆らえないわ」

相づちを打つことも忘れ、世龍は彼女の横顔に見入っていた。

「皇帝はもともと憎まれ役よ。なにをしたって他人に怨まれることのほうが多いんだから、せめてあなた自身はあなたの味方でいて。自己嫌悪に陥っても得るものはないわよ。自分で自分を痛めつける暇があるなら……やけに黙ってるけど、ちゃんと聞いてるの？　わたくし、大事な話をしてるのよ？」

金麗が見あげてくる。その勝気な瞳は月明かりを受けてきらめいていた。

「すまない、おまえに見惚れていた」

それはなかば事実で、なかば虚偽だった。彼女に目を奪われながら、耳も奪われていた。

「口説かれに来たわけじゃないって言ったでしょ」

金麗はふいとそっぽを向いた。

「話を戻すけど、自分を責めて鬱々としてる暇があったら前に進むべきだわ。蘭貴妃を離宮に送り出したのち、呼延妃の追福《ついふく》をしなさい。下手人が報いを受けたことを伝えなければならないわ。呼延妃が黄泉《よみ》で心安らかに過ごせるように」

凌花の供述によると、刺客の手配は側仕えの宦官にやらせていたようだ。凌花付きの宦官は元武将で、負傷して戦場には出なくなったものの、北方異民族とは何度も戦っており、その経験から烏没《うぼつ》に伝手《つて》があった。金麗襲撃に迅軍の矢を使ったのは捜査を攪乱《かくらん》するためだったと、凌花付きの宦官は白状した。

「三年前……呼延妃が産気づくころ」

世龍は藍色の幕をおろしたような夜空に視線を投げた。

「俺は迅との戦を終えて帰路についていた。得意の絶頂だったよ。李虎雷《りこらい》を打ち負かし、大きな戦果をあげたからな。意気揚々と馬を駆って皇宮へと急ぎつつ、生まれてくるわが子の名を考えていた。息子なら力強い名を、娘なら美しい名を。いろんな文字を頭に思い描きながら、元気な赤ん坊を想像した。高らかに産声をあげたであろう、丸々と太った小さな体を。きっといまごろは呼延妃に抱かれてすやすや眠っているだろうと……」

世龍が皇宮に帰還したとき、東宮は忌《い》み色に染まっていた。

「呼延妃の棺の前で立ち尽くした。悪い夢でも見ているのかと思った。出征前、呼延妃は笑顔で送り出してくれた。丈夫な子を産むと言っていた。俺が戦場から戻ったら、真っ先に子に名をつけてほしいと。……思いもしなかった。あれが最後の会話になるとは」

死生命《しせいめい》あり。幼いころに教えられた礼教の金言が頭のなかで反響した。

「人の命が儚《はかな》いことは母后の死で学んだはずだったが……なにもわかっていなかったと痛感させられた。自分が妻子をいっぺんに喪《うしな》うなど、想像したこともなかった」

浅はかだった、と世龍は自戒《じかい》をこめてつぶやく。

「戦場では幾人も敵を殺した。朱面羅刹《しゅめんらせつ》と呼ばれるほど返り血を浴びた。それを誇りにさえ思ってきた。敵将の首級《しゅきゅう》をあげるたび、満身に力がみなぎった。戦乱の世を駆けぬけ、覇業をなす自信が。……考えもしなかった。もしくは考えないようにしていたのかもしれない。俺が殺した敵兵にも敬うべき親がいて、やつの帰りを待つ妻や、父親を恋しがって泣く子女がいることを。俺はその者たちから息子を、夫を、父を奪ってきた。赤子の手をひねるような一撃で……。そうして血まみれの首を掲《かか》げ、己が武功に酔いしれた」

朱面羅刹と恐れられていい気になっていたのだ。鬼神にでもなったように驕り高ぶっていたのだ。自分もまた一介の人間にすぎないということを忘れていたのだ。

「返り血は輝かしい戦績の証ではない。それは怨みの刻印だ。俺に殺された者たちが一矢《いっし》報いるため、最後の力をふり絞って吐瀉《としゃ》した怨念なんだ」

世龍に命を奪われた者たちの呪詛めいた怨憎が、無事に出産を終えているはずの呼延妃を、高らかに産声をあげているはずの嫡男《ちゃくなん》を殺した。

「ふりかえってみれば、母后のときもそうだった。初陣で敵を射殺し、得意満面で皇宮に戻ったら母后は毒殺されていた。俺は凱旋《がいせん》するたびに大事な人を喪っている。一度目は母后、二度目は呼延妃と息子、三度目は父皇……。六弟の罪も、蘭貴妃の罪も、天が与えた報いのように思えてならない。奪った分だけ奪われる。それが世の理《ことわり》だから」

さりとて立ちどまるわけにはいかない。進みつづけなければならない。父祖から受け継いだ大業をだれの目にもあきらかなかたちで実現するまでは。

「これから先も俺は失いつづけるんだろう。考えたくもないが、いつかやってくるかもしれない。この身に染みついた怨念が、俺からおまえを奪う日が……」

自嘲めいた笑みが唇ににじむ。

「おまえは自分を臆病者だと言うが、俺も同類だ。ふと恐ろしくなった。おまえを娶って、子をなして、大切なものを増やしていくことが。いずれ失うものを、この腕に抱くことが。

どこかで味わうことになる喪失感に耐えられるか……自信がない」

金麗を怖気づかせていた不安がいまや世龍のものになった。「どうせ失うのなら、はじめから欲しくない」と言った彼女の心情が重い痛みを伴って腸《はらわた》に響く。

「得ることがあるなら失うこともある。永遠の所有はない。そんなことはわかっているんだが、失いたくないと思ってしまう。なにがあろうとも、おまえだけは」

すがるように見つめると、金麗はこちらを向いた。視線が交わり、言葉が途絶える。

「わたくしは覚悟を決めたわ」

長い沈黙のあとで、千里桃色の唇が告げた。

「あなたをすみずみまで見て脳裏に焼きつけるって」

「すみずみまで？」

「あなたの体のことよ。命が尽きたら体は腐るでしょ。腐って朽ちて骨になる前に、生前の姿をしっかり記憶にとどめておくの。いつ死に別れたとしても悔いがないように」

思いがけない宣言に、世龍は目をしばたたかせた。

「それは……なんというか、俺としては願ったり叶ったりだが」

「あなたが願うかどうかは問題じゃないの。わたくしは自分のためにそうするのよ。いつの日かあなたを失ったときのためにそなえておくわ。だから泣き言は言わない。怖がっているいる暇はないんだもの。歳月は矢のように過ぎていく。いまこうしている時間も二度とめぐってこないのよ。寸刻も無駄にはできないわ」

金麗は欄干を握っていた世龍の手をつかんで自分の頬にあてがった。

「永遠の所有はないとわかっているなら、いまのうちにふれておきなさい。いつか味わう喪失感を打ち消すだけの記憶を作っておきなさい。ぼやぼやしてるとなにも残らないわ。死んでからふれても意味がない。亡骸にわたくしはいないんだもの。生きてるうちだけよ。体があたたかいうちだけなのよ。わたくしがあなたの存在を感じられるのは」

手のひらに押しあてられた柔肌《やわはだ》のぬくもりが骨身にしみる。

「あなたが浴びた怨念があなたからわたくしを奪うその日まで、わたくしを抱いて離さないで。それがあなたにできる唯一の反逆よ」

「反逆？」

「天はあの手この手であなたから大切なものを奪おうとするわ。あなたにそれを防ぐ力はない。でも、胸に刻みつけることはできるのよ。あなたの大切なものがあなたの腕に抱かれていたときのことを。その記憶はたとえ大切なものが失われてしまってもけっして消えない。あなたが命を燃やしつづける限り、追憶のなかのわたくしも生きつづけるわ。人にすぎないあなたが天の策謀《さくぼう》に対抗するには、そうするしかないの」

天に隙を見せないで、と金麗は世龍の手をきつく握りしめる。

「天は狡猾《こうかつ》よ。残忍で冷酷だわ。あなたが尻込みしているうちに奪っていくわよ。そしてぽっかり空いた腕のなかに際限のない悔恨《かいこん》を残していく。失ったものの重さがあなたを押しつぶしてしまうように。そのときになって後悔しても、天はやりなおす機会を与えてくれないわ。血も涙もない顔で見おろしているだけよ。悲運を呪うあなたを嘲笑って」

天の横暴を許してよいの、と金麗は畳みかけるように言う。

「抗《あらが》おうとは思わない？　立ち向かう気はないの？　相手が強大な敵ならあっさり白旗をあげてしまうの？　できる限りの反撃をして、敵にすこしでも傷をつけてやろうと自分を奮《ふる》い立たせないの？　あなたがそんなに意気地のない男なら、わたくしの見込み違いだわ。あなたを愛するのはやめたほうがよさそうね。意気地なしは好みじゃないから」

金麗が手を離そうとするので、世龍はその手をつかんだ。

「なんて悪い女だ」

胸に満ちる熱情のままに彼女を目で貪《むさぼ》る。

「天子である俺に、天への反逆をそそのかすとは」

まちがいない。金麗は世龍の天命だ。われを忘れて見惚れるほど美しく、神々しいほどに気高い、わが半身だ。

「悪い女は嫌い？」

月光の臙脂《べに》をさした唇が愚かしい問いを発する。

「いいや」

白い頤《おとがい》に手を添えて、世龍は身をかがめた。

「好きだよ」

金麗が抗わないのをいいことにそっと唇をかさねる。

「くるおしいほど」

柳腰を抱き寄せてもっと深く口づけしようとすると、金麗が弱々しく抵抗した。

「……お願いだから殺さないで」

「なんだって？」

「あなたに口づけされると死にそうになるのよ」

死ぬほどいやだということか。大打撃を受けて固まった世龍の胸に顔をうずめ、金麗はくぐもった声でつぶやいた。

「頭がぼうっとして、手足に力が入らなくなって……なにも考えられなくなるの。しびれ薬を飲まされたみたいに。いいえ、もっとひどいものだわ。たとえばそう、たったひと口で心臓が止まってしまう猛毒のような……。わたくし、死にたくないのよ。あなたと末永く幸せに暮らしていきたいの。大婚もすませないうちに息絶えるなんていやだわ。だって大損じゃない。これから味わうはずの幸福を食べそこね――」

最後まで言わせず、世龍は彼女を抱きあげた。

「今夜は冷えるな。草原の風に慣れていないおまえにはつらいだろう」

「ちっとも寒くないわよ。今夜の風はあたたかくて心地よいわ。もうじき夏だから……ちょっと待って。どこへ行くの？」

「部屋だ」

「どこの部屋よ？」

「俺の部屋のつもりだったが、おまえの部屋でもいいぞ。このまま抱いていこう」

「馬鹿なことを言わないで。ここは中宮、わたくしの部屋は西宮にあるのよ。こんな恰好で運ばれるなんてごめんだわ。だれかに見られたら……」

「じゃあ、俺の部屋のほうがいいな。すぐそこだから、人目につく心配はない」

「……そういう問題じゃないわよ」

ぶつくさ文句を言いながらも逃げようとはしない。世龍の腕のなかにおさまってくれている。頰を赤らめ、恥ずかしそうにまつげをふせて。

腕にかかる重さに愛おしさをかきたてられる。

金麗を失う日が来るなら、そのときこそ世龍にとっての死だ。天命を失って生きていられるはずがない。半身を引き裂かれたら草原を駆けることもできない。このぬくもりを抱いていなければ、足がすくんで立ち往生してしまう。

——おまえのせいだぞ、金麗。俺が意気地のない男になったのは。

責任をとってもらわねばなるまい。一生をかけて。


眼下に薄紅色の湖がひろがっている。すがすがしい初夏の風が吹きわたり、丘一面を埋め尽くす野花たちを自由気ままに踊らせていた。

「ふたりは仲睦まじい夫婦になるだろうな」

豪師《ごうし》のとなりで、玫玉《まいぎょく》が手をかざした。まぶしげに細められた目の先には世龍と金麗がいる。ふたりは花畑を行ったり来たりして無邪気な子どものように戯れている。世龍が見るからにご機嫌なのは、金麗が牙遼式の左衽《さじん》の胡服に身を包んでいるからだろう。髪型も服装に合わせたものなので、古式ゆかしい牙遼族の乙女のようだ。

「これでそなたも肩の荷がおりたであろう」

いちおうはな、と豪師は吐息まじりに応じた。

「今後も注視しなければならぬが。世龍はまだ青二才だ。愚かなことをしでかすようなら、年長者として諫《いさ》めねば」

そう言いながらも内心は安堵していた。

豪師は当初からふたりが惹かれ合うことを望んでいた。世龍には瑞兆天女の加護を得てほしかった。先帝の悲願を果たすために。

ふたりを近づけようと試行錯誤した。金麗に近づいたのも、世龍に南人美姫を勧めたのも、ふたりの仲を取り持つ策だったのだが、それらが功を奏したのかどうかはわからない。そんな小策《しょうさく》をろうさなくても、おのずと彼らは結ばれたのではないだろうか。だれしも天命には逆らえない。結ばれるべき相手と結ばれるものだ。

「あの図体でもまだ十八だからな。こなたたちからすれば青二才にはちがいないが、見込みはあるぞ。呼延淩花の件もうまく片づけたではないか」

蘭貴妃・呼延淩花が先帝を弑逆した事実は公表されないことになった。公表すれば、呼延家を族滅《ぞくめつ》しなければならなくなるからだ。本件に呼延家の重鎮《じゅうちん》がかかわっていれば話はべつだが、入念な捜査により凌花の独断であったことが判明したので、表向きの罪状は嫉妬心から起こした金麗の暗殺未遂のみになった。

それでも長年、先帝に仕えたこと、先帝の公主を産んでいることを考慮し、また金麗自身の助命嘆願もあったことから、死罪は免除し、離宮送りになった。これは呼延家も承知のこと。呼延家に恩を売るかたちで落着《らくちゃく》させたのだ。

世龍は先帝を心底から慕っていたので、父帝を殺された怨みで呼延家に重罰を科す可能性もあった。その場合は豪師が諫言して穏便におさめるつもりでいたが、世龍は大局を見て冷静な判断を下した。

これから天下平定を成し遂げねばならぬというときに、優秀な武将を輩出する勲貴八姓の力を削ぐわけにはいかない。父を殺された恨みをこらえ、今後を見据えた判断を下したことは、先帝の後継者選びが成功したことを示している。

一両日中に凌花は離宮に送られる。離宮暮らしはさほど長くはなるまい。近いうちに「病死」するからだ。その末路は、呼延妃と慈皇后のみならず、先帝の命までも奪った罰としては穏当すぎるが、妬心《としん》ゆえに罪を犯した愚かな妃への世龍の恩情と金麗の慈心をひろく示すことができるのだから、決着のつけかたとしては及第点だろう。

――父皇と大兄の悲願は、世龍が果たしてくれるだろう。

そうでなければならない。いつまでも乱世を長引かせてはいけないのだ。戦乱の連鎖を断ち切って天下に安寧をもたらす。それこそ太祖と太宗が目指した未来であり、戦禍にあえぐ万民の願いだ。一日も早く実現させなければならない。

天下平定のため、豪師は全力で世龍の朝廷を支えるつもりだ。しかし、過保護になってはいけない。先走って助けすぎてはいけないのだ。世龍は自立しなければならない。天下をおさめようというならまずは、みずからの才腕で君臨しなければ。

叔父という立場ゆえ世龍には警戒されているが、あえて手の内をあかすことはしない。全面的に信用されて頼られても困る。距離を置かれるくらいでちょうどよいのだ。

金麗がさらわれた件でも助太刀する用意はあった。世龍が李虎雷の奸計に自力で対処できない場合に限り、豪師の軍勢を動かす予定だった。備えが用いられずにすんだことは実に喜ばしい。玫玉が言うように、わが甥は若輩ながら見どころがある。

「賢君の素質はありそうだが、手放しでは称賛しかねるな。危なっかしいところもある。安寧公主と仲たがいして、敵につけ入られる隙《すき》を作ったのはあいつの落ち度だ」

「それもまた天の配剤《はいざい》であろう。まさに雨降って地固まるだ」

玫玉は微笑ましそうにふたりをながめている。その可憐な横顔を豪師は盗み見た。

あれから二十年過ぎたのに、彼女はいまも十六の少女のままだ。豪師が白髪頭になっても、足腰が萎えて馬に乗れなくなっても、彼女は乙女らしい弾けるような若さを保っているのだろう。ふたりの時間はけっして交わらない。どんなに近くにいても、どんなに親しく付き合っても、おなじ時を歩むことはできないのだ。

——年をとっていく君を見たかった。

齢《よわい》をかさねた玫玉を想像しようとしたが、うまくいかない。想像のなかでも彼女は十六の少女のままだ。それがもどかしく、切なく、恨めしい。

少年時代に感じた熱病のような恋情は時に削り取られて鳴りをひそめたけれども、完全に消え去ったわけではない。

いまでもどこかに残り火がある。ひとたび乾いた風が吹けばわっと燃えあがって、灰になるまでこの身を焼き尽くしてしまいかねない、炎の余韻《よいん》が。

危うい埋火《うずみび》を抱えながら、豪師は生きている。おそらくは玫玉も。これが天命なら従うよりほかにない。べつべつの道を、べつべつの時間を生きていくしかないのだ。

しかし、今生のつとめを果たした先で来世を迎えることができたら、ちがう結末を願ってもよいだろうか。

宿世《すくせ》に導かれてめぐり会い、惹かれ合い、夫婦の契りを結んで、子をなし、ともに年老いて、長い人生を共有したあとでひとつの墓に葬られることを。

——君もそう思うか？

尋ねてはいけない。その問いは、口に出すには危険すぎる。

だからなにも言わず、ならんで風に吹かれていよう。日ざしにきらめく薄紅色の丘で、かつてふたりが夢見た未来をながめながら。

「こっちよ！　絶対にこっち！」

「いいえ、公主さまに似合うのはこちらですわ」

「そっちは意匠がありきたりじゃない。こっちのほうが斬新《ざんしん》だわ」

「少々奇抜《きばつ》すぎます。ふだん使いならまだしも、花嫁衣装にはふさわしくありません」

「花嫁衣装だからこそ一風変わったものが映えるのよ。ありがちなのはつまらないわ」

「大婚は荘厳な儀式なのですから、面白味よりも優美さのほうが大切です」

金麗の耳飾りについて薇薇と碧秀が意見を戦わせている。

薇薇はもこもこの愛らしい羊をかたどった耳飾りがいいと主張し、碧秀は点翠《てんすい》の花と貴石の垂れ飾りを組み合わせた耳飾りがいいと主張する。互いに一歩も譲らず、議論はどんどん白熱していく。

いっこうに終わらない舌戦《ぜっせん》を聞き流しつつ、金麗は双鸞鏡《そうらんきょう》をのぞきこんでいた。

磨きあげられた鏡面に映るのは、華燭《かしょく》の典《てん》のために支度をととのえた花嫁。真紅の衣装や豪奢な装身具は先帝の大喪に乗りこんだときとおなじものだが、あでやかな化粧をほどこしたおもては自分でも見ちがえるほどに異なっている。

それは〝幸せな花嫁〟そのものだった。

だれかに強いられたのではなく、なんらかの手段としてそうするのでもなく、みずからの心が求めるまま愛しい男に嫁ごうとする女人の顔だ。

――とうとうこの日がやってきたのね。

やみがたい高揚の裏でかすかな甘い不安が胸をざわめかせている。儀式自体はつつがなく終えられる自信があるのだが、問題はその後だ。

——明日の朝まで生きのびられるかしら……。

七日前のことを思い出すと頰が燃えあがりそうになる。露台で抱きあげられて世龍の部屋に運ばれ……危うく殺されかけた。途中で永賢が火急の案件を持ってきてくれなければ、息の根をとめられていただろう。

あの日はからくも窮地を脱したが、今夜はそうはいかない。だれも助けてくれない。あざやかな紅《くれない》の閨《ねや》に金麗は世龍とふたりきりで残される。文字どおり孤立無援だ。朝日がのぼるまで生きていられるか、気がかりで仕方ない。

「まあまあ、おふたりとも。おめでたい日に喧嘩《けんか》はやめましょうよ」

薇薇と碧秀のあいだに割って入り、宝姿がへらへらと笑った。

「なんなら俺が決めましょうか？　自慢じゃありませんが、審美眼《しんびがん》はたしかですよ。天賦《てんぷ》の才ってやつかなあ。いろんなかたに趣味がいいとよく褒められて——」

「大言壮語はおやめなさい。翡翠《ひすい》と瑪瑙《めのう》の区別もつかないくせに」

「趣味がいいようには見えないわよ。服装はだらしないし、顔つきも締まりがないわ」

「顔つきだけでなく働きぶりにも締まりがありません。仕事をなまけてばかりですわ」

「ぐうたら宦官の審美眼なんか当てにならないわ。邪魔だからあっちへ行って」

ふたりにこっぴどくやっつけられ、宝姿は締まりのない笑顔のまま、くるりときびすをめぐらせた。方卓に置かれた籠から千里桃をひとつとってむしゃむしゃ食べる。金麗のために今朝届けられたものだが、ほとんど宝姿の胃袋におさまっている。

「あっ、主上がお見えになったみたいですよ！　こうなったら主上に決めていただきましょう。うんうん、それがいいな。きっとまるくおさまりますよ！」

部屋の外の話し声に気づいた宝姿が扉のほうへ駆けていく。

「三兄はすっかりお変わりになった。女にうつつを抜かすようなかたじゃなかったのに」

最初に聞こえてきたのは不満そうな勇飛の声だ。世龍の弾んだ声があとにつづく。

「俺がうつつを抜かすのは金麗だけだ。だれかれかまわず手を出しているわけじゃない」

「いっそだれかれかまわずのほうがましですよ。南人の女を偏愛なさるより」

「金麗と俺が仲睦まじいことは国益にかなっている。喜ぶべきことだぞ」

「重要なのは『瑞兆天女が三兄を愛する』ということでしょう。安寧公主が三兄を慕いさえすればいいんです。三兄が安寧公主を偏愛しなければならない理由はありません」

「それでは不公平だ。愛されたければ、まず自分から愛さねばならない。相手を愛しもしないのに愛情をねだるのは傲慢だ。俺はそういう男には……」

屏風《びょうぶ》の向こうからあらわれた世龍がこちらを見て立ちどまった。金麗は鏡越しにその姿を見る。金糸銀糸で昇り龍が縫いとられた真紅の長衣《ちょうい》をまとい、頭上には十二旒《りゅう》の冕冠《べんかん》をいただいた華麗な立ち姿に、呼吸も忘れて見惚れてしまう。

「……金麗」

はじめてその名を呼ぶかのように世龍が言った。

「こちらを向いてくれないか」

高鳴る胸をおさえつつ、金麗は碧秀の手に支えられて椅子から立ちあがった。ゆるりとふりかえり、世龍を見あげる。直接向き合うといっそう鼓動が速くなった。いよいよ彼に嫁ぐのだという気持ちが全身に満ちあふれ、指先まで火照らせる。

「ぽーっとなさってないでなにかおっしゃっては？　天女かと思ったとか、美しすぎて目がくらむとか、こんな美女を娶ることができるなんて俺は天下一幸せな男だとか」

宝姿が千里桃を頰張りながら茶々を入れる。世龍は金麗を見つめたまま動かず、反応するまでにかなりの時間がかかった。

「あ、ああ……そうだな、なにか言おうと思っていたんだ。その、つまり……」

「似合ってない？」

金麗が急かすように言うと、世龍は首を横にふった。

「とんでもない。とても似合っている」

「それだけ？　ほかにはないの？」

「ほかには……そうだ、ああ……要するに……だめだ。言葉が出てこない」

世龍は狼狽をごまかすように笑みくずれ、金麗に歩み寄った。

「前にも話したと思うが、俺は無骨な男だ。女心を虜《とりこ》にするような気の利いた言い回しは思いつかない。だから率直に言う」

やけどしそうなまなざしを注ぎ、感嘆《かんたん》の吐息を交えてつづける。

「きれいだよ。夢のなかから出てきたみたいに」

ありきたりな台詞だ。使い古された表現をつらねているにすぎない。巧みに趣向を凝らした殺し文句とはいえないのに、むしょうに胸が震えるのはなぜだろう。

「……あなたも素敵よ」

怖いくらいに頰が熱くて、金麗は絹団扇でおもてを隠した。

「素敵すぎて現実じゃないみたい」

「現実だぞ。ほら」

世龍がさしだした手に、金麗は自分の手のひらをかさねた。ふたつのぬくもりが交わると、じんわり視界がぼやける。

成の後宮を出たときは、こんな日が来るなんて思っていなかった。

生存。それこそが最大にして唯一の目的で、命以外はどうでもよかった。愛する人と結ばれたいなんて望まなかった。そんなことは逆立ちしても無理だとあきらめていたから。

とうに切り捨てたはずの未来が、いまこの手のなかにある。

「水を差すようで心苦しいのですが」

碧秀が困り顔で口をはさんだ。

「耳飾りを決めなければなりませんわ。公主さま、どちらかお選びください」

「選ぶまでもなく羊よ！　羊のほうが可憐だわ。あたしもつけてるからおそろいよ」

「優美な花の意匠のほうが極彩色の花嫁衣装を引き立ててくれます」

「羊だって安寧公主の華やかな顔立ちに似合うわ。歩くたびにゆらゆらして可愛いわよ」

「可愛らしさは不要です。公主さまは嫡室《ちゃくしつ》なのですから威厳をまとわなければ」

「威厳が欲しければなおさら羊よ。羊は神聖で誇り高い生き物だもの」

「神聖で誇り高い生き物？　それは意外ですわね。烈では毎日、羊肉が食卓にのぼるので豚と同等のあつかいなのかと思っておりましたわ」

「豚ですって！　全然ちがうわよ！　羊はね、豚よりもずっと高貴なの！」

不毛な口争《くちあらそ》いが再開してしまい、金麗と世龍は顔を見合わせて笑った。

「耳飾りを決めかねているなら、ちょうどよい。これも選択肢に入れてくれ」

世龍が懐から小箱を出して、ふたを開けた。なかにおさめられていたのは、金線を複雑に編みこんで作った台座に大粒の紅翡翠《べにひすい》をあしらった耳飾りだ。

「父皇が母后に贈ったものだ。母后はもったいないと言ってあまり身につけなかったが、おまえに似合いそうだと思って持ってきた。紅翡翠は花嫁衣装にふさわしい宝玉だし、おまえの玉の肌に映えるはずだ。どうだ？　試しにつけてみないか？」

「いいわよ。あなたがつけてくれるなら」

「俺が？」

「なによ、いやなの？」

「そうじゃないが、女に耳飾りをつけたことがないのでうまくできるか……」

「何事にもはじまりがあるわ。今日がそのときよ」

上目遣いで見つめれば世龍が折れてくれると知っている。

「じゃあ、じっとしていてくれ」

世龍は武人らしい節くれ立った指でおそるおそる耳飾りをとった。緊張した面持ちで金麗の左耳に近づけ、細い金線を耳朶《じだ》の穴にとおす。

「似合うかしら」

右耳にもつけてもらい、金麗は軽く首をかたむけてみせた。

「美しい。まさに天女だ」

見つめ合うと時が止まってしまう。

「世龍兄さまったらずるいわ！」

薇薇は地団太を踏んで悔しがった。

「母后の耳飾りを持ってくるなんて卑怯よ！　勝ち目がないじゃない！」

「そのうえ主上が手ずからおつけになったのでは、私たちは出る幕がございませんわね」

碧秀は慈愛深い姉のように目を細めている。

「主上、安寧公主――」

屏風のそばにひかえていた永賢が揖礼《ゆうれい》の姿勢ではっとしたふうに言葉を切った。

「申し訳ございません。皇后さまとお呼びするべきでした」

「立后式は明日ですから、今日までは公主でかまいませんわ」

「いや、よくない。皇后と呼ぶべきだ」

世龍がふたたび手をさしだす。金麗はその大きな掌《たなごころ》に己の手をゆだねた。

「明日には烈の国母《こくも》になっているんだ。あたらしい呼称に早く慣れなければ」

「努力するわ。でも、ふたりきりのときは皇后と呼ばないで。わたくし、あなたに名を呼ばれるのが好きなのよ」

「いいことを聞いた。今後おまえの機嫌をとるときは名を囁くことにしよう」

視線を交わすたびに互いの唇から笑みがこぼれる。

「しかし、不公平じゃないか。俺はおまえに字《あざな》で呼ばれたことがないぞ。なぜ呼んでくれない？　おまえが好きなことは俺だって好きなのに」

「呼んでもいいけど、あとでね」

「いまじゃだめなのか？」

「これから大婚なのよ。天子らしく威厳のある顔つきで臨まなきゃいけないわ」

「おまえに字を呼んでもらえば威厳がそなわりそうな気がする」

「むしろ逆のことが起きるわ。群臣の前で皇帝に恥をかかせるなんて皇后失格よ」

「おまえに字を呼ばれたくらいで恥をかくとは思えぬが。まあ、すこしは口もとがゆるんでしまうだろうが、皇帝として面目を失うほどでは――」

「主上、皇后さま」

かすかな苦笑を交えつつ、永賢が揖礼した。

「そろそろ刻限です。おふたりのお出ましをみなが待ちかねております。どうぞお早く」

「楊常侍の言うとおりよ。急がなくちゃ。行きましょう、郎君《あなた》」

「郎君か。いいぞ、それもよい。もう一度、聞かせてくれ」

主上、と永賢にたしなめられ、世龍はひとつ咳払いをした。

「ひとまず大婚を片づけねばな。楽しみはあとに残しておこう」

世龍に手をひかれて、金麗は凜然《りんぜん》と第一歩を踏み出す。

――ともに行くわ、どこまでも。

迷いはない。自分が在るべき場所は、ここだ。


武泰文《ぶたいぶん》皇后・史金麗。その名は烈王朝の黎明《れいめい》期を語るうえで欠かすことができないものだ。彼女は夫である武泰帝・元世龍を陰に陽に支え、烈の覇業を助けた。

迅と成を滅ぼして天下平定を果たしたのちも、武泰帝は文皇后を寵愛しつづけた。

終生変わらなかったふたりの仲睦まじさを、人びとは〝百年華燭《かしょく》〟と呼んだ。「永遠に消えない婚礼の灯《ともしび》」という意味を持つこの熟語は、琴瑟相和《きんしつそうわ》や比翼連理《ひよくれんり》などとともに夫婦の深い情愛をあらわす言葉としてひろく知られている。

この作品は書き下ろしです

覇王《はおう》の後宮《こうきゅう》
天命《てんめい》の花嫁《はなよめ》と百年《ひやくねん》の寵愛《ちようあい》

はるおかりの

2023年4月5日初版発行
2023年4月28日第2刷

発行者……千葉 均
発行所……株式会社ポプラ社
〒102-8519 東京都千代田区麹町4-2-6

フォーマットデザイン 荻窪裕司(design clopper)
組版・校閲 株式会社鷗来堂
印刷・製本 中央精版印刷株式会社

落丁・乱丁本はお取り替えいたします。

電話(0120-666-553)または、ホームページ(www.poplar.co.jp)のお問い合わせ一覧よりご連絡ください。
※電話の受付時間は、月～金曜日、10時～17時です(祝日・休日は除く)。

ポプラ文庫ピュアフル

ホームページ www.poplar.co.jp

N.D.C.913/387p/15cm
ISBN978-4-591-17794-5
P8111355